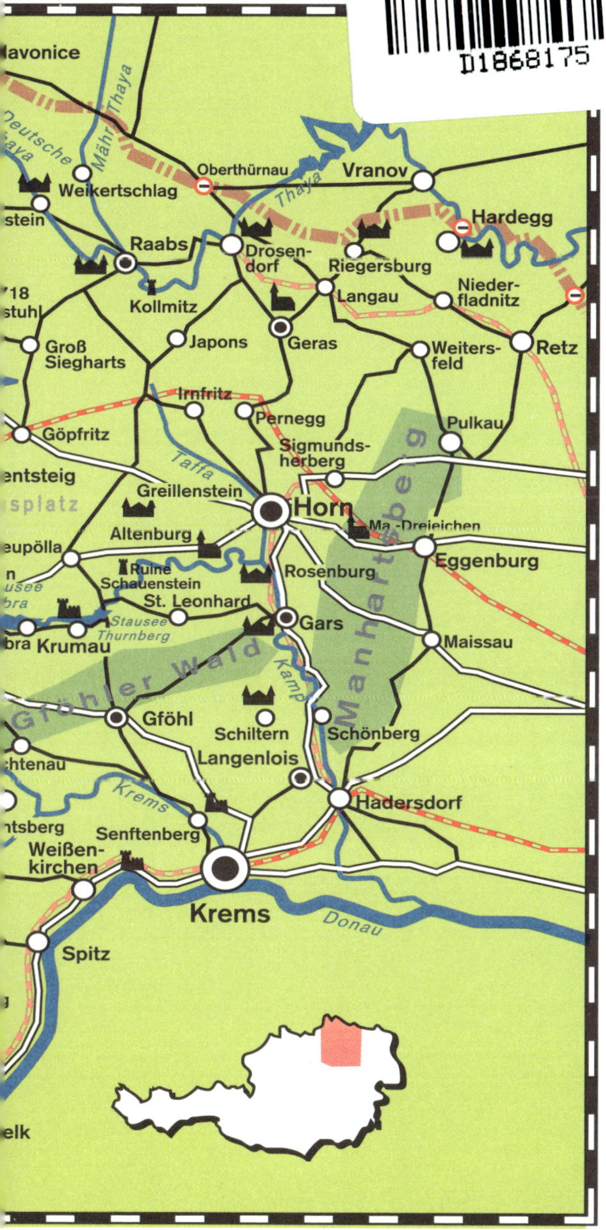

Deutsche Thaya
Mähr. Thaya
Thaya
Oberthürnau
Vranov
Weikertschlag
Hardegg
Raabs
Drosendorf
Riegersburg
Kollmitz
Langau
Niederfladnitz
Japons
Geras
Groß Siegharts
Weitersfeld
Retz
Irnfritz
Pernegg
Pulkau
Göpfritz
Sigmundsherberg
Taffa
Greillenstein
Horn
Altenburg
Eggenburg
Ruine Schauenstein
Rosenburg
St. Leonhard
Gars
Stausee Thurnberg
Krumau
Maissau
Manhartsberg
Kamp
Gföhler Wald
Gföhl
Schiltern
Schönberg
Langenlois
Hadersdorf
Krems
Senftenberg
Weißenkirchen
Krems
Donau
Spitz

Das Waldviertel

Othmar Pruckner

Das Waldviertel

Kultur, Natur, Ausflüge, Wanderungen,
Radtouren und kulinarische Ziele
vom Nordwald bis zum Weinland

Fotos:
Othmar Pruckner
Reinhard Mandl

Mitarbeit:
Armin Thurnher
Texte zum Thayatal; Landschaft in drei Gängen
Erich Baumgartner
Wanderungen

Falter Verlag

Veröffentlicht mit Unterstützung von:

Raiffeisen-Holding Niederösterreich-Wien

AGRANA Beteiligungs-Aktiengesellschaft

KURIER

ISBN 3-85439-346-6

1011 Wien, Marc-Aurel-Straße 9
Telefon 01/536 60-0, Fax 01/536 60-35
E-Mail/Verlag: bv@falter.at
E-Mail/Bestellungen: service@falter.at
Homepage/Bookshop: www.falter.at
1. Auflage 2002
2. Auflage 2004

Umschlagfotos: Ysperklamm, Foto: Archiv Destination Waldviertel GmbH/Okolicsanyi (großes Bild); Othmar Pruckner, Reinhard Mandl, Waltergrafik (kleine Bilder)
Fotos: Fotonachweis Seite 390
Lektorat: Ulrike Hirhager, Helmut Gutbrunner
Zeichnungen, Karten, Layout: Reinhard Hackl
Satz: Barbara Blaha, Marion Großschädl / Falter Satz
Produktion: Susanne Schwameis
Druck: fgb – Freiburger Graphische Betriebe

Inhalt

Das Waldviertel: Zum Auftakt 17
Das kleine, feine Paradies 19

Vom österreichischen Nordkap bis zum Donaustrom, vom Nebelstein bis zum Kamptaler Weinland: Das Waldviertel in vierzehn Portionen 33

Heidenreichstein und das Litschauer Landl .. 35
Ein Bild von einer Burg........................ 35
Heidenreichstein-Stadt 38
Mit Dampf und Diesel........................ 41
Alt- und Neunagelberg: Auf gläsernen Füßen 42
Litschau, der schöne Norden Österreichs 45
Was hat die Schrammelmusik mit Litschau zu tun? 50
Zu den österreichischen Nordkaps 51
Über die Grenze: Mit dem Rad nach Chlum........................ 54

Gmünd, Schrems und viele Teiche 57
Die berühmte Blockheide 57
Wie kommen die Steine auf die Heide? 59
Gmünd, die Stadt mit der Grenze 60
Zeit- und Industriegeschichte zwischen Gmünd und Schrems 65
Schremser Haus, Schremser Bier, Schremser Granit 68
Die große Teichrundfahrt........................ 70
Das Hoftheater in Pürbach und sein «Macher» 72
Die Pürbacher Teichwanderung........................ 74
Über die Grenze: Stippvisite in Třeboň 75

Die Thaya: Von der Quelle bis Waidhofen........................ 79
Ad Fontes! 79
Hamerling in Schweiggers und Kirchberg 80
Ein Abstecher nach Siebenlinden........................ 83
Von Schweiggers nach Waidhofen 84
Waidhofen an der Thaya 86
Groß Siegharts und das Bandlkramerlandl........................ 92
Der letzte Bandlweber........................ 95
Die große Dörfer-Tour 96
Über die Grenze: Von Fratres nach Slavonice 99

Wie Perlen auf der Schnur:
Dobersberg, Karlstein, Raabs, Drosendorf 103
Der Thaya-Naturpark Dobersberg 103
Karlsteiner Wallfahrt 105
Die stolze Burg Raabs 107
Im Städtchen unter der Burg 111
Die ideale Ruine: Kollmitz 122
Die Thaya abwärts: Zwei in einem Boot 124
Primmersdorf und der Speicher von Irena Rosc 127
Ins Thayatal, der Beute wegen 130
Die große Geschichte von Drosendorf 130
Über die Grenze: Vratenin, Safov, Vranov 135

Nationalpark Thayatal 139
Der kleinste Nationalpark Österreichs 139
Hardegg, die kleinste Stadt Österreichs 141
Der Nationalpark: Eine erste Annäherung 145
Zur Ökologie des Thayatals 147
Einsiedler, Umlauf, Kaja 149
Über die Grenze: Wandern und Radfahren nach Tschechien. . . 151
Die Perlmuttdrechsler von Felling 153
Riegersburg, du Schöne 154

Das Hobbystift Geras 157
Der erste Eindruck 157
Die Geraser Geschichte 161
Die Stiftskirche 163
Die Prämonstratenser-Chorherren 166
Der Managerabt Joachim Angerer 166
Rundgang und Rast 168
Der Ort ringsherum 169
Hunger in Pernegg 170
Naturpark, Naturbad und Anglerteich 172
Radtour durchs Umland 176

Weitra und die hohen Berge 179
Die ideale Kleinstadt Weitra 179
Die sagenumwobenen Kuenringer 184
Zu Fuß an der Peripherie 186
Über die Grenze: Über Heinrichs nach Nové Hrady 189
Große Fahrt mit kleiner Bahn 191
Der Nebelstein 195
Die Papiermühle von Großpertholz 199

Rappottenstein und das Hohe Waldviertel 203
Ein klingender Name: Rappottenstein 203
Arbesbach: Stock- und Bärenzähne 206
Kamptalabwärts, immer zu Fuß 208
Altmelon: Feuchte Wiesen und «altes Zeug» 210
Franz Wagner, Jäger und Sammler 211
Im Reich der Steine: Traunstein und Schönbach 212
Das Eventdorf Gutenbrunn und sein «Macher“. 226
Dieter Juster, Bühnenwirt 228
Das einsame Bärnkopf im Weinsberger Wald. 230

Stift und Stadt Zwettl 233
Das Stift Zwettl 233
Wunder, oh Wunder! 239
Der Rudmannser Teich und das große Karpfenfest 240
Zwettl, die heimliche Hauptstadt 242
Der Bierbaron Karl Schwarz 245
Schloss Rosenau 247
Wanderung durchs Zwettltal 248
Auf die Aubergwarte 250
Der Kult um Walther von der Vogelweide 251

Von Zwettl bis Rosenburg:
Künstliche Fjorde und unberührte Schluchten 255
Der Ottensteiner Stausee 255
Schloss Ottenstein und die Teichwanderung 259
Rund um den Truppenübungsplatz 260
Stausee Dobra, Krumau und der Thurnberger See 264
Die wunderbare Wanderung von Steinegg
zur Ruine Schauenstein 267
Per Rad: Der Kamptalseenweg 270
Den Purzelkamp entlang 270

Das Goldene Dreieck:
Altenburg – Rosenburg – Horn 273
Das Benediktinerstift Altenburg 273
Mit dem Rad: An den Flanken des Kamptals . . . 277
Grillparzer in Greillenstein 279
Die schöne Rosenburg und die Falknerei 281

Zu Fuß zum Umlaufberg und bis nach Steinegg 285
Das Horner Museumsquartier 285
Wallfahrt nach Maria Dreieichen 289

Von der Ysperklamm bis zum Jauerling:
Das südliche Waldviertel 293
Das Donauwaldviertel, eine Einführung 293
Ysperklamm und Yspertal 294
Nöchling, St. Oswald, Dorfstetten 296
Die extreme Bärnkopf-Radrunde 299
Peilsteingipfelsieg am Ostrongbergrücken 300
Artstetten und Maria Taferl: Zwei Wallfahrtsorte 302
Die alten und die neuen Größen des Weitentals 305
Der Jauerling 311

Das Kremstal und das Gföhler Land 317
Einfallstor Krems 318
Die Perlen des unteren Kremstals 320
Senftenberger Ansichten 329
Sandl und Schatzwand 332
Zum Rosenschloss Felling und nach Albrechtsberg 333
Gudenushöhle, Burg Hartenstein und der Zwickl 335
Zu den Ursprüngen von Kleiner und Großer Krems . . . 338
Ottenschlag 340
Mohnfeld, Mohnkapsel, Mohndorf 341
Das Gföhler Land 342

Von Gars ins Weinland nach Langenlois 347
Ein ganz eigenes Tal 347
Garser Betrachtungen 349
St. Leonhard am Horner Wald 354
Kunst in Buchberg 356
Plank, Altenhof, Stiefern 357
Die Weinorte Schönberg und Zöbing 359
Die Weinstadt Langenlois 361
Arche Noah, in Schiltern gelandet 366

Nützliche Tipps:
Adressen – Telefonnummern – Websites 369
Fotonachweis 389
Ortsregister 391

Steyr 188

Vorhergehende Seite:
Bäuerinnen am Ostrong

Der junge Kamp (li.)
Mohnblüte (unten)
Granitturm im «hohen Waldviertel» (re.)

Fotos oben, von links nach rechts:
Romanische Kirche in Altweitra, Hausfassade in Heinrichs bei Weitra, Burg Rappottenstein, Marktplatz in Zwettl

Großes Foto:
Untere Pfinnigsteigmühle bei Eibenstein, an der Thaya

Erdäpfelernte (li. oben)
Heuernte (re. oben)
Die Kinder und die Karpfen (oben)
Beim Papier«schöpfen» in Großpertholz (li.)

Folgende Seite:
Turm der Stiftskirche Zwettl

Das Waldviertel: Zum Auftakt

Dieses Buch ist ein Reiseführer und sonst nichts. Es ist kein Prospekt, kein beschaulicher Bildband, keine Essaysammlung, kein belehrendes Fachbuch. Sein einziges Anliegen ist, das noch immer unbekannte Waldviertel greifbar, angreifbar zu machen. Er will zu den schönsten Plätzen dieser wunderbaren Landschaft leiten, ein verlässlicher Partner bei der Ausflugsplanung sein, Fremden wie auch im Waldviertel lebenden Personen neue, attraktive Ziele näher bringen. Anlass, dieses Buch zu schreiben, war die oft gehörte Klage: «Ich würd so gern ins Waldviertel fahren, aber ich weiß nicht recht, wohin.» Diese Ausrede gilt ab sofort nicht mehr. Denn dieser penibel recherchierte Reiseführer sagt präzise, wo es was zu tun – und auch zu lassen – gibt. Er wählt im Gegensatz zu allen Gratisbroschüren und Homepages die attraktivsten Orte, Wanderungen, Radtouren, Plätze aus. Er versucht, Ordnung in das Wirrwarr von Dörfern, Bächen und Nebenstraßen zu bringen. Das Waldviertel wird in *14 überschaubare Regionen* gegliedert; eine *Übersichtskarte* und *14 Kartogramme* erleichtern die Orientierung zusätzlich. Die Texte im Reiseteil werden ergänzt durch ausführliche, nachgestellte *Serviceblöcke. Gelbe Seiten* am Schluss des Buches enthalten nochmals eine Fülle an Adressen und Hinweisen, Tipps und Ratschlägen, zusätzlich zu den Hunderten Adressen im Textteil. Das *Ortsregister* ab Seite 391 ist eine weitere, unverzichtbare Orientierungs- und Lesehilfe.

Das Waldviertel ist, entgegen seinem weit verbreiteten Ruf, ein überaus agiler, sich rasch verändernder Landstrich. Telefonnummern, Web- und Lokaladressen ändern sich laufend. In die vorliegende 2. Auflage wurden etliche Korrekturen eingearbeitet. Der Autor bittet auch weiterhin, aktuelle Änderungen bekannt zu geben, und freut sich über jede weiterführende Anregung.

Gobelsburg, im August 2004

Geschrieben für meine Tochter Helene,
der es im Waldviertel auch schon ganz gut gefällt

Das kleine, feine Paradies

Was ist das Schönste am Waldviertel? Was ist das Sensationelle, Einzigartige, Besondere? Wo steht der Großglockner dieses Landstrichs, wo liegt der Waldviertler Wörthersee, wo das Waldviertler Schönbrunn? Das Schönste am Waldviertel ist, ganz einfach gesagt, das genaue Gegenteil des permanenten Superlativs, also die allgegenwärtige Kleinheit. Besonders fällt diese Kleinheit auf, wenn man sich im Waldviertel fortbewegt: Man fährt praktisch ausschließlich auf kleinen Straßen. Das Waldviertel ist eine unüberschaubar flächige Gegend, zur Gänze mit Wald, Feldern, Wiesen und Hunderten Ortschaften bedeckt. Einen Wasserkopf, auf den hin alles orientiert ist, gibt es nicht, alles ist überall, und deshalb muss auch das Netz von Feld- und Güterwegen, Neben- und Landstraßen dichter gewoben sein als anderswo. Nebenstraßen sind Kurvenstraßen, und die sind, in Zeiten der vorwiegend geradlinigen Fortbewegung auf Autobahn und Schnellstraße, ja bereits vom Aussterben bedroht. Nur hier, im Waldviertel, gibt es sie noch, und zwar in überreicher Zahl. Sich im Waldviertel bewegen heißt: Runter

Unterwegs im Waldviertel: keine Warnung vor Warnungs

vom Gas und fleißig Lenkrad drehen, sich von einer Kurve in die nächste schwingen, sich auf krummen Pfaden durch die Landschaft arbeiten.

Für Radfahrer sind die Waldviertler Nebenstraßen sowieso das Paradies auf Erden. Hier ist man nicht Freiwild von Pkws und Lkws, stellenweise ist man schon richtig froh, wenn einem wieder einmal, zur Abwechslung, ein Auto begegnet. Nirgendwo muss man sich in schmächtige Radwegghettos zurückziehen, man spielt hier zu Recht den König der Landstraße. Selbst Einheimische entdecken nach Jahrzehnten noch immer neue, ihnen bislang verborgen gebliebene Wege. Immer wieder hört man ein erstauntes «Ich hab gar nicht gewusst, dass man da, dass man so, dass man hier auch fahren kann». Allerdings haben es Nebenstraßen auch an sich, jeder Geländestufe nachzugeben. Das Resultat ist ein ewiges Bergauf-Bergab. Darauf muss man sich einstellen, ansonsten beginnt man bald, die Waldviertler Straßenbauer zu verfluchen.

Gut geleitet: Schilderwald im Thayatal

Wanderer stört die ewige Berg-und-Tal-Fahrt dagegen weniger. Das Lied «Wozu ist die Straße da – zum Marschieren» trifft im Waldviertel wenigstens noch teilweise zu. Auf vielen Sträßlein kann man noch beruhigt spazieren, Kinderwagen schieben, laufen. Hier kann es auch passieren, dass man als fußmaroder Wanderer, ohne darum gebeten zu haben, eingeladen wird, «bis in die nächste Ortschaft» mitzufahren, natürlich am Traktoranhänger.

Freilich soll man nicht zu sehr verklären. Etliche der Nebenstraßen sind bereits «entdeckt». Motorradfahrer lieben die Kurvenlage und also die Kurvenstraßen, an Wochenenden treten sie neuerdings vorwiegend in größeren Rudeln auf. Außerdem führen die meisten Wege und Nebenwege ja doch zu irgendwelchen Gehöften, Weilern, Dörfern, in denen, entgegen der landläufigen These, «dass da eh keiner mehr wohnt», sehr wohl noch menschliche Lebewesen, bisweilen auch junge, anzutreffen sind. Und, wie wir wissen, hat es die Jugend sehr eilig, auch und gerade im an sich beschaulichen Waldviertel. Sei es auf frisierten, in höchsten Tonlagen singenden Mopeds, sei es im röhrenden Golf, Baujahr 83, vom Großvater geerbt: Auf Kurvenstraßen gibt es auch Kurvenschneider, Kurvenblitze, selbst ernannte Kurvenexperten. In der Einsamkeit von Allentsgschwendt stößt man auf eine Ayrton-Senna-Straße und auch auf andere, nach Formel-1-Piloten benannte Gassen. Das ist ein deutlicher Hinweis darauf, dass es genug Rennfahrernachwuchs gibt, bei der Qualität und Quantität der Trainingsstrecken eigentlich kein Wunder. Vorsicht ist also angebracht, nicht alles bewegt sich mit Traktorgeschwindigkeit.

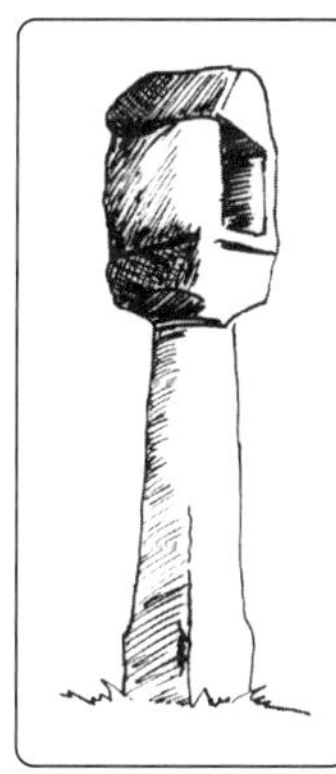

Kleine Straßen verbinden kleine Dörfer, an den Wegen liegen aber auch Hunderte, ja Tausende kleine Teiche, Lacken, Tümpel. Kaum hat man einen dieser Teiche gesichtet, ist man auch schon wieder vorbei. Alle 3000 Waldviertler Wasserflächen zusammengenommen, käme mindestens ein hübscher Wörthersee heraus – aber ein großer, bekannter Star fehlt dem Waldviertel. Das ist für eine bestimmte Gästeschicht, die stets auf der Suche nach dem Großen, Erhabenen ist, offenbar ein Problem – ein Urlaub am Brühl- oder Frauenteich, am Himmel- oder Stierhübelteich ist nicht so herzeigbar wie ein Weekend am Gardasee. Ein Badeparadies ist das Waldviertel zweifelsfrei, aber nur für jene, die auch kleine, wenig spektakuläre, moorige, motor- und segelbootfreie Gewässerchen lieben. *Small is beautiful,* das gilt nicht zuletzt für die Waldviertler Badeteiche. Für praktisch jeden Urlauber gibt es einen eigenen, kleinen, fast ganz für ihn allein.

Im Waldviertel ist nicht nur alles kleiner als anderswo (auch der kleinste Nationalpark Österreichs befindet sich hier), das Waldviertel ist immer auch kälter. Natürlich stimmt das so nicht. Zwettl gilt zwar als Kältepol Niederösterreichs, wetteifert sogar mit Tamsweg im Salzburger Lungau um die gesamtösterreichische Vormachtstellung in diesem unwirtlichen Wettbewerb. Und natürlich kann oben, auf der von keinem Hochgebirge geschützten Hochfläche, der scharfe Nordwind überall angreifen. Aber kälter als anderswo in gleicher Höhenlage ist es auch nicht. Niemand lamentiert über die schneidende Kälte, sagen wir, von Mariazell. Nur das Waldviertel wälzt sich fröstelnd im Selbstmitleid. Sogar das «Waldviertellied» des Heimatdichters Franz Kaindl kann nicht anders, als dieses Klischee zu strapazieren: «Mei Waldviertl is g'wiß / nit grad 's Paradies / weil's halt kalt ist als z'viel / und der Wind treibt sei' G'spiel», lautet der etwas hatscherte Text der ersten Strophe. Da kann der Geograph Hubert Nagl noch zehnmal zu dem Schluss kommen, dass das «Waldviertel mit seinem leichten Reizklima die gesündeste Region Österreichs» ist – gegen hartnäckige Vorurteile ist schwer anzukämpfen. Nichts stimmt, und schon gar nicht der Text des Waldviertellieds, zweite Strophe: «Als Erdäpfelland / a so is bekannt / is a recht rauche Geg'nd / wo's recht schneibt und fest reg'nt.»

Ach, wenn es doch mehr schneien würde, im Winter! Dann würden die Loipen – nebenbei bemerkt nicht die kleinsten, sondern die wunderbarsten Österreichs – länger halten, dann müssten die Skihänge am Jauerling und in Harmannschlag nicht so oft künstlich beschneit werden. Das Waldviertler Klima ist trocken, über weite Strecken kontinental geprägt, erreicht fast nirgendwo die 1000-Millimeter-pro-Jahr-Marke. Jeder Ort in den Voralpen kriegt da deutlich mehr Wasser von oben. Am Ostabfall, dort, wo der Wein anfängt zu wachsen, ist es dann nicht nur trocken, sondern oft schon zu trocken und dazu auch noch recht heiß.

Das Klima ist nicht das Problem des Waldviertels, es ist vielmehr seine Stärke: Die Sommer sind nicht mehr so schwül wie unten und trotzdem warm genug zum Planschen – selbst Teiche auf 900 Meter Seehöhe erwärmen sich rasch genug, da sie seicht und die Wasserflächen überschaubar klein sind.

Das Hauptproblem, wenn man schon eines hören will, sind die Steine. Die Waldviertler Bauern haben es wirklich schwerer als alle anderen. Gesegnet mit dem harten, 300 Millionen Jahre alten Granit, sind sie im eigentlichen Wortsinn «steinreich». In früheren Jahren waren sie vorwiegend damit beschäftigt, kleine Steine aus den Äckern zu klauben und größere wegzusprengen, um sich so halbwegs erträgliche Arbeitsbedingungen zu schaffen. Waldviertler Steine sind übrigens nicht klein, sondern extrem groß. Granittürme, -wände und -restlinge, Wackel-, Teufels- und Fiedelsteine allerorts sind des Touristen Freud, aber des Landwirts Leid. Nur magere Braunerden bilden sich auf dem kristallinen Gesteinsuntergrund, an vielen Stellen

Granitturm: wie von Riesenhand gebaut

kommt der nackte Fels zum Vorschein. Oft gibts überhaupt nur noch Heide, Moore, dünne Birken- und Föhrenwäldchen. Im Wald und auf der Heide, da hab ich meine Freude: Sicher, aber auch genug Mühsal.

Wenigstens stimmt das Zitat vom «Erdäpfelland». Die aus Amerika importierte Knolle ist vielerorts noch immer Hauptanbauprodukt. Neben den vorwiegend an die Gmünder Stärkefabrik gelieferten Industriekartoffeln wird im westlichen Waldviertel auch noch Braugerste, Roggen, Hafer und mancherorts Hopfen gebaut; dazu gibts auch hinreichend Grünland-Viehwirtschaft. Heute ist mehr Vieh auf der Weide zu sehen als noch vor zehn Jahren – ein Zeichen, dass sich «artgerechte» Tierhaltung doch für manche Bauern rentiert. Im Osten gibts Weizen-, Gerste-, Zuckerrüben-, Mais-, gelbe Raps- und Sonnenblumenfelder; dazwischen liegen, gut fürs Auge, wieder mehr leuchtend rote Mohnfelder als früher. Auch das ein Resultat der bergbäuerlichen Produktionsbedingungen: Man besinnt sich im «Viertel ob dem Manhartsberg» verstärkt seiner ursprünglichen Qualitäten. Kein Bäcker, der nicht «original Waldviertler Mohnzelten» feilbietet, kein Wirtshaus, in dem die Kellnerin nicht eine «Waldviertler Mohntorte» empfiehlt. Auch andere «Alternativkulturen», wie Heil- und Gewürzkräuter, bringen besseren Ertrag als «Sigma» oder «Sieglinde», und davon profitieren Biobauern und «Umsteiger».

Illusionen sind dennoch fehl am Platz. Die Agrarquote, der Anteil der in der Land- und Forstwirtschaft Beschäftigten, ist im Waldviertel mit deutlich über zehn Prozent noch exorbitant hoch. Der EU-Beitritt vom Nachbar Tschechien und den anderen Osterweiterungsländern wird den Exodus aus der Landwirtschaft – und damit auch aus der Region – nochmals verstärken. Das Waldviertel, das steht fest, ist zumindest für die am Existenzminimum und darunter dahinwurstelnden Bauern kein kleines Paradies, eher findet eine konsequente Vertreibung aus ebendiesem statt, um es etwas überspitzt zu formulieren. Umgekehrt bietet das Waldviertel noch immer und auch verstärkt paradiesische Zustände für alle, die ein Häuschen im Grünen suchen. Mit 100.000 Euro ist man dabei, man braucht bloß durch die Dörfer und Kleinstädte zu fahren, vielerorts hängen Schilder «Zu verkaufen» an den Toren, sind die Telefonnummern von Immobilienmaklern an die staubigen Fensterscheiben geklebt.

Wovon leben die Menschen, so sie doch da bleiben? Einige retten sich mit Karpfenzucht über die Runden; freilich gehören die großen Teiche meist den «Großen», den Stiften, den Grafen, den Großgrundbesitzern. Auch ein Großteil der Waldfläche ist, so wie vor 300 Jahren schon, im Besitz von Burg- und Schlossherren. Das Waldviertel ist im Übrigen nicht ganz so waldreich, wie es einst war und wie der Name suggeriert, aber immerhin sind 2178 Quadratkilometer, rund 47 Prozent, mit Wald bedeckt. Der Fichtenboom nahm in den letzten Jahren etwas ab, noch immer stellt dieses schnellwüchsige Holz aber satte 52,5 Prozent des gesamten Baumbestands. Zweistellig ist nur noch die Weißkiefer mit 15,7 Prozent; Tannen mit 1,5 und Lärchen mit 1,1 Prozent liegen gerade noch über der Wahrnehmbarkeitsschwelle. Laubholz ist, wenn auch

Holz: eine Haupteinnahmequelle des Waldviertels

in geringeren Mengen, so doch immerhin vorhanden; die Mixtur ist vielfältig und macht in Summe 21,6 Prozent der Waldfläche aus. Der Buchenanteil ist in den letzten Jahren wieder leicht geklettert auf 7,1 Prozent; der Eichenbestand nimmt dagegen leider weiter ab und hält bei traurigen 3,1 Prozent. Vor allem im Kamp- und Thayatal gibt es aber noch sehr bunte, schöne Mischwälder. Im großen Weinsberger Forst, dem letzten Rest des «Nordwalds», regiert dagegen auf weiten Strecken die Fichte. Insgesamt wächst die Waldfläche wieder – Erdäpfeläcker werden aus der Bewirtschaftung genommen, Wald-«Sparkassen» angelegt. «Denn an so an schön' Wald / Freund, den find'st nit so bald» reimt der Verseschmied. Wo er Recht hat, hat er Recht.

Wovon, außer von Erdäpfeln und Fichten, leben die Menschen hier noch? Viel hat man gelesen von den ökonomischen Schwierigkeiten der «Peripherie», der Randlage, einst an der «toten Grenze». Die Grenze ist längst offen, doch Aufschwung in großem Stil ist bislang ausgeblieben. Das hat nicht nur mit gegenseitigem Missverstehen in der Temelínfrage zu tun. Noch immer ist das Waldviertel zu weit weg von den industriellen Agglomerationen, von den Kern- und Zentralräumen. Viel wurde von Regionalpolitik und Regionalmanagement versucht; oft stand der Wille fürs Werk. Das Waldviertel hat die höchste Pro-Kopf-Förderquote aller heimischen «Problemgebiete»; doch oft genug ging die Saat nicht auf. Jetzt setzt man die ganze Hoffnung auf EU-Projekte; der große Geldregen wird aber, absehbar, mit deren Beitritt in die noch wesentlich ärmeren Ostländer fließen. Freilich gibt es neben dem üblichen Gejammer auch klingende Erfolgsstorys. Einer der Betriebe, die entgegen der allgemeinen Tendenz in den letzten Jahren erfolgreich expandierten, war etwa der Schremser Fertigteilhauserzeuger Elk.

Insgesamt muss der Ausflügler jedenfalls keine Angst haben, in ein lautes Industriegebiet zu reisen; die paar aktiven Unternehmen verstecken sich gut in der Fläche, und manche von ihnen produzieren noch auf derart altertümlicher Stufe, dass sie selbst schon wieder ins Blickfeld von Industriearchäologen und Liebhabern alter Industriearchitektur geraten.

In weiterer Konsequenz bedeutet die rudimentäre Industrialisierung und dürftige infrastrukturelle Erschließung des «Nebenstraßenlandes» Waldviertel hohe Arbeitslosigkeit und geringes Einkommen. Was seinerseits wiederum ganz einfache Folgen hat: Negative Geburten- und Wanderungsbilanz summieren sich zu einem signifikanten Bevölkerungsrückgang. Die Abwärtsspirale dreht sich munter weiter, mit Ausnahme von Krems verloren alle Bezirke in den letzten zehn Jahren an Bevölkerung. Das Waldviertel beherbergt mit rund 215.000 Hauptwohnsitzern nur 14 Prozent der Landesbevölkerung, obwohl es doch immerhin 24 Prozent der Landesfläche bedeckt.

Das alles drückt aufs kollektive Gemüt. Bei einer «Zukunftsbefragung» der Niederösterreichischen Landesakademie, bei der über 50.000 Personen interviewt wurden, kam im Waldviertel die allerhöchste Pessimismusrate ans Tageslicht. Gefragt, wie sie die weitere Entwicklung ihrer Heimatgemeinde einschätzen, glauben die Menschen in den Waldviert-

Das Waldviertel: «Erdäpfelland»

ler Bezirken am wenigsten an eine Verbesserung. Der Wirtschaftsstandort Niederösterreich wird, eigentlich keine Überraschung, in den Bezirken Zwettl, Waidhofen und Gmünd am allerschlechtesten beurteilt. Da kann es dann schon sein, dass selbst ehrenwerte Wissenschaftler zu etwas plumpen Erklärungsansätzen greifen: Dass im Viertel die «Wirtschaftsgesinnung» fehle, dass der Waldviertler an sich eben wenig kommunikativ («wortkarg») bzw. introvertiert oder, man will es aber so nicht sagen, doch ein wenig patschert sei. Da muss selbst unser beliebter Franz Kaindl widersprechen: «Und d' Leut hab'n a Gmüat, / wia 's selten wo blüaht, / san brav, ehrli und frumm / und a sonst nit so dumm.» Schon wieder hat der gute Mann, auf seine Weise, Recht. Die seit je in die Großstadt, nach Wien, emigrierten bzw. täglich oder wöchentlich pendelnden Waldviertler Arbeitskräfte sind gesucht und beliebt, da sie, siehe oben, keine übermäßigen Ansprüche stellen, ans Bravsein gewöhnt und überhaupt froh sind, eine «Hackn» gefunden zu haben. Viele Unternehmen inserieren mit Vorliebe in Waldviertler Blättern – und holen sich so gezielt die «braven» Leute von «ganz oben».

Malen im «Meer der Stille»

So weit der grobe Überblick zur «Lage der Region». So weit auch die Erörterung der Probleme; nun geht es endgültig hinauf zu den lichten Seiten des Landstrichs. «Drum mei Paradies / dös Waldviertel is, / weil i d' Hoamat dort hab' / und mein Vatern sei Grab», dichtet der Waldviertel-Poet. Kitschig muten solche Zeilen an, aber in Wahrheit suchen viele Zweitwohnsitzer im Waldviertel genau das, was sie woanders nicht mehr kriegen können: Heimat. Das kleine Dorf, die kleine Einheit, die kleine Welt. Einen Ort, einen Landstrich, mit dem man sich noch gerne identifiziert, in dem man sich findet, weil das menschliche Maß bewahrt ist und, trotz aller Defizite und Bausünden, sich an allen Ecken und Enden ungetrübte, fast unwirklich schöne Idyllen und Perspektiven, weite Horizonte und kleine Wunderwelten auftun. Die Waldviertler wissen mehrheitlich um den Schatz, den sie hüten, selbst der einfachste Bauer sagt, nachdem er sein Elend geklagt hat, ganz selbstverständlich: «Aber schön ist es bei uns schon.»

Das Paradies also, und noch dazu eines, in dem es gar nicht so mystisch und geheimnisvoll zugeht, wie uns das neuere Erlebniswelten und bunte Prospekte so gerne weismachen wollen. Ein irdisches, weltliches, ganz normales, sehr menschliches, kleines Paradies, vor der Haustür obendrein, das ist das Waldviertel. Nicht alle finden Eingang in dieses, nicht alle zieht es hierher. Auch das ist gut so. Denn das allein ist ja schon Garantie dafür, dass uns dieses kleine, grüne, mitteleuropäische Fleckchen Erde, diese exquisite ruhige Insel im weiten Ozean des Lärms, noch einige Zeit erhalten bleibt.

LANDSCHAFT IN DREI GÄNGEN

Die Waldviertler Gastronomie zählt nicht zur Avantgarde in Österreich; so ist es hier noch leicht, am Haubenwirt vorbeizukommen, denn es gibt in Österreich kein haubenärmeres Gebiet als das Waldviertel. Dafür findet der Kenner erstklassige Rohmaterialien in Hülle und Fülle vor. Da ein Freilaufschwein oder ein Biogansl, dort ein feines Wild oder einen erstklassigen geräucherten Fisch. Es ist also nur eine Frage der Zeit, bis auch hier die Küche der Wirtshäuser zum gastronomischen Hauptfeld aufschließt. Für sie bestünde tatsächlich noch die Chance, ohne ins Modische oder gar in Schrecknisse wie die „Erlebnisgastronomie" zu kippen, etwas neu aufzubauen, was man früher einmal „bürgerliche Küche" nannte und was dann zu „Schnitzel mit Pommes" verkam.

Lassen wir die Träumereien, versuchen wir, ein kleines idealtypisches Waldviertler Menü zusammenzustellen. Wie könnte die Landschaft in drei Gängen aussehen? Gewiss dürfen weder die wichtigste Pflanze des Ackers noch die zierlichste des Feldes fehlen: Erdäpfel und Mohn. Was sich daraus ergibt, ist klar: die Mohnnudel; sie ist schwer und süß und kommt zum Schluss. Auf ihrem Sockel bauen wir das Menü. Zur Hauptspeise muss es nicht immer Fleisch sein, obwohl statistisch gesehen der Schweinsbraten mit Kraut und Knödel wahrscheinlich vorn liegt (zu Recht, denn gegen den kann niemand etwas haben). Ich könnte mir als Hauptspeise ein feines Brennnesselrisotto vorstellen; die Brennnessel steht für die vielen Wildpflanzen, die im Waldviertel, dem einigermaßen geübten Koch zur Freude, wachsen. Wir entscheiden uns aber für den Karpfen.

Ehe wir das begründen, nehmen wir die Brennnessel und machen Suppe draus. Am besten sind die Nesseln natürlich im Frühjahr, aber schneidet man die alten Stauden ab, wachsen immer junge nach. Man verwendet nur die Blätter von den Spitzen. Die könnte man behandeln wie Blattspinat, also kurz blanchieren und mit Butter verarbeiten – eine hervorragende

Rohstoff Mohn

Beilage. Wir jedoch machen Suppe. Dazu schneiden wir Zwiebel klein, schwitzen sie in Butter an, geben klein gewürfelte Erdäpfel dazu, gießen mit Gemüsesuppe auf und würzen mit Salz, Pfeffer und etwas Curry. Kurz bevor die Erdäpfel weich sind, zwei Handvoll Nesselblätter dazugeben und noch ein paar Minuten kochen.

Als Hauptspeise folgt der Karpfen. Die Fischzucht scheint im Waldviertel wieder aufzukommen. In Renaissance und Barock herrschte sie in dieser Gegend vor, es gab viel mehr Seen als heute; in manchem erhöhten Weg zwischen zwei Wiesen erkennt man den einstigen Damm zwischen früher dort vorhandenen Gewässern. Die geologischen und meteorologischen Verhältnisse sind für die Teichwirtschaft besonders günstig, die Qualität der Waldviertler Karpfen ist dementsprechend hoch. Ich schlage vor, den Karpfen auf klassische Weise zuzubereiten. Also schuppen, häuten, filetieren (oder vom Fischverkäufer so präparieren lassen). Die Filets salzen, in Mehl, verquirltem Ei und Bröseln wenden und in einem Gemisch aus Öl und Butter in einer beschichteten Pfanne langsam herausbacken. Wichtig: Nehmen Sie keine fertigen Brösel, sondern reiben Sie diese aus entrindetem Weißbrot selbst. Dazu Salat, am besten Mayon-

Mohnnudeln: schwer und süß und gut

naisesalat, den wir aber vielleicht besser, in Anbetracht der folgenden Mohnnudeln, durch grünen Salat ersetzen.

Für die Mohnnudeln schälen wir die Erdäpfel, teilen sie in Viertel und kochen sie in Salzwasser nicht zu weich. Etwas ausdampfen lassen, durch Kartoffelpresse pressen, erkalten lassen. Zu Würsten von etwa zwei Zentimeter Durchmesser rollen, in kleine Abschnitte teilen, diese wuzeln und mit Mehl stauben. Gut stauben und nicht zu lange liegen lassen, sonst picken sie zusammen! Keine jungen Erdäpfel! Wuzeln bedeutet: Mit der flachen Hand rollen. Im Waldviertel wuzelten die Frauen früher die Nudeln auf dem Oberschenkel und ließen sie von dort in die Schüssel fallen. Rasch in (nicht kochendem!) Wasser gar ziehen lassen. Herausheben, abtropfen lassen, in Butter schwenken, Mohn und Zucker dazugeben. Mit Zucker bestreuen.

MOHNNUDELN FÜR 4 PERSONEN

½ kg mehlige, alte Erdäpfel
120 g griffiges Mehl
2 Eidotter, 1 Prise Salz
100 g geriebenen Graumohn
50 g Zucker, 50 g Butter
Zucker zum Bestreuen

**Vom österreichischen Nordkap
bis zum Donaustrom,
vom Nebelstein bis zum Kamptaler Weinland**

Das Waldviertel in vierzehn Portionen

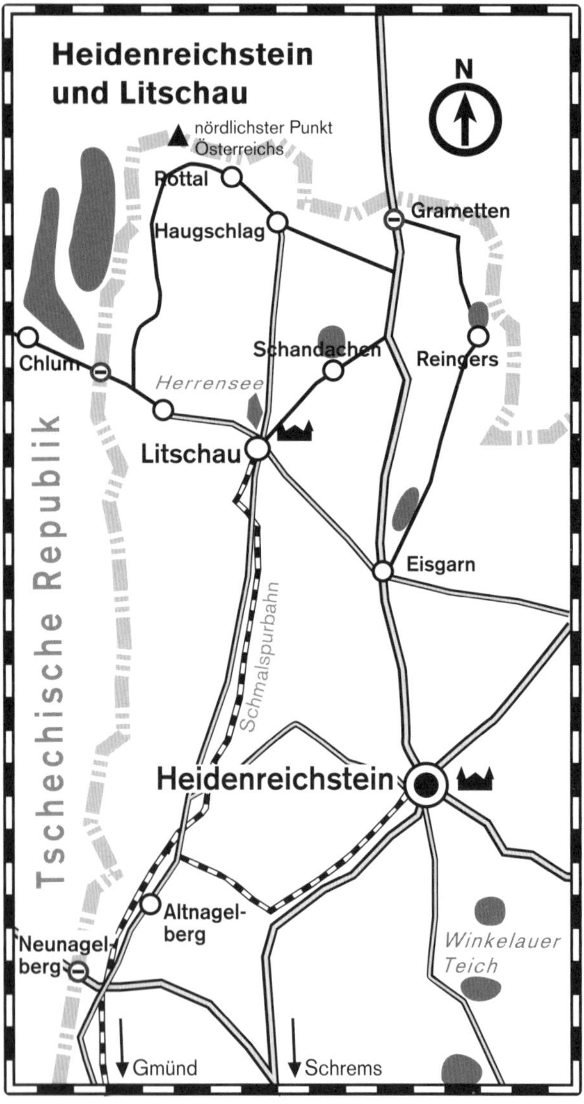
Heidenreichstein
und Litschau
N
nördlichster Punkt
Österreichs
Rottal
Haugschlag
Gramettten
Chlum
Schandachen
Reingers
Herrensee
Litschau
Eisgarn
Tschechische Republik
Schmalspurbahn
Heidenreichstein
Altnagel-
berg
Neunagel-
berg
Winkelauer
Teich
Gmünd
Schrems

Heidenreichstein und das Litschauer Landl

Ein Bild von einer Burg – Die Stadt zur Burg – Mit Dampf und Diesel – Alt- und Neunagelberg: Auf gläsernen Füßen – Litschau, der schöne Norden Österreichs – Was hat die Schrammelmusik mit Litschau zu tun? – Zu den österreichischen Nordkaps – Über die Grenze: Mit dem Rad nach Chlum

HEIDENREICHSTEIN: EIN BILD VON EINER BURG

Eigentlich fährt man ja wegen der reinen Erholung hinauf ins Waldviertel, will sich nichts, absolut nichts anschauen. Aber dann sieht man dieses unglaublich imposante Bild von einer Burg, muss stehen bleiben und um sie herum gehen. Schon von der äußeren Erscheinung her kann die Festung Heidenreichstein mit den ganz großen Burgbauwerken der Welt mithalten: So, als stünde sie schon ewig da, inmitten ihrer kleinen Insel, herausgewachsen in vordenklichen Zeiten aus dem grauen Untergrund. Steile, fast senkrechte Mauern, Türme mit Kegeldächern, Zugbrücken, Pecherker, Kamine und ein gigantischer Bergfried. Erstaunlich ist eigentlich nur, dass sich rundherum keine belebte Standl- und Budenstadt entwickelt hat: Aber das macht die Burg mit dem märchenhaften Namen eigentlich nur noch interessanter. Der Name hat übrigens nichts mit steinreichen Heiden zu tun, sondern geht, so heißt es, auf einen Herrn Hederich oder Heidenreich aus dem Geschlechte der Kuenringer Burggrafen von Gars-Eggenburg zurück, der am Ende des 12. Jahrhunderts hierher kam und den Grundstein für das Bauwerk legte. Die Bauzeit der ersten Phase wird mit 1180 bis 1190 datiert. Die ältesten erhaltenen Teile stammen noch aus dieser Zeit; im Laufe der Jahrhunderte wurde

Schloss Heidenreichstein

Heidenreichstein: Die Burg beherrscht die Stadt

immer wieder erweitert und umgebaut. Das jetzige Erscheinungsbild besteht seit 1549.

Wie nicht anders zu erwarten, ist der Besitzstand ein wechselnder. 1297 wird Heidenreichstein an Herzog Albrecht I. von Österreich abgetreten, vom 14. bis in die Mitte des 17. Jahrhunderts gehört es den Puechheims. Unter ihrer Herrschaft wird die Burg aus wehrtechnischen Gründen zu einer vierflügeligen Anlage umgebaut; die drei das Bild prägenden runden Ecktürme, der Palas, eine Rauchküche, der äußere Burghof und der nordseitige Zwinger werden angefügt; weitere, den geänderten, verbesserten Wohnbedürfnissen entsprechende Umbauten erfolgen sukzessive. Heute zeigt die Burg vor allem Züge der Spätgotik und Renaissance.

Ein gewisser Wolf Christoph von Volkra erwirbt die Burg um 1650, Kaiser Ferdinand III. verleiht ihm den Titel eines Grafen von Heidenreichstein. Seit dem 18. Jahrhundert sind die Grafen Pálffy Burgherren und bleiben es bis zum Tode von Fürst Ladislaus am 19. Januar 1947. Auch im 20. Jahrhundert wird noch mehrmals veräußert: Durch ein «Freundschaftsvermächtnis» gelangt das stolze Anwesen an Graf Rudolf van der Straten, den

Guts- und Schlossherrn von Weinern bei Raabs. Der stirbt 1961, freilich nicht ohne vorher Gut und Schloss an seine Tochter Josefine übertragen zu haben – die wiederum – tu felix Austria, nube – mit einem anderen feinen Geschlecht zarte Bande geknüpft hat: Josefine ist verehelicht mit dem Grafen Kinsky von Vchinic und Tettau, und wenn sie nicht gestorben sind, dann können wir hoffentlich noch lange das sensationell gut erhaltene Bauwerk besichtigen, das, bemerkenswert genug, im Laufe der Jahrhunderte niemals ernsthaft angegriffen, beschädigt oder zerstört wurde.

ANNO DOMINI 1549 JAR IST DURICH DEN BOLGEPARNEN HERN FRIDERICHEN CHRISTOFEN VON PUECHAM ZUM HAIDRISCHSTAIN ERBDRUCKHSES IN ÖSTEREH UNDER DER ENS ALS DER ELDER SEIER GEPRIEDER ANDREN UND OTHAINRICHEN HERN VON PUECHAM DIESE PORTN IN DEN NAMEN GOTS ANGEFANEN UND OBENELT IAR ERPAUEN

Diese Inschrift ist über dem äußeren der drei Burgtore zu lesen, und für denjenigen, der sich mit Fruhneuhochdeutsch schwer tut, sei frei übersetzt, dass «im Jahr des Herrn 1549 dieses Tor im Namen Gottes angefangen und noch im selben Jahr fertig gestellt wurde». Grund war offenbar eine Order des Landesfürsten, der nach den ersten Türkengräueln von 1529 zusätzliche Befestigungsanlagen empfohlen hatte. Die sind nun, im 21. Jahrhundert, wohl funktions-, aber nicht wirkungslos: Der Eindruck der absoluten Wehrhaftigkeit beeindruckt auch noch im Atomkriegszeitalter. Über die Zugbrücke erreicht man den ersten Hof; linker Hand steht

Burg Heidenreichstein: Dracula lässt grüßen

die Mauer senkrecht auf, rechts befinden sich Wirtschafts- und Wohngebäude. Dunkel, schwer, eng, mittelalterlich, das ist der Eindruck, den man schon in der Pforte, auf den Rundgang wartend, gewinnt; und dann geht es los – eine dreiviertelstündige, kurzweilige Abenteuerreise in eine andere Welt, und das ohne jede Multimediaanimation. Aus dem engen Innenhof richtet sich der Blick steil nach oben, auf den fulminanten Bergfried. Er bedeckt eine Bodenfläche von 75 Quadratmetern; sein Innenraum ist aber nur mehr 25 Quadratmeter groß: Die Mauern sind annähernd vier Meter stark, selbst ein Blitz eines Wintergewitters konnte ihn nicht zu Fall bringen – sondern ihm nur einen schweren Riss zufügen. Der einzige Zugang führte einst in 14 Meter Höhe in den Turm; kriechend gelangte man über schmale, sechzig Zentimeter hohe Stufen zu den oberen Geschoßen. Insgesamt 82 Zimmer, Räume, Kammern hat die Burg, darunter auch den berühmten Rittersaal mit spätgotischem Fliesenboden und geschnitzter Balkendecke. Eine 450 Jahre alte Uhr ist zu sehen, der älteste, gotische Kasten Österreichs, eine tausend Jahre alte Tischplatte und auch ein Mehrzweckraum – der schlichte Wandschrank wird nach Öffnung der Flügel, welch Wunder, zum Altar, der ein romanisches Kruzifix und rustikale Figuren aus dem 14. Jahrhundert enthält. Zahlreiche Porträts, Stammtafeln, Erinnerungsstücke und Mobiliar weisen auf die lange Reihe verschiedener Besitzer hin, daneben gibts Waffen, Rüstungen, Trinkgefäße, alles echt, alles original und mindestens so schön wie im Ritterfilm.

FÜHRUNGEN Mitte Mai bis Mitte Oktober, tägl. außer Mo um 9, 10, 11, 14, 15, 16 Uhr, für Reisegruppen und Schulklassen Voranmeldung; kleiner Museumsshop; Info: Kinsky'sches Forstamt, Tel. 02862/522 68

HEIDENREICHSTEIN, DIE STADT ZUR BURG

Dem Ort Heidenreichstein sieht man an, dass er eine bewegte jüngere Vergangenheit hatte. Tatsächlich war die rund 5000 Einwohner zählende Kleinstadt einmal eine der größten Industriestädte des Waldviertels. Vor allem Textilfabriken, aber auch Metall verarbeitende Industrie brachten bis zu 2000 Arbeitsplätze in den Ort; bekanntestes Unternehmen war die Strumpffabrik «Patria». Wer sich für die interessante, bis in die 1970er-Jahre heraufreichende Industriegeschichte der von seinen Bewohnern liebevoll «Hoaningstoa» genannten Gemeinde interessiert, sollte das Heimatmuseum im Ortsteil Kleinpertholz besuchen. Einst gab es hier wie auch im nahen Schrems eine starke Arbeiterbewegung; im Bürgerkriegsjahr 1934 kam es zu einem Streik und zu Verhaftungen.

Die Attraktionen des heutigen Heidenreichstein sind friedlich, aber doch spannend. Am nördlichen Ortsrand eröffnete im Frühjahr 2002 die *Anderswelt*, ein 5,45 Millionen Euro schweres Erlebnisweltprojekt, zum Teil von der EU finanziert. An der Bundesstraße Richtung Litschau gelegen, hat es sich zur Aufgabe gemacht, den Drang der Besucher nach Indoorabenteuern zu stillen. Labyrinth, Rabe, Schlange, Embryo, Ei, Mond, Rune, Rechteck: Diese Symbole sind in der Anderswelt omnipräsent, man absolviert einen entertainmenttechnisch aufgemotzten Spaziergang durch die Geister-

Anderswelt: Spaziergang in der Geisterbahn

bahn des dritten Jahrtausends, wandert durch eine technisch nicht ganz makellose Fantasyshow. Die Szenen, die die Besucher auf ihrem Marsch durch die mit modernen Entertainmenttechniken ausgestattete Erlebniswelten durchlaufen, heißen: «In der Gewalt der Hexe», «Die Wilde Jagd», «Moorpfad», «Anders Verfolgung», «Im Tempel der Träume» und «Anders Welt». Kulturkritiker bleiben besser draußen. Angeschlossen sind ein unvermeidlicher «Merchandisingshop» sowie «Hexenküche»-Erlebnisgastronomie, außerdem gibts daneben einen Badeteich.

Nach so viel Indoor- jetzt Outdoorprogramm, zuerst in der Stadt selbst. Für Architekturfreunde ist vor allem die 1908 erbaute *evangelische Kirche* von Interesse. Die einstige «Kaiser-Jubiläumskirche» in der Waidhofner Straße 12 ist ein spätgründerzeitlicher Bau mit starken Jugendstilelementen.

Heidenreichstein: Bierglocke am Hauptplatz

Als Spaziergang in freier Natur drängt sich der zweieinhalb Kilometer lange Weg durch den *Naturpark Hochmoor-Gemeindeau* förmlich auf. Los gehts auf dem Parkplatz an der Bundesstraße 5 Richtung Waidhofen. Auf einem Steg kann man dreißig Meter ins Moor hineingehen, von einem Hochstand den schönen Rundblick auf den Winkelauer Teich genießen und am Ende des Nachmittagsspaziergangs noch einen echten Waldviertler Granitturm, den *Hängenden Stein* «mitnehmen». Als Zuschlag gibts dann noch das preisgekrönte *Torf- und Moormuseum*, mit echter Nachbildung einer nicht ganz echten Moorleiche.

INFO Tourismusinformation Heidenreichstein, Stadtplatz 1, Tel. 02862/526 19 **ESSEN UND TRINKEN** Restaurant Wais, Stadtplatz 7, Tel. 02862/522 51; großer Gastgarten. Café-Konditorei Hartwig Ulrich, Schremser Straße 14, bei der Wasserburg; Spezialität: «Heidenreichsteiner Burgkugel» (Di Ruhetag). Nicht unoriginell ist ein Lokal im Gewerbegebiet, Industriestraße 8; in einem echten, umgebauten Iljuschin-Jet gibts Essen und Kaffee; auch von außen beachtlich: Magic Jet, Bar, Café-Restaurant, im Sommer Mo–So ab 11 Uhr, im Winter Mo, Di Ruhetag, Tel. 02862/522 85 bzw. 02862/535 83 **RADVERLEIH** Fa. Erhart, Jägergasse 7–9, Tel. 02862/521 63 **ANDERSWELT HEIDENREICHSTEIN** Ostern bis Allerheiligen Mo–So 10–18, November, Dezember, Februar, März bis Ostern Fr, Sa, So und Fei 11–15 Uhr; Gruppen ab 25 Personen nach Voranmeldung; der Einlass ist auf 160 Besucher pro Stunde beschränkt; Voranmeldung an Wochenenden sinnvoll; Tel. 02862/525 06 **HAUS DES MOORES** Kleinpertholz 36, im gleichen Haus wie das Heimatmuseum, Mitte April bis Ende Oktober, Fr, Sa, So und Fei 10–16, Juli, August auch Mi 19–21 Uhr; Führungen auch nach Voranmeldung, Tel. 02862/525 06-60

MIT DAMPF UND DIESEL

Damit keine Unklarheiten entstehen: Die Schmalspurbahnstrecken von Gmünd nach Litschau und Heidenreichstein sind eingestellt. Schon anno 1986 rollten hier die letzten fahrplanmäßigen Personenwagerln, gezogen von altersschwachen Dieselloks. Bis zum Jahresende 2000 fuhren noch sporadisch Güterzüge nach Litschau, vor allem die Abensberg-Seiler'sche Gutsverwaltung ließ Rundholz auf die Schiene verladen. Aber das alles ist Geschichte.

Eröffnet wurden die 25 Bahnkilometer von Gmünd nach Litschau am 3. Juli 1900. Damals gab es noch genug produzierende Industrie. Die Glasfabrik Altnagelberg war ein Hauptkunde, auch im Industrieort Heidenreichstein gab es Fracht genug. Schwermütig sieht man die winzigen Haltestellenhäuschen, sieht man, wie zwischen den Schienen Gras und Unkraut wuchern, sieht man die Bahnhofsgebäude verfallen. Nur manchmal, zu ausgewählten Zeiten, erwacht die tote Bahn wieder zum Leben. Vorwiegend zwischen Heidenreich-

Nebengleis: Neues Leben blüht auf alten Schienen

stein und Altnagelberg fahren Nostalgiegarnituren hin und her, Betrieb ist zu diversen Anlässen wie Jahrmärkten oder Volkswandertagen sowie im Sommer regelmäßig an allen Wochenenden. Gefahren wird teils mit Diesel, teils mit Dampf – am besten, man informiert sich vorab, wann wo welche Lok angespannt ist. Auch werden einige wenige durchgehende Züge von Gmünd nach Litschau geführt.

WALDVIERTLER SCHMALSPURBAHNVEREIN Altnagelberg, Bahnhofstraße 59, Tel. 02859/871 48-1 oder 0699/11 46 53 50 **FAHRPLÄNE** www.waldviertlerbahn.at, Bahnhof Gmünd, Tel. 02852/525 88-330

ALT- UND NEUNAGELBERG: AUF GLÄSERNEN FÜSSEN

Über hundert Glashütten gab es ab dem 15. Jahrhundert einst im nordwestlichen Waldviertel: in Saaß zum Beispiel, in Loimanns, Grametten und Illmanns, in Reingers, Leopoldsdorf und Hirschenwies, in Schandachen, Josefsthal, Pengershof, aber auch in Heidenreichstein, dort bis 1750. Auch im benachbarten Böhmen wurde an vielen Orten Glas erzeugt – vor allem, weil der Energiespender Holz überall reichlich vorhanden war. Da die Bäume im Einzugsgebiet der Hütten aber rasch abgeholzt waren, hatten die diversen Standorte in früherer Zeit nicht allzu langen Bestand; letztendlich blieb der Raubbau auch am Hof in Wien nicht unbemerkt: Kaiser Joseph II. empfahl per Hofdekret, Steinkohle als Brennmaterial für die Glaserzeugung zu verwenden.

Schon in der zweiten Hälfte des 19. Jahrhunderts waren alle Waldviertler Glashütten verschwunden, mit Ausnahme jener von Altnagelberg. Sie wurde in den vergangenen Jahrzehnten einige Male beinahe oder ganz geschlossen, wechselte öfter den Besitzer, wurde aus regionalpolitischen Gründen auch immer wieder – dank Subventionen – neu aufgesperrt. Im Herbst 2001 ging das Unternehmen wieder einmal in Konkurs, eine Nachfolgegesellschaft sperrte im Frühjahr 2002 auf, rund dreißig Personen wurden eingestellt. Das allerletzte Aus kam dann im Juli 2002. Nun sind alle Glasöfen ausgekühlt, Ende, finito, vorbei. Der Bürgermeister der Gemeinde, der selbst mehr als dreißig Jahre in der Fabrik gearbeitet hat, gibt der hohen Politik die Schuld am Desaster: «Die Grenzregion wurde im Stich gelassen.» Früher, in den 1950er-, 1960er-, 1970er-Jahren war alles noch ganz anders, 800 Personen arbeiteten in der Fabrik, man produzierte rund um die Uhr im Schichtbetrieb. Wenn ein sozialdemokratischer Kandidat im Waldviertel auf Wahlkampftour war, durfte er die Altnagelberger Glasfabrik nicht auslassen; auch Franz Vranitzky schwang hier Reden, schaute bei Betriebsrundgängen Glasbläsern und Glasschleiferinnen wenigstens einige Minuten lang bei der Arbeit zu.

Die Glasfabrik ging sogar in die neuere österreichische Literatur ein; Gernot Wolfgruber, einer der wichtigen österreichischen Schriftsteller der 1970er- und 1980er-Jahre, setzte ihr und den dazugehörigen Ortschaften in seinem autobiografischen Roman «Auf freiem Fuß» ein Denkmal: «Ich lade die Fläschchen auf die Schaufel, laufe zum Kühlofen, schiebe die Fläschchen hinein, aber weil ich die Schaufel nicht am Ende ihres langen Stiels genommen und mich zu weit in den Ofen hineingebeugt habe, versengt es mir gleich Augenbrauen, Wimpern und Haarspitzen.» An anderer Stelle analysiert er in klassischer Sozialroman-Manier die Auswirkungen des Fabriksalltags auf das soziale Leben der «One-Factory-Town»: «Die beiden Orte Alt- und Neu-N. sind nur Anhängsel der Fabrik. Die drei Schichten zerteilen die Orte, die Häuser, die Familien, die einzelnen Menschen, lassen nichts ohne Einschnitt, Abschnitt. Selbst die, die nicht in der Fabrik arbeiten, die Kinder, die Hausfrauen, die Rentner und die paar Greißler und Wirte, hängen am Rhythmus der Fabrik, an der Stechuhr. Irgendwer, den man gerade da haben möchte, ohne den man eine Sache nicht anfangen kann oder will, hat ständig die andere Schicht. Die Surrogate in den Beziehungen nehmen überhand, weil der Bestimmte gerade nicht da ist. Man käme mit der Hälfte der Betten aus, wenn man es nicht schon unhygienisch finden würde, in einem andern als dem eigenen Bett zu schlafen. Die Leute glauben, es liegt am Glas. Wenn es geschmolzen ist, sagen sie, muss es aufgearbeitet werden.»

«Mitbringsel» aus der Glashütte Zalto

Die alte Glasfabrik ist tot, doch ein anderer Glas verarbeitender Betrieb hat sich mittlerweile einen klingenden Namen gemacht. Kein Bus kann hier vorbeifahren, ohne Halt zu machen, selbst die Heidenreichsteiner Schmalspurbahnler verbinden ihre Ausfahrten in der Regel mit einem Betriebsbesuch bei der *Waldglashütte Kurt und Roland Zalto*. Die Zaltos produzieren erst seit den 1970ern Glas, steigerten die Produktion langsam, aber stetig und halten nun bei rund dreißig Beschäftigten; für Besucher ist die Besichtigung äußerst geschickt im «amerikanischen System» organisiert. Man stolpert unversehens in die Werkstatt; ein Glasbläser steht auf der Bühne vor dem Ofen, formt Gläser und andere Kunstwerke; überraschend, dass dieser Arbeiter so nebenbei Pensionistinnen wie Schulkindern die Grundzüge seines Handwerks erklärt – und zwar auf wirklich nette Art. Nach der Besichtigung der Schau-Glasschleiferei und eines kleines Glasmuseums führt der Rundgang zu guter Letzt in die großzügigen, glitzernden und funkelnden Verkaufsräume. Niemand verlässt das Schau-Werk ohne Mitbringsel. Neuerdings sind auch hübsche Gläser nach Mustern der Wiener Werkstätte in der Kollektion; über mangelnde Besuchernachfrage kann sich Kurt Zalto erfreulicherweise nicht beklagen: «In der letzten Zeit ist uns das fast ein bisschen über den Kopf gewachsen.» Für den Markt produziert wird übrigens nicht hier in der Schauwerkstatt, sondern einige Häuser weiter, in der «richtigen» Glasmanufaktur. Im Ort gibt es noch weitere Glasschleifereien und -verkaufsstellen; wer hier spazieren geht, stößt auf Schritt und Tritt auf die Spuren der niedergegangenen Glaserzeugung, aus deren Scherben sich soeben neues Leben zu entwickeln scheint. Arbeiterwohnhäuser verschiedenster Bauperioden, Lehrlingsheim, leer stehende Fabriksteile – der Ort ist für Industriearchäologen eine Pilgerstätte erster Ordnung.

INFO Gemeindeamt Brand-Nagelberg, Tel. 02859/72 17-0 **WALDGLASHÜTTE ZALTO**, Neunagelberg 58, Tel. 02859/72 37, Mo–Fr 7–12, 13–17, Sa 8–12 Uhr

LITSCHAU, DER SCHÖNE NORDEN ÖSTERREICHS

Litschau, die auf 534 Meter Seehöhe gelegene Kleinstadt, ist zweifelsfrei eine der attraktivsten Urlaubergemeinden des

Waldviertels. Viel wurde hier in touristische Infrastruktur investiert – fast schon zu viel, denn Litschau zählt zu den höchstverschuldeten Gemeinden Österreichs. Für Gäste erfreulich: Hier gibt es jede Menge Feste, vom ganz normalen Kirtag bis zum Erdäpfelfest, im Sommer ist auf dem Hauptplatz und rundherum jede Woche was los.

Das Litschauer Land ist sanft zu Radfahrern und Spaziergängern; es ist wellig, aber fast nirgends richtig steil. Dutzende Teiche, Ausläufer der Südböhmischen Seenplatte, gruppieren sich locker um den Ort, jeder Gast findet seinen Lieblingsteich, an dem er zumindest die Füße ins Wasser baumeln lassen kann. Litschau liegt westlich der mitteleuropäischen Wasserscheide, der aus Herrensee und Schönauer Teich fließende Reißbach fließt zur Elbe und damit zur Nordsee. Das erklärt auch die Tatsache, dass in beiden Gewässern Aale zu fangen sind und folglich ein kleiner Ort in der Nähe auch *Aalfang* heißt.

Der Litschauer *Herrensee* hieß früher einmal Herrenteich, wurde aber im Zuge der touristischen Erschließung umgetauft: Die Gäste aus Deutschland, die im Rogner-Hoteldorf «Königsleitn» am Nordrand des Ortes ihren Urlaub verbringen,

Naturbad Herrensee: auch für die ganz Kleinen attraktiv

schwimmen lieber in einem See. Er ist jedenfalls die eigentliche Attraktion des Ortes. Wirklich groß ist er mit seinen 1,6 Kilometern Länge und 23,6 Hektar Wasserfläche zwar nicht, Platz genug für Schwimmer, Tret-, Ruder- und Elektroboote bietet er dennoch. Das *Strandbad* am Ostufer ist eine der schönsten und kinderfreundlichsten Anlagen des ganzen Waldviertels: Selbst an heißen Sommertagen ist die Liegefläche groß genug, und genug Schatten durch hohe Bäume gibt es auch, dazu noch einen geheizten Pool, ein schönes Kleinkinderbecken und ein akzeptables Strandrestaurant – was will man eigentlich mehr vom Leben?

Zu verdanken hat man den schönen Teich bzw. See einem Herrn Wolfgang von Kraig, der das «Herrenwehr» 1551 errichten ließ, um eine Hofmühle zu betreiben, die just an der Stelle stand, wo sich heute die Schlosserei Schalko befindet. Mit Spaten und Schaufel wurde der Aushub bewerkstelligt; zugelangt haben die harten Teichgräber aus Böhmen. Zu seiner heutigen Größe kam der Herrenteich aber erst 1887; aus diesem Jahr stammt der Damm, der bis heute den See daran hindert, aus- und davonzufließen. Bei dem empfehlenswerten, knapp fünf Kilometer langen *Spaziergang rund um den Herrensee* rufen sich zwei Waldviertler Künstler in Erinnerung. Gleich am Beginn der Promenade, fünf Minuten vom Hauptplatz entfernt, steht eines der zahlreichen Waldviertler *Hamerling*-Denkmäler (→ Hamerling, S. 80).

Bei Haugschlag

Dichter auf Granit: Hamerling-Denkmal bei Litschau

Einige Hundert Meter weiter am schattigen Ufer weist ein Gedenkstein darauf hin, dass der mittelhochdeutsche Spruchdichter *Der Litschower* (möglicherweise) aus dem Ort stammt. Dargestellt ist eine Szene aus der Manessischen Liederhandschrift, die den Sänger mit blauem Gewand und blonden Locken zeigt.

Im Ort selbst gibt es mehrerlei zu tun: Zuerst einmal einen Blick in die strenge Kühle der *Stadtpfarrkirche St. Michael* zu werfen. Bei der letzten Renovierung 1950 kamen hinter dicken Mörtelschichten gotische Fresken zum Vorschein.

Gleich vis-à-vis, am Stadtplatz 28, befindet sich das *Kaufhaus Kössner*. Wenn es einen Wettbewerb gäbe, möglichst viele, möglichst verschiedenartige, auch möglichst altertümliche Waren auf möglichst engem Raum aufzustellen, aufzustapeln, aufzuschlichten, dann hätte der Kössner den Preis schon in der Tasche. Dieses Kaufhaus, in dem vom Zwirnsfaden über den Müsliriegel bis zum Modellflugzeug die halbe Welt zu kaufen ist, dieses Kaufhaus ist quasi die Antithese zum Supermarkt neueren Zuschnitts. Hier, im äußersten Norden des Bundesgebiets, hat der aussterbende Typus der

«Gemischtwarenhandlung» bis dato überlebt. Reingehen, schauen, staunen, kaufen.

Das *Schloss Litschau*, unübersehbar am Hang des Schlossbergs, gehört seit Maria Theresias Zeiten der gräflichen Familie Seilern-Aspang. Besichtigungen des bewohnten Anwesens sind nicht möglich, man muss sich mit der Betrachtung des hohen, runden Bergfrieds aus dem 13. Jahrhundert mit dem markanten Kegeldach begnügen. Nahe kommt man dem Schloss auf einem Spaziergang am *Waldlehrpfad*, der bei der Schlossstiege am Fuß des Schlossbergs beginnt und keine drei Kilometer lang ist; sechzig verschiedene Gehölze kann man sehen. Damit der naturkundliche Unterricht nicht zu trocken ausfällt, kommt man nicht nur an Herrensee und *Schönauer Teich* vorbei, sondern auch am *Kuefsteiner Teich* und am kleinen *Kuchelteich* (in dem tatsächlich die Fische für die Schlosskuchel schwimmen).

Schloss Litschau

Litschau ist vor allem idealer Ausgangspunkt für kleinere und größere Wanderungen, Ausflüge, Spaziergänge, Radtouren zu diversen Wackel-, Grasel-, Fiedel- und Teufelssteinen; die Wanderkarte der Touristeninformation ist absolut hilfreich. Ein interessantes Ziel ist die *Propstei Eisgarn*, fünf Kilometer südlich des Orts. Bei einer Renovierung 1976 wurden etliche Räume künstlerisch ausgestaltet; der kleine, stets offene Garten der Propstei wird revitalisiert. Besichtigung des Inneren: Sa und So 13–18 Uhr.

INFO Gästeservice Litschau, Stadtplatz 17, Tel. 02865/53 85, Juli, August Mo–Fr 9–12, 16–18, Sa 10–12, 16–18 Uhr, Mitte September bis Mitte Juni Mo–Fr 8–12, 14–17 Uhr **ESSEN/TRINKEN/SCHLAFEN** Rogner Hoteldorf Königsleitn, Buchenstraße 1, Tel. 02865/53 93; künstliches Waldviertler Dorf, clubähnlich, autolos; gehobene Kategorie. Etliche Gasthäuser und Cafés im Ort **TAXI** Böhm Reisen, Tel. 02865/50 00 **HEIMATMUSEUM LITSCHAU**, Stadtplatz 21, Juni und September Sa, So, Fei 10–12, Juli und August Sa, So, Fei 10–12, Mi

15–17 Uhr bzw. nach Anmeldung unter Tel. 02865/53 85 **RADVERLEIH** Gästeservice, s.o. **NATURBAD** Herrensee, Strandbadstraße 9, Seerestaurant Tel. 02865/433; vom Stadtzentrum mit dem Auto oder auf einem Spazierweg am Seeufer (10 Min.) zu erreichen **GOLF** Golfclub Herrensee, Tel. 02865/438; Einstiegskurse bis zur Platzreife **LANGLAUFEN** 3 Loipen, 7–10 km **SKIVERLEIH** Sport 2000, Stadtplatz 70, Tel. 02865/52 10 **MODELLFLUGPLATZ** an der Reitzenschläger Straße, tägl. 8–19 Uhr, Leopold Kösstner, Tel. 02865/71 32 oder 02865/50 08

WAS HAT DIE SCHRAMMELMUSIK MIT LITSCHAU ZU TUN?

«Willkommen in der Schrammelstadt Litschau», steht auf der Ortstafel. Einige Meter weiter der nächste Wink mit dem Zaunpfahl: «Schrammelhof» heißt ein Wirtshaus an der Straße. Auch wenn es etwas seltsam tönt: Die echte Wiener Schrammelmusik hat im fernen Litschau ihre wahren Wurzeln, der Vater der berühmten Schrammel-Brüder stammt von hier. Die erste Stätte der Erinnerung, zu der sich ein Schrammel-Pilger zu begeben hat, befindet sich im Ortsteil Kainraths. Die Anfahrt zum Schrammel-Geburtshaus *ist beschildert und liegt am, welch glücklicher Zufall: Kaspar-Schrammel-Weg; dieses Ziel ist auch per kleinem Spaziergang vom Ort aus (Wanderweg Nr. 2) zu erreichen. Das adrette, allein stehende Haus lässt nichts mehr vom ehemaligen ärmlichen Weberhaus der Schrammels erahnen, nichts mehr von den dürftigen Verhältnissen, in denen die Kleinhäuslerfamilie lebte. Nur eine Gedenktafel am Haus erinnert daran, dass hier in der Dreikönigsnacht des Jahres 1811 der stramme* Kaspar Schramel (1811–1895) *das Licht der Welt erblickte. Schon in der Volksschule blies der Lauser die Klarinette; mit elf wurde das Kind bereits in die Dorfmusikkapelle aufgenommen. Seine Klarinette war auf G und nicht wie üblich auf C oder B gestimmt. Bekannt wurde dieses speziell getrimmte Instrument später als «picksüßes Hölzl». Der hoffnungsvolle Nachwuchsmusiker musste, wie schon seine Eltern, den Beruf des Webers erlernen, verdiente sich aber mit seiner Musik immer einiges Geld dazu. Als Schrammels Frau 1846 starb, ging der Witwer mit seinem Sohn nach Neulerchenfeld bei Wien, trat in Vorstadtlokalen auf und heiratete schließ-*

lich die Volkssängerin Magdalena Forgatsch. Die Söhne Johann und Josef wurden Musikanten; beide spielten die Violine. Ab jetzt schrieben sich die Schramels mit Doppel-M. Zum fünfzigsten Geburtstag des Vaters traten Johann und Josef, 11 und 9 Jahre alt, zum ersten Mal öffentlich auf; der Vater spielte Klarinette, die Söhne musizierten auf der Violine. Da die weitere Geschichte der Schrammels mit Litschau nur mehr wenig zu tun hat, kehren wir rasch ins nördliche Waldviertel zurück und schauen, was es noch zu sehen gibt.

Schrammel-Brunnen in Litschau

Am Haus Stadtplatz 28, *heute Kaufhaus Kössner (s. o.), weist eine Tafel darauf hin, dass hier einst die Volksschule untergebracht war, jene Stätte elementarer Bildung, in der der Schramel-Bub nicht nur Rechnen und Schreiben lernte, sondern auch seine ersten Violinsaiten abriss. – Vor dem* Schrammelbrunnen *am Hauptplatz befindet sich eine anlässlich den 175. Geburtstages aufgestellte Büste des Komponisten. Nicht weit davon sind die beiden Söhne als um das «picksüße Hölzl» streitende Lustknaben in Sandstein verewigt. Eine für Schrammel-Forscher wichtige Adresse ist schließlich noch der* Schrammel-Gedenkraum *im Museum. Typische Instrumente sind hier ebenso zur Schau gestellt wie schöne Fotos aus dem Familienalbum. Sogar aus Japan, erzählt die Führerin mit großem Stolz, waren schon Verehrer da.*

ZU DEN ÖSTERREICHISCHEN NORDKAPS

Das Gebiet nördlich von Litschau ist ein ideales Radfahrerland. Man fährt auf praktisch unbefahrenen Nebenstraßen, Waldwegen, vorbei an Lacken, Tümpeln, Teichen. Die beschriebene Runde ist so ähnlich natürlich auch mit dem Auto abzuklappern: Von Litschau geht es zügig und konstant bergauf ins kleine Dorf *Schandachen*. Ruhe, Ruhe überall (ausgenommen Traktoren und Mopeds)! Hier gibt es ein zwar unscheinbares, aber dennoch brauchbares Gasthaus, das sich durch eine mitten in der Wirtsstube liegende Kegelbahn sowie gute Küche auszeichnet.

ESSEN UND TRINKEN Gasthof Oppolzer, Schandachen 4, Tel. 02865/252

Weiter gehts nun Richtung Norden, vorbei am schönen *Großen Schandacher Teich* sowie am Sagteich, immer geradeaus nach *Illmanns*. Hier überquert man die Bundesstraße 5, die nach Tschechien führt, und erreicht nach wenigen Kilometern das kleine Bauerndorf *Reingers*. Das etwas versteckt gelegene *Freizeitzentrum am Müllerteich* ist überhaupt nicht überlaufen und so angenehm, dass man hier unbedingt Halt machen und ins Wasser springen sollte. Darüber hinaus spezialisiert sich Reingers als «Hanfdorf» – mit Verkaufsausstellung von diversen Hanfprodukten und einigen «Events» rund um diese viel besungene Pflanze, die hier auch noch in größerem Stil angebaut wird.

INFO Gemeindeamt Reingers, Tel. 02863/82 08 **HANFDORF** Tel. 0664/582 10 60 **NATURBAD** Freizeitzentrum, Anfahrt beschildert, Tel. 02863/581 88

Wenn man es schafft, von Reingers noch vor der Abenddämmerung wegzukommen, führt der Weg nun auf der Direttissima nach Norden, nach *Hirschenschlag* (zwei Dorfgasthäuser). Da der Weg noch weiter nach Norden durch die Staatsgrenze versperrt ist, knickt die Straße Richtung Westen ab und führt in den Grenzort *Grametten*. Auf der Bundesstraße 5 geht es nun ein kurzes Stück zurück Richtung Illmanns, wo man wieder nach rechts, nach *Griesbach* und *Haugschlag*, abbiegt. Damit befindet man sich nun in der allernördlichsten Gemeinde Österreichs. Viel los ist in dem 800-Seelen-Ort nicht, was Einsamkeitssucher und 200 Zweitwohnsitzer herzlich freut. Am südlichen Ortsrand befindet sich der markante *Hutstein* und etwas weiter

Abendstille überall: Großer Schandacher Teich

die absolute touristische Hauptattraktion, der sehr schön gelegene *Golfplatz Haugschlag* samt dazugehörigem Restaurant.

INFO Gemeindeamt Haugschlag, Tel. 02865/82 06 **ESSEN/TRINKEN/GOLF** Golfresort Haugschlag, Restaurant Schindler, Haugschlag 160, Tel. 02865/84 41, www.golfresort.at

Litschau, die nördlichste Stadt Österreichs, Haugschlag, die nördlichste Gemeinde Österreichs. Was bleibt da noch für ein Superlativ? Jawoll, die ehemalige Holzfällerkolonie *Rottal* ist die *nördlichste Ansiedlung* Österreichs. Ausgerechnet hier in der Nähe – und niemand soll sagen, das ist nichts wert – befindet sich die größte heimische Brutstätte von Mopsfledermäusen. Von der (einzigen) Straße zweigt, an markierter Stelle, der Fußweg zum *nördlichsten Punkt* Österreichs ab – ein netter, halbstündiger Spaziergang, meist leicht bergab, hinunter zum Neumühlbach. Schon steht man ehrfurchtsvoll vor den Tafeln «Achtung Staatsgrenze», die, Gott sei gelobt, ihren Schrecken längst verloren hat. Man könnte, wenn man wollte, mit einem Satz ans andere Ufer des Bächleins gelangen, aber man will ja doch nicht; ein Grenzstein markiert das Nordkap Österreichs. Schön, einmal da gewesen zu sein!

Beim österreichischen «Nordkap»

Nach all diesen Strapazen drängt sich eine Einkehr im *nördlichsten Gasthaus Österreichs* förmlich auf. Es befindet sich in einmalig einsamer Lage am Waldesrand, und verfehlen kann man es eigentlich nicht, denn es gibt ohnedies nur eine Straße, und die muss man einfach weiter entlangfahren. Das kleine Wirtshaus mit der schönen Stube hat es geschafft, dank einer engagierten Küche zu einem beliebten (und oftmals ausgebuchten) Ausflugslokal zu werden. Wenn man hier Schweinsbraten mit Waldviertler Knödeln essen will: unbedingt vorher anrufen! Über Josefsthal, eine ehemalige Glasmacherkolonie, gelangt man nach der Einkehr, immer in dichtem Wald fahrend, zurück nach Litschau.

ESSEN UND TRINKEN Gasthof Perzy, Rottal 22, Tel. 02865/84 33

ÜBER DIE GRENZE: MIT DEM RAD NACH CHLUM

Einer der nettesten Ausflüge ab Litschau führt über die Grenze nach Tschechien, nach *Chlum*, zum dortigen Badesee samt Badeanlage. Achtung: Diesen Ausflug kann man eigentlich nur mit dem Rad machen. Zu Fuß ist der Hatscher durch den Grenzwald zu lang und zu fad, und mit dem Auto darf man hier nicht drüber. Man verlässt Litschau also Richtung Schlag, rollt dann bergab und erreicht alsbald das große *Zollhaus*, das von einst regerem Verkehr erzählt. Strenge Passkontrolle! Nach dem Grenzbalken fährt man ein Stück auf

Nördlicher kann man in Österreich nicht essen: Wirtshaus Perzy

einem geschotterten Waldweg, ist aber bald wieder auf Asphalt und nach kurzer Fahrt an schönen Teichufern in *Chlum*, wo es eine passable *Freibadanlage*, einen Supermarkt und last, but not least, ein stark frequentiertes Wirtshaus gibt, in dem man mit Euro zahlen kann. Die *Wallfahrtskirche* auf der Anhöhe dominiert die Stadt; der von der Basilika von Mariazell inspirierte Bau stammt aus 1745. Den Schlussel dafür gibt es am Stadtamt. Das barocke *Jagdschloss Chlum* ist nicht zugänglich, wohl aber der *Schlosspark*.

Man befindet sich hier im Bezirk Jindřichův Hradec (Neuhaus), einem böhmischen Urlaubsgebiet, ausgezeichnet durch die höchste Dichte an Seen und Teichen der Tschechischen Republik, genannt das «böhmische Kanada». In der Region nistet sogar der Seeadler. Wenn man die Umgebung von Chlum erkunden will: Nördlich des Orts kann man am Ufer des *Großen Stankauer Teichs* dahinrollen – schön eben, kaum Autos. Allerdings sollte man sich etwas Kraft für die Rückfahrt nach Litschau aufheben: Ab dem Zollhaus geht es, man erinnert sich, konstant bergauf.

GRENZÜBERGANG Schlag/Chlum, 1. Mai bis 30. Juni und 1. September bis 15. Oktober 8–18, 1. Juli bis 31. August 8–20 Uhr, nur für Fußgänger und Radfahrer, Tel. 02865/56 67

Gmünd und Schrems
nach Heidenreichstein
nach Litschau
Neu-nagelberg
Schmalspurbahn
Winkelauerteich
Tschechien
Gebhartsteich
Schrems
Klein-Eibenstein
Blockheide
Wackelsteine
Lainsitz
Hoheneich
České Velenice
Pürbach
Franz-Josefs-Bahn
Gmünd
Teiche
nach Weitra
Kirchberg a. Walde
N
nach Schweiggers

Gmünd, Schrems und viele Teiche

Die berühmte Blockheide – Wie kommen die Steine auf die Heide? – Gmünd, die Stadt mit der Grenze – Zeit- und Industriegeschichte zwischen Gmünd und Schrems – Schremser Haus, Schremser Bier, Schremser Granit – Die große Teichrundfahrt – Das Hoftheater in Pürbach und sein «Macher» – Die Pürbacher Teichwanderung – Über die Grenze: Stippvisite in Třeboň

DIE BERÜHMTE BLOCKHEIDE

Wenn man nach Gmünd fährt, dann der vielen Steine wegen: Der rund 120 Hektar große *Naturpark Blockheide Eibenstein* ist eines der Hauptausflugsziele des gesamten Waldviertels. In einer mit Rotföhren, Birken und Heidekraut bedeckten Heidelandschaft liegen Dutzende riesige Granitblöcke verstreut, gerade so, als ob sie in einer gewaltigen Kanonade hierher geworfen worden wären. *Christophorusstein, Teufelsbett, Pilzstein, Teufelsbrotstein* und drei (nicht wirklich wackelnde) *Wackelsteine* sind die harten Tatsachen, denen man sich hier zu stellen hat, und es gibt Freunde der Blockheide, die alle Jahre wieder hierher pilgern. Noch bevor man in die Stadt hineinfährt, zweigt man bei Gmünd-Ost nach Norden ab, folgt den Wegweisern und ist auch schon da: Die Blockheide selbst ist das ganze Jahr über «offen», im Gegensatz zum 25 Meter hohen, aus Lärchenstämmen gezimmerten Aussichtsturm und der Jausenstation. Absolute Einsamkeit findet man hier nicht, dafür aber einen überdimensionierten, natürlichen Kletter- und Spielpark und für Bildungshungrige auch einen *Granitbearbeitungslehrpfad*, der anhand von Werkstücken erklärt, wie der härteste aller Steine gesprengt, gesägt und geschliffen werden kann. Lange Zeit holten sich die Steinmetze der Umgebung das am leichtes-

Aussichtsturm auf der Blockheide

ten zu kriegende Rohmaterial, und das waren die riesigen, frei herumliegenden, die Bauern bei der Arbeit störenden Blöcke. Heute aber werden die Granitriesen geschont, der «Schremser Granit» wird nur mehr in Steinbrüchen abgebaut. Die Steinbrüche Kirchenwald und Herschenberg befinden sich in unmittelbarer Nachbarschaft der Blockheide.

Das am Gelände befindliche *geologische Freilichtmuseum* präsentiert die verschiedenen Gesteinsarten, die im Waldviertel vorkommen, in friedlichem Nebeneinander und macht die Unterschiede zwischen Gföhler Gneis und Weinsberger Granit anschaulich.

Blockheide-Wahrzeichen: der Wackelstein

Ganz nahe beim Blockheide-Zentrum befindet sich auch ein malerischer Teich, Rastplätze gibt es genug und auch einen hübschen Kinderspielplatz.

Der Naturpark hat ein Problem: In nur sieben Jahren ist der Waldanteil von rund einem Drittel auf knapp die Hälfte gestiegen, was aber nicht sein soll, da es sich schließlich um eine Heidelandschaft handelt. Jetzt versucht der Gmünder Bürgermeister, die Grundeigentümer zu überreden, die Grundstücke nicht aufzuforsten und auch nicht brachliegen zu lassen, sondern sie Interessenten als Schafweide zur Verfügung zu stellen.

Die Wege zu den wichtigsten Naturdenkmälern sind gut bezeichnet; die größte Ansammlung von Granitriesen findet sich rund um den Aussichtsturm. Es empfiehlt sich, einen Blockheide-Führer günstig zu erwerben und einen der zwei Rundwanderwege – 4 bzw. 5,7 Kilometer – abzugehen; neben der großen Steinversammlung beim Turm ist vor allem der Pilzstein eine kleine geologische Sensation. Empfehlenswert ist auch der Marienkäferweg – er weist in erster Linie den Weg zu zwanzig «Restbiotopen», sprich selten gewordenen Lebensräumen für Tiere und Pflanzen.

Man befindet sich übrigens westlich der mitteleuropäischen Wasserscheide, was nichts anderes heißt, als dass die Bacherln, die hier entspringen, via Braunau und Lainsitz in die Elbe fließen. Der 15. Längenkreis (Meridian) zieht unsichtbarerweise durchs Gebiet. Das ist naturgemäß ein virtuelles Ereignis, für Menschen mit Sinn fürs Korrekte, Vermessungstechnische.

ANFAHRT ab Gmünd beschildert, Zugänge in den Ortsteilen Grillenstein und Eibenstein; Parkplätze bezeichnet; Areal ca. 2 km vom Stadtplatz entfernt **BLOCKHEIDE-INFORMATIONSZENTRUM**, WC, Aussichtsturm; Führungen nach Voranmeldung im Gemeindeamt Gmünd, Tel. 02852/525 06; Infos auch beim Verein Naturpark Blockheide Eibenstein-Gmünd, Tel. 02852/90 25-25875 **ESSEN UND TRINKEN** Schutzhaus-Jausenstation, geöffnet von April bis Ende Oktober 9.30–19 Uhr, direkt beim Aussichtsturm, netter Platz; auch beim Eingang in Groß-Eibenstein einige Lokalitäten

WIE KOMMEN DIE STEINE AUF DIE HEIDE?

Es ist schwer vorstellbar, wieso in manchen Teilen des Waldviertels Riesengranittürme, Wackelsteine, unförmige Quader, dann wieder sanft gerundete Riesenbrotlaibe in der Gegend herumstehen und -liegen. Klar, dass sich ein reicher Sagenschatz gebildet hat, der von diversen Teufels-, Riesen- und Hexeninterventionen berichtet. Spätere Erklärungen behaupten eine eiszeitliche Überformung des Gebiets und daraus resultierend die abgerundeten Granitformen. Auch das sind nur Geschichten. Das Waldviertel war zu keiner Eiszeit von Gletschermassen bedeckt. Die Wahrheit ist wie immer viel komplizierter:

Der Granit ist ein sehr altes Tiefengestein, das ursprünglich nur das Fundament des einst hier aufragenden so genannten «Variszischen Gebirges» darstellte. Bei der Abkühlung der ursprünglich flüssigen Magmamassen entstanden bereits erste Risse und Klüfte. Im Laufe der Jahrmillionen

Blockheide: kein Teufelswerk

wurden die über dem Granit lagernden Gesteine abgetragen; die gesamte Region unterlag in verschiedenen erdgeschichtlichen Epochen auch Hebungen, wodurch sich «Entspannungsklüfte» und -risse bildeten. Damit war das – weitgehend rechteckige – Muster für die weitere, chemische Verwitterung vorgezeichnet. Das Wasser begann entlang dieser Risse und Klüfte seine zersetzende Arbeit, die Ecken der riesigen Quader wurden am stärksten gerundet. Geologen sprechen in dem Zusammenhang auch von «Wollsackverwitterung». Diese Phase ging vor rund fünfzig Millionen Jahren vonstatten. Noch lag der Granit unter der Oberfläche, spätere Perioden der Erosion und schubweisen Landhebung haben die heute sichtbaren Granittürme und -skulpturen als «Restlinge» freigelegt. Auch die Wackelsteine sind auf diese Art und Weise entstanden: Hier trennte der Zahn der Verwitterung den oben liegenden Block vom Untergrund eben fast vollständig ab; der Teufel war dabei garantiert nicht im Spiel.

DIE STADT MIT DER GRENZE

Nach dem obligatorischen Blockheidebesuch lässt sich eine Stippvisite in der Stadt gar nicht mehr vermeiden. Gmünd liegt auf 485 Meter Seehöhe, hat knapp 7000 Einwohner und eine

Staatsgrenze mitten durch die Stadt. 200 Meter hinter dem Stadtplatz, die Litschauer Straße entlang, noch rasch über die Lainsitz drüber, und schon steht man vor dem Grenzbalken des *Zollamts Gmünd-Böhmzeil*, der ja seit 4. Dezember 1989 wieder mehr offen als geschlossen ist.

Das kleine Ackerbürgerstädtchen am «Gemünde» der Braunau in die Lainsitz erwachte erst durch den Bau der Franz-Josefs-Bahn aus einem langen Dornröschenschlaf; ab 1869 entwickelte sich die Textil-, Stein- und Glaserzeugung in der Stadt bzw. in deren Umgebung. Der Bahnhof von Gmünd, an dem die Linie nach Budweis von der Hauptstrecke Wien–Prag abzweigt, wurde westlich der Stadt, im Ort Unter-Wielands gebaut, was später historische Bedeutung erlangte.

Gmünd: Rathaus

Ab 1914, dem Beginn des Ersten Weltkriegs, erlebte die Stadt nicht viel Gutes: Im Süden, getrennt durch die Bahnlinie, wurde ein riesiges Flüchtlingslager für Vertriebene und Deportierte aus den östlichen Kronländern der Donaumonarchie, vor allem für Ruthenen aus Galizien und der Bukowina, angelegt. Aus dieser Barackenstadt entwickelte sich später der Arbeiterbezirk «Gmünd II» (→ Zeit- und Industriegeschichte, S. 65). Der Krieg wurde verloren, die Monarchie ging unter, und die 1918 gegründete Tschechoslowakische Republik erhielt durch den Friedensvertrag von St. Germain etliche Gemeinden in unmittelbarer Nähe Gmünds zugeschrieben, so auch Unter-Wielands. Am 31. Juli 1920 besetzten die Tschechen das ihnen zugesprochene Land, was die Flucht zahlreicher Menschen auslöste – und Gmünd dazu zwang, einen neuen Bahnhof auf österreichischer Seite zu bauen. Immerhin blieb die Grenze nach anfänglichen Sensibilitäten passierbar.

18 Jahre später war schon wieder alles anders. Im Oktober des Jahres 1938, ein halbes Jahr nach dem «Anschluss» Österreichs an Hitlerdeutschland, besetzten deutsche Truppen den

Grenzstüberl: Die Teilung der Stadt wirkt nach

Ort «Gmünd Bahnhof» – die Stadt war nun wieder vereint. 1942 wurde die Bahnhofssiedlung eingemeindet und hieß ab sofort «Gmünd III».

Als strategisch wichtiger Punkt wurde die Stadt am 23. März 1945 auch noch von der US-Luftwaffe bombardiert – 336 Menschen starben, die Sachschäden waren gewaltig. Wenige Wochen später marschierte die Rote Armee in Gmünd ein; die Stadt wurde erneut geteilt, diesmal aber «eisern». Der Vorhang blieb 44 Jahre lang zu, und dass er 1989 ziemlich unvermittelt wieder aufging, erscheint manchen heute noch als Wunder. Jetzt fährt man, trotz mancher Ressentiments und auch mancher Ängste, schon mal rüber, zum Abendessen, auf den Vietnamesenmarkt oder gleich auf ein Bier nach Budweis oder auf einen Karpfen nach Třeboň (→ Über die Grenze, S. 75).

Angelangt im Hier und Jetzt, empfiehlt sich ein kleiner *Rundgang* am Stadtplatz. In der Mitte steht das *Alte Rathaus*. Der Renaissancebau aus der zweiten Hälfte des 16. Jahrhunderts beherbergt im ehemaligen, mit Wandmalereien geschmückten Ratssaal das *Stadtmuseum*. Der Turm wurde nach 1900 abgetragen, bei einer Restaurierung anno 1988 aber wieder aufgesetzt.

Schön, dass in der warmen Jahreszeit ein netter Schani- und Eisgarten rund um das Rathaus offen hält. Die Fassaden der den Platz umrahmenden Häuser stammen vorwiegend aus dem 19. und frühen 20. Jahrhundert. Dabei handelt es sich um klassische «Ackerbürgerhäuser» mit platzseitiger Blendfassade und einem Wirtschaftstrakt hintenan. *Zwei Sgraffitohäuser* – Stadtplatz 31 und 33 – sind die auffallendsten Bauten. Das linke der beiden spätgotischen, in der Renaissance überbauten Giebelhäuser ist kleinteilig «diamantiert», das rechte zeigt im Obergeschoß unter anderem den Sturz des Ikarus sowie diverse Szenen aus der antiken Mythologie.

Am und um den Platz befinden sich nicht weniger als vier Museen: Neben dem Stadtmuseum im Rathaus gibt es noch das *Glas-* und das *Steinmuseum im Haus Stadtplatz 34* (1. Mai bis 30. September, Tel. 02852/525 06-38) sowie das *Schaumuseum Alte Schmiede*, Stadtplatz 11 – durch die geschlossene Türe sieht man auf eine original erhaltene Hufschmiede.

Am nordöstlichen Eck, etwas abseits des Platzes, befindet sich die *Stadtpfarrkirche zum heiligen Stephan*. Die Entwürfe für die letzte Restaurierung mit Chorerweiterung im Jahr 1981 stam-

Gmünd: Sgraffitohäuser am Hauptplatz

Palmenhaus Gmünd: heute als Veranstaltungshalle genutzt

men von Clemens Holzmeister; der im Kern romanische Bau ist gotisch überformt, die Inneneinrichtung neogotisch.

Am anderen, westlichen Ende steht das ursprünglich aus dem 12. Jahrhundert stammende *Schloss*, das, vielfach verändert, 1985 von der Habsburg-Lothringischen Gutsverwaltung verkauft wurde und nun ein genossenschaftlicher Wohnbau ist. Im *Schlosspark* finden Botaniker viele Raritäten; das ehemalige *Palmenhaus* versteckt sich in der südöstlichen Ecke. Der frühhistoristische Saalbau aus 1858 wird nun als Veranstaltungsraum genutzt.

Gmünd hat es gut: Die Stadt ist, so wie viele Orte in der Gegend, von Teichen umgeben; ja selbst im unmittelbaren Ortsgebiet gibt es etliche Gewässer. Um diese Gmünder Teiche näher kennen zu lernen, empfiehlt sich der *Teichkettenweg* (Rundwanderweg Nr. 14), ein ein- bis eineinhalbstündiger Spaziergang, der beim Bahnhof beginnt und immerhin an fünf Teichen – *Großer Harabruckteich, Fuchsteich, Pilzteich, Neunteich, Aßangteich* – vorbeiführt. Ganz kommt man auf dieser Runde freilich aus der Zivilisation nicht heraus; die Schnellstraße muss zweimal gekreuzt werden. Der *Aßangteich*, der letzte der fünf

Teiche, ist das schöne Planschbecken der Gmünder, mit Liegewiese und Restaurant und Beachvolleyballfeld und umgebendem Wäldchen und insofern im Sommer als Oase der Erfrischung sehr zu empfehlen.

INFO Tourismusbüro Gmünd, Stadtplatz 34, Mai bis Ende September, Mo–Fr 9–12 und 13–17, Sa, So, Fei 9–12 Uhr, Tel. 02852/525 06-38, 02852/500-261 **ESSEN UND TRINKEN** Hopferl-Biertreff, Meridian-Passage Top 9, Tel. 02852/519 80, So Ruhetag. Gasthof Pauser, Bahnhofstraße 44, Tel. 02852/538 60, Mi ab 14 Uhr, Do Ruhetag. Schüsselwirt, Greillensteiner Straße 9, Tel. 02852/527 28, Di–Fr 11–24, Sa, So 9–24 Uhr **BAHNHOF** Bahnhofsplatz 7, Tel. 02852/525 88-382, Abfahrtsstelle der Waldviertler Schmalspurbahnen **TAXI** Klaban, Tel. 02852/523 31 **RADVERLEIH** Rad-Fuchs, Bahnhofstraße 42, Tel. 02852/529 86 **NATURBAD** Freizeitzentrum Aßangteich, Albrechtser Straße 10, Tel. 02852/525 58 **CAMPING** Aßangteich, INDU-Camp Schlögl, Tel. 02852/515 52 **KINO** Litschauer Straße 2, Tel. 02852/524 64 **REISEBÜRO** Einer der raren Waldviertel-Arrangementanbieter ist F.A.M. Reisen, Bahnhofstraße 1, Tel. 02852/547 12. Im Angebot sind Erlebnistage im Waldviertel, Fahrten mit Schienenfahrrad bzw. Schienenhochrad auf den Gleisen der Waldviertler Schmalspurbahn oder auch geführte Tageswanderungen. **HUTMACHER** Eine der Letzten ihrer Zunft: Christina Fritz, Stadtplatz 28, Tel. 02852/536 10; auch Strohhüte und Kappen in großer Auswahl.

ZEIT- UND INDUSTRIEGESCHICHTE ZWISCHEN GMÜND UND SCHREMS

Das Gebiet von Gmünd bis Schrems, Hoheneich mit eingeschlossen, ist eines der beiden fast echten Industriereviere des Waldviertels, Gmünd wenigstens zum Teil eine Arbeiter- und Eisenbahnerstadt. In Gmünd wurde auch gemeinsam mit České Velenice der bislang einzige grenzüberschreitende Industrie-Gründerpark eingerichtet.

Nirgendwo sonst sind derartig viele produzierende Unternehmen versammelt, und weil wir im Waldviertel sind, so sind auch die Probleme nirgendwo sonst so groß wie im Bezirk Gmünd, wo, durch den kalten Hauch der Rezession beschleunigt, im Herbst/Winter 2001 etliche Betriebe dichtmachten und die Arbeitslosigkeit kurzfristig auf beängstigende 16 Prozent stieg. Überflüssig zu erwähnen, dass der Bezirk von 1991 bis 2001 deutlich an Bevölkerung verloren hat. Der erhoffte Aufschwung durch die Ostöffnung ist noch nicht eingetreten.

Das Industrieviertel von Gmünd liegt südlich vom Bahnhof und umfasst den ganzen aus der 1914 errichteten Flüchtlingsbarackenstadt hervorgegangenen *Stadtteil Gmünd II*, heute *Neustadt* genannt. Zwischen 1914 und 1918 waren in den 400 Gebäuden bis zu 40.000 Menschen untergebracht; was das für die Stadt und die Menschen bedeutet hat, kann man sich angesichts heutiger Flüchtlingsdebatten lebhaft ausmalen. Ein *Mahnmal* in der Dr.-Karl-Renner-Straße, dort, wo sich der ehemalige Lagerfriedhof befand, spricht von 30.000 Menschen, die hier umgekommen sind.

Gmünd war auch schon vor dem Ersten Weltkrieg eine Industriestadt. In den Vororten hatten sich Weberzeilen entwickelt, beispielsweise in der Ortschaft *Böhmzeil*, wo fast jedes Haus über einen Webstuhl verfügte. Böhmzeil liegt nördlich der Lainsitz, nördlich vom Zollamt Gmünd-Böhmzeil.

Ein sehr frühes Fabriksgebäude aus dem Jahr 1884 hat sich bis heute fast unverändert erhalten: die *Strickerei Mittermayer* in der Grenzgasse 1 in Böhmzeil. Vom Grenzübergang auch schon gut zu sehen ist die mächtige *Eisenberger-Fabrik* aus den 1920er-Jahren (Litschauer Straße 23). Der Stahlbetonbau sowie das zur ehemaligen Webwarenfirma gehörige Arbeiterwohnhaus sind gut erhalten. Die Gleise der Schmalspurbahn nach Litschau führen direkt an der Fabrik vorbei.

Nun ein kleines Stück Richtung Hoheneich-Schrems. Bald hinter der Kreuzung Gmünd-Ost befindet sich linker Hand, zwischen Schnellstraße und Braunaubach, die weitläufige *Backhausen-Kolonie* mit der berühmten *Textilfabrik Backhausen* im Zentrum. Ein Ab-Fabrik-Schnäppchen ist hier für fast jede Käuferin zu holen, Käufer tun sich etwas schwerer, das liegt in der Natur der angebotenen Ware.

Das 1849 in Wien gegründete Unternehmen, ein ehemaliger k. u. k. Hoflieferant, ließ schon bald im Waldviertel und in Südböhmen bei Heimwebern produzieren; nach Fertigstellung der Franz-Josefs-Bahn wurde sukzessive die gesamte Produktion hierher verlagert; eine Fabriksanlage mit dazugehörigem Fabriksdorf, mit Herrenhaus und Fabrikantenvilla, entstand. Auch heute noch sind viele Gebäude aus dieser Zeit erhalten, es zeigt sich ein industriegeschichtliches Ensemble in gutem Erhaltungszustand.

Backhausen war und ist dafür bekannt, mit den Designern der «Wiener Werkstätte» zusammenzuarbeiten. Muster und Designs wurden unter anderem von Kolo Moser, Josef Hoffmann oder Otto Wagner entworfen. Um die Jahrhundertwende waren hier in Hoheneich 300 Weber und vierzig Teppichknüpferinnen, heute sind etwa 150 Arbeiter bzw. Arbeiterinnen beschäftigt; produziert wird, und da ist das weltweit bekannte und geschätzte Unternehmen eine rühmliche Ausnahme, mit allermodernster Technologie.

FA. BACKHAUSEN Joh. und Söhne GmbH Möbel- und Dekorstoffe, Hoheneich 26, Tel. 02852/502-0; Ab-Fabrik-Verkauf; Besichtigung für Gruppen nach Voranmeldung, Mo–Fr 8–13 Uhr

Von der Backhausen-Siedlung ist es nur ein Katzensprung in den nahen Ort *Hoheneich*. Der Ort ist stolz auf seine *Marienwallfahrtskirche*, oben am Berg, mit dem Gnadenaltar aus dem Jahr 1780 und der 600 Jahre alten Marienstatue. Am großen Wallfahrtstag im September kommen Hunderte Wallfahrer, um Schutz, Trost und Freude bei der Gottesmutter zu finden. Der Ort selbst kann seine Vergangenheit nicht leugnen: die ehemalige Webersiedlung hat bis heute ihren durch enge Gässchen und kleine Häuschen gekennzeichneten Charakter bewahrt. Ein typisches *Weberhaus* ist in der Schulgasse 28, gegenüber der Schule, zu sehen.

Die wirkliche Sensation Hoheneichs aber ist der *Mitterteich*. Um ihn zu finden, fährt man auf der kleinen Nebenstraße von Hoheneich Richtung Pürbach. Zu diesem von Wald umstandenen Paradies kommen Freaks, Insider, Einheimische. An heißen Sommertagen ist es hart, einen Parkplatz zu finden, Liegeplätze werden knapp.

Vom Mitterteich führt ein Fahrweg zur rund einen Kilometer entfernten, am Ufer der Braunau liegenden *Anderlfabrik*, die man aber auch von der Hauptstraße Gmünd-Schrems aus erreichen kann. Eine Fabrik, die sich ohne viel Veränderung aus dem ausgehenden 19. Jahrhundert bis ins Jetzt herübergerettet hat.

INFO Gemeindeamt Hoheneich, Tel. 02852/526 64 **ESSEN/TRINKEN/SCHLAFEN** Im nahen Ort Nondorf steht das einzige Viersternhotel der Region unübersehbar auf der grünen Wiese. Das im postmodernen Burgenstil erbaute Hotel Leonardo hat 120 Betten, Hallenbad, Sauna, Seminarräume und noch einiges mehr; es gehört der Gattin des niederösterreichischen Wirtschaftslandesrats. Nondorf, Hauptstraße 110, Tel. 02855/500

SCHREMSER HAUS, SCHREMSER BIER, SCHREMSER GRANIT, SCHREMSER DESIGN

Die Gegend zwischen Gmünd und Schrems ist nicht der Ruhrpott. Aber fährt man auf der Schremser Umfahrungsstraße, gewinnt man kurzzeitig den Eindruck, weniger in einem Natur-, als vielmehr in einem Gewerbepark größeren Ausmaßes gelandet zu sein. Immerhin hat der größte Arbeitgeber des Waldviertels, der Fertighauserzeuger Elk, sein Hauptquartier in Schrems bezogen. Die *Elk Fertighaus AG* ist nicht nur mit Abstand Österreichs Marktführer, sondern zählt zu den größten Fertighausproduzenten Europas. Pro Jahr werden etwa tausend Häuser verkauft, der Umsatz beträgt rund 95 Millionen Euro. Besitzer des 600-Personen-Unternehmens ist die Familie Weichselbaum, die Geschichte liest sich wie ein Traum aus der Hollywood-Traumfabrik: Der Firmengründer Johann Weichselbaum war Tischler, der, von großem Ehrgeiz beseelt, nicht nur Radrennfahrer und Marathonläufer wurde, sondern auch nach lukrativen Handelsgeschäften Ausschau hielt. 1959 gründete er sein Unternehmen, importierte zuerst schwedische Blockhäuser. Der Selfmademan erzählt gerne die Geschichte, dass es ausgerechnet der viel gescholtene Bruno Kreisky war, der es ihm mit einem großzügigen Kredit ermöglichte, seine Produktion im Krisengebiet Waldviertel zu starten.

Schrems baut nicht nur Häuser, sondern auch – und das schon wesentlich länger – Straßen und Plätze. Viele, viele Ladungen Steine gingen per Bahn ins gründerzeitliche Wien; aus Schremser Granit ist die Pflasterung der Wiener Kärntner Straße, die einstige Wiener Stadtbahn und die U-Bahn kommen auch nicht ohne Platten aus diesem harten, schönen Stein aus. Auch zahllose Grabsteine, aber darüber redet man schon weniger gern, sind aus diesem grauen, mit kleinen weißen Einsprengseln versehenen Stein gemeißelt.

Hausfassade in Schrems

Aus kunsthistorischem Interesse kommt man eher nicht hierher, wohl aber wegen einiger Produkte, die es hier gibt. Das *IDEA Designcenter* von Makis und Heide Warlamis befindet sich in einer adaptierten alten Textilfabrik; zu kaufen gibt es Designerware, Porzellan, Möbel, Teppiche, diverse Geschenkartikel, einige hart an der Kitschschwelle entlangschrammend. Keine Frage: Hereingeschaut muss man haben. Denn wo, bitte schön, außer hier, in der Granitstadt, gibt es Granitbecher, Granitpolster oder – «der Hit des Jahres» – Waldviertler Steinhocker? Auch diverse Ausstellungen und Veranstaltungen finden im Haus statt.

Das nächste aus der Stadt stammende Produkt ist flüssig. Und goldgelb. Und in Form von Doppelmalz, Edelmärzen, Premium hell, Pils, zu gewissen Zeiten auch als Weihnachtsbräu erhältlich: Schrems ist Bierstadt. 1838 kaufte ein Herr Jakob Trojan die vermutlich um 1380 gegründete *Brauerei* um exakt 8600 Gulden. Karl Theodor Trojan führt heute – in fünfter Generation – das kleine Unternehmen, das in den letzten Jahren auch einiges in den Standort investierte. In der Stadt, nahe dem Schloss, ist die alte, aus der Mitte des 18. Jahrhunderts stammende, zu einem Wohnhaus umgebaute Brauerei zu sehen. Charakteristisch ist die hohe, wuchtige Malzdarre. Im aktuellen Betrieb gibt es einen kleinen Souvenirladen, für echte Schremser-Fans.

Ein etwas ausgiebiger, rund zehn Kilometer langer Spaziergang vom Hauptplatz weg ist der *Teich-, Steine- und Gewässerweg*, der als «W2» firmiert und über den Stadtpark, die Uferpromenade die Braunau entlag zur Heumühle und zur Hammerschmiede führt. Über Fischersteig, Fuchsteich und Grafenhäusl gelangt man zurück zum Hauptplatz. Gerade recht, um das Bier abzuarbeiten, das man beim Mittagessen konsumiert hat.

ELK-Fertighaus AG Zentrale, Industriestraße 1, Tel. 02853/705 **IDEA** Designcenter, Mühlgasse 7, Tel. 02853/771 04, Mo–Sa 9.30–12, 14–18 Uhr **PRIVATBRAUEREI SCHREMS** Niederschremser Straße 1, Tel. 02853/772 75-0, geöffnet Mo–Fr 7–12, 13–17, Sa 8–11 Uhr; Führungen für Gruppen nach Voranmeldung

DIE GROSSE TEICHRUNDFAHRT

Die Schremser Gegend ist, da ziemlich flach, auch ein Eldorado für Radfahrer. Die ideale Runde führt auf kaum befahrenen Routen zu den großen Teichen nordöstlich von Schrems. Und das geht so: von Schrems nach Gebharts; vorbei am Naturschutzgebiet *Gebhartser Teich.* Im Ort links, Richtung Haslau, am *Haslauer Teich* vorbei. Weiter bis Seyfrieds, hier rechts und das Südufer des nahe Heidenreichstein gelegenen *Winkelauer Teichs*

Wasser, soweit das Auge reicht: bei Pürbach

entlang, der, inmitten eines Moors gelegen, ebenfalls Naturschutzgebiet ist. Die Fahrt geht weiter nach Pfaffenschlag, an der B 5 Waidhofen–Heidenreichstein. Nach kurzer Fahrt auf dieser stark befahrenen Straße Richtung Waidhofen geht es schon wieder, noch im Ort, nach rechts ab und über *Artolz* (kleiner Teich nach dem Ort) weiter nach *Edelprinz*. Welch ein Name für welch ein Dorf! Der zu diesem Ort gehörige Teich liegt einige Hundert Meter abseits der Straße und ist gut zum Rasten geeignet. Über Heinreichs und Eulenbach geht die Fahrt nach *Langschwarza*. Hier überquert man die B 2 und kann nach kurzer Fahrt durch den Wald nach *Pürbach* (→ S. 72) gelangen. Ein kleiner Umweg nach Pürbach führt von Langschwarza/Kurzschwarza Richtung Stölzles zur kleinen, idyllisch gelegenen Kapelle *St. Johann im Walde*. Die würde noch nicht den Umweg rechtfertigen, aber die unmittelbar daneben im Wald versteckte *Waldschenke* (Blockhüttenstil, Heurigenbänke unter Nadelbäumen) tut dies sehr wohl. Schöner Rastplatz, deftiges Essen, kühles Trinken.

ESSEN UND TRINKEN Waldschenke, Tel. 02853/784 85, Fr ab 18, Sa ab 15, So und Fei ab 9 Uhr

Jetzt aber endgültig *Pürbach*, das man von der Waldschenke über einen auch mit dem Rad befahrbaren Wanderweg erreichen kann. Dieser kleine, sehr nette Ort direkt an der Franz-Josefs-Bahn (der Bahnhof heißt Pürbach-Schrems) beherbergt eine kulturelle Hauptadresse des Waldviertels, nämlich das *Waldviertler Hoftheater* (s. u.). Ein Vorzug Pürbachs ist, dass es von lauter Teichen umgeben ist. Im *Ortsteich* kann man an einem dafür adaptierten, schönen Platz baden; daran anschließend und über einen Feldweg zu erreichen liegen der *Althöllteich* und der kleinere *Amtswiesteich* (→ Teichwanderung S. 74).

Vom Theaterdorf Pürbach führt eine Straße über Ehrenhöbarten direkt zurück nach Schrems. Ausnahmsweise streift man auf den letzten Kilometern keinen See, fährt aber, zur Belohnung, nochmals durch die Stadtmitte und direkt zum *Badeteich Moorbad*, wo man zwischendurch einige Kilometer schwimmend zurücklegt, bevor man zum Tagesausklang noch rasch den beim Moorbad beginnenden *Hochmoor-Wanderweg* (Länge: exakt 4580 Meter) laufend absolviert. Man kann dabei auch Stiegen steigen und die futuristisch aufragende *Himmelsleiter* erklimmen.

INFO Stadtamt Schrems, Hauptplatz 19, Tel. 02853/774 54, www.schrems.at **ESSEN UND TRINKEN** Gasthof Schönauer, Schulgasse 12, Tel. 02853/772 91, So, Fei ab 14 Uhr, Do Ruhetag. Zum Waldviertler Sepp, Schulgasse 5, Tel. 02853/772 54, Mo Ruhetag. Hotel Post, Hauptplatz 5, Tel. 02853/772 26 **NATURPARK HOCHMOOR SCHREMS** Führungen mit Schautorfstechen, Anmeldung beim Stadtamt, Tel. 02853/774 54 **RADVERLEIH** Gasthof zum Waldviertler Sepp, Schulgasse 5, Tel. 02853/772 54; im Sommer jeden Mi geführte Radtouren **NATURBAD** Moorbad, Moorbadstraße 2, Tel. 02853/774 83

DAS HOFTHEATER IN PÜRBACH UND SEIN «MACHER»

Das bemerkenswerteste Theater des Waldviertels – auch das einzige – befindet sich im kleinen Ort Pürbach bei Schrems und ist in dem umgebauten, rund hundert Jahre alten «Bürgermeisterhof» versteckt. Angefangen hat alles Ende der 1980er-Jahre, mit viel Liebe zum Theater und einem Höchst-

maß an Engagement und Arbeitseinsatz; der Mann, der das ehemalige Bauernhaus auch unter enormem persönlichem Risiko «hochgebracht» hat, heißt Harald Gugenberger. Der Waldviertler Theaterdirektor ist ein «Zuagrasta», ein gebürtiger Linzer, der über seine Frau, die Schauspielerin Stella Hierländer, zum Theaterfreak geworden ist; er selbst, ein Musiker und Songwriter, möchte «irgendwann einmal auch wieder selbst» auf der Bühne stehen. Pürbach hat er als Stätte der Ruhe gesucht und gefunden, aber nach einem «Hofkulturfest» anno 1985 wars mit der Ruhe bis auf weiteres vorbei: Die Idee des Hoftheaters war geboren und musste nur noch in die Tat umgesetzt werden. Das Konzept ist antielitär und ohne Attitüde; das Programm lautet schlicht: Theatermachen für alle Menschen dieser Welt. Noch immer hängt der Impresario auch selbst Plakate in Schaufenster und bleibt so mit den Menschen in der Umgebung in Kontakt, noch immer hat er den Drang, möglichst viele Besucher verzaubern zu wollen.

Der Theatermacher: Harry Gugenberger

Man darf sich in Pürbach alles, aber keine Heustadel-Laien-Bauernbühne vorstellen; der Betrieb ist professionell, was mit bis zu zwölf Angestellten und übers Jahr gerechnet 150 bis 200 engagierten Künstlern auch notwendig ist. Es gibt Jahr für Jahr mehrere Eigenproduktionen, viele Gastauftritte berühmter Stars, Lesungen, Konzerte und sogar ein eigenes Hoftheaterorchester. Pürbach ist längst zur Institution geworden, die, auch aufgrund des bezaubernden Flairs, Besucher aus halb Niederösterreich anzieht. Vorbeischauen lohnt sich immer, denn das Theatercafé steht auch Nicht-Theatergängern offen. Theaterkarten sollte man aber vorsorglich reservieren, denn an vielen Abenden sind die Vorstellungen ausverkauft.

WALDVIERTLER HOFTHEATER Pürbach bei Schrems 14, Kartenreservierung, Info: 02853/784 69, Spielplan www.w4hoftheater.co.at
ESSEN UND TRINKEN Theatercafé an Veranstaltungstagen ab 17 Uhr geöffnet; Treffpunkt von Schickis, Schauspielern, Elevinnen, Einheimischen; angeschlossen sind Sektbar und Schauraum.

DIE PÜRBACHER TEICHWANDERUNG

Der Ausgangspunkt dieses schönen, flachen, längeren Spaziergangs liegt an der Straße von Pürbach nach Hoheneich, rund zwei Kilometer hinter Pürbach. Man passiert den *Pürbacher Teich*, der direkt neben der Straße liegt, und hält beim *Mitterteich*, dem Hoheneicher Badeteich. Von hier führt der Weg zum *Amtswiesteich*, von da zum *Ullrichsteich* und weiter zu *Spielberger Teich*, *Frauenteich*, *Otterteich*, dann nach *Ullrichs* und über *Hirschbach* zurück zum Ausgangspunkt. Badehose einpacken, keine Labestellen!

Südlich von Pürbach, an der Straße nach Kirchberg, liegen rechter Hand der *Edlauteich* und der kleine *Karfreitagsteich*. Die Ufer sind über Fahrwege erschlossen, hinter Schilf versteckt fischen Kinder wie Erwachsene.

Gehzeit ca. 4 bis 5 Stunden, Wanderkarte 1: 50.000 erforderlich

Wasser ist zum Wandern da: bei Pürbach

ÜBER DIE GRENZE: STIPPVISITE IN TŘEBOŇ

Sowohl von Gmünd als auch von Schrems (via Neunagelberg) sind es rund vierzig Kilometer nach Třeboň. Abenteuerlustige können auch mit der Bahn von České Velenice dorthin gelangen. Die gute halbe Stunde Fahrt sollte man so oder so riskieren: Parken am Parkplatz vor den Toren der Stadt. Zu Fuß einige wenige Schritte ins Zentrum: Und schon verschlägt es einem die Rede, weil sich hier ein Stadtplatz von einer perfekten Geschlossenheit präsentiert, durch keine Gewalttätigkeiten des 20. Jahrhunderts verunstaltet. Der *Marktplatz* ist zur Gänze von Bürgerhäusern mit Barock- und Renaissancegiebeln umstanden und dankenswerterweise wenigstens zu zwei Dritteln autofrei. Das bemerkenswerteste unter lauter bemerkenswerten Gebäuden ist das alte *Rathaus*, dessen 31 Meter hohen Turm man unbedingt besteigen sollte: Der Überblick ist sensationell, und man sieht auch schon die großen umgebenden Wasserflächen der Třeboňer Teiche, die sich, gemeinsam mit dem umliegenden Festland, im so genannten «sekundären natürlichen Gleichgewicht» befinden.

Die Stadt erlebte ihre große Blute im 16. und zu Beginn des 17. Jahrhunderts unter den Rosenbergern; die Schwarzenbergs besaßen die Domäne dann bis ins 20. Jahrhundert. Immer war die Fischzucht eine zentrale Einnahmequelle; im 19. Jahrhundert kam das erste Moorheilbad dazu. 1960 wurde Třeboň zum Kurort, 1977 zum Zentrum des Biosphären-Reservates der UNESCO und 1979 schließlich zum Zentrum eines Landschaftsschutzgebietes erklärt.

Zu verdanken hat die Stadt ihre wunderbare *Teich-Fluss-Kanal-und-Moorlandschaft* erstens der Lainsitz und zweitens den Rosenbergern, die im 16. Jahrhundert hier ziemlich radikal umbauen ließen.

Was macht man in Třeboň? Schlendern, bummeln, streunen, um die Ecke schauen, hier Kaffee trinken, dort einkaufen. Das *Renaissanceschloss* ist eines der größten Tschechiens und teilweise zu besichtigen. Der *Schlosspark* schließt an den großen Komplex an; ganz in der Nähe verbirgt sich hinter einem Damm das Ufer des *Sees Svet*, auf dem man eine Bootsrundfahrt absolvieren oder mit einem gemieteten Boot rudern kann. Man kann den Teich auch auf einem elf Kilometer langen Weg zu Fuß oder per Fahrrad umrunden. In rund zwanzig Minuten gelangt man zu Fuß, über den Damm, in einen *englischen Park*, in dessen Zentrum die neugotische *Schwarzenbergische Familiengruft* liegt.

Gar nicht weit weg von der Stadtmitte befindet sich das mit Bäumen bestandene *Strandbad*. Auch am anderen Ufer ist ein Bad, ebenso am nur durch einen Damm vom Svet getrennten *Opatovichý-Teich*. Am Abend muss es dann wohl ein Karpfen sein, in einem der Restaurants. Am besten, man sucht sich seinen persönlichen Lieblingsplatz schon beim Nachmittagsspaziergang aus und reserviert – sonst kann es platzmäßig eng werden. Bevor man mit dem Stadtbummel loslegt, sollte man sich im Informationsbüro am Hauptplatz einen Stadtplan organisieren und mögliche Veranstaltungen auskundschaften.

INFO Informations- und Kulturzentrum Třeboň, Hauptplatz (Masarykovo náměstí) 103, Tel. 00420/333/72 11 69. Unterkunft, Führungen, Gruppenangebote, Führungen durch die Brauerei, in der das berühmte «Bohemia Regent» gebraut wird **ESSEN UND TRINKEN** Hotel Bíly koníček, Renaissancehaus aus 1544, Masarykovo náměsti 97 (Hauptplatz), Tel. 00420/333/72 12 13. Hotel Myslivna, gegründet im 13. Jh., Rožmberská 33, Tel. 00420/333/72 18 33. Restaurant Supina, schöner Schanigarten, Valy 155, Tel. 00420/333/72 11 49 **FAHRRADVERLEIH** Jiří Novak, Trafik, Masarykovo náměstí 85, 00420/333/72 28 67. Weitere Verleihe über das Infobüro (s. o.)

Petri Heil im «böhmischen Kanada»

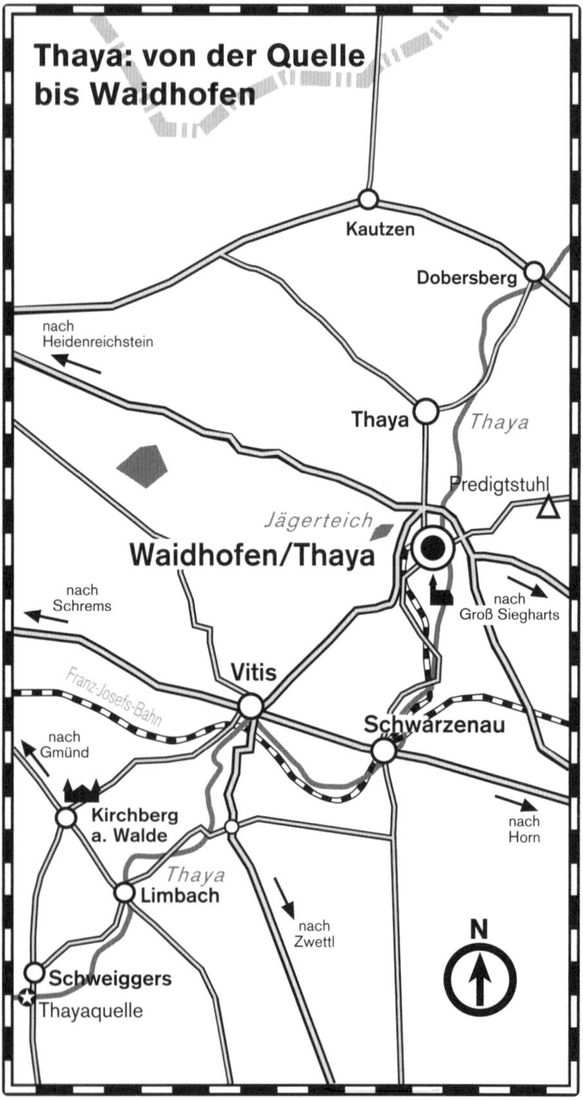

Thaya: von der Quelle bis Waidhofen
Kautzen
Dobersberg
nach Heidenreichstein
Thaya
Thaya
Predigtstuhl
Jägerteich
Waidhofen/Thaya
nach Schrems
nach Groß Siegharts
Vitis
Franz-Josefs-Bahn
Schwarzenau
nach Gmünd
Kirchberg a. Walde
nach Horn
Thaya
Limbach
nach Zwettl
N
Schweiggers
Thayaquelle

Die Thaya: Von der Quelle bis Waidhofen

Ad fontes! – Hamerling in Schweiggers und Kirchberg – Ein Abstecher nach Siebenlinden – Von Schweiggers nach Waidhofen – Waidhofen an der Thaya – Groß Siegharts und das Bandlkramerlandl – Der letzte Bandlweber – Die wunderbare Dörfer-Tour – Über die Grenze: Von Fratres nach Slavonice

AD FONTES!

Der Höhepunkt dieses Kapitels, zumindest geographischer Natur, liegt auf 657,5 Meter Seehöhe in einem lichten Wald. Wer die Stelle finden will, hat es leicht – die Koordinaten lauten: 15° 2' östlicher Länge und 48° 4' nördlicher Breite. Die Angaben stimmen garantiert, denn sie stammen vom Bundesministerium für Land- und Forstwirtschaft und wurden in der Gewässerkarte des Hydrographischen Zentralbüros 1972 veröffentlicht. Also: Nichts wie hin, zur Quelle der «deutschen Thaya», des zweiten Waldviertler Hauptflusses! Kaum jemand kann sich dem Ruf *AD FONTES* entziehen, und es ist durchaus und nicht nur für Kinder interessant zu sehen, wie das Leben eines Flüsschens anfängt.

Nun, es schießt hier nicht ein heller Strahl von kühlem Nass aus dem Felsen. Vielmehr sammelt sich eine kleine Wasserlacke in einer ausgestochenen Mulde, unter einer Birke, die aus einem Föhrenstrunk emporgewachsen ist. Der Waldboden rundherum ist moorig, sumpfig, und wenn man ein Stück durchs Unterholz geht, findet man dann auch so etwas wie ein erstes Gerinne, das sich auf die weite Reise nach Norden und später nach Osten begibt, um bei Hohenau in die March zu münden. So weit aber sind wir noch lange nicht. In unmittelbarer Nähe der Quellmulde ist ein Granitblock mit der Inschrift «Thayaquelle» gepflanzt. Ruhiger als in dieser Ecke des Waldviertels ist es praktisch nirgendwo auf der Welt. «Einsam, wo Schauer wehn und Schatten düstern / bei Föhren, die den moos'gen Fels umgattern / wo Spechte klopfen, Raben heimlich flattern / Da weil ich, nach Waldeinsamkeit nur lüstern», sprach einst ein gewisser *Robert Hamerling (1830–1889)*, dereinst viel, heute gar nicht mehr gelesener Hauptdichter des Waldviertels.

Thayaquelle: Klein waren wir alle

Zur Orientierung: *Schweiggers*, der Angelpunkt für Erkundungen des Thaya-Quellgebiets, liegt zwölf Kilometer nordwestlich von Zwettl. Auffallend ist die neo-neoklassizistische Fassade des Gemeindeamts sowie die gedrungene *Pfarrkirche*, die ein Kleinod bereithält: ein um 1180 aus einem Granitstein herausgemeißeltes, auf Löwenfüßen ruhendes *romanisches Taufbecken.*

Das Rinnsal, das sich da in sanfter Mulde zwischen den Häusern von Schweiggers gerade noch mit freiem Auge ausnehmen lässt, ist die Thaya. Am Ortsende befindet sich ihre erste, auch als solche kenntlich gemachte Brücke; geschmückt ist sie mit der Marmorskulptur «Die Thaya – Rauschendes Wasser».

ANREISE zur Thayaquelle mit dem Rad bzw. Auto: ab Schweiggers auf der Straße nach Jagenbach. Von einem gekennzeichneten Parkplatz führt ein Fußweg zur Quelle. Zu Fuß: vom Hauptplatz Schweiggers auf der Dorfstraße Richtung Jagenbach, bis zum Ortsende. Der «Grasung»-Wanderweg, mit «624» deutlich markiert, geht rechts ab.

HAMERLING IN SCHWEIGGERS UND KIRCHBERG

«Schweiggers liegt auf einer Art Hochebene, die man sich aber freilich weder als hoch, noch als eben vorstellen darf», schreibt der Dichter Hamerling in einem seltenen Anflug von Humor über seinen einstigen Lieblingsort. Das Postamt, Marktplatz 71, trägt eine Hamerling-Gedenktafel, in Erinnerung an seine oftmaligen Aufenthalte.

Geboren wurde Robert Hamerling als Sohn von armen Webern im nahen Kirchberg am Walde. Als guter Schüler durfte er, trotz mangelhafter Sangeskunst, als Sängerknabe im Stift Zwettl studieren, danach besuchte er die Universität in Wien. Nach Beendigung des Studiums musste er sich als Aushilfslehrer sein Geld verdienen, unterrichtete später in Graz und Triest.

Mit 35 Jahren schrieb er sein erstes großes Werk, «Ahasver in Rom». Er selbst sah das in Hexametern geschriebene Epos «Der König von Sion» als sein wichtigstes Werk an. Der Künstler- und Liebesroman «Aspasia» ist gar dreibändig ausgefallen. Im «Homunculus» ist der aus der Retorte stammende, seelenlose Mensch bestimmendes Thema. Dieses Epos wurde vor wenigen Jahren in der «Bibliothek der Provinz» neu aufgelegt.

Schon 1850 fertigte Hamerling eine Skizze von Schweiggers an, in der er die einzelnen Geländeabschnitte nach griechischen Göttern oder Sagengestalten benannte:

«Meinen Olymp beherrscht die Göttin der Schönheit und Liebe, deshalb heißt der Wald, der ihn bedeckt, der Aphrodite-Wald, und weil Schönheit und Liebe sich in Poesie gesellen

Schweiggers: Kirche mit romanischem Taufbecken

muss, so nenne ich den anmutig mit Gesträuch bewachsenen Vorhügel des Olymps gegen Osten Helikon (...).» Im von ihm so genannten «Germaniawald» sieht Hamerling (zur Freude von Georg Ritter von Schönerer, einem deutschnational-antisemitischen Waldviertler Politiker des 19. Jahrhunderts) den «deutschen Aar brüten auf moosigem Gestein und die Schwinge prüfen zum Sonnenfluge der Zukunft». Von Schweiggers führt in Erinnerung an den Dichter der rund 58 Kilometer lange *Robert-Hamerling-Weg* ab. Er berührt die meisten von Hamerling besuchten bzw. besungenen Plätze, auch Kirchberg, den Geburtsort des Dichters.

Für Interessierte gibt es am Gemeindeamt Schweiggers einen *Hamerling-Wanderführer*. Auf Nachfrage, ob denn die gesamte Route auch gut markiert sei, sagt der Gemeindesekretär vieldeutig, mit einem Seufzer: «Suitat scho sei» (Sollte schon sein). Tatsache ist, dass einzelne Waldbesitzer in der Gegend Hinweistafeln und Markierungen absichtlich entfernen, was eine Orientierung im Gelände schwierig werden lässt. Auch existiert die Hamerling-Warte am «Olymp» nicht mehr. Zum Trost: Die Konditorei Reschl am Marktplatz zu Schweiggers bietet Hamerling-Taler zum Verkauf an. Sie sind einfachst gestrickt und passen insofern perfekt hierher.

INFO Gemeindeamt Schweiggers, Tel. 02829/82 34

Kirchberg am Walde ist neben Schweiggers das zweite Hamerling-Zentrum des Waldviertels. Ein netter Ort mit einer schönen Kirche und einem riesigen Schloss samt Schlosskirche; es befindet sich im Besitz der Industriellenfamilie Fischer von Ankern und ist nicht zu besichtigen. Wenigstens die Reste des einstigen Schlossparks und Tiergartens kann man auf einem Waldlehrpfad durchwandern.

Am Ortsende Richtung Schweiggers, vis-à-vis des Schlosses, befindet sich ein kleiner Tempel mit griechischen Säulen. Die Gemeindestube der Ortschaft hat darin Unterschlupf gefunden, doch der ursprüngliche Zweck war ein anderer. Der Bau ist

Robert Hamerling gewidmet, das so genannte *Stiftungshaus* wurde von Georg Ritter von Schönerer anstelle des Hamerling-Geburtshauses errichtet. Eine Hamerlingbüste schaut vom Portal des Gebäudes unverwandten Blickes hinüber Richtung Schloss. Über der Büste spannt sich ein kleines Vordach – die Fresken an der Decke des kleinen Gewölbes zeigen seinen Hauptwerken entsprechende Allegorien. Im Ort gibt es auch noch ein richtiges *Hamerlingmuseum*, und zwar im Raiffeisenkassahaus am Hauptplatz. Zu sehen sind restaurierte Exemplare der Hamerlingbibliothek, alte Hamerlingausgaben, Hamerling-Aschenbecher oder Hamerling-Häferln aus dem Ende des 19. Jahrhunderts, als im Waldviertel eine regelrechte Hamerling-Manie herrschte.

Kirchberg / Walde: Hamerlinghaus

HAMERLING GEDENKSTÄTTE Mo Fr während der Amtsstunden am Gemeindeamt Kirchberg am Walde im Stiftungshaus, Tel. 02854/70 10
HAMERLING-MUSEUM Verein der Freunde des Dichters Robert Hamerling, Elmar Peter, Hauptplatz 14, 3932 Kirchberg am Walde, Tel. 02854/249. Um den Ort wurde ein rund acht Kilometer langer Romantikpfad angelegt; schöner, längerer Spaziergang.

EIN ABSTECHER NACH SIEBENLINDEN

Obzwar, im Hamerling'schen Sinne, die Hochebene auch hier alles andere als eben ist, so ist das Thaya-Quellgebiet doch auch mit dem Fahrrad zu befahren. Ein würdiger Abstecher von Schweiggers führt ins rund vier Kilometer westlich gelegene, einsame Dörfchen Siebenlinden, den Ort, an dem *Wilhelm Szabo*

(1901–1986) als Dorfschullehrer Unterschlupf fand. Szabo verewigte den Ort als «Siebeneichen». Er sieht seine «Erinnerungen an ein Dorf» als «die Geschichte meines Weges durch die Dörfer, ich könnte auch sagen, die Geschichte eines langen und schmerzlichen Ringens um Heimat». Szabo beschreibt das Land in seiner Kargheit und Not, der abgehauste Bauer taucht immer wieder als Motiv auf, er schreibt über den «kleinen Mann.» Sein Gesamtwerk erschien 1981 unter dem Titel «Lob des Dunkels». Immerhin ein Gedenkstein erinnert heute an den Lyriker.

Ein neues Waldviertler Wahrzeichen gibt es in der Nähe von Siebenlinden auch zu besuchen: Den 35 Meter hohen *Jahrtausendlebensturm* auf dem 738 Meter hohen Holmberg, etwas außerhalb Richtung Großwolfgers. Da freie Sicht übers Land als Attraktion nicht genug ist, befindet sich im Eingangsbereich eine Schau, die sechzig mystische Attraktionen darstellt; beim Aufstieg kann man sich dann naturkundlich weiterbilden. Errichtet hat das esoterisch inspirierte Bauwerk ein Reisebürounternehmer aus Schweiggers.

JAHRTAUSENDLEBENSTURM Siebenlinden, tägl. geöffnet, Oktober bis April 10–17, Mai bis September 9–20 Uhr. Info: Club International, Tel. 02829/72 71

VON SCHWEIGGERS NACH WAIDHOFEN

Ab nun geht es die Thaya entlang; wir lassen sie auch nur mehr selten aus den Augen. Zuerst folgt man den Wegweisern des in Schweiggers beginnenden Thayatal-Radwegs. Über Perndorf gelangt man nach *Sallingstadt* mit seinem markanten, aus dem Ende des 13. Jahrhunderts stammenden, wuchtigen Kirchturm. Hier gibt es ein attraktives *Jugendgästehaus*. Da es im Ort keinen Wirt gibt, kann man es hier versuchen: Wenn Gruppen da sind, fällt schon mal ein Schnitzel ab; Getränke gibt es sowieso.

Hauptattraktion in der warmen Saison ist der nahe gelegene kleine *Pfarrerteich*. Der Weg zum besten Badeplatz weit und breit ist ausgeschildert, sogar Bootsverleih und Buffetbetrieb sind vorhanden. Am anderen Ufer hat das «Bunte

Dorf» sein Ferienlager aufgeschlagen, was der Idylle aber nur selten einen lautstarken Abbruch tut.

In Sallingstadt erinnert die Thaya schon ein klein wenig an einen Bach, der sie im nächsten Ort, *Limbach*, zweifelsfrei bereits ist. Am Ortsende Richtung Kirchberg zweigt ein Weg rechts ab, bezeichnet mit *Teufelslucke*. Freilich ist das auch schon der letzte Hinweis auf das im Wald versteckte Portal eines ehemaligen Silberbergwerks. Der Weg: Bei der Kläranlage parkt man Rad bzw. Auto und geht am rechten Ufer der Thaya in den Wald hinein. Ein idyllischer kurzer Weg, links das kleine, schon gurgelnde Wasser, rechts eine Felswand. Ungefähr dort, wo am Ufer ein Rastplatz eingerichtet ist, sollte man den Aufstieg auf den Felsen wagen – das gesuchte Loch in den Berg befindet sich ganz oben auf dem Felsen. Höhlenforscher müssen eine Taschenlampe mitbringen.

Bei Limbach: rauschendes Thaya-Bächlein

Hinter dem kurzen Waldstück tritt die Thaya wieder in eine offene Landschaft ein; schlängelt sich, völlig unbegradigt und gesäumt von Galeriewald, in Hunderten Mäandern durch die Gegend. Ein kleines Nebenbächlein, die *Stoanathaya*, mündet bei Limbach in die Thaya; ein sehr schöner Weg führt an ihrem Ufer entlang bachaufwärts – und auch hier wieder das Problem: sorry, no Markierung.

Der Thayatalweg führt im Ort Limbach bei der Kapelle abzweigend über Süßenbach nach *Kleinschönau*. Hier lohnt es sich, die Ortsstraße zur Thaya hinunterzufahren; ein idyllischer Wander-/Spazierweg führt am jenseitigen Ufer bachaufwärts. Schön, sich hier auch nur für ein paar Minuten die Füße zu vertreten und dann die Picknickdecke aufzuschlagen. Über *Kleingloms* gelangt man zur *Bahnhofsiedlung Vitis.* Auf dem Schornstein gleich nach dem Bahnübergang nisten Störche.

Wer bereits von Hunger geplagt wird: Rund einen Kilometer südlich von Vitis, in *Kaltenbach*, an der Straße nach Zwettl, befindet sich ein viel gerühmtes Speiselokal, für manche das beste des Waldviertels, jedenfalls das einzige mit Haube.

Schloss Schwarzenau

Der Thayatal-Radweg führt nun bergauf, bergab auf Güterwegen nach *Schwarzenau*, die Distanz von Schweiggers bis hierher beträgt rund 27 Kilometer. Hier zweigen von der Franz-Josefs-Bahn die Stichbahn in den Süden nach Zwettl ab (früher ging sie bis nach Martinsberg) sowie eine Linie nach Norden, nach Waidhofen (früher führte sie bis an die Grenze nach Fratres); hier steht auch ein beachtliches, mit wertvollem Stuckdekor geschmücktes *Renaissanceschloss* aus dem Ende des 16. Jahrhunderts. In der warmen Jahreszeit gibt es hier verschiedene Ausstellungen zu besichtigen.

Von Schwarzenau führen eine Nebenstraße wie auch ein Radweg entlang der Thaya durch kleine Dörfer in den Bezirkshauptort Waidhofen; für Radfahrer beträgt die Distanz von Schweiggers hierher etwa 43 Kilometer.

ESSEN UND TRINKEN Großhaselbach 5, Fam. Döller, Tel. 02849/29 53. Haubengekrönt: Gasthof Zum Topf, Kaltenbach 26 (bei Vitis), 02841/83 29 bzw. 0664/345 06 80 **SCHLOSS SCHWARZENAU** Führungen nach Voranmeldung, Tel. 02849/33 44 bzw. 0664/274 12 57 **NATURBAD** Brühlteich, Kinderbecken, Buffetbetrieb, Tel. 02849/22 47

WAIDHOFEN AN DER THAYA

«Eine Stadt! Eine richtige Stadt!», ist man versucht auszurufen, nach so viel Thayatal-Einsamkeit. Hoch liegt der 5700 Einwohner zählende Bezirkshauptort über einer Schlinge der bereits

Waidhofen: das freistehende Rathaus

zum kleinen Flüsschen angeschwollenen Thaya. «Rothaus und Kircha, sunst haum ma do ned vü», sagt die Dame bei der Touristeninformation in bewährter Waldviertler Bescheidenheit.

In aller Regel landet ein zufällig hier vorbeistreunender Ausflügler auf dem abschüssigen, dreieckigen *Hauptplatz*. Der erste Blick fallt auf das im Zentrum dieses Platzes frei stehende Rathaus, einen Renaissancebau aus dem Jahr 1601. Markant sind die barocken Stufengiebel; bei der Informationsstelle im Gebäude kann man sich mit Prospektmaterial eindecken. Viele Häuser des Platzes wurden bei einem Großbrand im Jahr 1873 zerstört, stehen blieb an der Südfront Haus Nummer 9. Dieser rosarot gefärbelte Bau diente 1753 bis 1819 als *Werkamt der Schwechater Baumwollmanufaktur* – ein Hinweis darauf, dass wir uns inmitten des einstigen Textilproduktionsgebiets, des so genannten «Bandlkramerlandls», befinden. In diesem Werkamt wurde einst die Produktion von Garn und Textilien koordiniert; es wurden die Gewebe überprüft, zwischengelagert und von hier in die Stammfabrik nach Schwechat zur Endfertigung expediert.

Am höchsten Punkt der Stadt, am obersten Rand des Platzes, befindet sich die Waidhofner *Pfarrkirche*, ein schlichter, barocker,

Waidhofen: Hauptplatz Nr. 9

1723 geweihter Neubau, der von den Bürgern der Stadt in leichter Selbstüberschätzung auch «Dom des Waldviertels» genannt wird. Schönstes Stück der Inneneinrichtung ist das aus der Bürgerspitalskirche stammende Relief der 14 Nothelfer aus dem Jahr 1510, etwas versteckt am Seitenaltar rechts hinten.

Der *Rundgang entlang der Stadtmauer* ist sehr nett: Man geht, vorbei an der Kirche, auf der Niederleuthner Straße bis zur Ampelkreuzung, biegt in die Moritz-Schadek-Gasse nach links und nach ein paar Schritten, bei erstbester Gelegenheit, wieder nach links in den Schubertweg ein. Schon ist man auf der *Südpromenade*, hoch über der Thaya. Links im Bild: das neue Spital. Städtebaulich ein mittlerer Wahnsinn, aber 300 Arbeitsplätze in einer Krisenregion, wer fragt da schon? Ansonsten ist der Blick hinunter schön, man wünscht sich, einen Garten unterhalb der Stadtmauer zu besitzen, an der man sich nun einige Minuten entlangschwindelt. Unterhalb sieht man Turm und Dach der *Bürgerspitalskirche.* Der Promenadenweg stößt auf die Höberthgasse, diese wiederum auf die enge, stark befahrene Wiener Straße. Geht man diese ein paar Schritte bergab, kommt man, noch in der Kurve auf Nummer 14, zu einem der ältesten Profanbauten der Stadt, einem aus 1577 stammenden, im 20. Jahrhundert kaum mehr veränderten *Renaissancehaus.* Es beherbergt derzeit unter anderem einen Hamerling-Gedenkraum und soll neu adaptiert werden. Wieder zurück biegt man rechts in die schmale Schlossgasse ein und umrundet das *Schloss*, einen spätbarocken Vierflügelbau, der auch schon in die Jahre gekommen ist.

Kaufmannsladen: im Museum gelandet

Hat man das Schloss umrundet, biegt man scharf nach rechts und geht dann die *Schlossstiege* aufwärts. Von da führt die *Nordpromenade* wieder die Stadtmauer entlang. Vorbei an einem zum großen Autoparkplatz führenden Aufzug, vorbei auch am IGEL, dem Lokal des legendären Folk Club Waidhofen, gelangt man nach wenigen Minuten wieder in die Stadt. Im Schanigarten des Café-Pubs Tell darf man sich mit einem Cola light belohnen, ehe es in die Moritz-Schadek-Gasse geht, ins *Erste Waldviertler Webereimuseum*. Das Gebäude ist ein 1891 errichtetes, gründerzeitliches Stadtpalais – die wohlhabende Besitzerin gehörte einer Schweinehändlerfamilie an, die junge Schweine in Ungarn kaufte, sie ins Waldviertel brachte und hier Bauern zur Aufzucht überließ.

In der stadtgeschichtlichen Abteilung befindet sich eine Dokumentation der im späten Mittelalter für die Stadt wichtigen Zünfte; ein besonders schönes Stück ist eine tragbare Orgel, die bei Prozessionen gespielt wurde. Ein originaler, komplett erhaltener Kaufmannsladen ist der Höhepunkt des Rundgangs. Im Zubau befindet sich eine Sammlung von Textilmaschinen; vom Handwebstuhl bis zum lochkartengesteuerten Jacquardwebstuhl sind hier verschiedenste Generationen versammelt. Nach Voranmeldung gibts Spezialführungen für Textilexperten.

ERSTES WALDVIERTLER WEBEREIMUSEUM Moritz-Schadek-Gasse 4; Mai bis September So, Fei 10–12, 14–16, Juli, August auch Do 10–12, Fr 18–20, Sa 14–16 Uhr

Stell es dir vor: Matador

Ein Abstecher führt ins aufs Erste wenig attraktive Bahnhofsviertel, zur Tischlerei Diwald. Dieser 8-Mann-Betrieb erzeugt die klassischen *Matador-Baukästen*: Der Bubentraum von einst wird seit wenigen Jahren wieder mit Erfolg produziert. Im engen Büro werden sämtliche Modellbaukästen – für Kinder ab eins – auch verkauft, und wenn man schön bittet, darf man die Maschinen im oberen Stock bestaunen, die fast vollautomatisch die beliebten Buchenholzklötzchen sägen und fräsen, schleifen und bohren.

MATADOR Tischlerei Diwald, Bahnhofstraße 38; Anfahrt ab Bahnhof beschildert, Verkauf zu den Geschäftszeiten, Betriebsbesichtigung nach Voranmeldung, Tel. 02842/529 71

Jetzt aber zu einer Waldviertler Erfolgsstory. Hermann Ploner heißt der Held, der das mittlerweile weit über die Grenzen des Landes bekannte Unternehmen «Die Käsemacher» hochgezogen hat. Schon in den frühen 1980ern begann der Landwirt aus Scheutz im Kremstal mit der Produktion von Schafkäse; einer der ersten guten Kunden war gleich Meinl am Graben. Ploner wagte die Expansion; seine Schafsgupfeln und Käsebällchen sind ja mittlerweile omnipräsent, die «Rote Ziege» ist nicht nur Feinschmeckern ein Begriff. Selbst ins Olympische Dorf nach Salt Lake City ging 2002 eine ganze Palette Waldviertler Käse.

1991 wurde die ehemalige Molkerei in Waldkirchen in Betrieb genommen, 1996 der Standort Waidhofen an der Thaya zugekauft. Ploner erweiterte das Sortiment auf rund hundert

Produkte, kein Käse, den es bei ihm nicht gibt. Rund 3,5 Millionen Liter Schaf- und Ziegenmilch verarbeitet das Unternehmen pro Jahr, es exportiert nach Deutschland, Japan und in die USA. Der regionalpolitische Aspekt ist besonders erfreulich: Im Betrieb sind 45 Mitarbeiter beschäftigt; 120 Bauern beziehen durch den Verkauf ihrer Milch ein regelmäßiges Einkommen. Ohne Pathos: Männer wie Ploner braucht das Land; der einstige Schafkäsbauer hat schließlich allen Waldviertlern gezeigt, dass dem allgemeinen Waldviertel-Exodus doch einiges entgegengesetzt werden kann.

DIE KÄSEMACHER Käseproduktions- und Vertriebsges.m.b.H., Raiffeisenstraße 23, Tel. 02842/512 15-0, www.kaesemacher.at; Käseverkauf ab Molkerei sowie im Bauernladen gleich nebenan

Ein abschließender Höhepunkt, besonders bei klarer Sicht zu empfehlen: Hinein ins Lagerhaus! Nicht um Futtergetreide zu kaufen, sondern um sich ganz oben im großen, unübersehbaren Lagerhausturm das Silomuseum anzusehen, das weniger durch seine Exponate (bäuerliche Gerätschaft) als vielmehr durch den schönen Ausblick besticht. Und außerdem: Wo sonst kommt man schon jemals in die oberste Etage eines Lagerhaussiloturms?

SILOMUSEUM im Lagerhaus, Raiffeisenstraße, geöffnet werktags, zu den Geschäftszeiten und wenn der Lagerhausverwalter Zeit hat

Noch einige Hinweise, die Peripherie der Thaya-Metropole betreffend. In der Moritz-Schadek-Gasse, relativ weit draußen, Richtung Vestenpoppen, befindet sich, versteckt hinter einem Steinmetzbetrieb, der *jüdische Friedhof*. Jüdische Gemeinde gibt es freilich längst keine mehr. Wer die Thaya entlangspazieren möchte, kann auf einem schönen Weg am Ufer nach *Vestenpoppen* gelangen. Um aus der Stadt zu kommen, geht man die Wiener Straße bergab, überquert auf der Hamerling-Brücke die Thaya; nach der Tankstelle geht der so genannte Heimatleitenweg rechts ab.

Im Norden der Stadt, direkt neben der Umfahrungsstraße, befindet sich die *Große Basilika*, ein Kunstwerk in freier Natur von Franz Xaver Ölzant. 97 Dioritfindlinge wurden hier zu einem zeitgenössischen Waldviertler Stonehenge angeordnet. Dorthin gelangt man am besten über die Vestenöttinger Straße; unmittelbar vor der Umfahrung geht es rechts ab.

INFO Rathaus Waidhofen an der Thaya, Hauptplatz, Tel. 02842/503 50 **ESSEN UND TRINKEN** Zum Platzhirschn, Hauptplatz 30, Tel. 02842/524 24. Außerhalb der Stadt: drei Restaurants im Thayatal Hotel, Am Golfplatz 1, Tel. 02842/502. Café-Konditorei Wolf, Hauptplatz 23, Tel. 02842/526 45, Mo Ruhetag **TAXI** Josef Haider, Tel. 02842/533 97 **RADVERLEIH** Fa. Kreil, Heidenreichsteiner Straße 12, Tel. 02842/202 52; Intersport Ruby, Böhmgasse 30, Tel. 02842/521 36-0 **THEATER** TAM – Theater an der Mauer, Wiener Straße 9, Tel. 02842/529 55, Spielplan unter www.tam.at **FOLK CLUB WAIDHOFEN** Jährliches Folk-Festival im Thayapark zum Schulschlusswochenende **NATURBAD** Erholungszentrum an der Thaya, Bootsverleih, Buffet, Moritz-Schadek-Gasse, Tel. 02842/529 52 **CAMPING** Thayapark, 1. Mai bis 30. September, 02842/503 50 **GOLF** Golfclub Waidhofen, Hauptplatz 16, Tel. 02842/502-0

GROSS SIEGHARTS UND DAS BANDLKRAMERLANDL

Bandlkramerlandl. Das klingt nach Zauberwort, nach nett und lieblich und romantisch. Nun ist schon Waidhofen nicht eine wirkliche Idylle, und spätestens wenn man über Dietmanns nach Groß Siegharts, ins eigentliche Zentrum dieses «Landls» fährt, weiß man, wo man sich befindet: in einem alten Industrierevier, in einer Arbeiterstadt, in der Tausende Quadratmeter Industriefläche leer stehen. Die Hauptstraße von Dietmanns ist gesäumt von armseligen Kleinhäusern, die meisten mit billigem Eternit verkleidet. In Siegharts sind von einst tausend Arbeitsplätzen in der Textilindustrie ein paar Dutzend geblieben, der Rest ist eine traurige Geschichte von Konkursen, Übernahmen, Aushungerungen, von Niedergang und Exodus. Steilmann in

Textilmuseum Groß Siegharts

Die alte Bandfabrik: das beste Museum des Waldviertels

Dietmanns beschäftigte Ende der 1990er-Jahre noch 350 Menschen. Jetzt produziert die Firma Zeinl in den großen Hallen mit wenigen Arbeiterinnen elastische Bänder für Dessous und Unterwäsche. Sogar die stolze Textilfachschule wurde vor wenigen Jahren geschlossen: «Es wird wohl ein Politikum gewesen sein», mutmaßt ein Sieghartser. Freilich gibt es auch einen florierenden Großbetrieb im Ort, der Instrumente für die Luftfahrt herstellt.

Die Groß Sieghartser Hauptattraktion ist zweifelsfrei das *Lebendige Textilmuseum*, untergebracht in einer noch immer existenten Bandfabrik. Dieses ist, kurz und prägnant, das beste Museum des Waldviertels. Hier wurde ein klares Konzept gestrickt, hier geht man gerne durch: Wenn der Führer einen Hebel umlegt, erwachen einige der riesigen Jacquardwebstühle zu klapperndem Leben. Maschinensaalatmosphäre live, dazu noch eine gute sozialgeschichtliche Dokumentation – mehr kann man von einem Museum nicht erwarten.

LEBENDIGES TEXTILMUSEUM Museumsgasse 2, 1. Mai bis 30. November, So, Fei 10–12, 14–16 Uhr, Gruppen nach Voranmeldung Mo–Fr 8–12, Tel. 02847/23 71

«Bandln, Zwirn kaafts!», war der Ruf der in der gesamten Donaumonarchie herumziehenden «fliegenden» Händler, der «Bandlträger», die ihre Bauchläden bei Bandlkrämern in Siegharts und Umgebung auffüllten. Daher also der klingende Name. Und wenn man schon niemals die Funktion von mechanischen Webstühlen restlos begreifen kann, so kann man wenigstens versuchen, die Geschichte der Textilproduktion zu erfassen. Diese fängt an mit Graf Christoph Ferdinand von Mallenthein, der zu Beginn des 18. Jahrhunderts Spinnerei und Weberei im Verlagswesen zu organisieren begann. Ab 1720 wurden in Siegharts 160 «Fabric-Häußl» gebaut, deren zentrales Möbelstück der Webstuhl war. In solchen Häusern lebten acht bis fünfzehn Personen, etliche sind, über die Gemeinde verstreut, bis heute stehen geblieben. Aus der Heimarbeit entwickelte sich eine florierende Industrie; in der zweiten Hälfte des 19. Jahrhunderts standen in Siegharts sechs große, mit Dampfmaschinen betriebene Textilfabriken – die Firma Adensamer produzierte als deren letzte bis in die Neunzigerjahre des 20. Jahrhunderts, nun ist der riesige Komplex in der Fabrikenstraße eine angehende Industrieruine.

Nicht alle arbeitslos gewordenen Textilarbeiter haben sich kampflos ihrem Schicksal ergeben. Einer, der zuerst nebenher und mittlerweile mit großem Erfolg etwas Neues probierte, ist Rudolf Friedrich. Der gelernte Teppichweber setzte alte Stickmaschinen wieder in Gang und produziert jetzt im erweiterten Familienbetrieb Sticktepppiche. Die nicht eben billigen Objekte werden auch auf Bestellung angefertigt; einige schöne Stücke sind im Verkaufsraum direkt neben der kleinen Stickerei ausgestellt. Untergebracht ist der besuchenswerte Kunsthandwerksbetrieb im Technologie- und Bildungszentrum TBZ Groß Siegharts, direkt neben dem Schloss.

INFO Stadtgemeinde Groß Siegharts, Schlossplatz 1, Tel. 02847/23 71-0 **ESSEN UND TRINKEN** Café Bandlkramer, Raabser Straße 6, in unmittelbarer Nähe des Lebendigen Textilmuseums; schöner Garten, deftige Mohnschnecken **WALDVIERTLER TEPPICHSTICKER** Familie Friedrich, Schlossplatz 2, Tel. 02847/3000

ERNST, DER LETZTE

Einer hat überlebt – und wie Ernst Mras die Tradition der Bandweberei aufrechterhält, das muss man erst einmal gesehen haben. Sein Reich ist eine graue, unscheinbare, gar nicht große Halle, ohne schmückende Zu-, An- und Aufbauten. Von außen glaubt man, es handle sich um einen Lagerschuppen, wahrscheinlich leer stehend; aber hinter der kleinen Eingangstür verbirgt sich ein Betrieb, wie es vemutlich in Österreich keinen zweiten gibt. Die zwölf Jacquardwebstühle sind allesamt an die hundert Jahre alte Holzkonstruktionen. Sie werden von Chef und Chefin und einer Weberin unter Kontrolle gehalten und klappern und scheppern, dass es eine wahre Freude ist. Wenn eine Maschine einmal klemmt, klettert der letzte Bandweber höchstpersönlich hoch und wird kurzfristig zum Maschinenschlosser. Ernst Mras, dereinst ambitionierter Jusstudent, kam durch Liebe und Heirat von Wien ins Waldviertel; gemeinsam mit seiner Frau gründete er 1972 die Waldviertler Etiketten Weberei und baute auch selbst die Halle, in der er nun seit dreißig Jahren von früh bis abends steht, jeweils zwei Schichten lang. Die dazugehörigen Maschinen, wahre technische Wunderwerke, hatte er 1972 günstig und gebraucht von der großen Adensamer-Fabrik gekauft.

Ernst Mras, Bandweber

Seine Produkte – Hutbänder für Süd- und Nordtiroler Trachtenhüte, Hosenträger, Schleifen und Borten für Dirndln – haben nach längerer Flaute heute wieder Konjunktur. Hunderte Muster hat er in der Kollektion, fertige Ware in Pappkartonschachteln gestapelt, und wer einmal gesehen hat, wie aufwendig Broché-Bänder hergestellt werden, der kann sich gar nicht mehr vorstellen, dass Trachtenkleider überhaupt bezahlbar sind. Tostmann, Gössl, Steinbock,

Amann gehören zu seinen noblen Kunden, und früher war Helmut Lang himself des Öfteren zu Besuch, um zu stöbern und sich inspirieren zu lassen.

Geliefert werden die Schätze aus Sieghart immerhin bis nach Norwegen, Deutschland und Italien, kleinere Mengen sogar in die USA und nach Japan. «Man lebt davon», sagt der Fabrikant, der allerdings eine zentrale Sorge hat: Seine Tochter, obwohl vom Fach und Lehrerin an der Wiener Textilfachschule Spengergasse, wird das Unternehmen nicht weiterführen.

Eine Sorge, die den neugierig gewordenen Konsumenten plagt: In Österreich sind Mrasens Bänder nirgendwo en detail zu erstehen, nicht einmal (und das ist ein mittlerer Skandal) in Siegharts oder Waidhofen; nur in Deutschland beliefert er auch Spezialboutiquen («Die haben dort mehr Interesse», sagt seine Frau). Auch in der kleinen Fabrik selbst gibts keinen Verkaufsladen, aber wenn man schon einmal da ist und freundliche Nasenlöcher macht, ist Herr Mras wohl der Letzte, der einen Interessenten bänderlos abziehen lassen würde.

WALDVIERTLER ETIKETTEN WEBEREI Ernst Mras, Groß Siegharts, Industrieweg 1, Tel 02847/25 20. Am Ortsende Richtung Raabs, links, etwas abseits der Straße

DIE GROSSE DÖRFER-TOUR

Die schönsten Dörfer des Waldviertels liegen nördlich von Waidhofen. Auffallend wenig bis gar keine Fertigteilschlösser an den Rändern: Ist der Grund die galoppierende Abwanderung oder einfach besserer Geschmack? Behutsam renovierte, schön gefärbelte Fassaden, hübsche Zäune und Tore: Macht sich die Zweitwohnsitzerkultur oder der Einfluss des nahen Tschechien so positiv bemerkbar? Noch bewegt man sich in einer nahezu idealen, sehr abwechslungsreichen Landschaft mit viel Blickfreiheit. Zu absolvieren ist die folgende Runde per Rad oder Auto, allerdings sollte man zwischendurch immer wieder auch Fußmärsche einlegen: In *Thaya*, fünf Kilometer nördlich von Waidhofen, biegt man nach links ab und gelangt nach *Frühwärts*, wo sich noch zwei produzierende Frottierwebereien mit Ab-Fabrik-Verkauf befinden.

FROTTIERWARENFABRIK Leopold Wirtl, Frühwärts 62, Tel. 02864/22 92 bzw. Strohmeier, Frühwärts 55, Tel. 02864/262 52

Kleinzwettl: Wehrkirche, geheimnisvoller «Erdstall»

In Frühwärts fährt man links ab nach *Kleinzwettl.* Am Ortsende, am Hang, steht eines der schönsten Kirchenbauwerke des Waldviertels, die kleine, ursprünglich romanische, gotisch umgebaute *Wehrkirchhofanlage Kleinzwettl.* Im links unterhalb der Kirche liegenden Hof klopft man an, die Bäuerin begleitet den Kirchenbesucher mit dem Schlüsselbund bewaffnet zur Kirche, die auch ab und zu als Hochzeits- oder Taufkirche genutzt wird. Der Friedhof umgibt die Kirche, die alte Friedhofsmauer aus Bruchsteinen ist fast zur Gänze erhalten, auch im Inneren befinden sich etliche Baustücke aus gotischer Zeit. Eine der schweren Granitplatten im Mittelgang verdeckt den Abgang zu einem ausgedehnten *Erdstall.* Erdställe finden sich auch in etlichen anderen Orten des Waldviertels; ihre Enstehung und Funktion ist noch immer umstritten. Hier handelt es sich um ein unterirdisches Gangsystem, in dem man sich gebückt bewegen kann. In den letzten beiden Kriegen dienten Erdställe als Verstecke für Hausrat und Lebensmittel – vermutlich hatten sie diese Funktion auch schon früher.

Weiter gehts über *Gastern* nach *Weißenbach,* hier kurz Richtung Kautzen, doch nach wenigen Metern wieder links ab nach Engelbrechts, wo man dem Wegweiser «Mystisches Waldviertel – *Platz des Skorpions*» folgt. Auf einem Güterweg erreicht man diesen angeblich energetisch aufgeladenen Platz; im Wald verteilt sind – beschriftete – Granitrestlinge, so etwa der Opferstein, der Energiestein oder das Warznbründl. Einige davon sind Schalensteine, das heißt, in den Granitblöcken sind meist mit Regenwasser gefüllte Vertiefungen zu sehen. Geologen betonen die natürliche Entstehung dieser Schalensteine, Andersgläubige sind sicher, dass es sich um keltisch-anthropogene Opferschalen handelt. Im Wald herumstreunen und in der Sonne rasten tut jedenfalls gut, die Energie kommt ganz von alleine.

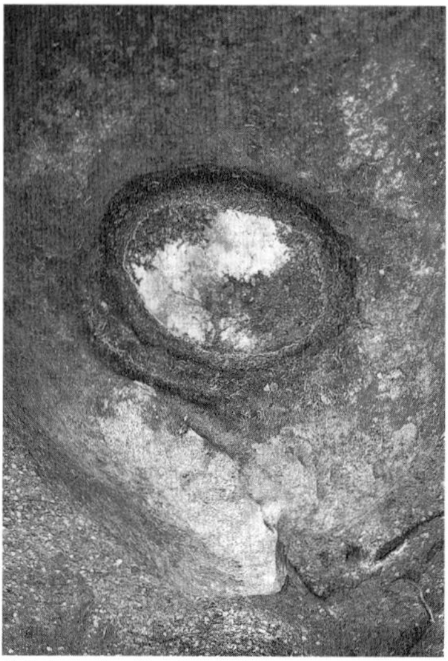
Schalenstein: Granit mit Auge

Nächste Station ist das nahe Hauptdorf *Kautzen.* Ganzer Stolz der umweltbewussten Gemeinde ist die hackschnitzelgeheizte Fernwärmeanlage. Im Ort befindet sich eine relativ große *Frottierweberei* mit nettem Verkaufsladen, in dem es «Schnäppchen» zu jagen gibt. Wo sonst findet man schon einen echten Waldviertler Bademantel um 15 Euro oder Gästehandtücher mit einem aufgestickten «Gruß aus Kautzen»? Weiters im Sortiment: Trenzparterln, Waschlappen, Badeschlapfen, Geschirr«hangerl», Babywäsche und noch vieles mehr.

INFO Gemeindeamt Kautzen, Tel. 02864/22 41 **ESSEN UND TRINKEN** Café-Restaurant Pizzeria Erika Gabler, Hauptplatz 4, Tel. 02864/263 33 Mo Ruhetag **HERKA FROTTIER** Bachzeile 12, Tel. 02864/23 17

Wieder einen Kilometer weiter, bei *Tiefenbach,* befindet sich in einem kleinen Tälchen die *Obermühle.* Hier hat sich die Idee des alternativen, selbstverwalteten Betriebes bis heute erhalten; in der seit dem 16. Jahrhundert bestehenden Mühle, die eine wechselvolle Geschichte als Getreidemühle, Gasthaus, Weberei und Knopffabrik hinter sich hat, arbeiten und leben heute mehrere

Personen. Schafwolle (aus Mecklenburg-Vorpommern!) wird zu Vlies verarbeitet, erzeugt werden Futonmatratzen und, für Besucher interessant, Filze in allen Variationen. Im Schauraum kann man neben Filzhüten und Filzjacken auch Filzkugeln und Filzpatschen kaufen. Im Verkaufsraum sind auch Produkte von Waldviertler Künstlern, Designern und Biobauern zu erstehen.

TEXTIL WERKSTATT OBERMÜHLE Robert Preissler, Tiefenbach 21, Tel. 02864/28 78-18, Wollwerk und Handweberei Obermühle, Hermann Ebner, Tel. 02864/28 78-13; der Verkaufsraum ist auch am Wochenende, nach Voranmeldung, zugänglich.

Vorbei am *Sportflugplatz Dobersberg* gelangt man in den Ort Dobersberg, von hier kann man a) auf kurzem Weg nach Waidhofen zurückfahren, b) nach Fratres und rüber ins böhmische Zlabings abzweigen (→ siehe unten) oder c), sehr zu empfehlen, die Dörfer-Tour fortsetzen: Richtung Fratres bis *Schönfeld*, rechts ab nach *Gilgenberg* und entlang der toten Gleise, die einst nach Zlabings hinüberführten, Richtung *Waldkirchen*. Bei der Kreuzung kurz rechts, dann wieder links nach *Schuppertholz*. Hier links halten, um nach *Münichreith* zu gelangen. Via *Karlstein, Schlader, Puch* und *Hollenbach* auf sehr schöner Straße und unterhalb des Wieniger Bergs zurück nach Waidhofen.

Die Dörfer-Tour ist ab und bis Waidhofen insgesamt und je nachdem, wie oft man sich verfährt, rund 60 Kilometer lang.

ÜBER DIE GRENZE: VON FRATRES NACH SLAVONICE

Einst konnte man mit der Bahn vom «Eisenbahnknotenpunkt» Schwarzenau über Waidhofen und Waldkirchen hinüber nach Böhmen, nach Zlabings, Teltsch und Iglau fahren. Das geht seit 1945 nicht mehr, die Schienen im Bereich des Niemandslands wurden abgetragen. Drüben, in Slavonice, wenige hundert Meter Luftlinie von Fratres entfernt, kann man noch in einen altersschwachen Triebwagen einsteigen und nach Telč und Iglau zuckeln. In den 1990ern, nach der Grenzöffnung, ver-

langte ein Aktionskomitee einen Wiederzusammenschluss der Bahnstrecke; freilich ohne Chance auf Verwirklichung.
Auf der Straße kommt man dagegen sehr rasch nach Zlabings/Slavonice. Bevor man zur Grenzstation fährt, sollte man allerdings in *Fratres* Halt machen. In diesem 30-Seelen-Dorf an der Grenze hat der Schriftsteller Peter Coreth einen ehemaligen Gutshof zu einem imposanten Museums- und Veranstaltungslokal, dem *Museum Humanum,* umgebaut. Der ehemalige Kuhstall wurde zur Säulenhalle, in den Arkaden hat der Künstler, der auch hier lebt, seine in dreißig Jahren Sammlertätigkeit aufgebaute «Peter-Coreth-Collection» untergebracht. Hunderte Kleinplastiken, Kultgegenstände, Insignien, Amulette und Götterbildnisse aus allen Erdteilen sind ausgestellt; die Entwicklung der Hochkulturen, die künstlerische Entfaltung in der Gestaltung vom Tierbild über das Götterbild bis hin zum Menschenbild, wird nachvollziehbar.

Peter Coreth: Schriftsteller, Museumsmacher

Der Verein Kulturbrücke Fratres hat ebenfalls im Gutshof sein Domizil aufgeschlagen. Konzerte, Lesungen bekannter Autoren, aber auch Vorträge über Schamanismus finden hier – in der warmen Jahreszeit – statt. Vereinszweck ist, die kulturellen Beziehungen zwischen Österreich und Tschechien zu vertiefen. Brückenkopf in Slavonice ist das Galeriehaus am Hauptplatz, wo ebenfalls kulturelle Veranstaltungen geboten werden.

MUSEUM HUMANUM Säulenhalle geöffnet 1. Mai bis 31. Oktober, Tel. 02843/28 74, diverse Veranstaltungstermine in der Lokalpresse

In fünf Minuten gelangt man von Fratres nach *Slavonice.* Früher, vor dem Krieg, ging man zu Fuß von Fratres nach Zlabings einkaufen, heute tut man es motorisiert. Ausflügler trinken gerne Budweiser und essen Schweinsbraten, aber es soll nicht der Hauptzweck der kurzen Reise sein, sondern die Besichtigung einer kleinstädtischen Idylle. Die Stadt wurde in der zweiten Hälfte des 13. Jahrhunderts gegründet, heute präsentiert sich ein wunderbares Renaissanceambiente, in vielen Häusern sind noch gotische Gewölbe erhalten. Außerordentlich wertvolle Bürgerhäuser, diverse üppige, auch so genannte «venezianische» Giebelkunstwerke, Sgraffitohäuser und bunt ausgemalte Innenräume sind den Abstecher mehr als wert. Einige Highlights: wabenförmige Palmengewölbe in den Häusern Nummer 459 und 480; Tonnengewölbe in Nummer 479, Wandmalereien aus der Renaissance in Nummer 479 und 480 sowie der mächtige Stadtturm. Im Städtchen haben sich viele Künstler und Kunsthandwerker angesiedelt, diverse Ateliers mit Verkaufsräumen existieren rund um die beiden Plätze.

Schön wie ein Gemälde: Hauptplatz von Slavonice

INFO Slavonice/Zlabings náměstí Míru 480 **ESSEN UND TRINKEN** Diverse Lokale und Snackbars, auch Schanigärten am Platz **GALERIEHAUS ICA** International Communicaton in Arts, náměstí Míru 465; ermöglicht die Besichtigung eines Zlabingser Sgraffitohauses auch von innen

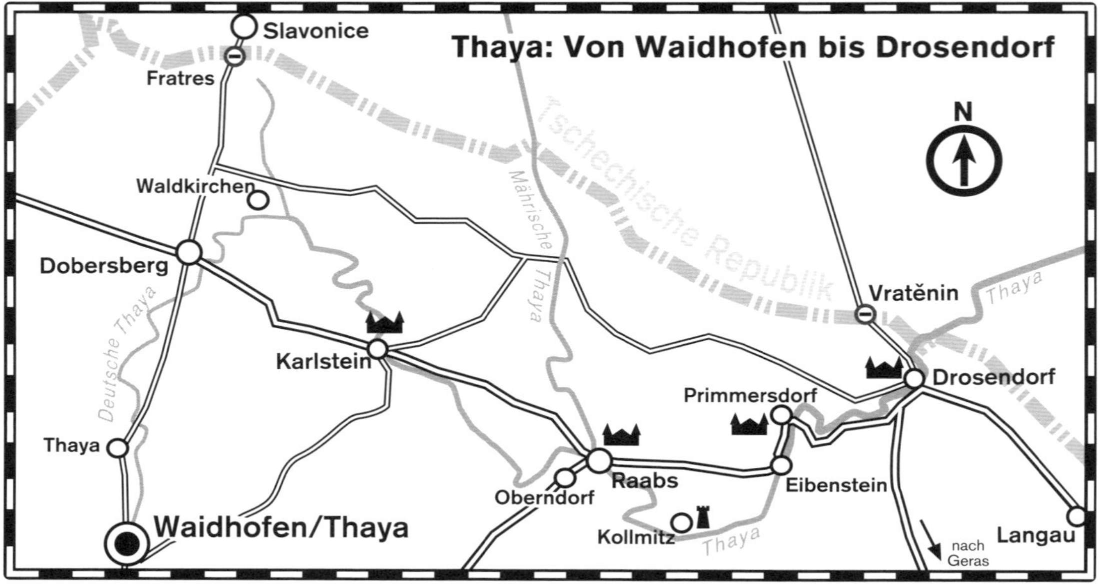
Thaya: Von Waidhofen bis Drosendorf
N
Slavonice
Fratres
Waldkirchen
Dobersberg
Thaya
Waidhofen/Thaya
Deutsche Thaya
Karlstein
Mährische Thaya
Tschechische Republik
Vratěnin
Thaya
Drosendorf
Primmersdorf
Raabs
Oberndorf
Eibenstein
Kollmitz
Thaya
Langau
nach Geras

Wie Perlen auf der Schnur: Dobersberg, Karlstein, Raabs, Drosendorf

Der Thaya-Naturpark Dobersberg – Karlsteiner Wallfahrt – Die stolze Burg Raabs – Im Städtchen unter der Burg – Die ideale Ruine: Kollmitz – Die Thaya abwärts: Zwei in einem Boot – Primmersdorf und die Scheune von Irena Rose – Ins Thayatal, der Beute wegen – Die große Geschichte von Drosendorf – Über die Grenze: Vratěnin, Šafov, Vranov

DER THAYA-NATURPARK DOBERSBERG

Die bekanntesten Orte, Abschnitte und Bauwerke des Thayatals liegen auf recht kurzer Distanz beisammen. Von Dobersberg bis Drosendorf sind es nur 29 Straßenkilometer. Auf der Thaya selbst, im Boot fahrend, ist die Distanz um einiges größer: Der kleine Fluss mäandriert, schlängelt, windet sich wacker durchs Gelände.

Von Waidhofen nordwärts fließt er in einer breiten Wiesenmulde. Wenn man von Waidhofen aus nach Dobersberg anreist, sollte man über die Dörfer fahren: Das kleine Sträßlein neben der Thaya ist sehr nett. In *Vestenötting* steht ein verfallendes Schloss, vor *Thaya* hat man einen schönen Blick auf den Ort, und wer noch nicht gefrühstückt hat, kann sich in der Bäckerei Kasses am netten Dorfplatz mit Mohnzelten und Kaffee stärken. Die Häuser am Platz sind bzw. waren durchaus respektable Bauten; Thaya war berühmt als Wohnplatz der reichen «Saubarone», Viehhändler bzw. Züchter des 19. Jahrhunderts. Die stolze, für den kleinen Ort irgendwie zu groß geratene Kirche ist romanischen Ursprungs, wurde 1430 gotisiert und später auch, wie üblich, barock überformt.

Über *Merkengersch* gelangt man ab Thaya, im Tal der Thaya fahrend, nach *Dobersberg*, dem Eingangstor zum *Naturpark Dobersberg*. Naturpark ist nicht Nationalpark. Naturpark ist: breite Wege, Grillhütte, Kinderspielplatz, Damwild- und Wildsaugehege. Genaue Pläne des Parks an mehreren Stellen und

Traktoristen in Karlstein

ein Informationszentrum im Schloss Dobersberg, in dem es Karten, Prospekte und auch ein Naturkundemuseum gibt, machen die Parkeroberung denkbar leicht.

Es lässt sich hier trefflich spazieren gehen, für kleine Kinder ist die Gegend, da sanft und mild, optimal geeignet. Direkt bei der Kirche geht der «Thayauferweg» ab, auf dem man den «Einstieg» in den Naturpark am besten schafft.

Das Thayatal hat einen Nachteil: Es gibt keinen durchgängig begehbaren Uferweg, etwa von Waidhofen bis Drosendorf. Der offizielle Thayatal-Wanderweg, mit «630» markiert, führt nur streckenweise ans Ufer heran, schneidet Schlingen großzügig ab und verläuft über Höhen und durch Wälder, abseits des Ufers. Sich auf eigene Faust mit der 1:50.000er-Wanderkarte durchzuschlagen, ist eine riskante Option, denn die Orientierung im Gelände ist durch die zahlreichen Schlingen erschwert, obendrein stellen fehlende Stege und Brücken unüberwindbare Hindernisse dar, stößt man auf nicht begehbares Terrain an steilen Flanken oder auf eine direkt am Ufer verlaufende Straße. Man beschränkt sich also besser darauf, die leicht begehbaren Abschnitte auszuprobieren, ab Dobersberg etwa bietet sich folgende Variante an: Man verlässt den Ort auf der Straße Richtung Karlstein, folgt dem (jenseits der Bahngleise) links abführenden Wegweiser in die *Farnschlucht*. Entlang einer Felswand geht der schöne Steig. Der Markierung «7» folgend, verlässt man das Tal und gelangt in das hübsche Dorf *Schuppertholz*. Von hier gehts auf dem «630er» nach Norden, wieder ins Tal hinab, bei der Radlmuhle uber die Thaya, am linken Ufer zwischen Bahngleisen und Fluss über Lexnitz zurück nach Dobersberg.

INFO Marktgemeinde Dobersberg, Tel. 02843/23 32 **NATURPARK** Informationszentrum, Schlossgasse 1, 02843/261 61, Ostern bis Allerheiligen Sa, So, Fei 10–12, 14–16 Uhr bzw. Tel. 02843/25 24 **ESSEN UND TRINKEN** Dobersbergerhof, Karlsteiner Straße 13, Gastgarten, Tel. 02843/25 44 **NATURBAD** Naturbadeplatz mit alter Badehütte an der Thaya, im Ort **FLIEGEN** Flugplatz Dobersberg, mit Motor- und Segelflugbetrieb; an der Straße nach Kautzen, Tel. 02843/24 40

KARLSTEINER WALLFAHRT

Der nächste größere Ort thayatalabwärts nach Dobersberg ist *Karlstein*. Der 1600 Einwohner zählende Markt mit seinen elf Katastraldörfern ist die einzige echte Pilgerstätte des Waldviertels. Vom hierorts quasi religiös Verehrten erwartet man sich die wundersame Heilung sämtlicher Kreuz-, Magen- und Knieschmerzen; ein eigener Busparkplatz zeigt, wie gesucht die diversen Karlsteiner Segnungen sind. Sogar ein eigenes Haus wurde einst von ihm und für ihn, den 2003 verstorbenen

Ein Heiliger irgendwie: der Kräuterpfarrer

Kräuterpfarrer Hermann Weidinger, gebaut. Das Karlsteiner *Paracelsushaus* und das neu errichtete Verkaufs- und Seminarhaus direkt an der Ortsstraße sind die Touristenmagneten des Ortes wie des ganzen Talabschnitts.

Im angeschlossenen, gut sortierten *Naturladen* gibt es Dutzende Hermann-Weidinger-Kräutertees, -Liköre und -Elixiere sowie diverse andere Naturprodukte, Dritte-Welt-Waren, Devotionalien, Spielzeug, Souvenirs und, nicht zu vergessen, Hermann-Weidinger-Videos («Mit Hermann Weidinger durch den Frühling», ebenso durch Sommer, Herbst und Winter). In der angeschlossenen Teestube wird wochentags immer ein – empfehlenswertes – vegetarisches Menü angeboten.

TEESTUBE UND NATURLADEN Hauptstraße 13–17, Tel. 02844/70 70-24; Verein Freunde der Heilkräuter, Tel. 02844/70 70-12

In Karlstein existiert eine *Uhrmacherfachschule*, die einzige Österreichs. Das hat viele gute Gründe. Ab dem 18. Jahrhundert wurden hier, in der Stille des Thayatals, geschnitzte Uhren in Heimarbeit hergestellt – und von fahrenden Händlern quer durch die Monarchie vertrieben, 1880 entstand sogar eine Uhrenfabrik. Jetzt wird im «Horologenlandl» weder die original Waldviertler Kuckucksuhr noch die Austro-Swatch hergestellt; geblieben ist aber ein 300-Mann-Betrieb. Die Firma Pollmann Austria produziert Zählwerke für Autos und Tonbandgeräte, neunzig Prozent der Produktion werden exportiert. Der Standort direkt am Thayaufer ist un-

Karlstein: Uhrturm in der Burg

schwer auszumachen. Die Uhrmacherschule wurde zu einer HTL für Mechatronik aufgewertet. An die Zeit der Uhrmacherei erinnert im Ortsteil Neustift der Rest der alten Uhrmachersiedlung.

Hoch über dem Ort, auf einer steilen Felsnase, thront unübersehbar die mittelalterliche, 1112 erstmals erwähnte *Burg Karlstein.* Sie steht im Besitz eines Wiener Dachdeckers und ist meist fest verschlossen. Von oben hat man einen schönen Blick auf Ort und Fluss; durch das Tor des großen Gutshofs kann man der Burg näher treten und hat somit freie Sicht auf den *Uhrturm*, der seinerseits eine Erinnerung an das Uhrmachergewerbe darstellt. Sehr nettes Ensemble.

Der naheliegendste Thaya-Spazierweg ist mit der Nummer 1 markiert und führt zum *Uhufelsen.* Man geht über die Thayabrücke, folgt links der Straße nach Thuma, bleibt dann aber auf dem bezeichneten Weg links. Hin und zurück geht man nicht länger als eine Dreiviertelstunde.

Ab der Gegend von Karlstein werden die Uferhänge steiler und höher. Die Thaya schneidet ab hier durch den Waldviertler Gneis. Während der Ort auf 440 Meter Seehöhe liegt, steigt das Land ringsum auf bis zu 610 Meter.

INFO Gemeindeamt Karlstein, Wilhelm-Matzinger-Straße 2, Tel. 02844/279; Wanderkarte gratis **ESSEN UND TRINKEN** Gasthof Pohnitzer, Hauptstraße 20; eines der «guten» Restaurants des Waldviertels; Spezialität: Mohntorte, Tel. 02844/236

DIE STOLZE BURG RAABS

Raabs ist ganz Burg. Der Ort ist ohne sie nicht vorstellbar, sie gibt ihm alles. Sie ist österreichische Geschichte, in ihr spiegeln sich von der frühen Babenbergerzeit aufwärts so ziemlich alle denkbaren Bauepochen wider. Sie ist eine der bedeutendsten und interessantesten Burgen Österreichs, vom Hübschheitsgrad soll hier gar nicht die Rede sein. Obendrein gibt die archaisch anmutende Anlage dem Staat Österreich seinen Namen, zumindest in Tschechien: Dort heißt Österreich »Rakousko», was übersetzt so viel wie »Land hinter Raabs» heißt.

Das Wichtigste aber ist: Man kann hinein, zumindest in der wärmeren Jahreszeit, und zwar geführt. Auch findet hier alljährlich Ende August ein öffentlich zugängliches «Poetenfest» statt. Details dazu im Serviceblock.

Viele Bilder werden bemüht, um die Burg zu beschreiben: Wie ein «archaisches Schiff» throne sie auf der Felskanzel, wie ein Adlerhorst klebe sie am Berg, wie aus einem Ritterspiel abgepaust, so präsentiert sich das nun über 900 Jahre gewachsene, veränderte, immer wieder ausgebaute, auf eine Länge von 200 und eine Breite von vierzig Metern angewachsene Bauwerk. Raabs war eine der wichtigsten babenbergischen Befestigungen an der alten Grenze zu Böhmen. Schon im Jahr 1100 wird ein «castrum Rakouz» im Besitz des Gottfried von Nürnberg erwähnt, geschickt haben es die Bauherren auf dem fast senkrecht zur Thaya abfallenden Felssporn platziert. Auch heute noch ist die Anlage nur an einer Stelle, durch einen Portalvorbau aus dem 17. Jahrhundert vom Ortsteil Oberndorf aus, zugänglich.

Burg Raabs

Der Felsen, auf dem die Burg thront, ist vermutlich überhaupt schon seit ewigen Zeiten, wenigstens aber seit der Jungsteinzeit, besiedelt; erste Bewohner der jüngeren Geschichte waren vor rund tausend Jahren Slawen.
Weil Raabs so wichtig ist, eine kurze Chronologie seiner Geschichte:

2. Hälfte 11. Jhdt.
Raabs wird als so genanntes «festes Haus» errichtet.

1100 *Erste Nennung als »castrum Rakouz» in der «Chronica Bohemorum». Als Burgherr erscheint Gottfried von Nürnberg.*

1192	*Die Anlage fällt an die Grafen von Hirschberg-Tallenstein.*
1200	*Die Babenberger erwerben Burg und Markt Raabs.*
1260	*Wok von Rosenberg übernimmt die Burg als Lehen.*
1282	*Raabs fällt an die Habsburger. Die Brüder Leutold und Heinrich von Kuenring erhalten die Burg als Lehen.*
1283	*Die Grafen von Hirschberg ziehen auf der Burg ein.*
1297	*Burg wie gesamte Grafschaft sind im Pfandbesitz der Maissauer.*
1358	*Die Puchheimer erhalten die Burg als Pfand, später als landesfürstliches Lehen. Spätgotischer Ausbau. Umbauten 1554 bis 1560. Zahlreiche Adaptierungen; bis 1702 Ausbau zur heutigen Form. Die Puchheims erwerben Mitte des 17. Jahrhunderts Raabs als freies Eigen.*
1702	*Franz Anton von Quarient und Raall erwirbt die Burg.*
1760	*Freiherr Johann Christoph von Bartenstein, außenpolitischer Berater Maria Theresias, erwirbt Herrschaft und Schloss. Unter ihm erlangte die Herrschaft Raabs nochmals internationale Bedeutung.*
1829	*Besitzer von Raabs sind die Freiherren von Kaiserstein.*
Ab 1873	*Rascher Besitzerwechsel.*
1912	*Neuer Eigentümer ist Freiherr Hugo Klinger von Klingersdorff.*
1931	*Die Besitzer melden Konkurs an. Sämtliche Einrichtungsgegenstände werden verkauft.*
1934 bis 1996	*Mehrere private Besitzer, zuletzt der Schweizer Willy Enk.*
1996	*Der österreichische Verleger Richard Pils kauft die Burg. Renovierung, Öffnung für Führungen und Veranstaltungen.*

Burgherr ist also seit einigen Jahren ein recht ungewöhnlicher Mann. Richard Pils hat in Eigenregie den österreichischen Kleinverlag «Bibliothek der Provinz» aufgebaut, wobei die Produkte des Hauses sicher nicht als «provinziell» zu bezeichnen sind. Pils produziert in Kleinstauflagen wie auch in stattlichen Dimensionen, er verlegt Newcomer ebenso wie Herbert Achternbusch, Michael Köhlmeier oder Robert Schneider. Besonders bekannt ist er für seine schönen Bildbände; der berühmteste ist wohl das Thomas-Bernhard-Buch des Fotografen Sepp Dreisinger. Kinderbücher, zum Beispiel von Käthe Recheis oder Angelika Kaufmann, sind ebenfalls im Programm, und einige Male hat der engagierte Verleger bereits den Preis für das «Schönste Buch Österreichs» eingeheimst. Schön, dass sich so einer auch noch eine Burg antut, mit allen nur erdenklichen Belastungen.

900 Jahre alt: Burg Raabs

Der erste Blick auf diese Burg ist üblicherweise der, den man vom Flussufer bzw. vom Hauptplatz aus auf sie richtet. Die äußerste Ostspitze bildet, von Raabs aus gut sichtbar, die *Burgkapelle*, ihre Mauern stammen vermutlich noch aus dem 12. Jahrhundert und gehören somit zu den ältesten erhaltenen Teilen der Anlage.

Hat man die Burg von unten genügend bewundert, sollte man den steilen Fußweg nach Oberndorf erklimmen. Etwas erhöht über der Burg stehend, sieht man den alles überragenden, aus der ersten Hälfte des 13. Jahrhunderts stammenden fünfeckigen, gegen Süden spitz zulaufenden *Bergfried*. Der *Ochsenturm* ragt im Halbrund mächtig auf die Straßenfront vor. Die Bausubstanz dieses Batterieturms ist noch in die Spätgotik zu datieren. Spitze Kegel- und steile Flankendächer sowie der Portalvorbau lassen die Burg auch von dieser Seite überaus attraktiv aussehen.

Höhepunkte auf dem nur mit Führung möglichen Rundgang sind der von Arkaden gesäumte Vorhof, das mit Sgraffito verzierte Portal, die Steinbrücke über den Burggraben sowie, rechts von der Brücke, der Hungerturm.

Der zweite Burghof wird an drei Seiten von Gebäuden aus der Renaissance umstanden; die Ostseite bildet das ehemalige «feste Haus» aus dem 12. Jahrhundert. Von hier gibt es einen spätgotischen Verbindungstrakt zur Kapelle.

Steinerne Wendeltreppen, schmiedeeiserne Türen, der vierzig Meter tiefe Brunnen, Rokokorauchfänge, der kleine und der große Rittersaal mit Resten von Fresken aus dem 16. Jahrhundert sowie, last, but not least, der Blick vom Söller hinunter auf das kleine Städtchen machen den Besuch zu einem «Must».

FÜHRUNGEN Juni bis September 10–17 Uhr und auf Anfrage; Gruppen nach Voranmeldung bei Richard Pils, Tel. 02856/37 94; diverse Ausstellungen, Lesungen, Konzerte; Poetenfest Ende August; beim Portal nur wenige Parkplätze

IM STÄDTCHEN UNTER DER BURG

Die selbst ernannte «Perle des Thayatals» kann auf eine lange Tradition als Sommerfrische verweisen; einige schöne Villen am Thayaufer abwärts sind Zeugen dafür, ebenso das Vorhandensein eines Hotels und mehrerer Gaststätten samt Schanigärten sowie eines Hauptplatzes, der nach den modernsten Erkenntnissen der Dorferneuerung gestaltet, man muss schon fast sagen: designt wurde. Das in der Raabser Bucht gelegene Städtchen feiert alljährlich, nomen est omen, das Rapsblütenfest, es gibt Treffen von Dampftraktoren und -walzen, und Konzerte gibt es nicht nur im Schloss, sondern auch im Hotel Thaya oder im Oberndorfer «Schüttkasten». Nehmen wir an, die Burgbesichtigung ist absolviert – was also anfangen mit dem Rest des Tages? Hier unser Plan:

Vom *Hauptplatz* spaziert man auf der Straße Richtung Karlstein. Schon nach ein paar Schritten steht man auf einer Brücke; man befindet sich exakt am *Zusammenfluss von deutscher und mährischer Thaya*. Am westlichen Ende der Brücke führt ein Wegerl zum Wasser hinunter. Von hier hat man den besten Blick auf die knapp 200 Meter lange Nordfassade der Burg.

Wer Lust auf einen Spaziergang verspürt, geht am Ufer bis zum Hallen- bzw. Flussbad und dann am Wanderweg die Thayaschlinge entlang, überquert bei *Oberpfaffendorf* die Thaya und geht auf der kleinen Straße zurück nach *Oberndorf*.

Weil man schon in Oberndorf ist: Die Pfarre Raabs zählt zu den ältesten der Diözese St. Pölten, sie geht auf die Zeit der ersten Babenberger zurück. Die heutige Kirchenanlage stammt aus dem 13. Jahrhundert; das südliche Seitentor der *Pfarrkirche* ist noch romanischen Ursprungs, das große Westtor stammt aus der Gotik, genauer aus der Zeit nach 1400. Das nördliche Seitentor (im Vorbau) ist eine bemerkenswerte frühgotische, auf circa 1300 datierte so genannte Eselsrückenbogen-Konstruktion. Die Kirche ist stolz auf Österreichs älteste geschmückte, aus dem Jahr 1343 stammende Glocke, die noch immer im Turm hängt. Im Inneren finden sich einige alte Grabplatten; das Altarbild wurde von Maria Theresia höchstpersönlich gestiftet. Der schlossartige *Pfarrhof* gleich neben der Kirche stammt noch aus dem 16. Jahrhundert. Die *Allerheiligenkirche*, 1511 als Bürgerspitalskirche errichtet, befindet sich am Ortsende Richtung Groß Siegharts, diente lange als protestantische Kirche sowie als Lagerraum und wird erst seit 1971 wieder als katholische Kirche genutzt.

Eine Adresse, die man unbedingt aufsuchen sollte, ist der «Blunzenkönig» Heinrich Strohmer, Hauptplatz 4. Das *Wirtshaus zur Goldenen Krone* ist ein Haus, wie man es immer sucht und leider selten findet. «Wirtshauskultur» ist hier nicht nur ein Etikett, sondern eine Lebensauffassung. Bei Strohmers gibt es saubere Wirtsstuben, die noch keinem Designer zum Opfer gefallen sind, und eine ehrliche Küche, die keinem Modediktat gehorcht. Die zugehörige Fleischhauerei sorgt für die Qualität, die Küche dafür, dass ein Schweinsbraten wie ein Schweinsbraten aussieht und auch so schmeckt. Die Fleischhauerei sollte jeden, der hier

WALD4TLER
HOFTHEATER

Vorhergehende Seite:
Schwarzstorch am Thayaufer

Hoftheater Pürbach (li. oben)
Blockheide Gmünd (re. oben)
Glasmacher in Neunagelberg (oben)
Herrensee bei Litschau (li.)

Club

Burg Raabs (li.)
Rapsblütenfest in Raabs (re.)
Rathaus von
Waidhofen/Thaya (unten)

Fotos oben,
von links nach rechts:
Traktorfest in Süßenbach,
Bandwebstuhl in
Groß Siegharts,
Burgruine Kollmitz / Thaya,
die Thaya, ein
Fischerparadies
Großes Foto:
Schloss Riegersburg

Folgende Seite:
Thayabrücke in Hardegg

einkehrt, dazu bewegen, Fleisch einzukaufen. Qualität wie Preis sind unerreicht. Und eine Sensation haben Strohmers auch zu bieten: die Blunzen. Vor ein paar Jahren stach Heinrich Strohmer der Hafer. Er schickte seine Blunzen wohlverschweißt nach Frankreich, zur Olympiade dieser edlen Esswaren, was rein logistisch bereits einen gewissen Aufwand bedeutet. Nicht schlecht staunte er, als ein Diplom samt Goldmedaille (für den besten außerfranzösischen «boudin») retour kam. Mittlerweile sind noch ein paar Goldene dazugekommen, Besuche und Gegenbesuche haben stattgefunden, und Herr Strohmer experimentiert erfolgreich mit der Füllung seines vergoldeten Produkts: Mal kommen Nüsse rein, mal Rosinen ... Am besten kostet man selbst eine Platte Blut- und Leberwurst mit Kraut und gerösteten Kartoffeln; die Bratwurst ist übrigens auch nicht ohne.

Raabs: Dampfwalze vor Blunzenkönig

Ein kleiner Ausflug – zu Fuß oder per Auto – führt einige Thayaschlingen aufwärts zur *Liebnitzmühle*. Das ist eine große Hotelanlage mit Reitstall und Fun-Ball-Anlage, mit Restaurant, Lamatrekking, Wehr, Naturbadeplatz, Bierkulinarien und Kräuterpfarrer-Seminaren. Am anderen Ufer klebt, als schöne Kulisse für die hier vorbeischnuppernden Wochenendurlauber, die *Ruine Buchenstein*. Die Anfahrt ab Raabs ist beschildert; der Fußweg führt zuerst nach Oberpfaffendorf (s.o.), von da am rechten Ufer flussaufwärts, an Reis- und Hahnmühle vorbei.

Die mährische Thaya entspringt in Südböhmen und mündet bei Raabs in die deutsche Thaya. Einer der schönsten markierten Spaziergänge führt von Raabs über die «Winterleite» ins Tal und nach Überquerung eines Brückerls zu rund vierzig Meter hohen, teilweise überhängenden Gneisfelsen. Am linksseitigen Ufer kann man sich auf unmarkiertem Weg und mühsam genug bis Alberndorf durchschlagen.

Eine zünftige Mährische-Thaya-Wanderung beginnt man somit besser erst in *Alberndorf* selbst. Auf Karrenwegen und Wildsteigen geht man von dort vorbei an Holzermühle, Hadermühle und Schulakmühle auf einem wildromantischen Weg bis *Weikertschlag*, wo sich eine der ältesten Kirchen des oberen Waldviertels versteckt. Vom Ort kann man, zuerst am rechten Ufer auf einem lokalen Wanderweg, weiter bis zur Staatsgrenze marschieren. In Unterpertholz überquert man die Thaya und geht auf einem unmarkierten Weg bis zur Staatsgrenze.

INFO Gemeindeamt Raabs, Hauptstraße 25, Tel. 02846/365 **ESSEN UND TRINKEN** Heinrich Strohmer, Fleischhauerei und Wirtshaus Zur goldenen Krone, tägl. außer Mo, Hauptplatz 4, Tel. 02846/238. Hotel Thaya, nahe dem Hauptplatz, Tel. 02846/202. Diverse Veranstaltungen. Hotel Liebnitzmühle, Liebnitz 38, Tel. 02846/75 01 **RADVERLEIH** Gemeindeamt, Mo–Do 7–12, Fr 7–13 Uhr; Infostelle am Hauptplatz Juni bis September Mo–Do 8–12 und 13–16, Fr 8–12, Sa 10–12 Uhr; am Gemeindeamt voranmelden! **BOOTSVERLEIH** Hotel Thaya bzw. Hotel Liebnitzmühle, s. o. **KLETTERGARTEN** Thayatal, Wolfgang Feichtner, Tel. 02844/74 76

DIE IDEALE RUINE: KOLLMITZ

Die romantischste und größte aller Waldviertler Ruinen ist jene von Kollmitz. Sie war einmal eine der größten Burganlagen des ganzen Landes und macht auch heute noch einen imposanten Eindruck. Ziemlich versteckt liegt sie rund vier Kilometer südöstlich von Raabs. Man nähert sich ihr am besten zu Fuß; die Wanderung ab Raabs führt entlang der Thaya und durch den Wald; der «360er» ist gut markiert, man geht ein bis eineinhalb Stunden. Natürlich ist die Anfahrt auch per Auto oder Rad möglich (Routen im Serviceblock).

Die Größe der insgesamt 120 Meter langen Anlage erschließt sich am besten vom Thayaufer aus. Im kleinen *Kollmitzgraben* geht man ein paar Schritte thayaabwärts und kann sich von dem Anblick des da auf einen Felssporn hingeklebten, seit 1800 verfallenden Gemäuers gar nicht lösen.

Kollmitz: imposante Anlage

Hinauf, hinein! Die erste Erwähnung der Anlage als «Chalmunze» stammt aus dem Jahr 1135. Sie wurde, wie alle Anlagen der Thayatalregion, als Teil der babenbergischen Grenzbefestigungen gegen Norden errichtet. Die ältesten sichtbaren Teile gehören zur am höchsten Felsgrat erbauten Hochburg und stammen aus der Mitte des 13. Jahrhunderts. Gegen Ende des 13. Jahrhunderts kam es zu einem großzügigen Ausbau; der Bergfried mit 8,6 Meter Durchmesser und knappen drei Meter Mauerstärke stammt von damals. Die repräsentative Toranlage mit Zugbrücke, Fahr- und Manntor sowie Resten von Stuckdekorationen verweisen auf die einst prächtige Burg. Geländer gibt es nirgendwo, dafür aber sind in der warmen Jahreszeit beide Türme zur Besteigung freigegeben. Der Tiefblick auf die im Ort fast trocken liegende bzw. in einen Mühlbach umgeleitete Thaya ist von vielen Stellen aus möglich und, was noch schöner ist: am Ende der Ruinenbesteigung kann man in der *Jausenstation* in der Ruine auf Würstel und Bier einkehren.

Wenn man von Norden, via Kollmitzdörfel, angereist ist, hat man sie schon passiert, ansonsten sollte man noch zur

Böhmischen Mauer schauen, die der an sich schon wehrhaften Anlage 350 Meter weit vorgelagert ist. Das 108 Meter lange Bauwerk mit Torturm wurde um die Mitte des 15. Jahrhunderts, angeblich im Widerstand gegen König Podiebrad, errichtet.

Im ausgehenden 17. Jahrhundert kam es zu letzten, massiven Umbauten vor allem der Wohnbereiche; man machte es sich bequemer und hübscher. Das Ende kam rascher als nötig: 1760 ging die Burg an den Freiherrn von Bartenstein; um 1800 wurden dann schon die Dächer abgetragen, um sich die «Dachsteuer» zu ersparen. Der Rest ist zu sehen.

ÖFFNUNGSZEITEN Ganzjährig, die Türme nur während der Öffnungszeiten der Jausenstation. Führungen: Erich Kerschbaumer, Tel. 02846/76 85 **ESSEN UND TRINKEN** Jausenstation Ruine Kollmitz; in den Sommerferien tägl. 10–17, Mai, Juni, September Sa, So 10–17 Uhr; kleine Karte, Heurigentische im Ruinengelände **ANFAHRT 1** Von Raabs Richtung Drosendorf; Abzweigung nach rechts, durch Kollmitzdörfl, ab der «Böhmischen Mauer» zu Fuß **ANFAHRT 2** Von Raabs Richtung Groß Sieghart s; Abzweigung nach links, via Aigen, Radl und Sauggern nach Kollmitzgraben; Parken im Ort
ANMERKUNG FÜR STRECKENWANDERER Man kann von Kollmitzgraben gut nach Eibenstein weitergehen, immer das wunderschöne rechte Ufer entlang.

DIE THAYA ABWÄRTS: ZWEI IN EINEM BOOT

Kaum sitzt man im Boot, ist man schon mitten im – unausweichlichen – Streit: Wer sticht mit seinem Paddel zu flach, zu steil, zu wild, zu langsam ein, sodass sich das verdammte Boot ständig im Kreis dreht? Partner mit schwachem Nervenkostüm und ohne hinreichende Erfahrung in der Bedienung eines Zweierkanus seien gewarnt: Der Konflikt kann rasch eskalieren, noch dazu, wo schon nach hundert Metern Fahrt mitten im Ortsgebiet von Raabs das erste Wehr zu bewältigen ist. Wie hat der Bootsverleiher das jetzt gemeint mit «links umtragen»? Wo bitte soll man da rasch an Land gehen, noch vor dem drohend rauschenden Wasser- und dem damit zwingend einhergehenden, möglicherweise letal endenden Unglücksfall? Und vor allem wie, ohne aus diesem wackeligen Ding ins

Hinein in den Thayadschungel: die Wildnis ruft

kühle Nass zu stürzen? Wer einmal in einem Raabser Kanu sitzt, hat noch lange nicht gewonnen, umgekippt ist leichter, als man, naiv genug, zu Beginn der Reise dachte, und die 16 Flusskilometer von hier nach dort, ins an sich nahe, aber flussmäßig unendlich ferne Eibenstein, sind kein Spaziergang, das muss gesagt werden! Trotz äußerster Sanftmut des Flüsschens kommt man unten, wenn überhaupt, in der Regel mit Schienbeinprellung, Sonnenbrand und durchtränkten Turnschuhen an, meist auch noch mit einer blutenden Zehe und mit Blasen an den Händen. So schauts aus, das «Abenteuer pur», und um Tragödien möglichst schon im Vorfeld zu vermeiden: Eine romantische Bootspartie mit der neuen Freundin sollte man woanders machen, denn hier am Thayafluss sind kräftige Arme gefragt, muss man doch das Boot sechsmal aus dem Wasser heben, Hunderte Meter weit durch mannshohe Brennnesselstauden tragen, schleppen, schleifen, um es dann unterhalb einer Wehr wieder, mühsam genug, ins Wasser zu hieven. Wer oben seine Kräfte zu übermütig verschleudert, hat unten, auf den langen Staustrecken (möglicherweise mit Gegenwind) nichts mehr zu lachen und auch nicht mehr die Kraft, die schönen Uferfelsen und Uferwiesen, Mühlen und Ruinen zu bewundern. Auf halbem Weg dann die Überlegung: Was ist, wenn uns hier, in absoluter Flusseinsamkeit, irgendetwas Übleres zustößt?

Trapper- und Indianerromantik an den Thayaschlingen. Was raschelt da im Unterholz am Ufer? Was knistert da so verdächtig? Höchste Konzentration verlangen die wenigen schnelleren Stellen des Flusses; zwischen den Steinen durch, muss man, hellseherisch und ständig in Gefahr, auf spitze Steine aufzulaufen, erahnen, wo die Fahrrinne am tiefsten ist. Wer keinen Proviant, nichts zu trinken mitgenommen hat, für den wird die Reise überhaupt zur Tortur: Obzwar am Wasser, ist die Hitze groß, und der Hunger bricht nach spätestens zwei Stunden aus. In Kollmitz könnte man zwar zur Ruine hinauflaufen und schauen, ob die Jausenstation offen hat, aber dazu fehlt bereits die Kraft.

Thayaabwärts: Im Kampf mit dem Wasser

Die Rast auf der Uferwiese, auf der mitgebrachten Picknickdecke, mit hart gekochten Eiern, Leberkäsbroten und zwei Äpfeln entschädigt letztendlich für alle erlittenen Strapazen. Die Blicke hinauf zu Felsabstürzen und Baumkronen natürlich auch. Hat man, unter Aufbringung der allerletzten Kraftreserven, das Kanu unter der Brücke von Eibenstein die steile Böschung hinaufgezogen, seine Wunden sowie die circa hundert Gelsenstiche geleckt und festgestellt, dass man doch nicht den Notarzt verständigen muss, kriecht schön langsam ein Gefühl von Stolz in einem hoch: darüber, dass man flussmäßiges Neuland erkundet, dass man doch noch etwas Mut in den Knochen, dass man überlebt und, wieder einmal, die wilde Natur besiegt hat.

KANUFAHREN auf der Thaya: Die «Standardtour» führt von Raabs nach Eibenstein. Bei Niedrigwasser muss das Boot streckenweise gezogen werden. **AUSRÜSTUNG** Zweitgewand; Turnschuhe, mit denen man auch im Wasser gehen kann; Essen, unbedingt Getränke mitnehmen, kleiner Kübel, zum Wasser schöpfen. Sonnenschutz. **KANUVERLEIH**

Hotel Thaya, Raabs. Rückholung abends ab Eibenstein; auch Pauschalarrangements für Kanuten; unbedingt reservieren, Tel. 02846/202. Auch das Hotel Liebnitzmühle vermietet Boote, Tel. 02846/75 01 **ESSEN UND TRINKEN** Gasthof Pölzer, Eibenstein Nr. 11. Die ehemalige Mühle am Ortsende Richtung Drosendorf ist ein Fixpunkt für Wanderer, Radtouristen und Bootsfahrer. Die Wirtin ist in der Gegend für ihre schönen Naturfotos bekannt, Tel. 02846/72 30.

PRIMMERSDORF UND DIE SCHEUNE VON IRENA ROSC

Schloss Primmersdorf hat eine lange Geschichte zu erzählen, von der mittelalterlichen Gründung als Teil der Wehrburgenkette an der Thaya gegen die Mährer bis zur heutigen bezaubernden Gestalt, die ihm endgültig im 19. Jahrhundert verpasst wurde. Als Ort von Zweitwohnungen und Ateliers hat es derzeit seine Bestimmung, zwischendurch war es – unter «wechselnden Besitzern», wie die Geschichtsbücher anmerken – im Besitz von Stiften, Baronen und Freiherren. Das gegenwärtige Aussehen des Schlosses wäre ohne die Textildesignerin Vesna undenkbar, die es in den 1980er-Jahren kaufte, renovierte und hier ihr Atelier und ihre Stoffdruckwerkstatt einrichtete. Seitdem haben viele der Wohnungen neue Besitzer gefunden, eine bunte Mischung aus Intellektuellen und Kreativen erfreut sich eines Parks, eines zauberhaften Innenhofs, einer wunderschönen Lage an der Thaya zwischen Eibenstein und Drosendorf und in regel-

Primmersdorf: der barocke Schüttkasten

mäßigen Intervallen auch an Ausstellungen im barocken Schüttkasten, der aus der Schule Jakob Prandtauers stammt.

Momentan ist es Vesnas Hauptsorge, den Schüttkasten zu revitalisieren und zu renovieren. Dazu hat sie einen Verein gegründet, der das nötige Programm bestreitet, die erforderlichen Subventionen auftreibt: Ausstellungen, Konzerte, Kabarett hat es bisher schon ab und zu dort gegeben; nun sollen die Aktivitäten verstärkt werden. Nach wie vor ist Vesnas Atelier der Mittelpunkt für Besucher. Ihre in der Wiener Tradition wurzelnde Entwurfs- und Druckkunst ist programmatisch dem Handwerk verpflichtet, deswegen sind auch in regelmäßigen Abständen Handwerker aus aller Herren Länder hier zu Gast. Vor allem zu Indien unterhält sie seit Jahrzehnten intensive Beziehungen. In ihrem Atelier kann man die Resultate davon bewundern, in Gestalt importierter Stoffe und eigener Designkreationen, die nicht nur bei den regelmäßig veranstalteten Modeschauen Absatz finden.

Schloss und Park sind nicht zu besichtigen; bei festlichen Gelegenheiten und vor allem bei Ausstellungseröffnungen kann man einen Blick in beide werfen.

Seit 1991 lebt die in Ljubljana/Slowenien geborene Künstlerin *Irena Rosc* in Primmersdorf. Aufgewachsen ist sie in einem kleinen slowenischen Dorf an der österreichischen Grenze, und vielleicht, sagt sie, ist es die Nähe zur Grenze, die sie am Waldviertel interessiert. Zum Thema Grenze gab es bereits einige Ausstellungen von ihr, und auch ihr Atelier ist ein geglückter Grenzfall. In Primmersdorf eröffnete sie mit ihrer Ausstellung den *Schüttkasten* des Schlosses. 1994 erwarb sie die als Reitstall, später als Rumpelkammer verwendete Scheune des Schlosses Primmersdorf. Sie erhielt und restaurierte das 600 Quadratmeter große Gebäude zur Gänze und ließ sich vom Architekten Wolfgang Bürgler (The Unit) ein Atelier in den 13 Meter hohen Raum stellen. Es wurde ein silberner Kubus aus Holz, Glas und halb transparentem Plastik, der einen halben Meter über dem Boden schwebt – ein unwirklich schöner Anblick – und dessen Modernität dem fast sakral anmutenden Innenraum der Scheune spannend antwortet.

Irena Rosc: Objektkünstlerin

Irena Rosc studierte an der «Angewandten» und am Schillerplatz, an der Akademie der bildenden Künste; ihr Diplom machte sie bei Arnulf Rainer. Nach diversen Ausstellungen unter anderem in Wien, Graz, New York, Kroatien und Tschechien zog sie sich vom Kunstbetrieb zurück (in ihrem Atelier arbeitet sie weiter) und kreierte vor allem Objekte in Zusammenarbeit mit Architektur, wobei sie nicht der Aspekt von Kunst-am-Bau interessiert, sondern der Zusammenhang zwischen Objekt, Benutzern und Betrachtern. Kunst als Anlass zu einer sozialen Plastik, sozusagen. Eine ganz lokal gemeinte und doch auf Jahrhunderte angelegte Arbeit gestaltete sie mit der Bevölkerung der nahen Gemeinde Eibenstein, als diese ihr 850-Jahre-Jubiläum feierte. Bei der Aktion «850 Eiben und ein Stein» animierte sie die Pfarrmitglieder, 850 Eiben zu setzen, die in einem Register aufgezeichnet und mit den Namen der Stifter und Pflanzer versehen wurden. Wie eine Schneise fließen die Eiben aus dem Wald über eine Talschulter zur Festwiese, wo Rosc als Abschluss und Gegenpol einen beschrifteten Stein auf die Festwiese setzen ließ.

ATELIER VESNA Primmersdorf 1, Tel. 02846/464; Besichtigung am Wochenende nach Vereinbarung; www.schloss.primmersdorf.at; Atelierbesuche in **IRENA ROSCS SCHEUNE** können unter Tel. 0676/778 45 17 oder unter roscbarn@direkt.at vereinbart werden.

INS THAYATAL, DER BEUTE WEGEN

Das Thayatal, eines der schönsten Flusstäler des Landes, bietet auch für Fischer eines der schönsten Reviere; im sauerstoffarmen Wasser fehlen nur die Forellen; die kommen erst wieder nach den tschechischen Thayastauseen vor, die das Wasser abkühlen und mit Sauerstoff anreichern, also unterhalb von Hardegg. Sonst aber findet der Angler, was sein Herz erfreut: Welse, Hechte, Zander, Flusskarpfen, Barsche und so weiter. Das Ufer ist nicht überall gleich gut zugänglich; umso schöner die Möglichkeiten, selbst im Unterholz der Auen eine geeignete Angelstelle zu entdecken und einen Tag lang allein zu sein mit Fluss und Fisch. Die Thaya ist von Eibenstein bis zur tschechischen Grenze in drei Reviere geteilt, die zur Hoyos'schen Schlossverwaltung gehören. Auch im Gebiet des Nationalparks ist Fischen mit Einschränkungen möglich.

FISCHEREIERLAUBNISSCHEINE in Schloss Drosendorf, Schlossplatz 1, Tel. 02915/23 21-0 bzw. www.drosendorf.at

DIE GROSSE GESCHICHTE VON DROSENDORF

Drosendorfs große Stunde schlug im Jahr 1278: Ottokar von Przemysl, König der Böhmen, war mit einem mächtigen Heer unterwegs ins Marchfeld, zur Schlacht gegen Rudolf von Habsburg. Er belagerte mit 18.000 Mann Drosendorf, das sich allerdings unter der Führung des Stefan von Maissau 16 Tage lang tapfer verteidigte – und so Rudolf von Habsburg zum Sieg verhalf: Dieser konnte nämlich durch den verzögerten Aufmarsch des Kontrahenten sein Heer bei Dürnkrut sammeln und formieren. Der verspätete Ottokar verlor Schlacht und Leben, die Habsburger regierten fortan in Österreich, und Drosendorf wurde zum Dank «kaiserliche Stadt».

Erstmals 1240 als «oppidum» – als «Stadt» – bezeichnet, ist das Stadtrecht erst aus dem Jahr 1310 überliefert. Friedrich III. der Schöne verlieh dem Ort die gleichen Rechte «an Maut und

Drosendorf: Platz mit «Rolandsäule»

anderen Dingen, wie sie Laa, Eggenburg und Korneuburg besitzen», allerdings mit dem wertvollen Zusatz «unseren lieben Bürgern von Drosendorf». Nicht deshalb, weil sich Drosendorf in die «große Geschichte» und auch in die große Literatur (konkret in Grillparzers «König Ottokars Glück und Ende») eingeschrieben hat, sondern weil der Ort insgesamt ein Stadtdenkmal der Sonderklasse ist, sollte man ihn besuchen. Gegründet im Jahr 1200, thront das kleine Gemeinwesen noch heute auf einer Felskuppe über der Thaya; die Funktion, die Grenze gegen Mähren zu sichern, fällt heute freilich weg. Geblieben ist das sichtbare Zeichen der Wehrhaftigkeit: die praktisch vollständig erhaltene, 1,7 Kilometer lange Stadtmauer mitsamt ihren Türmen, Gräben und Toren.

Auch heute kann man das Stadtinnere nur an zwei Stellen betreten bzw. befahren: durch die enge Horner Straße, den ehemaligen Standort des Horner Tores, und das praktisch vollständige *Raabser Tor* im Westen. Ist man am Hauptplatz der *walled town* eingetroffen, sollte man sich in einem der zwei Schanigärten einmal für einen Kaffee niedersetzen; langsam anfangen, die für Österreich nicht mehr alltägliche Stadt- bzw. Platzsituation auf sich wirken lassen, und dann erst den Rundgang beginnen. Der Hauptplatz ist auf zwei Ebenen als lang gezogenes Dreieck angelegt; in der Mitte steht die spätgotische Martinskirche. Deren bemerkenswertestes Einrichtungsstück ist ein anno 1702 hierher gelangter Sarkophag: Er enthält die Reliquien der im Jahr 317 verstorbenen heiligen Valentina. Die Gebeine aus einer römischen Katakombe waren ein – heute etwas makaber anmutendes – Geschenk des Papstes an Gräfin Leonore von Lamberg.

Am Platz vor der Kirche befindet sich eines der Wahrzeichen der Stadt, die *Rolandsäule*, die mit über acht Metern zu den höchsten Prangern Mitteleuropas gehört.

Den Reiz der Stadt macht die geschlossene, harmonische Verbauung des Platzes mit Bauten mit im Grunde sehr bescheidenen *Renaissance-, Barock-, Biedermeier-, und Jugendstilfassaden* aus. Größere bauliche Veränderungen gab es noch nach dem großen Brand von 1846; bedingt durch die periphere Lage, durch die Stagnation am Eisernen Vorhang, blieb das Stadtbild danach fast unbeschadet erhalten.

Drosendorf, Stadtplatz

Das markante Gebäude an der Ostfront ist das *Rathaus*; die Sgraffitomalereien sind rezent, sie stammen aus dem Jahr 1933. Rechts vom Rathaus befindet sich ein altes *Bürgerhaus*, mit Erker und Gitterfenster aus dem 16. Jahrhundert. Heute befindet sich darin das Lokal des Drosendorfer Jazzklubs. Links neben dem Rathaus steht das markante *Bergamtshaus* mit seinen nachträglich hinzugefügten Türmen. Der Besitzer betrieb einst ein Alaunbergwerk in der Nähe der Stadt.

Die markanteste Fassade an der erhöhten südlichen Platzseite gehört dem *Regentenhaus*, bis 1666 Wintersitz der Äbte von Geras. Heute sind darin Drogerie und Apotheke untergebracht. Gegenüber der Apotheke befindet sich der alte, 52 Meter tief in den Fels gehauene *Stadtbrunnen*. Bis in die 1920er-Jahre wurde hier mit einem Rad Wasser geschöpft. Besonders nett sind einige Barockgiebel mit schneckenverzierten Voluten.

Nun steht einer Besichtigung der *Stadtmauer* nichts mehr im Wege. Dazu verlässt man den Hauptplatz bei Rat- bzw. Bergamtshaus, geht durch die *Bürgerspitalsgasse*, vorbei am frühbarocken *Bürgerspital*. Beim Kreisverkehr außerhalb der Mauern biegt die *Winterpromenade* links ab – mit Blick auf Drosendorf-Altstadt und Thaya schlendert man entlang der Stadtmauer, bis man auf die aus der Stadt führende Straße stößt. Direkt beim *Raabser Tor* geht es rechts ab in die *Sommerpromenade*, die an der Front des Schlosses vorbeiführt. Zurück in die Stadt, wobei man noch die paar Schritte Umweg über das versteckt links liegende, aus der Zeit um 1700 stammende *Schloss* machen sollte: Der Blick in den Innenhof macht Lust, in dem als Frühstückspension geführten Haus abzusteigen. Der gesamte Stadtmauerrundgang dauert nicht länger als eine halbe Stunde.

Schloss Drosendorf, Innenhof

Noch eines unter vielen bemerkenswerten Gebäuden ist das *Thayabad*, unten am Fluss, das als Kneippbad eine neue Verwendung gefunden hat.

Auf einer der Terrassen am Weg vom Raabser Tor hinunter zum Bad steht in den Sommermonaten ein ansehnliches *Zirkuszelt*: Hier finden im Sommer unter dem Namen «Cirkusluft Drosendorf» Workshops für Kinder ab acht statt – man lernt jonglieren, zaubern, balancieren und vieles andere, kann im echten Zirkuswagen schlafen und darf zum guten Abschluss seine Künste auch in der Manege öffentlich vorführen.

Ist man für ein ganzes Wochenende in Drosendorf einquartiert, sollte man auch unbedingt eine ausgiebigere Thayawanderung absolvieren. Eine Tour führt zuerst über den so genannten *Studentensteig*. Um ihn zu erreichen, verlässt man beim Raabser Tor die «Innenstadt» und geht auf der Straße Richtung Nonndorf bergab bis zur Thayabrücke und biegt unmittelbar nach dieser rechts ab. Man umrundet nun am linken Ufer der Thaya den Drosendorfer Berg; der Ort zeigt sich aus fast allen vorstellbaren Perspektiven. Man gelangt in circa eineinhalb Stunden nach *Unterthürnau*, wo man links auf den Wanderweg 5 Richtung *Gaberkirche* abbiegt. Auf dem weiteren Weg muss man mindestens zehn Mal auf Trittsteinen den Gaberbach überqueren – nicht immer ganz leicht. Nach zweieinhalb Stunden erreicht man die gotischen Ruinen der Gaberkirche. Zurück nach Drosendorf geht man auf dem Wanderweg 5, vorbei am Golfplatz und weiter nach Autendorf. An dessen Ortsende biegt man links ab, in den Weg Nr. 8. Recht idyllisch gehts nun durch den Robesgraben ins Thayatal und nach Drosendorf zurück.

Die **Gehzeit** beträgt vier Stunden.

Die schönste Thayatalwanderung aber nimmt in *Eibenstein*, dem kleinen, thayaaufwärts gelegenen Ort, ihren Ausgang. Dort startet man an der Brücke am Ortsende Richtung Raabs. Am (in Fließrichtung) rechten Ufer geht man auf dem Wanderweg 630, vorbei an der Lehsteinmühle, der Unteren und der Oberen Pfinnigsteig- sowie der Haidlmühle. Hier wird der Ufer- zum Waldweg, man umrundet den Hadlitzberg und gelangt so bis nach *Kollmitzgraben*, wo man natürlich als krönenden Abschluss die Ruine besteigt und oben in der Jausenstation einkehrt (→ S. 122). Der roten Markierung folgend, geht man nach *Kollmitzdörfl*; auf halbem Weg empfiehlt sich ein Abstecher zum so genannten *Klinger-Mausoleum*, von wo man einen sehr schönen Blick ins Tal hat. In Kollmitzdörfl nimmt man den ersten asphaltierten Güterweg nach rechts (lokaler Weg Nr. 16) und gelangt auf Forststraßen, Güterwegen, dem *Silbersteig* und zuletzt am linken Thayaufer zurück nach Eibenstein.

Die **Gehzeit** beträgt vier bis fünf Stunden.

Mit dem – hoffentlich vielgängigen – Rad fährt man durch eine sehr schöne Landschaft, wenn auch mit etlichen Steigungen gespickt, von Drosendorf über Heinrichsreith nach Langau, biegt dort links ab ins Freizeitzentrum, zu einem Teich, der ehemals eine Braunkohlegrube war (→ S. 174). Weiter gehts über Kottaun nach Geras (→ S. 157), von da auf direktem Weg über Zissersdorf heim nach Drosendorf.

INFO Gemeinde Drosendorf, Tel. 02915/22 13 **ESSEN UND TRINKEN** Die Traube ist Gastwirtschaft, Kaffeehaus und Waldviertelladen in einem, hat eine mutige Terrasse über dem Hauptplatz zugebaut und als einziges Haus des Waldviertels Die Zeit zur Lektüre aufliegen. Spezialisiert hat sich der junge Wirt auf süße Mohnprodukte, die er unter dem Label MOKA auch via Internet vertreibt; Hauptplatz 5, Tel. 02915/22 27, Di, Mi Ruhetag. Gasthof Goldenes Lamm, Familie Failler, das erste Haus am Platz, Schanigarten, Garten mit Kastanienbäumen über der Stadtmauer, Hauptplatz 27, Tel. 02915/23 27 **CAMPING** an der Thaya, Tel. 02915/22 85 **JUGENDHERBERGE** Badstraße 25a, Tel. 02915/22 57 **KINO** Filmklub Drosendorf, Gasthof Failler, Vorführungen alle Monate, schöner 1920er-Jahre-Kinosaal, Info: Willi Erasmus, Tel 0664/395 67 41 **EISENBAHN RETZ–DROSENDORF** Anfang Mai bis 26. Oktober Sa, So, Fei, Retz ab 9.15, Drosendorf ab 16 Uhr. Meist sind die Garnituren mit historischen Dieselloks der Baureihe 2050 bespannt. Die Fahrt auf der von Karl Ritter von Ghega geplanten Trasse ist eine Option, die man wahrnehmen sollte, wann immer sich die Gelegenheit bietet.

ÜBER DIE GRENZE: VRATĚNIN, ŠAFOV, VRANOV

Eine Tour durch kleine Dörfer und zu großen Schlössern – auf der anderen Seite der Grenze. Mit guter Kondition kann man die Tour auch per Rad an einem Tag schaffen; die Härte ist, dass es einige Male ins tiefe Thayatal hinunter geht, man es danach aber auch wieder verlassen muss. Allerdings ist es wirklich wunderbar, auf den noch immer fast autofreien tschechischen Landstraßen, inmitten von Obstbaumalleen, zu radeln. Auch die Dörfer schauen drüben irgendwie unverbrauchter aus als in Österreich.

Welch ein Schloss: Vranov/CZ

Ausgangspunkt ist Drosendorf; der Grenzübergang Oberthürnau ist von 6 bis 22 Uhr geöffnet. Vratěnin, gleich vis-à-vis von Drosendorf, steht unter Denkmalschutz, hat zwei Gasthäuser und auch einen Billa. Nächste Station, Richtung Osten: Uherčice. Ein gewaltiges Renaissanceschloss mit Gutshof, im Juli und August gibts sogar Führungen. Das Schloss wird gerade renoviert, was auch wirklich dringend notwendig ist; ein Rundgang um die Anlage macht die gewaltigen Aufgaben der Denkmalschützer sichtbar.

In Stálky mit seiner gotischen Kirche gibt es ein sehr nettes Gasthaus, renoviert von zwei Stadtflüchtlingen aus Brünn, die Besseres kochen, als man im ganzen Waldviertel findet. Kleine Wirtsstube, unbedingt reservieren, Tel. 0042/0624/29 78 48

Šafov, der nächste Ort, liegt malerisch auf einer Kuppe, umgeben von drei Teichen. Am nördlichen Ortsrand, nahe dem Teichufer, befindet sich ein großer jüdischer Friedhof, der an die einstige Bedeutung der Judengemeinde erinnert. Der Friedhof wurde von österreichisch-tschechischen Jugendgruppen im Rahmen eines EU-Projekts renoviert; Initiator war Pater Andreas Brandtner, der Pfarrer von Langau. Nächste Station ist bereits Vranov/Frain, unbestrittener Höhepunkt der Tour (ab Drosendorf 26 km). Die Parkchancen im Ort und beim Schloss sind praktisch null, man hält am Parkplatz (Gebühr!) auf der Straße, die vom Ort zum Schloss führt, und geht dann fünf Minuten auf dem Fußweg bergan zum *Renaissanceschloss*. Dieses thront absolut beeindruckend über der Thaya; es wurde im Barock nach Plänen Fischer von Erlachs neu aufgebaut, nachdem der Vorgängerbau im Dreißigjährigen Krieg ausgeplündert worden war und später ausbrannte. Auch wenn man keine Führung machen will, zahlt sich der Weg nach oben aus: Man kann bis in den zweiten Burghof hineingehen; der Blick nach unten ist sehr schön, und das kleine Buffet vor der Burg hat geöffnet. Warnung: Wer innen besichtigen will, muss tschechische Kronen dabeihaben, Euro werden nicht akzeptiert.

Ganz nahe beim Ort befindet sich die große, 1933 fertig gestellte, sechzig Meter hohe *Thaya-Staumauer* samt Kraftwerk. So sehr Naturschützer auch über das Bauwerk klagen, so erfreulich ist das Stauwerk für Wassersportler. Man erreicht das Freizeitparadies über die Staumauer, allerdings nur per Rad oder zu Fuß – das Auto muss einige hundert Meter entfernt auf einem Parkplatz stehen bleiben. So nahe dieser Parkplatz auch der Ortsmitte ist, so schwierig ist er zu finden. Man fährt aus Vranov Richtung Norden (Lančov) ab, aber in einer Serpentine am Ortsausgang nicht nach links, sondern geradeaus weiter.

Radtouristen gelangen von Vranov auf einer steilen Serpentinenstraße aus dem Ort nach Lesná und von hier über Horni Břečkow nach Čičov, zum tschechischen Nationalparkzentrum. Nur mit dem Rad darf man zur Grenze fahren, die von 8 bis 20 Uhr geöffnet hat (ab Drosendorf 42 km). Von Hardegg gelangt man über Riegersburg und Langau zurück nach Drosendorf (65 km).

Mit dem Auto muss man von Vranov entweder die gleiche Strecke nach Drosendorf zurückfahren oder die Runde über Znaim erweitern. Von da gelangt man dann über Unterretzbach nach Retz und via Hardegg zurück nach Drosendorf.

INFO 0042/0624/29 63 12; diverse Gasthöfe und Hotels im Ort; beim Staudamm etliche einfachere Gasthäuser

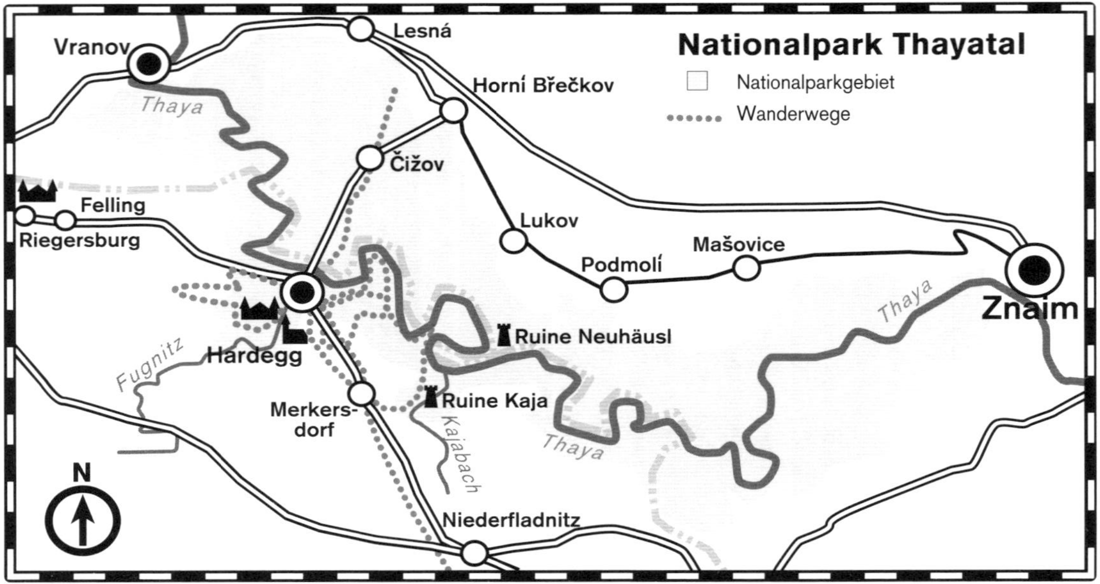
Nationalpark Thayatal
Nationalparkgebiet
Wanderwege
Vranov
Lesná
Horní Břečkov
Čižov
Lukov
Podmolí
Mašovice
Znaim
Thaya
Thaya
Thaya
Felling
Riegersburg
Hardegg
Fugnitz
Merkers-
dorf
Ruine Neuhäusl
Ruine Kaja
Kajabach
Niederfladnitz
N

Nationalpark Thayatal

Der kleinste Nationalpark Österreichs – Hardegg, die kleinste Stadt Österreichs – Der Nationalpark: Eine erste Annäherung – Zur Ökologie des Thayatals – Einsiedler, Umlauf, Kaja – Über die Grenze: Wandern und Radfahren nach Tschechien – Riegersburg, du Schöne – Die Perlmuttdrechsler von Felling

DER KLEINSTE NATIONALPARK ÖSTERREICHS

Nationalpark, das klingt irgendwie großartig, staatstragend, erhebend. Das klingt nach Amboseli und Krüger, nach Nashorn, Löwe, Elefant oder Giraffe. Nun, Flusspferde und Krokodile sind im kleinsten Nationalpark Österreichs nicht zu besichtigen. In den dichten Wäldern rund um Hardegg und entlang der Thayaufer halten sich auch keine Berggorillas versteckt. Das Außergewöhnliche hat hier kleinere Dimensionen. Die Größe des Nationalparks liegt in seiner Kleinheit. Man betritt, kommt man in die Nationalparkregion, sozusagen ein Natur-Minimundus. Halb Österreich auf engstem Raum, so lautet ei-

Thayatal: kleiner Naturpark, ganz groß

ner der Slogans der Nationalparkverwaltung, die übrigens auch kleinstmögliche Strukturen hat. Auf kleinster Fläche, nämlich 1330 Hektar, versammelt sich an der Grenze zu Tschechien die halbe heimische Pflanzenwelt; die Abwechslung ist dementsprechend groß. Gesagtes gilt auch für die Tierwelt. Inoffizielles Wappentier ist der Schwarzstorch, den man mit Glück bei einem Spaziergang sehen kann, der Rest der Fauna ist Kleinwild. In der Thaya, so vermutet man nun, schwimmen dann wohl auch nur kleine Fische, was nicht ganz stimmt, denn abschnittsweise ist hier auch der Wels heimisch, der angeblich (!) bis zu zwei Meter (!) lang werden kann.

Bei einem kleinen Gebiet stößt man sehr bald an dessen Grenzen. In diesem Fall stößt der österreichische Nationalpark erfreulicherweise auf eine offene Grenze, auf die zum tschechischen Podyji-Nationalpark. Während der österreichische Teil des Parks sich auf 25 Kilometer Flussstrecke beschränkt, ist der tschechische immerhin 45 Kilometer lang und ungefähr fünfmal so groß; er reicht von Vranov/Frain bis nach Znojmo/Znaim.

Daheim im Nationalpark: der Uhu

Die Menschen, die im und um den österreichischen Nationalparkteil wohnen, sind nicht von besonderer Kleinwüchsigkeit, zweifellos klein aber ist ihr Gemeinwesen: Hardegg, das Zentrum des Nationalparks, ist nicht nur Kleinstadt, sondern kann diesbezüglich sogar mit einem Superlativ aufwarten: Mit seinen achtzig Einwohnern handelt es sich eindeutig um die kleinste Stadt Österreichs.

Burg Hardegg: altes Tor

Kleine Straßen führen hierher, Autobahnen, Autostraßen gibt es in einer anderen Welt, aber nicht da. Besonders klein ist in Hardegg auch das Parkplatzangebot. Im Ort: nirgendwo Platz! Selbst das Umdrehen fällt bei der Enge der Wege und Stege schwer.

Wie auch immer: Es ist mehr als erfreulich, dass dieser Nationalpark sich der Rettung der Kleinheit, der Bewahrung eines einzigartigen Natur-Labors widmet. Die Idee des *small is beautiful* wird hier wacker hochgehalten. Dass manche Grundbesitzer und Anrainer noch immer von einer bestürzenden Kleinmütigkeit sind, dass manche Kleingeister noch immer nicht verstehen wollen, «was das bringt», ist die andere Seite der Medaille. Faktum ist: Den hart erkämpften Nationalpark gibt es, und es bringt ihn mit Sicherheit auch keiner mehr um.

HARDEGG,
DIE KLEINSTE STADT ÖSTERREICHS

Plötzlich steht sie da, groß und mächtig, die Burg Hardegg. So groß, dass man fast die kleine Abzweigung in den Ort versäumt. Nahe dieser Abzweigung gibts an der Straße einige Parkplätze, rund ein Dutzend weitere Stellmöglichkeiten dann unten im Ort; der Rest parkt dann beim Gasthaus zur Hammerschmiede, das an der Straße nach Felling bzw. Riegersburg liegt. An schönen Wochenenden, speziell wenn es ein Nationalparkevent gibt, sind plötzlich eine ganze Menge Leute im Ort; viele Besucher, rund vierzig Prozent, kommen aus Tschechien, die reisen aber vorwiegend über die Grenzbrücke, also per Rad, an.

Natürlich muss man in der kleinsten Stadt einen *Stadtrundgang* absolvieren. Zur ersten Orientierung: Der Burgberg teilt Hardegg sozusagen in zwei Teile: die früher durch Stadtmauern bewehrte, thayaseitig gelegene, ursprünglich mittelalterliche «Stadt» und die nördlich davon liegende «Vorstadt» am Fugnitzbach, dem ehemaligen Quartier der Kleinhäusler, mit lockerer Verbauung aus dem 19. und 20. Jahrhundert.

Im Zentrum des Blickes wie des Interesses steht die exponiert gelegene, pittoreske *Burg Hardegg.* Der Eingang befindet sich nahe der Straßenkreuzung, durch einen Torturm gelangt man zum *Pförtnerhaus,* wo man die – nicht eben billige – Eintrittskarte löst. Das mächtige, in der Mitte des 12. Jahrhunderts angelegte, oftmals erweiterte Bauwerk ist, so wie praktisch alle Anlagen der Thayaregion, eine der Grenzfesten gegen Böhmen aus der Babenbergerzeit. Frühe Burgherren, die Plain-Hardegger, waren neben den Kuenringern die mächtigsten Adeligen des Landes. Der Verfall der Burg setzt nach Ende des Dreißigjährigen Krieges ein; ein Stich von Vischer zeigt den Bau 1672 noch als durchaus stattlich. 1745 wurde er durch ein Erdbeben beschädigt, die Hardegger dürfen ab 1764 Baumaterial abführen. Das endgültige Ende scheint gekommen, doch, welch ein Wunder: 1878 bis 1905, in einer Phase der Rückbesinnung auf Tradition und Geschichte, werden einige Teile der stolzen Burg wieder aufgebaut, die Dächer gedeckt. Bauherr ist Graf Johann Carl von Khevenhüller. Romantisierende Neuerungen und der Einbau einer Kapelle mit Gruft stören das noch sehr echt wirkende Ensemble nicht. Mächtig ragt der zu Beginn des 14. Jahrhunderts errichtete *Bergfried* in den Himmel; im großen Saal finden ab und zu auch Veranstaltungen statt. Der individuelle Rundgang führt auch in die kleine Schau, die an

Die Burg Hardegg: halb Ruine, halb Museum

Maximilian von Mexiko erinnert. Der Bruder von Kaiser Franz Joseph war von Frankreichs Napoleon III. dazu überredet worden, die Krone von Mexiko anzunehmen; allerdings endete der Ausflug tödlich. Der unglückliche Maximilian wurde von den freiheitsliebenden Mexikanern gestürzt – und 1867 hingerichtet. Einer der Khevenhüllers, Fürst Johann Carl, war Adjutant des Habsburgers bei dessen Abenteuerreise in die Neue Welt; so kommt also Hardegg zu dieser Ausstellung und die Kirche von Hardegg zu einem Kreuz, das aus den Masten des Schiffes Novara geschnitzt ist, das seinerseits wiederum den Leichnam des hingerichteten Königs nach Österreich brachte.

Schöne Blicke hinunter gibts auch und auch viele «Betreten verboten»-Schilder, viele Teile der Anlage sind baufällig.

Man hat ihn schon vor der Burgbesichtigung bewundert und sieht ihn, auf dem Weg zurück, wieder sehr schön, den *Stadt-* bzw. *Uhrturm*, mit angeklebtem, ehemaligem Gemeindekotter. Auf der Straße geht man nun Richtung Stadt, zu der direkt unterhalb der Burg noch am Hang erbauten *Kirche.* Der kleine, im Kern romanische Bau wurde in der

Hochgotik erweitert und im Barock überformt. Der große *Karner* gleich neben der Kirche ist ein rein romanischer, aus der Mitte des 12. Jahrhunderts stammender Rundbau aus unverputztem Bruchstein. Man umrundet die Kirche, geht durch den schönen *Friedhof* und über die gedeckte Treppe hinunter auf den Hauptplatz, wo es zwar kein Wirtshaus, aber wenigstens ein *Lebensmittelgeschäft* samt Bäckerei gibt. Durch eine schmale Gasse neben der putzigen Hardegger *Stadtbibliothek* gelangt man zum idyllischen *Thayaufer*, der Steilhang drüben gehört bereits zu Tschechien, die Grenze verläuft in der Flussmitte. Das muntere Geplauder für eine Minute einstellen, den Vögeln beim Zwitschern und Tirilieren zuhören: So nähert sich der Städter dem Nationalpark. Gebadet wird in der Thaya kaum bis gar nicht. Das Kraftwerk Vranov lässt zweimal am Tag kaltes Tiefenwasser ab; und außerdem dürfte man sich nur bis zur Flussmitte vorwagen.

Hardegg: Stadtbibliothek

Auf der Hauptstraße in Fließrichtung der Thaya gehend, passiert man einige schlichte, schön renovierte Bürgerhäuser. Nummer 15 war einst die Stadtmühle. Beim Haus Nr. 17 befand sich einst die Stadtmauer mit Stadttor; der Weg hinauf zum Stadtturm markiert ihren Verlauf. Wenn man die Hauptstraße geradeaus weitergeht, gelangt man nach wenigen Schritten zur *Thayabrücke*. In der Zeit des Kalten Krieges wurde sie von tschechischer Seite bis zur Flussmitte demontiert und so zum traurigen Symbol für die tote Grenze, nun dient sie, frisch lackiert, in den Sommermonaten Fußgängern und Radfahrern als Fluss- und Grenzübergang. In dem schönen Holzsalettl des ehemaligen Gasthofs bietet an Wochenenden der *Nationalparkheurige* eine gute Einkehrmöglichkeit, Samstag und Sonntag hält hier, bis ins Frühjahr 2003, auch die Nationalpark-Informationsstelle offen. Ab Frühjahr 2003 ist das neue Nationalparkzentrum außerhalb der Stadt, an der Straße, die von Retz nach Hardegg führt, geöffnet.

Hardegg, Grenzbrücke

Am Flussufer, das Wehr erinnert noch daran, befand sich von 1914 bis 1932 eine Perlmutterknopffabrik, ihre Mauern wurden in den 1970er-Jahren abgetragen.
Hier gehen, vorerst entlang des Flusses, zwei der vier Nationalparkwanderwege ab – zum Einsiedlerfelsen und zum Umlaufberg bzw. weiter nach Merkersdorf.

Von hier gelangt man aber auch auf einem kleinen Weg in wenigen Minuten wieder hinauf zum Stadtturm.

INFO Gemeindeamt, Pleissing 2, Tel. 02948/84 50; weitere Infos am Ende des Kapitels **ESSEN UND TRINKEN** Gasthof zur Hammerschmiede, an der Straße nach Riegersburg, Tel. 02949/82 63. Gasthof zur Forelle, Merkersdorf 32, Tel. 02949/82 53; Mo ab 14 Uhr, Di Ruhetag

DER NATIONALPARK: EINE ERSTE ANNÄHERUNG

Die erste Annäherung an den Nationalpark – man muss sich ja schließlich «eingehen», führt nicht weit weg von der Stadt. Der Weg ist – so wie die anderen Wege auch – exzellent beschildert, in diesem Fall mit «Hardegger Rundwanderweg (3)»; er führt erst einmal zu einer westlich der Burg markant aufragenden Felsnase, dem so genannten Reginafelsen. Los gehts an der Straßenkreuzung beim Uhrturm; auf dem Fußweg links unterhalb des Turms geht man hinunter in die

Vorstadt, zur Brücke über die Fugnitz, auf Schleichpfaden zwischen Gärten von Zweitwohnsitzern durch, bis man endlich auf dem Wanderweg marschiert, der recht steil auf eben jenen *Reginafelsen* führt. Man geht durch einen lichten, von Sträuchern durchsetzten Eichen-Hainbuchen-Wald, findet hier Gelben Hartriegel, Kornelkirsche, Liguster, aber auch Blumen und Kräuter, die aufgrund des kalkhältigen Substrats sonst nur in den Kalkvoralpen zu finden sind. Auch Orchideenarten wie die Grünliche Waldhyazinthe gibt es zu sehen. Vom Felsplateau aus hat man eine wunderbare Sicht auf Burg und Stadt, noch schöner wirds allerdings von noch weiter oben, vom *Maxplateau* aus. Der Hang fällt steil nach unten ab; typisch für das Nationalparkgebiet, finden sich hier Trockenrasengesellschaften mit wärmeliebenden Pflanzen des panonnischen Florengebietes, die man am Rande des Waldviertels nicht mehr vermuten würde. Viele dieser Pflanzen können Wasser speichern, entweder in ihren verdickten Blättern oder in Zwiebeln und Wurzelstöcken.

Hardegg: Uhrturm mit Radfahrern

Weiter gehts auf einem flach abfallenden Fahrweg über den Nordhang hinunter ins Thayatal. Man geht durch einen wunderbaren Rotbuchenwald; wie Esche, Birke, Linde und Ahorn liebt dieser Baum die schattigeren, feuchten Hänge. Einmal herunten am Ufer, ist man nach kurzem Marsch zurück im Miniaturstädtchen.

Gehzeit je nach Geschwindigkeit 1 bis 1 ½ Stunden.

ZUR ÖKOLOGIE DES THAYATALS

Was ist das Einzigartige an diesem Nationalpark, das seine Existenz als solche rechtfertigt? Das Thayatal ist ein Grenz-Fall; mehrere Grenzen treffen in ihm zusammen und machen aus der Kleinregion eine Art geographisches Puzzlespiel. Da wäre vorerst einmal die nationalstaatliche Grenze. Der Nationalpark setzt sich aus einem österreichischen und einem tschechischen Teil zusammen, ist also ein «International-Park», wie die Betreiber gerne sagen. Das erlaubt gegenseitige Befruchtung, Austausch, Voneinander-Lernen – aber auch Erfahrungen mit unterschiedlich arbeitenden Bürokratien.

Abseits der einst so gefürchteten Staatsgrenze verläuft im Nationalparkgebiet eine markante Klimagrenze zwischen pannonischem, trockenem, heißerem Osten und etwas feuchterem, mildem, atlantischem Klima. Man befindet sich hier, vereinfacht gesprochen, an der Grenze zwischen Wald- und Weinviertel, und tatsächlich wird noch im Nationalparkgebiet, allerdings auf tschechischer Seite, bei Znaim, auch ein ganz berühmter Wein gebaut: der «Sobes».

Der Nationalpark: ein Mischwaldparadies

Mehrere Gesteinsuntergründe – harter Kristallin, Kalkstein, Gneis, auch noch Granit, zum Teil auch Marmoradern, weicher Glimmerschiefer, alles liegt hier kreuz und quer, und obendrein fließt die Thaya, überspitzt formuliert, im Kreis: Durch permanentes Mäandrieren sind ihre Hänge völlig unterschiedlich exponiert, durch unterschiedlichen Gesteinsuntergrund zusätzlich verschieden steil. Fazit: Hier wächst und blüht alles durcheinander. Kaum hat man eine Flussschlinge durchwandert, sieht der Wald schon wieder ganz anders aus, auch bei den Höhenstufen gibt es keine geregelte Ordnung. Nadelwälder wechseln mit in unseren Breiten schon selten gewordenen, herrlichen Laubmischwäldern. Die Nationalparkverwaltung bemüht sich, zuletzt durchgeführte Fichtenanpflanzungen zu vernichten und stattdessen Laubwald hochkommen zu lassen – eine Maßnahme, die nicht von allen Waldbauern verstanden wird.

Hardegg, am Thayaufer

Es ist vorwiegend ein Wald-Nationalpark, der sich da präsentiert, und insofern ist Tierbeobachtung ein eher schwieriges Vergnügen. Nicht immer sieht man ihn: Der schüchterne Schwarzstorch fischt gern in der Thaya und deren Nebenbächen; in der Luft sind auch noch Turmfalken zu sehen, den Uhu hört man vorwiegend im Winter. Der Bussard ist hier wie überall anders anzutreffen, Waldkauz und Seeadler dagegen sind eher seltene Nationalparkbewohner, dafür gibt es zahlreiche Fledermausarten – ein Indikator für eine intakte Umwelt.

Am Boden, nahe beim Fluss, lebt die große, ungefährliche Äskulapnatter. Smaragdeidechsen sind auf warmen Felsflächen fast immer gegenwärtig, zu sehen ist an feuchten Tagen auch der Feuersalamander. Schmetterlinge, Insekten, Käfer – wer sehen will, kann vieles sehen und gar nicht mehr genug davon kriegen.

Verboten ist hier zwangsläufig manches, etwa Paddeln auf der Thaya und Mountainbiken auf den Wanderwegen. Dennoch hat der Nationalpark nicht primär Interesse, militanten Tier- und Pflanzenschutz zu betreiben, einen neuen Eisernen Vorhang hochzuziehen. Vielmehr geht es dem Nationalparkdirektor Robert Brunner vor allem darum, für die nicht eben reiche Region wirtschaftliche Impulse zu setzen.

Manche Programme, die geboten werden, haben denn auch weniger wissenschaftlichen als vielmehr touristischen Charakter. Was es alles gibt: eine literarische Frühjahrswanderung, Pfeiferlschnitzen für Kinder, ein «Almabtrieb» zur Umlaufwiese; Morgenmeditationen, Singlewanderungen, Exkursionen «mit dem Laptop durch das Thayatal», eine Wanderung, die ein Blinder für Sehende durchführt, die Kreation von «Naturfrisuren» und vieles mehr steht am ungewöhnlichen, ungewöhnlich erfreulichen Programmzettel.

INTERNATIONAL-PARK THAYATAL-PODYJI Hardegg, Tel. 02949/70 05; Programm unter www.np-thayatal.at, Folder und Broschüren bei der Infostelle im Salettl nahe der Thayabrücke Hardegg; **INFOZENTRUM** außerhalb des Orts ab Frühjahr 2003 geöffnet

SENSATIONELL: EINSIEDLER, UMLAUF, KAJA

Nach der Theorie nun die Praxis; dies ist, wohlgemerkt, ein Programm für den ganzen Tag. Schließlich ist man in einem Nationalpark, und der verlangt unbedingt eine echte Wanderung. Gute Schuhe, ein Rucksack mit Trinkbarem, Regenschutz, vielleicht auch Proviant gehören dazu. Zünftig ist zünftig, Knickerbocker und rote Stutzen müssen aber nicht sein.

Nationalpark: Idylle am Kajabach

Der Weg ist eine Kombination aus verschiedenen Nationalparkwegen; eine Übersichtskarte bzw. der Wanderführer des Nationalparks tun gute Dienste. Man startet bei der Hardegger Brücke, folgt vorerst dem *Einsiedlerweg (2)*, der erst das Ufer entlangführt, dann auf dem so genannten

Gabrielensteig steil bergauf geht. Bei einer Wegkreuzung nimmt man den nach links führenden, schmäleren Weg, der an der Hangoberkante bis zur Oberen Bärenwiese führt. Nun biegt man nach links ab, bis man schließlich direkt unter einer in fünf Meter Höhe gemauerten Felsbehausung steht. Angeblich, so eine Sage, lebte hier zur Zeit der Kreuzzüge ein Einsiedler. Am Weg zurück trifft man auf den *Thayatalweg (1)*, dem man nun weiter zum *Umlauf* folgt. Bei den ersten Fischerhütten geht man rechts zum *Überstieg* – dem «Abschneider» über die große Flussschlinge, die die Thaya hier angelegt hat. Ohne Karte verliert man rasch die Orientierung, weiß nicht mehr, wo die Thaya jetzt in welche Richtung fließt. Flussaufwärts ist auf tschechischer Seite die Ruine Neuhäusl zu sehen. Hinunter zum Fluss und das Ufer entlang führt der Weg nun bis zum *Kajabach*, dem man aufwärts zur *Ruine Kaja* folgt. Diese hat den Vorteil, dass sich ein rühriger Verein emsig um ihre Erhaltung bemüht; etliche Dächer sind gedeckt, manche Räume teilweise auch eingerichtet. Palas, Waffenkammer, Rittersaal, Kapelle und Verlies sind zu besichtigen. Die Räume können für Feste aller Art genutzt werden; ab 350 Euro ist die Burg zu mieten. Jeden ersten Julisonntag gibts das traditionelle Burgfest mit Blasmusik und Frühschoppen, in der letzten Juliwoche wird auf der Ruine Theater gespielt. Extra Kulissen braucht es hier keine mehr.

Ruine Kaja

BURGRUINE FESTE KAJA 1. Mai bis 27. Oktober, Sa, So, Fei 10–17 Uhr, Führungen und Vermietung: Heribert Donnerbauer, Tel. 02949/82 55

Auf einer Fahrstraße erreicht man den Ort *Merkersdorf*. Hier sollte man (Mittags-)Rast halten, das Gasthaus im Ort ist zu empfehlen. Ebenfalls im Ort befindet sich ein Bauernladen. Von Merkersdorf kann man nun a) mit dem Taxi oder b) auf der Straße marschierend nach Hardegg zurückgelangen. Allerdings bietet sich für nimmermüde Wanderprofis c) eine schöne Variante: Über den Merkersdorfer Rundwanderweg (4) geht man geradewegs aus dem Ort (Abzweigung beim Kinderspielplatz) Richtung Überstieg, übersteigt diesen nochmals und geht nun die große Flussschlinge aus, um dann am Weg 1, entlang des Ufers, Richtung Hardegg zurückzugehen.

Außerdem ist es möglich, von Kaja nach Retz – und damit vom Waldviertel ins Weinviertel – zu marschieren. Man folgt dem Wanderweg 630 bzw. geht auf dem 607er den Kajabach entlang und macht noch einen Abstecher zum versteckten *Schloss Karlslust*, das dem Grafen Waldstein gehört. Tafeln verbieten hier praktisch alles, sogar das Begehen der Wege, was aber nach herrschender Gesetzeslage so leicht nicht zu verbieten ist. Auf dem 630er, vorbei am Retzer Galgen und zuletzt auf der Merkendorfer Straße, kommt man bis nach Retz hinein.

TAXI Albert Dietrich, Tel. 0664/565 30 61

ÜBER DIE GRENZE: WANDERN UND RADFAHREN NACH TSCHECHIEN

Und immer lockt die Fremde, in diesem Fall das andere Ufer. Heraus mit dem Pass, hinüber über die schmale Brücke. Die Grenze ist vom 15. April bis 2. November tagsüber für alle Staatsburger offen, die weder in Österreich noch in Tschechien ein Visum brauchen.

Wer nicht viel Zeit hat, sollte sich Hardegg wenigstens vom gegenüberliegenden Ufer anschauen, die Thaya drüben einfach ein paar Minuten flussaufwärts begleiten. Einige Betonbunker erinnern noch an die Zeit der dichten Grenze. Geht man auf dem Weg weiter, kann man aber auch bergauf marschierend das Ufer verlassen und stößt so nach einiger Zeit auf die Fahrstraße nach Čičov. Dieser folgt man nun zurück Richtung Hardegg. Von dieser asphaltierten Straße führt rechts ein kurzer Weg ab zur *Hardegger Warte*, einem Ausguckposten, von dem man ins österreichische Grenzstädtchen herunterschauen kann. Weiter über die Straße zur Brücke und zurück.

Für Biker ein Hit: Entlang der ehemaligen Grenzbefestigungen wurde eine Mountainbikestrecke mit extrem scharfen

Steigungen angelegt. Die Länge beträgt circa 40 Kilometer, eigentlich ist Start und Ziel in Mitterretzbach, aber natürlich kann man auch in Hardegg anfangen. Man fährt auf der Straße über Niederfladnitz direkt durch den Wald nach Mitterretzbach, wo es über die Grenze geht. Über eine Hängebrücke bei Devět Mlýnů überquert man die Thaya, danach erklimmt man die Steigung auf den Weinberg Sobes. Von da folgt der Weg dem ehemaligen Eisernen Vorhang, bei dessen Ziehung keine Rücksicht aufs Gelände genommen wurde, was heute nichts mehr macht, denn Steigungen von dreißig Prozent auf einer Betonplattenpiste haben, wir wissen es, für harte Burschen einen besonderen Reiz. Von der Strecke kann man auch einen Abstecher zur *Ruine Neuhäusl* machen, einem der schönsten Aussichtspunkte des gesamten Thayatales und Heimstatt zahlreicher Fledermäuse.

Zur Erinnerung: der letzte Rest vom «Eisernen»

RUINE NEUHÄUSL/Novy Hradek, Mai bis September 10–12 und 13–18 Uhr geöffnet

Kurz vor dem tschechischen Nationalparksort Čičov darf man in einem hübschen Teich baden, im Ort selbst gibts ein Wirtshaus. Am Ortsende befindet sich das Nationalparkzentrum; in unmittelbarer Nähe des Hauses wurde ein letzter Rest des Eisernen Vorhangs stehen gelassen – für alle, die sichs nicht vorstellen können, wie das damals war, vor hunderttausend Lichtjahren.

Der Weg zurück zur Hardegger Brücke führt nur bergab. Eine Wohltat.

PS: Diese Mountainbiketour ist über die Nationalparkverwaltung auch mit Führung zu buchen.

DIE PERLMUTTDRECHSLER VON FELLING

Nach so viel Nationalparkdschungel braucht es ein Kontrastprogramm. Dieses gibt es im sechs Kilometer westlich, an der Straße nach Riegersburg bzw. Drosendorf gelegenen *Felling*. In einer unverputzten Halle abseits der Straße – die Anfahrt ist beschildert – befindet sich Österreichs letzte Perlmuttdrechslerei. Der Seniorchef Bruno Marchart, 72, steht noch jeden Tag in der Werkshalle an der Maschine und dreht Knöpfe. Nix ist hier mit Vollautomation, nix mit Computersteuerung; aus Indonesien und Japan und weiß Gott, von woher noch eingeführten Muschel- und Schneckenschalen schneidet ein Arbeiter mit einer Art Stanzmaschine die Abertausenden Rohlinge, aus denen dann in mehreren Arbeitsschritten Hemd-, Hosen- und auch Frackwestenknöpfe gedrechselt werden. Arbeiten gibt es, die gibts gar nicht!

Bruno Marchart: Perlmutt-Drechsler zu Felling

Neben der durch Kunststoffimporte beinahe zum Stillstand gekommenen Knopfproduktion haben die Marcharts – Enkel Gerhard hat das Geschäft bereits voll unter Kontrolle – rechtzeitig ein zweites Standbein aufgebaut. Vor allem für Bustouristen, die auf ihren Ausflügen hier gern einen Einkaufsstopp einlegen, wird Schmuck- und Souvenirware erzeugt; wunderbare Perlmuttschatullen, -döschen oder auch kleine Kruzifixe sind nach einem Betriebsrundgang zu erstehen. Ohne irisierendes Mitbringsel geht hier niemand raus. Daneben werden auch noch einigermaßen unerschwingliche Spezial- und Sonderanfertigungen von, beispielsweise, Spiegelrahmen für Luxusjachten arabischer Prinzen hergestellt – schon floriert das bedrohte Geschäft wieder. Weg von der Massen-, hin zur Luxus- und Schmuckerzeugung lautet die Überlebensstrategie, dazu wurde der Betrieb von 1970 bis heute von 35 auf 7 Mitarbeiter gesundgeschrumpft. Was hilft, ist der Nationalpark, der neue Kunden vorbeischickt, aber auch und in erster Linie: Julia. Die aus Funk und Fernsehen bekannte Retzer Bezirksrichterin hat den Tourismus im Retzer Land deutlich belebt, und davon profitieren zu Recht auch die Marcharts.

PERLMUTTDRECHSLEREI Fa. Bruno Marchart, Felling 37, Mo–Do 6.30–12, 13–16.15, Fr bis 12 Uhr, Sa, So, Fei nach Vereinbarung; Tel. 02916/203

RIEGERSBURG, DU SCHÖNE

Ein Hauch von Schönbrunn im Grenzland: Das ist die Riegersburg, die, irreführend genug, nichts mehr von einer Burg erkennen lässt, sondern reinste Barockbaukunst repräsentiert. Man sollte sich den Besuch vielleicht für den späteren Nachmittag aufheben, dann scheint die Sonne schon schräg in die Fenster hinein und lässt die Räume hell erstrahlen; auch die Fassade glänzt besonders schön im Abendlicht. Fachlich gesprochen ist die Riegersburg eines der wichtigsten Beispiele ländlicher Barockarchitektur in Österreich. Errichtet wurde sie anstelle eines Vorgängerbaus, der nur mehr in Rudimenten an der Fassade und im Inneren nachspürbar ist. Auftraggeber des verträumten Schlosses war Sigmund Friedrich Graf Khevenhüller; der Architekt Franz Anton Pilgram war ein Schüler des berühmten Lukas von Hildebrandt. Fertig gestellt wurde die vierflügelige Anlage mit der reich verzierten Fassade erst gegen Ende des 18. Jahrhunderts. Markant stechen die turmartigen Eckpavillons hervor und erinnern – jetzt irgendwie doch – an eine Burgenkonstruktion. Bei der – empfohlenen – Führung durch Festsaal, Turmzimmer, den Gelben Salon, das Chinesische Zimmer und diverse andere Räume bekommt man ein authentisches Bild, kann in barockem Wohngefühl schwelgen. Viele architektonische Details stammen noch aus der Bauzeit, auch der (nicht zu sehende) Dachstuhl. Schön das «Hintaus» zum Teich, rührend auch der Hundefriedhof. Ach, wie kommod, dass man den Fünfuhrtee gleich im Garten des angeschlossenen «Cafésalons Maria Theresia» einnehmen kann. Besitzer und Betreiber der Riegersburg ist die gräfliche Pilati Gmbh, die auch Burg Hardegg besitzt und vermarktet. Die Pilatis sind direkte Nachfahren der Khevenhüllers.

Riegersburg: Barock am Land

ÖFFNUNGSZEITEN 1. April bis 15. November tägl. 9–17, Juli, August 9–19 Uhr; für Reisegruppen Voranmeldung; Kombi-Tickets mit Hardegg erhältlich; kleiner Museumsshop; Tel. 02949/82 25 bzw. 02916/400, www.riegersburg.at **ESSEN UND TRINKEN** Neben dem Cafésalon im Schloss gibt es am Teich gegenüber vom Schloss noch das Gasthaus zur Schützenliesl, Nr. 35, Mo Ruhetag, Tel. 02916/231; mit Teichterrasse.

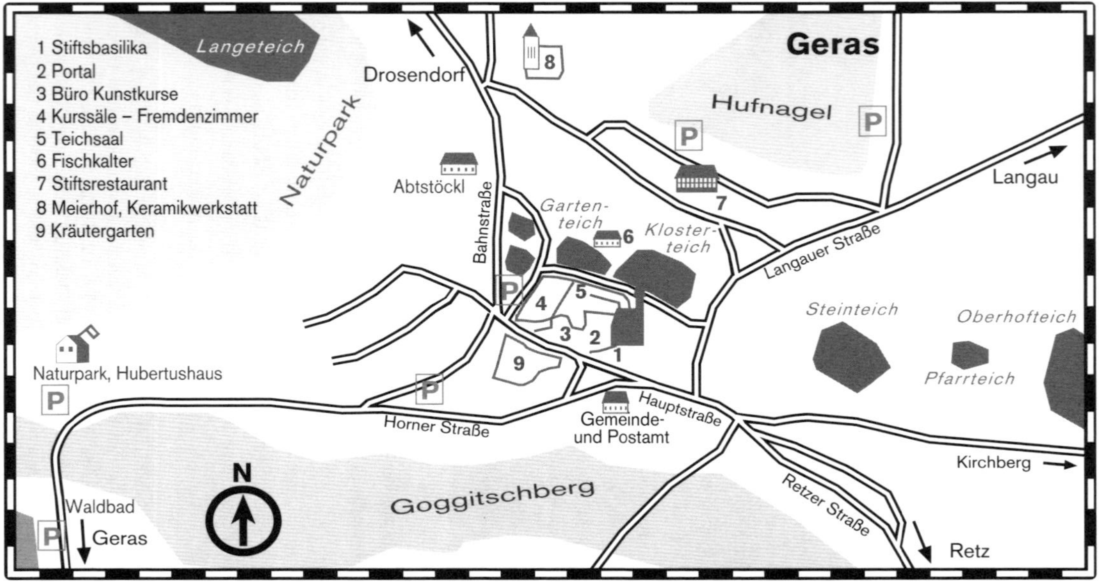
Geras
1 Stiftsbasilika
2 Portal
3 Büro Kunstkurse
4 Kurssäle – Fremdenzimmer
5 Teichsaal
6 Fischkalter
7 Stiftsrestaurant
8 Meierhof, Keramikwerkstatt
9 Kräutergarten
Langeteich
Drosendorf
Naturpark
Abtstöckl
Bahnstraße
Hufnagel
Garten-
teich
Kloster-
teich
Langau
Langauer Straße
Steinteich
Oberhofteich
Pfarrteich
Naturpark, Hubertushaus
Horner Straße
Gemeinde-
und Postamt
Hauptstraße
Kirchberg
Retzer Straße
Retz
Goggitschberg
Waldbad
Geras
N

Das Hobbystift Geras

Der erste Eindruck – Die Geraser Geschichte – Die Stiftskirche – Die Prämonstratenser-Chorherren – Der Managerabt Joachim Angerer – Rundgang und Rast – Der Ort ringsherum – Hunger in Pernegg – Naturpark, Naturbad und Anglerteich – Radtour durchs Umland

STIFT GERAS: DER ERSTE EINDRUCK

Da steht man also am Platz direkt vor dem Stift und versucht, eine erste Orientierung zu finden. Das soll der Hauptplatz des berühmten Ortes Geras sein? Irgendwie klein, unspektakulär ist der Platz und auch nur mit wenigen Parkplätzen ausgestattet. Andererseits muss man hier richtig sein, denn rechts, das ist zweifelsfrei die große Stiftskirche, und direkt vor dem Besucher wartet schon der Haupteingang des Klosters.

Geras hat einen klingenden Namen. Jeder in Österreich weiß: Das ist kein normales, durchschnittliches Kloster, keines, das dem gängigen Klischee vom klösterlichen Leben entspricht. Absolute Beschaulichkeit, strengste Zurückgezogenheit, das sind nicht eben die Qualitäten der hier residierenden Prämonstratenser-Chorherren.

Geras, im Mittelalter noch «Jeros» oder «Jerus» geschrieben, steht auch nicht in erster Linie für eine alles überragende, üppige barocke Baukunst; Geras hat sich in erster Linie als Ort der Lebensfreude, des Optimismus in den Köpfen der Menschen festgeschrieben. Das Stift erfüllt die Rolle eines zentralen Kreativ- und Eventzentrums des gesamten Waldviertels, wobei das Erstaunliche an der Sache ist, dass der Abt selbst die Rolle des Eventmanagers spielt, und zwar schon seit einem Vierteljahrhundert.

Das Stift will nicht nur ein historisch interessantes Objekt sein, das besucht und bestaunt wird, kein Tempel, in dem allein zur Ehre Gottes gebetet und gesungen wird. Das auch, aber hier malt man zusätzlich Ikonen und Hinterglasbilder. Man webt, näht Dirndln oder lässt sich zum Aquarellisten ausbilden.

Tanzworkshops finden innerhalb der ehrwürdigen Klostermauern genau so statt wie, man höre und staune, Kurse für Aktzeichnen. In der Abgeschiedenheit des Geraser Klosters unterrichten von Februar bis November um die hundert Kursleiter, Künstler, Referenten; das Geraser Vorbild wies ab den 1970er-Jahren etlichen in der Sinnkrise befindlichen Volkshochschulen den Weg. Das deutsche Nachrichtenmagazin *Der Spiegel* nannte Geras sogar das «größte Kreativitätszentrum Europas». Rund 160 Angebote stehen zur Auswahl, unter ihnen auch diverse Fastenprogramme. Unter medizinischer wie spiritueller Begleitung kann man in der Geras-Filiale Pernegg 10 oder auch 14 Tage lang versuchen, völlig auf feste Nahrung zu verzichten. Auch gibt es wie in anderen Klöstern die Möglichkeit, für Tage oder Wochen am klösterlichen Leben teilzunehmen, eine Zelle zu beziehen und gemeinsam mit den acht hier lebenden Chorherren zu beten, zu essen, den Gottesdienst zu feiern. Keine Angst: Man muss nicht für immer da bleiben.

Am besten beginnt man seine Annäherung an das Stift, indem man das *Hauptportal* einmal etwas näher betrachtet. Die prächtige Schaufassade stammt aus der ersten Hälfte des 18. Jahrhunderts, genauer gesagt entstand dieses *Neugebäude* zwischen 1736 und 1740. Der berühmte Joseph Munggenast war Architekt, Bauherr war Abt Nikolaus Zandt. Der klassische Giebel wird scheinbar von den kannelierten Pilastern getragen. Über der großen Rundbogeneinfahrt sitzen zwei Putten mit Kreuz, Gesetzestafeln und Messkelch – sie symbolisieren *fides*, die Treue bzw. den treuen Glauben. Flankiert wird das Tor von zwei lebensgroßen Allegorien. Die Liebe *(caritas)* wird durch eine Mutter mit zwei Kindern dargestellt. Auf der anderen Seite thront die Hoffnung *(spes)*, eine Frauengestalt mit einem rosenumwundenen Anker. Die drei Fenster oberhalb, jedes einzelne in Gestalt eines überdimensionierten Schlüssellochs, sind der eigentliche Blickfang der Fassade. Hinter ihnen verbirgt sich der schöne Marmorsaal mit einem Deckenfresko von Paul Troger. Dort hinein kommt man nur mit Führung (s. u.). Links

Stift Geras: Schaufassade des «Neugebäudes»

vom Marmorsaal, in dem heute auch Konzerte stattfinden, befinden sich die so genannten Bischofszimmer.

Hinein ins Kloster! Im Torpavillon befindet sich links, wie sympathisch, der *Klosterladen*. Ein paar Schritte weiter, und man steht in dem offenen *Ehren-* oder auch *Marienhof*. Rechter Hand befindet sich die *Prälatur*, der Trakt, der dem Abt zu Wohn- und Repräsentationszwecken dient – und zwar seit der Mitte des 17. Jahrhunderts. Damals wurde dieser Bauteil an den noch älteren Konventstrakt angebaut. Zu besichtigen ist dieser hochinteressante Teil nur in Ausnahmefällen – und vorwiegend für Gäste, die sich für längere Zeit bzw. für einen Kurs in Geras einmieten. Im niedrigen Wirtschaftstrakt, der den großen Hof im Norden abschließt, befinden sich Gäste- und Vortragszimmer. Geht man durch eine offene Tür dieses Wirtschaftstrakts und auf der anderen Seite des Gebäudes wieder hinaus, steht man unmittelbar an der «Waterfront» von Geras, am *Gartenteich* bzw. *Klosterteich*. Ein Fußweg führt zwischen den beiden Fischteichen zum *Fischkalter*, in dem die Geraser Karpfen zuerst noch in großen Bottichen schwimmen, dann geschlachtet und letztendlich verkauft werden. Auf dieses

Zweifellos inspirierend: der Klostergarten

eher unscheinbare, 1664 errichtete Gebäude sind die Geraser mächtig stolz, handelt es sich dabei doch um den ältesten Fischkalter des süddeutschen Raumes.

Der Weg führt weiter zum längst gesichteten *Alten Schüttkasten*, der das empfehlenswerte *Stiftsrestaurant* samt Viersternhotel beherbergt. Man erreicht das mächtige, 1670 errichtete Gebäude in rund fünf Minuten zu Fuß; es diente bis in die 1970er-Jahre als klösterlicher Getreidespeicher, in den Jahren 1979/80 bekam es dann seine neue Funktion verpasst. Die Umwidmung war ein erster, wichtiger Impuls für die touristische Entwicklung der Region – ein Schritt, den der mittlerweile abgelöste Unternehmer-Abt Joachim Angerer setzte. Vor der Einkehr im Restaurant (natürlich wird Geraser Karpfen empfohlen) wirft man noch einen Blick zurück auf die Anlage und den Ort. Unschwer kann man die zentrale Rolle des Stifts für die 1400-Seelen-Gemeinde ausmachen, es gibt auch rein baulich kein anderes Zentrum der Stadt als dieses. Das Stift ist der größte Betrieb, der einzige wichtige Arbeitgeber des Ortes und des Landstrichs ringsum. Neben der Fischzucht – im Westen glänzt als größter der Geraser Fischteiche der *Langeteich* – besitzt Geras 2000 Hektar Wald und immerhin 160 Hektar Ackerland, auf dem vor allem Erdäpfel und Zucchini, und zwar prinzipiell nur biologisch, angebaut werden. Geliefert wird vorwiegend an Billa.

DIE GERASER GESCHICHTE

Eines ist sicher: Die Jahreszahl der Gründung des Stiftes ist nicht gesichert. Strittig ist sie aber auch nicht, denn längst haben sich Historiker, Heimatforscher und die Geraser Chorherren darauf geeinigt, das Jahr 1153 als das alles entscheidende festzuschreiben. Was zur Folge hat, dass Geras 2003 seinen 850. Geburtstag feiern kann. Hier eine kurze Chronik des Klosters.

Um 1153	*Geras wird gleichzeitig mit dem zehn Kilometer entfernt liegenden Pernegg als Doppelkloster gegründet. Hier zogen Prämonstratenser, dort Prämonstratenserinnen ein. Als Gründer gelten der aus einer Nebenlinie der Babenberger stammende Graf Ulrich II. von Pernegg und seine Frau Euphemia. Der Ort, an dem das erste Kloster stand, hatte schon früher kultische Bedeutung, vermutlich als Begräbnisstätte. Bei rezenten Grabungen stieß man auf Skelettreste, die deutlich älter als die ältesten Stiftssteine sind. Bei den Gebeinen fehlen obere Extremitäten sowie der Kopf, respektlos nennt man in Geras den Mann «Jaroslaw oben ohne».* *Wie bei vielen ähnlichen Gründungen seiner Zeit wurde vom Kloster ausgehend christianisiert, hier wurde Landwirtschaft betrieben und seelsorgerisch gearbeitet. Das Kloster erfüllte also schon in der Gründungsphase eine ähnliche Rolle wie heute: die eines regionalpolitischen Motors.*
1176	*Erste Zerstörung von Geras.*
1230	*Die Kuenringer zerstören das Stift abermals.*
1240	*Friedrich der II. der Streitbare, der letzte Babenbergerherzog, legt in einem zweiten Stiftungsbrief die Dotierung der Stiftung für beide Klöster im Detail fest.*

1278 *Die durchmarschierenden Truppen des böhmischen Königs Ottokar Przemysl stecken Geras in Brand.*

1328, 1331, 1399–1405
Mehrfach Plünderungen und Brandschatzungen.

1427 *Hussiteneinfälle in großen Teilen des Waldviertels. Geras und Pernegg werden niedergebrannt.*

Nach 1450 *Mehrfach Überfälle durch böhmische und ungarische Heerscharen.*

1544 *Pernegg ist baufällig; nur noch zwei Nonnen halten die Stellung.*

1561 *Reformationszeit im Waldviertel. Die Geraser Mönche wie große Teile des Klerus leben nicht mehr nach den Regeln des heiligen Augustinus – sondern im «Konkubinat».*

1585 *Die letzte Pernegger Chorfrau stirbt, das Kloster wird von Geraser Mönchen besiedelt.*

1620 *Der Dreißigjährige Krieg kommt auch nach Geras. Böhmische Truppen plündern das Stift und setzen es in Brand; ein zeitgenössisches Dokument hält fest, dass «Kloster und Ort zu Pulver und aschen verprendt worden» sind. Vorläufiges Aus.*

1625 *Erste Versuche, Geras wieder aufzubauen, doch 1640 brennt es schon wieder. 1645 kommen die Schweden in den Ort – in unfreundlicher Mission.*

1644 *Pernegg wird wieder selbstständiges Chorherrenkloster.*

1650–1674
Amstzeit des wohl bedeutendsten Geraser Abtes, Johannes Westhaus. Er baut – nach Ende des Dreißigjährigen Krieges 1648 – Geras wieder auf. Die Kirche wird erneuert. Mit Prälatur, Wirtschaftsgebäude und Ringmauer werden Gebäude hochgezogen, die heute noch in Funktion stehen.

1736–1740
Abt Nikolaus Zandt errichtet den jüngsten Gebäudeteil, das Neugebäude. Architekt ist Joseph Munggenast. Zandt baut auch die heute noch gespielte Orgel; Geras entwickelt sich zu einem Marienwallfahrtsort.

1783 *Joseph II. schließt das Kloster Pernegg. Die Einrichtung wird versteigert, das Gebäude beginnt zu verfallen.*

1854	*Das «Sturmjahr» 1848 ist an Geras unbeschadet vorübergegangen; Kaiser Franz Joseph überträgt Pernegg wieder den Gerasern.*
1940	*Die Nationalsozialisten beschlagnahmen beide Klöster und verwenden sie als Zwischenlager für sudetendeutsche Umsiedler.*
1952	*Durch Krieg und Besatzung ist das Kloster heruntergekommen, der Zustand wird als «desolat» beschrieben. Abt Isfried Franz beginnt, das Stift zu erneuern.*
1969	*Chorherr Joachim Angerer übernimmt die wirtschaftlichen Agenden von Geras, er beginnt, das Kloster mit Hobbykursen und anderen Aktivitäten zu beleben.*
1986	*Joachim Angerer wird zum Abt auf Lebenszeit gewählt.*

DIE STIFTSKIRCHE

Geöffnet ist die Geraser Kirche nur zu den Zeiten der Gottesdienste sowie zu den täglichen Gebetsstunden. Außerhalb dieser Termine kann man durch eine Glaswand hinter der Kirchentüre ins Innere sehen.

Geras: Westfassade der Klosterkirche

Zur Orientierung, wenn man auf dem Kirchenvorplatz steht: Die Kirche ist «geostet», sprich: der Hochaltar ist nach Osten hin orientiert. An ihrer linken, also nördlichen Seite ist die Kirche mit dem ältesten Teil des Stifts, dem Konventtrakt, verwachsen. Die dem Besucher entgegenstrahlende *Westfassade* ist auffallend schlank; irgendwie scheint sie zwischen dem Klostergebäude und dem südlich angebauten Turm eingequetscht zu sein.

Links vom mächtigen Portal steht die Figur des *heiligen Norbert*, des Gründers des Prämonstratenserordens. Der Name «Prämonstratenser» leitet sich vom Ort Prémonstré in Frankreich ab, in dem Norbert von Xanten (1080–1134) im Jahr 1121 das Stammkloster gründete.

Die Figur rechts vom Kircheneingang stellt den *heiligen Augustinus* dar, nach dessen Regeln in Geras gebetet und gelebt wird. Über dem *Portal* aus 1655 sind zwei Wappen zu sehen: Das linke mit dem Schachbrettmuster gehört Geras, das rechte ist jenes von Abt Johannes Westhaus (1650–1674).

Das *Tor* selbst ist aus Bronze und ein rezentes Werk von Thomas Munz. Auffällig ist der Glasmonolith, durch den Licht in die Kirche einfällt: Dies soll die Offenheit der Kirche, die Verbindung von drinnen und draußen darstellen.

Drinnen in der Kirche fällt Kunsthistorikern sofort auf, dass sie sich nicht in einem barocken Neubau, sondern in einer ursprünglich romanischen, in ihren Grundfesten aus dem 12. Jahrhundert stammenden dreischiffigen Basilika befinden. Freilich sind romanische Fenster nur mehr zu sehen, wenn man, was man als Besucher sowieso nicht darf, im Dachgebälk herumturnt. Der Baukörper wurde nach der weitgehenden Zerstörung im Jahr 1620 sukzessive in seine heutige Form gebracht, die Inneneinrichtung nach einem Brand ab 1730 in mehreren Phasen gestaltet. Der harmonische Raumeindruck ist Folge der Arbeit des Stuckmarmorierers *Johann Hennevogel*, eines Meisters seines aufwendigen Faches. An manchen Stellen hat er der Gipsmasse Messingsplitter beigemengt; so glänzt und funkelt es an einigen Säulen gülden.

Blickt man hoch, fallen die ins Kirchenschiff schauenden Fenster auf. Linker Hand liegt hinter diesen ein frühbarocker, stimmungsvoller Saal verborgen – das Obergeschoß des alten

Konventstrakts. Aus den Klosterräumlichkeiten kann man auch direkt auf den Chor der Kirche gelangen.

Die 1770 entstandenen *Deckenfresken* von *Franz Zoller*, einem Schüler Trogers, stellen Motive aus der «Lauretanischen Litanei» sowie Marienszenen vor Wolkenhintergründen dar. Die Gottesmutter ist Patronin der Prämonstratenser; an jedem 13. des Monats findet eine Marienwallfahrt zur «Frau von Geras» statt, und selbstredend ist sie auch Mittelpunkt des frei stehenden, 1713 bis 1729 entstandenen *Hauptaltars*: Das barocke Hochaltarbild zeigt, wie sie dem Ordensgründer St. Norbert das weiße Skapulier, einen Teil des Ordensgewands, darreicht. Daneben befindet sich wieder der heilige Augustinus mit der Mönchsregel.

Geras, Stiftskirche: das Portal

Bemerkenswert ist das reich verzierte, geschnitzte *Chorgestühl* aus der Mitte des 18. Jahrhunderts; den Sitz des Abtes schmückt eine Adlerfigur. Der neue, schlichte *Volksaltar* aus Salzburger Marmor von *Thomas Munz* bildet dazu einen schönen Kontrast. Am Kirchenvorplatz ist der Hinweis auf die *Jakob-Kern-Kapelle* unübersehbar; das zeitgenössische Gebäude ist einem ehemaligen Geraser Prämonstratenser geweiht, dem 1998 von Papst Johannes Paul selig gesprochenen *Jakob Kern (1897–1924)*. Der im Ersten Weltkrieg schwer verletzte Frontsoldat trat 1920 in Geras ein, um stellvertretend Sühne für Kriegsgräuel zu leisten; er starb bei einer Operation im Wiener AKH 1924.

DIE GERASER PRÄMONSTRATENSER-CHORHERREN

Um sieben Uhr morgens «Laudes», Morgenlob. Um 11.15 Uhr Mittagsore, um 18 Uhr Vesper: Jeden Tag zu diesen Zeiten versammeln sich die acht Geraser Chorherren in der Kirche zum Gebet. Chorherren sind, anders als Benediktiner, fast schon offensiv nach außen, ins Diesseits, orientiert. Sie tragen weißes, helles Habit, um die Freude über die Auferstehung des Herrn auszudrücken. Sie verstehen sich in erster Linie als Seelsorger, und die Geraser interpretieren diese Aufgabe sowieso ständig neu, ja fast schon revolutionär. Geras ist heute der Inbegriff für Liberalitas, für Tradition und Kreativität und lange Jahre war der 2003 abgelöste Abt Joachim Angerer Galionsfigur dieser demonstrativen Offenheit.

Der Wahlspruch der Prämonstratenser lautet «ad omne opus bonum paratus», was so viel heißt wie: zu jedem guten Werk bereit. Hier, im nordöstlichen Winkel des Waldviertels, heißt das: Schäfchen zählen, mit den Menschen feiern, ins Wirtshaus gehen, singen und durchaus auch ein Bier trinken.

Jeder der hier stationierten Ordensmänner betreut eine eigene kleine Pfarre in der näheren oder weiteren Umgebung; und wenn im Haus ständig auch nur acht Herren – Chorherren werden mit «Herr» angesprochen – leben, so zählt die Ordensgemeinschaft doch an die vierzig Mitglieder, die in 25 Pfarren und zwei Neugründungen im deutschen Fritzlar und gar in Brasilien leben. Echte Nachwuchssorgen sind den Gerasern also fremd; weltweit zählt der Orden heute rund 1600 Mitglieder.

DER MANAGERABT JOACHIM ANGERER

Er predigte vor 200 Bankern ebenso gern wie vor vierzig Messbesuchern im kleinen Ort Eibenstein. Er war vor zwanzig Jahren bei Robert Lembkes TV-Knüller «Was bin ich? – Heiteres Beruferaten» zu Gast und hat sich in den Neunzigerjahren als der natürliche innerkirchliche Gegner des erzkonservativen

St. Pöltner Bischofs Kurt Krenn einen Namen gemacht: Joachim Angerer war bis 2003 Prälat des Prämonstratenserstifts Geras. Er kämpfte an vielen Fronten. Der nebenberufliche Musikwissenschaftler, der als a.o. Professor auch Vorlesungen an der Uni Wien hielt, holte anno 1970 den Hinterglasmaler Stefan Eder nach Geras; mit ihm wurde die Geraser Hobbykurskultur eingeläutet. Angerer baute die Kuhställe des Stifts zu Gästezimmern um und den Getreidespeicher zum Hotel. Gern erzählt er, dass, um dem damaligen Landeshauptmann Siegfried Ludwig die notwendigen Subventionen herauszulocken, einiges an Trinkfestigkeit nötig war.

Der 1934 in Bayern geborene Mann Gottes und der Welt focht mehr als dreißig Jahre lang für das Waldviertel, die arme Grenzregion, das Abwanderungsland; er war mit vielen Ideen seiner Zeit durchaus voraus. 1980 predigte der liberale Geist bereits hoffnungsvoll, «dass der Stacheldraht rostet», brachte die Berufsschule für Gastgewerbe in den 450-Einwohner-Ort, glaubte an die Zukunft und die wirtschaftlichen Chancen durch Tourismus.

Im winzigen Thayatalort Eibenstein wirkt er heute noch als Pfarrer und Ortsmotivator. Als die Bewohner vor ein paar Jahren ihre Blaskapelle aufgeben wollten, redete er ihnen das mit Nachdruck und Erfolg aus. «Ich habe gesagt, das kommt doch überhaupt nicht infrage.»

Joachim Angerer: einst großer Abt, jetzt Dorfpfarrer

Hl. Norbert, Gründer des Prämonstratenserordens

Der Pfarrhof des Ortes ist ihm ein geliebtes Refugium; viele seiner Bücher entstehen hier. Er ist ein waschechter Eibensteiner geworden: Im kleinen Friedhof, der die kleine Kirche umgibt, hat er sich schon jetzt sein Grab reservieren lassen.

1969 übernahm Angerer das Prälatenamt, die wirtschaftliche Führung des kriselnden Hauses. Als Abt auf Lebenszeit gewählt, ging seine zentrale Rolle in Geras aber doch zu Lebzeiten – 2003 – zu Ende. Ihm war es nicht gelungen, die ökonomische Situation des Stifts in den Griff zu bekommen, die Schulden wuchsen zu rasch. Gegen ihn wurde der Vorwurf der Misswirtschaft erhoben, andere Anschuldigungen kamen hinzu.

Als Erbe seiner Regentschaft bleibt aber immerhin, dass er den Namen des Klosters zu einer bleibenden Marke gemacht hat.

RUNDGANG UND RAST

Nur mit Führung gelangt man in die Kirche, den Kreuzgang und den Marmorsaal. All jene, die schon etwas fußlahm sind, können ja im Kräutergarten vor dem Stift auf die Rundgänger warten. Zu sehen sind in der knappen Stunde neben dem Kircheninneren der Kreuzgang, Teile des Konvents und diverse museale Stücke, darunter ein gotischer Grabstein aus dem 14. und eine böhmische Krippe aus dem 18. Jahrhundert. Höhepunkt des Rundgangs: der Marmorsaal. Dominiert wird der helle Raum vom 1738 entstandenen Deckenfresko Paul Trogers, das die «wunderbare Brotvermehrung» zeigt. Zwei weitere Troger-Bilder befinden sich an den Wänden: die «Hochzeit zu Kana» und das

Stift Geras: Hintereingang

«Gastmahl des Pharisäers». Nach dem Rundgang: Atempause. Im neu angelegten Kräutergarten vor dem Stiftsportal gibts nicht nur Salbei und Sanddorn, sondern auch einige Bänke, auf denen man Platz nehmen und die mitgebrachten Wurstsemmeln verspeisen kann. Geben tut es dieses naturkundliche Kleinod seit der Gründung des Stifts; neu angelegt hat das Gärtlein kein Geringerer als der 2003 verstorbene Kräuterpfarrer Hermann Weidinger, der selbst ein Prämonstratenser-Chorherr war. Er schaute bis kurz vor seinem Tod wenigstens einmal pro Woche hier vorbei und hielt Nachschau, ob seine Produkte im Klosterladen auch tüchtig nachgefragt wurden.

DER ORT RINGSHERUM

Trotz aller Bemühungen: Schon wieder ist die Einwohnerzahl gesunken. Geras schaffte bei der Volkszählung 2001 1432 Hauptwohnsitzer – da sind die Einwohner aller dreizehn Katastralgemeinden schon mitgezählt. Zehn Jahre früher waren es noch 99 Menschen mehr.

Wer sich in die auf 460 Meter Seehöhe gelegene Stiftssiedlung mit Stadtrecht verliebt hat, sollte ein paar Schritte Richtung Norden, Richtung Drosendorf, spazieren, schon um sich davon zu überzeugen, dass der Ort wirklich ganz Stift ist: Man geht vom Stiftsvorplatz am besten durch den Stiftshof, am Brunnen vorbei, hinaus durch das nach Westen schauende Tor der Stiftsmauer, zwischen Garten-, Forsthaus- und Provisorteich durch, bis man auf die Bahnstraße stößt. Auf der anderen Straßenseite sieht man dann schon das ehemalige *Abtstöckl*, einen großen, kubischen Bau aus dem 18. Jahrhundert. Er diente den geplagten Äbten als Sommerresidenz.

Die Bahnstraße weiter nach Norden, dann die Abzweigung nach rechts, Richtung Kottaun, und nochmals rechts kommt man zum *ehemaligen Meierhof* des Stifts; der mächtige, ab 1643 errichtete vierflügelige Bau dient heute den Geraser Sommerkursen als Quartier; hier ist z. B. die Keramikwerkstatt untergebracht.

PRÄMONSTRATENSERSTIFT Geras, Tel. 02912/345-0 **GEMEINDE** Geras, Tel. 02912/70 50 **ESSEN UND TRINKEN** Hotel Alter Schüttkasten, Vorstadt 11, Tel. 02912/332-0 **CAMPING** Winterfester Campingplatz am Edlersee, Tel. 02912/70 50, Dauer- und Kurzzeitplätze **RADVERLEIH** Hotel Alter Schüttkasten. Tel. 02912/332 **GEFÜHRTE WANDERUNGEN** auf «Geraser Genusswegen», Christine Rottenbacher, Hufnagelstraße 13, Tel. 02912/65 15

HUNGER IN PERNEGG

Man sollte, weil man ja kein Reisender, sondern ein Ausflügler ist, über Umwege von Geras nach Pernegg fahren: über *Pfaffenreith, Schirmannsreith, Sieghartsreith* und *Ludweishofen.* Hier überquert man auch die Gleise der Franz-Josefs-Bahn. Nach rund zehn Kilometern ist man in *Pernegg.* Die Kirche und das ehemalige Prämonstratenserinnenkloster befinden sich einen halben Kilometer vom Ort entfernt, auf einer kleinen, vorgeschobenen Bergkuppe. Pernegg ist älter als Geras; die heute existente dreiflügelige Anlage stammt aber erst aus dem 17. Jahrhundert. Das dem heiligen Andreas geweihte Gotteshaus wurde Anfang des 16. Jahrhunderts errichtet; die spätgotische Wandpfeilerkirche wirkt wuchtig und schlicht; das Innere, ein weitläufiger, übersichtlich gestalteter Saalraum, ist sehr hell, da das Licht durch große Maßwerkfenster einfällt.

Auffallend anders ist der neue *Hauptaltar* des schon aus Geras bekannten Künstlers Thomas Munz; vier Säulen aus Ser-

Kloster Pernegg: Stich von Vischer, 1672

pentinit tragen ein massives Bronze-Metallkreuz, das symbolisch den Stein des Grabes durchbricht und so die Auferstehung darstellt. Weiters ist im Inneren die mit vielen Figuren geschmückte *Renaissancekanzel* aus 1618 sowie die *Orgel* aus dem Jahr 1654 bemerkenswert. Gebaut hat sie Meister Michael Prackh, «Orgelmacher in Kremps». Wer genauer hinsieht, bemerkt, dass das Instrument in späterer Zeit mit Scheinaufbauten, attrappenhaften Orgelflügeln, einem Scheinfenster und einer dekorativen Umrandung optisch aufgemotzt wurde.

Lange Jahre dämmerte das von Joseph II. aufgelöste Kloster einem unrühmlichen Ende entgegen. 1992 wurde dann doch die Generalsanierung von Klostergebäuden und Kirche gestartet; in die alte Anlage wurden das Jakob-Kern-Haus und das Gästehaus neu eingefügt, ein *Seminar- und Fastenzentrum* hat hier Quartier gefunden. Pernegg ist also Zufluchtsstätte für alle, die Körper und Geist gleichzeitig entschlacken wollen. Ohne feste Nahrung, nur mit Heilkräutern, frischen Gemüsesäften, basischen Gemüsebrühen und Obstsäften muss man sich mindestens eine Woche lang durchhungern; Beistand in dieser schweren Prüfungszeit gibt Herr Sebastian, seines Zeichens Subprior der Geraser Prämonstratenser. Er ist für den spirituellen Teil der Fastenkurse verantwortlich, ohne den, seien wir doch ehrlich, niemand diese Tortur durchzustehen imstande wäre.

SEMINAR- UND FASTENZENTRUM Kloster Pernegg, Tel. 02913/614-0

NATURPARK, NATURBAD UND ANGLERTEICH

Etwas außerhalb des Ortes, direkt an der Straße Richtung Horn, befindet sich der Zugang zum Naturpark Geras. Der ist neben dem Stift sicher die zweite und für Kinder und Jugendliche die erste, wahre Attraktion des Orts. 1995 wurde der Naturpark neu gestaltet, wobei großes Augenmerk auf einen spielerischen Zugang gelegt wurde. So gibt es hier etwa nicht nur den klassischen *Streichelzoo*, sondern auch ein *Baumxylophon* und ein *Strauchlabyrinth.*

Zwischen Vogelbeeren- und Winterlindenalleen, Bergulmen und Birkenwälder, tummeln sich Wollschwein, Vierhorn- und Kamerunschaf, westafrikanische Zwergziege sowie Pfau und Esel. In großen Freigehegen bewegen sich Wildschwein, Mufflon, Steinbock, Tarpan, Rot-, Dam- und Sikahirsch.

Last, but not least findet sich nahe am *Langen Teich*, schon in Richtung des Ortes, das Freigehege der *Geraser Auerochsen*. Mächtige, archaisch anmutende Tiere sind das, rund zweihundert Stück dieses rückgezüchteten «Urs« leben in diversen Gehegen über Europa verstreut, zum Glück auch im Waldviertel; bei keinem auch noch so eiligen Rundgang sollte man versäumen, sie eingehend zu betrachten, denn wo sonst bekommt man ein Tier zu sehen, das eigentlich schon längst, mindestens aber seit drei Jahrhunderten, ausgerottet ist?

Für den Rest des abwechslungsreichen Gebiets gilt Folgendes: sich vorher anhand des Plans gut überlegen, welche Gehege man nach dem Streichelzoo-Bereich noch ansteuert. Wenn man alle Tiere ausgiebig anschauen möchte und noch dazu

Kinder mit dabei hat, ist man je nach Gehgeschwindigkeit nämlich bald einmal zwei, drei Stunden unterwegs.

Die besonders Geschickten freilich setzen sich ins Hubertushaus, gleich beim Eingang, kaufen sich eine Naturparkbroschüre und studieren ohne Beinarbeit bei ein oder zwei Glas Bier die Besonderheiten von Landschaft und Tierwelt. Wenn man Glück hat, gibts hier auch einen hervorragenden Apfelstreuselkuchen. Der allein ist schon ausflüglerische Erfüllung genug.

NATURPARK GERAS geöffnet von Ostern bis zum Nationalfeiertag

Nach Kultur und Natur nun das reine Vergnügen. Das Erholungszentrum liegt etwa einen Kilometer vom Ort entfernt, direkt an der Straße nach Horn, am neun Hektar großen *Edlersee*, der natürlich in Wahrheit ein Teich ist – soll heißen, er wurde durch einen Deichbau als Fischgewässer angelegt. Hier treffen sich an warmen Sommertagen normale Badegäste mit Dauercampern, Rad- mit Motorradfahrern, Ausflügler mit Einheimischen, und an manchen heißen Tagen hat man überhaupt den Eindruck, dass sich das gesamte östliche Waldviertel hier versammelt. Für Kinder ist der Platz insofern ide-

Archaischer Ausblick: die Auerochsen von Geras

al, als die Wiese groß und der Einstieg flach ist: Auf einigen Metern Uferstrecke wurde sogar Sand angeschüttet. Ein Paradies für alle über einem halben Jahr. Muss man noch sagen, dass es hier auch Boote zu mieten, einen Minigolfplatz und, nicht unwichtig, ein Waldbadgasthaus gibt?

NATURBAD Freizeitzentrum Waldbad Edlersee **ESSEN UND TRINKEN** Waldbadgasthaus, Mai bis September tägl. 10–22 Uhr

Wenn das Waldbad Geras ziemlich voll ist, bleibt als Alternative ein Ausweichmanöver ins sechs Kilometer nördlich gelegene Örtchen *Langau* bzw. in das dazugehörige Freizeitzentrum. Das erreicht man, indem man auf einer kleinen Straße von Langau gen Norden, Richtung tschechische Grenze, fährt. Das mächtige weiße Haus an dieser Straße ist tatsächlich das ehemalige Zollhaus. Drüben, einen Steinwurf entfernt, liegt Šafov/Schaffa (→ S. 135), die Grenze ist seit Juni 2002 zu ausgewählten Wochenendterminen passierbar, Auskunft erteilt das Gemeindeamt. Wir wollen aber nur baden gehen – der See im Freizeitzentrum ist bemerkenswert groß und die dazugehörige Anlage gut in Schuss. Das kommt daher, dass der See nichts anderes als eine ersoffene Braunkohlegrube und das Freizeitzentrum ein touristischer Versuchsballon im Grenzland ist.

Langau: Wasserski am Braunkohleteich

Langau war also einst der Waldviertler Kohlepott. Von 1948 bis 1964 wurde in der «Grube Austria» Braunkohle abgebaut, allerdings war das Material von minderwertiger Qualität. Das Lager war schon beim Eisenbahnbau entdeckt worden, als abbauwürdig erkannte man es nach dem Zweiten Weltkrieg, in Zeiten ärgster Brennstoffknappheit. Hauptabnehmer der Langauer Kohle waren neben den Dampfkraftwerken Wien auch die Österreichischen Bundesbahnen.

Schwimmer, Wasserskifahrer, Surfer, Kajak- und Ruderbootfahrer freuen sich heute darüber, dass das große Loch ausgebuddelt wurde, und wer unbedingt will (und dafür bezahlt), kann auch mit Wasserskiern über eine Wasserskirampe springen.

FREIZEITZENTRUM LANGAU Surf-, Segel- & Wasserskischule Franz Hebenstreit, Tel. 02912/611 30 bzw. 0676/588 34 11; Buffetbetrieb
INFO Gemeindeamt Langau, Tel. 02912/401-0

Wer sich nicht sonderlich viel aus der Planscherei macht, geht, um fürs Nachtmahl vorzusorgen, angeln. Wer dabei den sicheren Fang der Pirsch vorzieht, keine Landesfischerkarte hat oder überhaupt den Teich lieber mag als den Fluss, der findet im *Anglerparadies Hessendorf*, zwei Kilometer östlich von Langau, eine interessante Alternative. Dort kann man in wunderschöner, waldiger Umgebung und angebunden an die erfreulicherweise samstags und sonntags wieder verkehrende Bahnlinie Retz–Drosendorf an vier großen Teichen allem nachstellen, was Schuppen und Flossen hat: Forellen und Saiblingen, Karpfen, Schleien, Zandern, Hechten und Welsen. Bezahlt wird nach Fanggewicht, acht Euro Einsatz werden davon abgezogen. Hervorzuheben ist das kinderfreundliche Ambiente mit herumhoppelnden Kaninchen, Kletterbäumen und einer Ziege, die Zuschauern gern ihre Schaukelkünste vorführt. Auch Imbisse und Getränke werden angeboten. Angelgerät kann ausgeliehen werden.

ANGLERPARADIES HESSENDORF tägl. 7–18 Uhr außer Di und Do, Tel. 0676/900 17 56

Neues Leben: Schloss Oberhöflein

OBERHÖFLEIN

Von Hessendorf lohnt ein Ausflug ins nahe *Oberhöflein*, wo das im 13. Jahrhundert erstmals erwähnte *Suttner'sche Schloss* aus jahrelangem Dornröschenschlaf erwacht ist. Die neuen Bewohner möchten neben Instandhaltung und Revitalisierung ein kleines, feines kulturelles Programm anbieten, das von Ausstellungen und Seminaren bis zu Lesungen und Konzerten reicht. Gestartet wurde im Sommer 2004 mit einem Konzert der amerikanischen Sängerin Gail Gatterburg.

RADTOUR DURCHS UMLAND

Weil man schon in einer Klostersiedlung ist, sollte man sich auch nicht davor scheuen, den *Klosterradweg* von Geras nach Pernegg (10 km) in Angriff zu nehmen. Übermütige glauben, sich auf dieser Radroute ohne weiteres bis Altenburg vorwagen zu können, doch Achtung: Den Berg, den man hinter Pernegg hinunterradelt, muss man später wieder zurückfahren, motorlos! Der Weg führt von Pernegg gut beschildert bergab, dann durchs Stadtgebiet von Horn und von hier weiter zu den Benediktinern von *Altenburg* (28 km) (→ S. 273). Wer nicht auf gleicher Route zurückpedalieren möchte, fährt von Altenburg auf dem Kamptalradweg ein kleines Stück (ca. 1 km) nach Westen, Richtung Mahrersdorf, zweigt dann nach rechts, nach Großburgstall ab (34 km). Hier quert man die

B 2 und gelangt so nach *Poigen*. Westwärts zieht der Waldviertel-Radweg, diesem folgt man nach *Messern* (42 km). Das hier befindliche *Schloss Wildberg* befindet sich in Privatbesitz und ist nicht zugänglich; die Palatschinken im einzigen Gasthof des Ortes sind stattlich und bringen verbrauchte Energie sofort zurück. Vorbei an dem schönen Ensemble der *Illymühle* schwitzt man bergauf nach *Irnfritz-Bahnhof* (47 km), wo der schönste, mit den allermeisten Handysendern gekrönte Lagerhaussiloturm des Waldviertels steht. Nur völlig erschöpfte bzw. demoralisierte Radfahrer warten hier auf den nächsten Zug nach Hötzelsdorf-Geras (das kann dauern!), wer tapfer ist, fährt weiter und nähert sich in einer letzten, großen Gewaltanstrengung via Trabenreith, Ludweishofen, Sieghartsreith, Schirmannsreith und Pfaffenreith dem Ort und Stift Geras, das man in der mittlerweile längst hereingebrochenen Dunkelheit hoffentlich noch ausnehmen kann (63 km).

PS: Das Radgelände rund um Geras ist für Waldviertler Verhältnisse gar nicht so steil. Kleine, individuelle Touren können sogar von absolut konditionslosen Menschen gewagt werden.

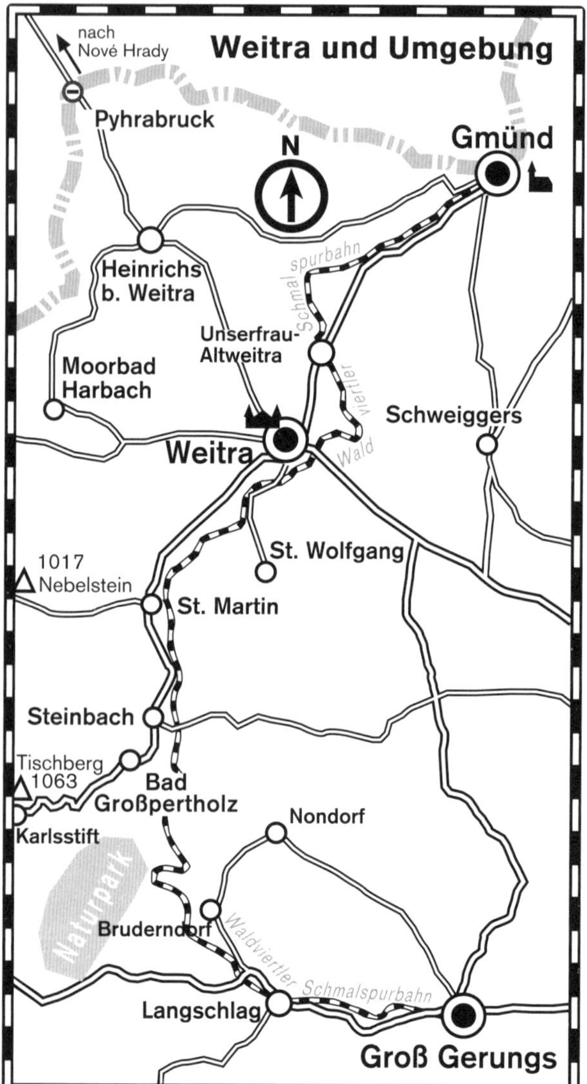
Weitra und Umgebung
nach
Nové Hrady
Pyhrabruck
N
Gmünd
Heinrichs
b. Weitra
Schmalspurbahn
Unserfrau-
Altweitra
Moorbad
Harbach
Waldviertler
Schweiggers
Weitra
St. Wolfgang
1017
Nebelstein
St. Martin
Steinbach
Tischberg
1063
Bad
Großpertholz
Karlsstift
Nondorf
Naturpark
Bruderndorf
Waldviertler Schmalspurbahn
Langschlag
Groß Gerungs

Weitra und die hohen Berge

Die Kuenringerstadt – Die sagenumwobenen Kuenringer – Zu Fuß an der Peripherie – Über die Grenze: Über Heinrichs nach Nové Hrady – Große Fahrt mit kleiner Bahn – Der Nebelstein – Handgeschöpftes Papier

DIE KUENRINGERSTADT

Weitra, 10 Kilometer südwestlich von Gmünd und 24 Kilometer westlich von Zwettl, ist eine der interessantesten Städte des Waldviertels. Die 3000-Einwohner-Gemeinde nennt sich «Kuenringerstadt»; sie ist eine Gründung dieses viel genannten Geschlechts. Neben Weitra gehen auch noch Zwettl, Gmünd, Dürnstein in der Wachau und Zistersdorf im Weinviertel auf die ehemaligen Ministerialen der Babenberger zurück. Weitra wurde zwischen 1201 und 1208 von Hadmar II. als Burgstadt angelegt; es wird im Zwettler Stiftungsbuch als Städtchen, als «civitacula», apostrophiert. Das heute so genannte Alt-Weitra, nahe der Stadt gelegen, war damals bereits eine wichtige Pfarre und wirtschaftliches Zentrum des «Districtus Witrensis», die Neugründung erfolgte lediglich an einer strategisch besseren Stelle, auf einem erhöht über der Lainsitz gelegenen Granitplateau. Die Stadt wurde im Gegensatz zu Zwettl gleich zu Anbeginn mit einer festen Mauer umgeben; sie sollte Zufluchtsort für die ländliche Bevölkerung und Sammelstelle für Truppen im Grenzgebiet sein.

Die Kuenringerzeit dauerte nicht übermäßig lange: 1296 gingen Burg und Stadt an die habsburgischen Landesfürsten, in deren Besitz sie bis 1581 verblieben.

Was das Städtchen heute für Besucher so interessant macht: Besser als anderswo, und da die Industrielle Revolution des 19. und 20. Jahrhunderts an der Stadt fast spurlos vorüberging, ist hier noch vieles vom ursprünglichen Charakter des mittelalterlichen Ackerbürgerstädtchens erhalten geblieben. «Ackerbürger» waren die meisten der Bewohner: Zu einer stattlichen

Landwirtschaft kam meist ein städtisches Gewerbe dazu; die entsprechenden mächtigen Häuser zeigten vorne eine stolze Fassade, das «Hintaus» aber war als Wirtschaftshof angelegt.

Schon von weitem ist das die Stadt überragende, aus der Kuenringerburg hervorgegangene Renaissanceschloss zu sehen. Nicht nur innerhalb der Stadtmauern, auch an den Hängen außerhalb der Befestigung sind die Grundzüge vieler mittelalterlicher und neuzeitlicher Anlagen noch gut auszunehmen. Hat man den Weg ins Innere der Stadt gefunden, fällt die Orientierung nicht mehr schwer, alle Sehenswürdigkeiten des Orts sind zu Fuß zu erreichen.

Dominierendes Gebäude in der Platzmitte ist das *Rathaus*, das in seiner jetzigen Form erst 1892/93 erbaut wurde; nett das aufgesetzte Uhrtürmchen. Der erste Weg führt uns ins Innere des Rathauses, in die Touristeninformationsstelle. Hier werden Walkman-Stadtführer angeboten, der kassettengeleitete Rundgang dauert rund eine Stunde. Wichtig: An Wochenenden ist die Infostelle nicht besetzt, bei telefonischer Reservierung werden die Walkmen aber ins Gasthaus gegenüber gebracht. Nur mit Walkman und dem dazu ausgehändigten Schlüssel gelangt man etwa in den *Auhof*, in dem eine spätgotische, geschnitzte Balkendecke zu sehen ist.

Hier ein verkürzter, vereinfachter Rundgang durch die «civitacula»: Das *Sgraffitohaus*, Rathausplatz 4, ist das markanteste Bauwerk des Stadtplatzes. Die in der Renaissance entstandenen Bilder sind Szenen aus der römischen Frühgeschichte, frei nach Livius; nur die unterste Bildreihe zeigt den Mann in seinen Lebensaltern und vergleicht ihn auf jeder Altersstufe mit einem Tier. Ein kleines Stück weiter westlich, auf Nr. 55, befindet sich ein *gotisches Haus*. Schräg vis-à-vis ist der Eingang in die gotische, aus dem 14. Jahrhundert stammende *Zisterne*. Geht man die untere Häuserfront entlang, passiert man ein weiteres, einfacheres Sgraffitohaus. An der schmalsten Stelle, dort, wo der Rathausplatz in den Dr.-Kordik-Platz übergeht, steht linker Hand ein *Haus mit Blendfassade (Nr. 34)*. Zwei der drei Fenster des obersten Geschoßes sind nur aufgemalt. Man geht nun weiter durch die untere Landstraße bergab, vorbei an einem mächtigen, rot gefärbelten Ackerbürgerhaus. Dort, wo einst das untere Stadttor stand, gibt es rechts einen schmalen Durchlass, über den man auf die *Promenade* gelangt. Von hier sieht man durch dichtes Baumwerk unten im Tal die Bürgerspitalskirche leuchten, hört die Lainsitz rauschen und folgt ab nun dem Weg entlang der *Stadtmauer* bis zum *Neuen Tor.* Die mächtige Statue erinnert an den Lyriker Wilhelm Szabo, der mehrere Jahre in Weitra lebte. Durch das Neue Tor gelangt man zur *Pfarrkiche.* Gleich rechts an der Stadtmauer steht das *Castellihaus* (Kirchenplatz 117). Es wurde Ende des 18. Jahrhunderts an der Stelle des alten Karners und unter Verwendung spätgotischer Bauteile errichtet; die Torumrandungen stammen sichtbar aus der Gotik. In diesem Haus lebte 1945 bis 1966 der Lyriker Wilhelm Szabo. Vor ihm weilte hier noch ein anderer Dichter: «Die Schulferien brachte ich alljährlich zu Weitra bei meinen Eltern zu. Das war immer ein wahres Seelengaudium. Nichts lernen, bei den Pfarrern der Umgegend schmausen, im Freien herumspektakeln», schwärmte einst *Ignaz Castelli (1781–1862).* Von 1811 bis 1814 Hoftheaterdichter des Kärntnertortheaters, wurde Castelli einer der vielseitigsten Lustspieldichter des Biedermeier und ein früher Dialektdichter, der sogar ein «Wörterbuch der Mundart in Österreich unter der Enns» verfasste.

Weitra: Renaissance am Hauptplatz

Wenn man «draußen» entlang der Mauer weitergeht, gelangt man bald auf die Obere Landstraße und damit auch zu einem Wahrzeichen der Stadt, dem *Oberen Stadttor.* 1526 erbaut, wurde die Durchfahrt 1967 deutlich erweitert. Nach wenigen Schritten ist man zurück am Rathausplatz, betrachtet die schönen Renaissance- bzw. Barockhäuser der Oberen Zeile etwas genauer und gelangt durch die *Schlossgasse* in den alten Gutshof und von da auf einem steilen Weg hinauf zum Wahrzeichen der Stadt, dem *Schloss.* Der mächtige, rechteckige Bau wurde von 1590 bis 1606 von einem gewissen Wolf Rumpf Freiherr von Wielross an der Stelle der alten Kuenringerburg erbaut; besonders schön sind der viereckige *Bergfried* und der *Arkadenhof.* Nur mit Eintrittskarte gelangt man ins Innere. Eine umfängliche Sammlung illustriert die Geschichte des Schlosses und vor allem der Dynastie Fürstenberg, der es seit 1606 gehört; im Keller befindet sich das etwas vernachlässigte *Biermuseum.* Sehr schön ist das nach wie vor sporadisch bespielte *Neo-Rokokotheater*, das vom bekannten Architektenduo Helmer und Fellner 1885 eingebaut wurde. Über Holztreppen gelangt man in das barocke Dachgeschoß, sieht beim weiteren Aufstieg das wunderbare alte Uhrwerk und zwei Glocken und hat, klare Sicht vorausgesetzt, vom Flachdach des Turms aus einen herrlichen Blick auf Stadt und Land. Gegen Süden ragen die hohen Berge des Waldviertels empor: Markant ist der Wachberg mit dem Sender auf dem Gipfel, dahinter der breite Rücken des 1017 Meter hohen Nebelstein (→ S. 195).

Schloss Weitra: Renaissance-Arkaden

SCHLOSS WEITRA Mai bis Oktober, tägl. außer Di 10–12.30, 14–17.30 Uhr; Museumsshop. Tel. 02856/33 11

Das originellste Souvenir der Stadt kann man in der parallel zum Rathausplatz verlaufenden *Lange Gasse* erwerben. Auf Nr. 133 befindet sich Österreichs letzte *Zwirnknopferzeugung.* Eine Näherin zeigt gerne die, wie die Chefin sagt, «ins Grenzenlose»

Made in Weitra: original Waldviertler Zwirnknöpfe

gehende Vielfalt an Mustern, Formen und Farben; es gibt Pölster und Taschen mit aufgenähten Knöpfen, Tücher und andere Nettigkeiten. 18 Frauen waren hier einst beschäftigt, jetzt ist der Personalstand auf dem absoluten Mindeststand angelangt; aber, so sagt Frau Maria Fiedler, die auch das Fahrradgeschäft am Hauptplatz führt: «Wir machen auf jeden Fall weiter.»

ZWIRNKNOPFINDUSTRIE Fiedler, Weitra, Lange Gasse 133, Tel. 02856/22 35

Weitra ist auch Bierstadt, und noch dazu «die älteste Österreichs». Das Weitraer Bier wird seit 1321 gebraut; in diesem Jahr verlieh Friedrich der Schöne den Bewohnern das Braurecht. In der Privatbrauerei Pöpperl, draußen vor der Stadtmauer, wird die einst in vielen Häusern gepflegte Tradition aufrechterhalten; das Weitraer Bier zählt zu den wirklichen Bierschätzen Österreichs. Auch im Brauhotel Weitra am Platz gibt es Selbstgebrautes.

BRAUEREI Christian Pöpperl, Sparkasseplatz 160, Bier- und Biergläser, Keramikflaschen und T-Shirts, Mo–Fr 8–12 und 13–16.30, Sa 8–11 Uhr, Tel. 02856/23 87

DIE SAGENUMWOBENEN KUENRINGER

Kuenringertaverne, Kuenringerstüberl, Kuenringer-Radwanderweg, Kuenringerstadt, aber auch die «Hunde von Kuenring» und Kuenringeraufstände. Kuenringer everywhere – wer waren die gern als Markenzeichen strapazierten Herren von Kuenring nun wirklich?

Das Geschlecht beherrschte durch mehrere Jahrhunderte hindurch das Waldviertel; die Kuenringer waren am Entstehungsprozess des Landes Niederösterreich maßgeblich beteiligt. Erstmals historisch greifbar werden sie 1056. Der von frühen Geschichtsschreibern als Stammvater der Kuenringer genannte «Azzo» wird in einem Ort namens Hecimanneswisa mit drei Königshufen belehnt. Wahrscheinlich handelt es sich bei dem Ort um das heutige Dorf Kühnring bei Eggenburg. Der Name «Kuenring» taucht erst 1136 in den Annalen auf; Hadmar I. wird als «Hademar de Chuonringen» in einer Schenkungsurkunde genannt. Die berühmte «Bärenhaut», eine Reimchronik, die in der ersten Hälfte des 13. Jahrhunderts im Stift Zwettl entstand, erzählt, wie die Kuenringer zu ihrem Namen kamen: Die Nachkommen Azzos, bereits in mehrere Familien verzweigt, hätten sich in der Nähe von Eggenburg versammelt, um über einen gemeinsamen Namen zu beraten. Bei diesem festlichen Anlass soll einer der Männer ausgerufen haben: «Hie habent die chunen ditzes landes an einem ring, do van schol daz hous heizzen Chuenring.» Diese legendenhafte Erklärung vom «Ring der Kühnen dieses Landes» hat sich bis heute erhalten.

Der legendäre Ahnherr: Azzo von Kuenring

Die Kuenringer wurden groß als Ministerialen der Babenberger; sie waren ursprünglich Unfreie, die durch treue Dienstleistung und Heirat zu Adeligen aufstiegen. Die Stiftung des Zisterzienserklosters Zwettl durch Hadmar I. gilt als eine der herausragendsten Taten der ganzen Kuenringergeschichte. Zu dieser Zeit, also in der ersten Hälfte des 12. Jahrhunderts, findet man kuenringische Besitzungen im Kamptal von der Donau aufwärts und von Zwettl über Altpölla bis nach Eggenburg. Die Babenberger verliehen den Kuenringern immer mehr verschiedene erbliche Hofämter. Die Kuenringer dehnten ihren stetig wachsenden Einfluss rasch ins Hohe Waldviertel hinauf aus, gründeten Weitra an der Wende zum 13. Jahrhundert neu und wurden bald die «Herren der Wachau» genannt. Auch im Nahbereich von Wien gab es Besitztümer. Ihre stark gewachsene Macht führte zu einem Aufstand gegen den letzten Babenberger, Friedrich II. den Streitbaren, der aber die Revolte der ehemaligen Gefolgsleute niederschlagen konnte. 1295 erhob sich wiederum ein Kuenringer, und zwar Leutold, gegen den Habsburger Herzog Albrecht, der die Kuenringer aber endgültig unterwerfen konnte. Sie verloren nun den Einfluss an der Donau und auch die Stadt Weitra; im 14. Jahrhundert schwand ihre Bedeutung weiter, sie waren nun nicht mehr im engen Kreis um den Landesfürsten. Ländereien, die ökonomisch schlecht nutzbar waren, wurden abgestoßen; in der Wachau und im Waldviertel blieben so nur spärliche Besitzreste übrig. Der Schwerpunkt der zu Landadeligen abgestiegenen Kuenringer verlagerte sich ins Weinviertel, in die Gegend von Seefeld und Groß Schweinbarth sowie ins heute tschechische Feldberg. Mit dem «Herbst des Mittelalters» brach auch der Herbst über das alte Geschlecht herein. Als letzter Kuenringer gilt Johann VIII. Ladislaus, der noch versuchte, die von seinem Bruder

Schloss Weitra, Glockenturm

Erinnerung ans Mittelalter: Stadtturm

Albero angehäuften Steuerschulden abzutragen. Er starb, verarmt, im Jahr 1590.

Die Meinungen über dieses große, für das Waldviertel so wichtige Ministerialen-, Ritter- und Adelsgeschlecht sind geteilt, die Stifter von Zwettl und Gründer von Weitra werden auch immer wieder als «Raubritter» erwähnt. Der Grund für die üble Nachrede war ihr Konflikt mit dem letzten Babenberger. Zwar kam es nach dem Aufstand rasch wieder zur Aussöhnung mit Friedrich II., doch setzte ringsum «Negativpropaganda» gegen die Aufwiegler ein, die auch durch Kaufleute, die sich über Zölle ärgerten, unterstützt wurde. So wurden aus den treuen Dienstleuten alsbald die «Hunde von Kuenring», die mit Ketten die Donau sperrten und Reisende im «Rosengärtlein» ihrer Burg Aggstein verhungern ließen. Nur: Diese Story ist nichts anderes als eine plumpe Ente. Aggstein wurde bei der Auseinandersetzung mit Friedrich II. zerstört und blieb lange Zeit verödet. Vermutlich war es ein späterer Besitzer, ein gewissser Georg Scheck von Wald, der Mitte des 15. Jahrhunderts über «intensive» Mauteinhebungen an der Donau seine Fehden mit dem Herzog finanzierte. Ein Stiftsarchivar versetzte ihn – absichtlich oder unabsichtlich – ins 13. Jahrhundert, machte ihn damit zum Kuenringer – und die Kuenringer im Umkehrschluss zu den bösen «Raubrittern».

ZU FUSS AN DER PERIPHERIE

Eine Exkursion vor die Tore der Stadt und anschließend hinein ins Grüne. Eines der bemerkenswertesten Baudenkmäler

Weitras ist die *Bürgerspitalskirche* und das angeschlossene, lang gestreckte, heute zu einem Wohnhaus umgebaute Bürgerspital, das in seiner heutigen Form aus dem Barock stammt. Den Schlüssel für die direkt am Lainsitzufer befindliche Kirche gibt es in der besuchenswerten *Glasschleiferei Ruß*, Böhmstraße 77/78, hundert Meter von der Kirche entfernt. Die frühgotische Apsis und die ersten beiden tonnengewölbten Joche der Spitalskirche stammen noch aus der ersten Bauphase von 1340/41; bemerkenswert sind zahlreiche, teils noch aus dem 14. Jahrhundert erhaltene Malereien.

Bürgerspital, von der Stadtmauer gesehen

Man folgt dem beim Bürgerspital abgehenden Weg ins *Gabrielental* und gelangt nach wenigen Minuten in ein kleines Paradies, in eine romantische, parkähnliche Wiesen-Wald-Landschaft direkt am Ufer der Lainsitz. Benannt ist das Tal nach der Stifterin der vor allem am anderen, schattigen Ufer aufgestellten pittoresken Park-Einrichtungsgegenstände, einer Dame aus dem Geschlecht der Fürstenbergs. Am einen Ufer hin, am anderen zurück, der Spaziergang kann, da es drei Brücken gibt, in jeder Länge – 15, 30, 60 Minuten – absolviert werden.

Die nächste kleine Ausflugsrunde absolviert man dann am besten mit dem Fahrrad. Die Tour führt vorbei am Bürgerspital, danach biegt man rechts in die *Mühlgasse* ein, gelangt so in die schmale Brühlzeile und damit in die *Brühl*, wo man bald das *Museum Alte Textilfabrik* erreicht. Die einstige «k. k. priv. Modewarenfabrik Hackl & Söhne» beschäftigte vor hundert Jahren

Souvenirs, Souvenirs: Bleikristall aus Weitra

rund 500 Fabriks- und Heimarbeiter, die hochwertige Tücher, Kleiderstoffe, Webteppiche, Möbel- und Dekorstoffe erzeugten. Die Konzeption des Museums stammt von der Historikerin Andrea Komlosy, die auch die Erfinderin der «Waldviertler Textilstraße» ist und zahlreiche Publikationen zur Sozial- und Wirtschaftsgeschichte des Waldviertels verfasst hat.

MUSEUM ALTE TEXTILFABRIK Brühl 12, 1. Mai bis 31. Oktober 10–12 und 14–17 Uhr, Mo geschlossen, Voranmeldung für Führungen notwendig, Tel. 02856/29 73; Walkmen-Touren

Vorbei am schönen Hacklteich gelangt man über *Unterbrühl* und *Oberbrühl* nach *Unserfrau* mit seiner Marienwallfahrtskirche aus 1250. Nach Überquerung der Bahngleise und der Bundesstraße ist man auch schon in der Mutterpfarre *Altweitra*, wo in erster Linie die romanische, aus 1182 stammende *Wehrkirche* besucht werden sollte.

UNSERFRAU-ALTWEITRA: INFO Gemeindeamt, Tel. 02856/25 40

Auf einer schönen Route geht die kurze Radreise nun vorbei am *Altweitraer Teich*. Nach einem Abstecher in das kleine Dorf *Ulrichs* beim Ulrichsteich rollt man zurück in die Stadt.

INFO Rathaus Weitra, Rathausplatz 1, Tel. 02856/29 98 **ESSEN UND TRINKEN** Brauhotel Weitra, Rathausplatz 6, ganzjährig geöffnet, von November bis März Di Ruhetag, Tel. 02856/29 36-0; naturtrübes, selbst gebrautes Spezialbier; gleich ums Eck: Karl Walter Waschka, Rathausplatz 8, Tel. 02856/22 96, eigenes Hausbier **RADVERLEIH** Robert Fiedler, Rathausplatz 55, Tel. 02856/22 35 **TAXI** Alfred Weißenböck, Zwettler Straße 199, Tel. 02856/23 69 **GOLF** 18-Loch-Anlage, Freizeitzentrum Hausschachen, Tel. 02856/20 58 **NATURBAD** Badeteich Hausschachen, Freizeitzentrum, Buffetbetrieb, Vorstadt 313; sehr gute Anlage, der Weitraer Storch fischt am anderen Ufer. **NACHTWÄCHTER** Führung durchs abendliche Weitra mit einem Nachtwächter; Juni, Juli, August, Fr, Sa 20 Uhr, Anmeldung in der Gästeinformation, Tel. 02856/29 98

ÜBER DIE GRENZE: ÜBER HEINRICHS NACH NOVÉ HRADY

Dieser Ausflug von Weitra nach Tschechien kann per Auto wie per Rad absolviert werden; er führt via Schagges und Pyhrabruck über die am wenigsten frequentierte Grenze Österreichs nach Nové Hrady und ist – ein Weg – circa 15 Kilometer lang. Für Radfahrer: Die Tour ist wellig, die Anstiege sind aber nicht allzu steil und lang.

Nach acht Kilometern erreicht man *Heinrichs*, am nördlichen Rand des 871 Meter hohen Mandelstein gelegen. Das hübsche Dorf glänzt durch eine neugotische Kirche aus unverputzten Granitquadern und ein nettes Ortsbild. Wenn man in völligem Frieden, ungestört von Großhotels und kleinstädtischem Lärm, abschalten möchte, sollte man sich hier in einem Bauernhof einmieten. Der gut markierte Heinrichser *Erlebnisweg* führt entlang kleiner Bäche, vorbei am einzigen *Doppelwackelstein* des Waldviertels bis auf den *Mandelsteingipfel*. Den kann man aber auch von einem Parkplatz an der von Heinrichs nach Harbach führenden Waldstraße aus auf einem rund 15 Minuten langen Spaziergang erklimmen. Oben gibts eindrucksvolle Granitfelsen und eine schöne Aussicht nach Tschechien und auf die Gratzener Berge; unter dem Gipfel finden alljährlich Treffen von Vertriebenenverbänden statt.

Übers abgeschiedene Pyhrabruck gehts zur kleinen Grenzstation; wenige hundert Meter nach dem Grenzübertritt ist man schon in *Nové Hrady*, dem ehemals vorwiegend von Deutsch sprechender Bevölkerung besiedelten Gratzen. Den viereckigen Hauptplatz dominiert die ehemalige *Residenz* der Grafen Buquoy an der Ostfront. Die Stadt steht ganz im Zeichen der gräflichen Familie, die die Stadt ab 1619 praktisch im Alleingang gestaltete. Nach dem Zweiten Weltkrieg wurde der Großgrundbesitz enteignet; jetzt befindet sich bereits wieder ein Graf im Ort. Nové Hrady erlitt das Schicksal vieler anderer Ortschaften: Im Oktober 1938 wurde die Stadt von den Nazis besetzt, die Tschechen mussten gehen, 1945 war es dann umgekehrt. Die Stadt lag außerdem im unmittelbaren Grenzgebiet, die einstige Sommerfrische verwaiste. Heute sind das 1677 gegründete *Servitenkloster* und die dazugehörige *Kirche* neu renoviert; ein Pater hütet ganz alleine das große Haus. Am Westende der Ortschaft, in wenigen Minuten zu erreichen, befindet sich die 1225 gegründete, in Teilen zu besichtigende Burg. Auf dem Weg von Pyhrabruck hierher passierte man schon die am Friedhof gelegene neugotische *Familiengruft der Buquoys*; rechter Hand sah man das *Neue Schloss*, einen Empirebau aus dem Jahr 1802, in dem bis 1945 die Buquoys residierten.

Nové Hrady: Servitenkirche

Im *Rathaus*, einem Renaissancebau am Hauptplatz aus dem Jahr 1553, befindet sich die Touristeninformation, die auch deutschsprachiges Material bereit hält. Geht man die für den Autoverkehr gesperrte Straße neben dem Rathaus bergab, so gelangt man durch ein Tor hinunter ins Tal des Stropnice-Flüsschens nach *Údolí.* Beim Parkplatz vor der ehemaligen Brauerei beginnt der fünf Kilometer lange Spazierweg ins Theresiental, auf Tschechisch *Terežino Údolí* genannt. Das ist nun, dem Weitraer Gabrielental nicht unähnlich, ein englischer Landschaftsgarten mit romantischen Bauwerken und einem künstlichen Wasserfall. Die Anlage wurde 1756 von der Gräfin Terezia Buquoyová gestiftet. Alte Fischteiche und Urwälder machen das Gratzener Land zu einer – weitgehend unentdeckten – ruhigen Erholungslandschaft.

INFO Rathaus Nové Hrady, Hauptplatz, Tel. 0042/0335/36 21 95

GROSSE FAHRT MIT KLEINER BAHN

Die Fahrt mit der Schmalspurbahn von Gmünd nach Groß Gerungs gehört zu den wirklichen und wahrhaftig traumhaften Erlebnissen im Hohen Waldviertel. Das hat weniger mit verklärender Nostalgie zu tun als mit der Erkenntnis, dass diese Bahn ein technikgeschichtliches Gustostückerl der Sonderklasse ist. Nachdem die ÖBB den regulären Betrieb auf der defizitären Strecke anno 2001 einstellten, war auch der Fortbestand der Dampfbahn als Museumsbetrieb in Schwebe; noch immer muss man um ihre Zukunft bangen, allerdings scheint sich eine solide Basis für den Wochenendbetrieb konstituiert zu haben.

Zur Abfahrt bereit: Lokführer auf der «Dreineunundneunziger»

Die Abfahrtsstelle der putzigen Bahn, die auch immer ein «Speisewagerl» mitführt, befindet sich am Bahnhofsvorplatz des wenig attraktiven Gmünder Bahnhofs, davon sollte man sich aber nicht abschrecken lassen. Einsteigen, Türen schließen (geschieht in diesem Fall nicht automatisch): Man sitzt in bis zu knapp hundert Jahre alten, zweiachsigen Waggonerln, die mehr an die Liliputbahn im Prater als an eine echte, ordentliche Bahn erinnern. Warum, so stellt sich mancher Bahnneuling vielleicht die Frage, wurde überhaupt so klein, mit nur 760 Millimeter Schienenabstand, gebaut? Die – prosaische – Antwort: Weil für die große, richtige «Normalspur» das Geld fehlte. Das Resultat: Schon vor hundert Jahren nicht die Schnellsten, sind Schmalspurbahnen heute zum Inbegriff für extreme Langsamkeit geworden. Eine Fahrt mit der putzigen Kleinbahn, möglichst mit einer Dampflok, einem «Dampfer», bespannt, wird somit zu einer Fahrt in eine Epoche mit anderer Zeitrechnung; man fährt zurück in eine Welt, in der sich noch nicht alles um Rasanz und Geschwindigkeit drehte. Während die allerersten Eisenbahnen von Zeitgenossen als «Projektile» gesehen wurden, die «durch die Natur hindurchschießen und Raum und Zeit vernichten», empfindet man bei einer Fahrt mit der Gerungser Bahn das genaue Gegenteil: Dieser Zug vernichtet nicht Raum und Zeit, sondern holt sie zurück, macht Distanzen spürbar; die Beschaulichkeit der Fahrt ist sogar der eigentlich gewünschte Effekt. Für ans Autofahren gewöhnte, der Bahnfahrt entwöhnte Zeitgenossen ist der Blick aus dem Abteilfenster ohnedies eine neue, zumindest selten erlebte Erfahrung. Man frisst nicht die Straße in sich hinein, sondern sieht die Landschaft gemächlich, fast wie im Kino, am offenen Abteilfenster vorbeiziehen.

Das Waldviertel im IMAX-Format, sozusagen: die romantische Kirche von *Altweitra*, etliche Teiche, eine 300-Grad-Schleife vor dem Bahnhof *Weitra*, das sind die ersten Schau-Höhepunkte. *St. Martin bei Weitra* kann Ausgangspunkt für eine Nebelsteinwanderung sein. Ab der Station *Großpertholz* (der Ort selbst ist zwei Kilometer entfernt) führt die Strecke durch weltabgeschiedenes Gebiet und beginnt auch kräftig zu steigen. Eine neue Haltestelle heißt *Abschlag-Fassldorf*; ein findiger Gastronom hat direkt neben der Bahn, an einem kleinen Teich, eine erlebnisgastronomische Wirtshauswelt aus lauter alten Weinfässern, gruppiert um eine zentrale Wirtshausburg, aufgebaut. Irgendwie trotzdem sympathisch.

Beim Halt *Bruderndorf* muss die Lok rasten und Wasser tanken. Spätestens hier machen sie sich durch eifriges Fotografieren bemerkbar, die aus allen Ecken Europas auftauchenden Bahnfreunde, Bahnfans, Lokexperten, Hobbyschaffner und Schienenfetischisten – ein nettes Völkchen, das vorwiegend über Baureihen, Achsstände, Dampfkessel und Kurvenradien diskutiert. Wunderbar, denn selbstredend ist man nicht nur der schönen Aussicht wegen am Zug, sondern vor allem, um der kleinen, alten Dampflok, genannt der «Feurige Elias», bei ihrer schweren Arbeit zuzusehen. Besonders zu schaffen macht ihr der Anstieg auf den *kleinen Semmering*. Auf dieser Passstrecke, deren Scheitelpunkt mit stolzen 804 Meter Seehöhe nur um rund neunzig Meter tiefer liegt als der des echten Semmering, werden sogar zwei Tunnels, der kleine und gleich danach der immerhin 270 Meter lange *große Bruderndorfer Tunnel* durchfahren. Erst vor *Langschlag*, wo sich am Bahnhof in einem Güterwaggon ein kleines Bahnmuseum befindet, kommt das Bähnlein zurück in die Zi-

Idylle in Langschlag: Bahnmuseum im Waggon

Steinpyramide, Groß Gerungs: «Kraftarena»

vilisation; die letzten sechs Kilometer laufen parallel zur Straße. Nach knapp zweieinhalb Stunden für 43 Kilometer ist man, gut durchgerüttelt, an der Endstelle *Groß Gerungs*. Alles aussteigen. Während die Wartezeit bis zur Rückfahrt beim Samstagsfahrplan nur 25 Minuten beträgt, steht der Zug am Sonntag für knappe drei Stunden in Gerungs, Zeit genug für ein ausgiebiges Mittagessen und Kaffee und Kuchen.

Wem hin und retour aber doch zu viel des Bahnreisevergnügens ist, der hat mehrere Möglichkeiten: Das Rad wird gratis mitgenommen, also kann man die rund fünfzig Kilometer lange Strecke zurück mit eigener Kraft bewältigen, sollte aber berücksichtigen, dass die Steigungen hart sind und einige Kilometer lang die kleine Scheibe auf-, wenn nicht der Geh-Gang eingelegt werden muss.

Etwas bequemer ist die Variante, mit dem Postbus von Gmünd nach Gerungs zu fahren. Der Bus fährt am Bahnhofsvorplatz um 13.25 ab, man erwischt damit sowohl den Samstags- als auch Sonntagszug von Gerungs zurück nach Gmünd und Wien. Fahrzeiten unbedingt nachfragen!

Dritte Variante: Waldviertel incoming organisiert Bus-Begleitprogramme (mit Besichtigungen) sowohl von Weitra als auch von Groß Gerungs ausgehend. Wiederum ist man also nur eine Strecke mit der Dampf- oder Diesellok unterwegs. Um sich Ärger zu ersparen: unbedingt vorher ins Netz schauen, am Bahnhof Gmünd oder bei Waldviertel incoming anrufen!

WALDVIERTLER SCHMALSPURBAHN Betrieb: Mai bis Oktober, Sa, So, Fei, abwechselnd Diesel- und Dampfwochenenden. **FAHRPLAN** www.waldviertlerbahn.at; Bahnhof Gmünd Tel. 02852/525 88-330; Waldviertel incoming, Weitra, Rathausplatz 1, Tel. 02856/29 98

Die meisten Touristen zieht das *Herz-Kreislauf-Zentrum* mit 170 Betten und einer komplett ausgestatteten Intensivstation nach *Groß Gerungs*. Das Institut prägt den Ort entscheidend, bringt auch Dauergäste in die Stadt. Zusätzlich hat die Gemeinde mit der Erfindung der so genannten *Kraftarena* vorgeführt, wie man cleveren Tourismus macht: Man führt die Autos auf Güterwegen nahe an Naturdenkmäler heran, baut Parkplätze und breite, saubere, gepflegte Wanderwege – schon strömen die Besucher in Scharen herbei. Hauptattraktion der Kraftarena ist die rund sechs Meter hohe *Steinpyramide*. Dieses mysteriöse Bauwerk – die Entstehungsgeschichte ist unklar – liegt gut zehn Kilometer vom Ort enfernt, der Fußmarsch ab Parkplatz ist 1,2 Kilometer lang. Auch die anderen Ziele der Kraftarena, wie etwa der im Tal der jungen Zwettl gelegene *Wackelstein*, sind lohnend.
INFO Groß Gerungs, Hauptplatz 18, Tel. 02812/86 11-0 **ESSEN UND TRINKEN** Wurzelhof, Langschlag, Marktplatz 36, Tel. 02814/83 78, www.wurzelhof.at; nur Fr, Sa, So geöffnet **NATUR** Schmetterlingsparadies in Kainrathschlag bei Langschlag, Tel. 0732/65 40 57, www.schmetterlingsparadies.at

DER POPULÄRE NEBELSTEIN UND ANDERE HOHE BERGE

Das Waldviertel hat keinen höchsten Berg. Der Peilstein über dem Yspertal mit seinen 1060 Metern wird als «zweithöchster Berg» beworben, nirgendwo ist der König unter den Waldviertler «Eintausendern» auszumachen. Laut ÖK 1:50.000 ist der Tischberg bei Karlstift, hart an der tschechischen Grenze, mit 1063 Metern exakt drei Meter höher als der Peilstein. Nur ist er von dichtem Wald bedeckt und nur durch eine Skipiste erschlossen, also verschweigt man ihn offenbar lieber.

Wenn es schon keinen höchsten Berg gibt, so doch einen Star: Der *Nebelstein* (1017 Meter über der Adria) ist seit ewigen Zeiten der populärste Berg der Waldviertler Rockys. Von Weitra hierher ist es ein Katzensprung. Folgende Annäherung ist am schönsten: Man biegt bei *Roßbruck* von der Bundesstraße 38 nach rechts ab und fährt nun auf der nördlichen Seite entlang des Nebelsteinmassivs. Der Berg mit dem Sender ist der *Wachberg* (931 m), das Nebelsteingipfelkreuz liegt einige Kilometer weiter westlich. In den schön gelegenen Streusiedlungen am Nebelsteinhang gibt es viele, auch «bessere», Fremdenzimmer; Wanderwege auf den Nebelstein führen von hier ab. Am einfachsten ist es aber, wenn man mit dem Auto den Berg umrundet. In und nach *Hirschenwies* geht die Straße steil bergauf; dann biegt man abrupt nach links ab und fährt nun auf einer Schotterstraße bis zum Parkplatz *Himmelreich.* Von hier bis zum Gipfel sind es nur zehn Minuten zu Fuß. Die Aussicht vom Granitplateau reicht im Norden mindestens bis Weitra, das Schloss ist gut zu sehen. Ins Böhmische sieht man ebenfalls, nur nach Süden ist der Blick verstellt. Angenehm, dass die fast hochalpin anmutende *Nebelsteinhütte* direkt unter dem Gipfel eine Terrasse hat, eine Einkehr nach diesem strapaziösen Aufstieg muss wohl drin sein. Der Wald ringsum gehört übrigens den Fürstenbergern, den Herren von Weitra.

Blick zum Nachbarn: am Nebelsteingipfel

Am Nebelstein haben viele Weitwanderwege ihren Anfang bzw. ihr Ende, so etwa der bekannte «Nordwaldkammweg».

Echte Wanderer gehen den Nebelstein freilich von *Harbach* aus an. Der Ort selbst ist durch das *Moorbad* zu überregionaler Bedeutung und Bekanntheit gekommen; das «Kur-, Rehabilitations-, Stoffwechsel- und Lebensstilzentrum» ist mit 600 Betten und 300 Beschäftigten der größte Arbeitgeber der Region und klassischer «Leitbetrieb». Auch viele Pensionen der Umgebung beherbergen «externe» Gäste des Moorheilbads, das auch das größte Unternehmen der Waldviertler «Xundheitswelt», eines Zusammenschlusses einiger auf gesunde Ernährung und körperliches Wohlbefinden bedachter Beherbergungsbetriebe, ist.

Die Nebelsteinbezwingung ab Harbach geht so: Von der Kuranstalt geht man die Ortsstraße entlang, zweigt links auf den Wanderweg 7 ab, kommt zu einer Kapelle, passiert Einzelgehöfte. Bei einem Damwildgehege macht der Weg einen scharfen Rechtsknick; nach einer Pferdekoppel biegt man bei einem Bauernhaus nach links zu den Waldhäusern am Hirschwiesbach ab. Immer am Weg Nr. 7 geht es durch eine Wiese und auf Granitblöcken durch den Hirschwiesbach durch. Über die Rotte Maißen und vorbei an der Waldpension Nebelstein steigt der abwechslungsreiche Weg nun kräftig an, durch alten Wald gelangt man endlich zur Nebelsteinhütte und zum Gipfelkreuz.

ESSEN UND TRINKEN Nebelsteinhütte, 1000 m, auch warme Speisen, vorwiegend Spezialtoasts; geöffnet Palmsonntag bis Allerheiligen sowie Weihnachts- und Semesterferien; Übernachtung auf Matratzen möglich; Tel. 02858/52 93; Aufstieg von Harmannschlag 1 Stunde, von St. Martin 1 ½ Stunden, von Moorbad Harbach 1 ½ Stunden **MOORHEILBAD HARBACH INFO** Tel. 02858/52 55-0; von Weitra ca. 8 km.

Harmannschlag, auf 740 Metern gelegen, hat vor allem im Winter Saison: Die drei *Arralifte* machen das Nest zum beliebten Wintersportort. Schnee gibt es an den Hängen von Nebelstein & Co. in der Regel ja genug, Schneekanonen bringen endgültige Sicherheit; sogar bei Flutlicht kann man wedeln bzw. carven. Man erreicht Harmannschlag von St. Martin aus; im Winter sollten sicherheitshalber Schneeketten im Gepäck sein, man ist schließlich im tiefsten Gebirge!

Harmannschlag im Winter: Skivergnügen im Mittelgebirge

SCHNEEHOTLINE Harmannschlag, Tel. 02857/26 36 **ESSEN UND TRINKEN** Arrahof, Harmannschlag 14, Di–So 9–1 Uhr. Tel. 02857/28 81 **LANGLAUF** 10 km Loipen

Auch *Bad Großpertholz*, zwölf Kilometer südlich von Weitra, auf 714 Meter Seehöhe, setzt auf die heilende Kraft des Moores. Die *Kuranstalt Moorbad Großpertholz* ist mit 99 Betten eine der kleinsten Österreichs.

Die Hauptstraße von Pertholz ist laut, aber links und rechts davon ist noch Ruhe im Übermaß zu finden. Am Ortsende Richtung Oberösterreich, die Straße steigt bereits stark an, führt eine Abzweigung links weg zum Ort *Scheiben*, in dem sich der Eingang zum *Naturpark Nordwald* befindet. Kinder-Erlebniswelt mit Indianerfort, Tiergehege, Bauernhausmuseum, Aussichtsturm, beschilderte Wanderwege und vor allem eine bewirtschaftete Hütte beim Eingang machen die Eroberung des «silva nortica» zum Sonntagnachmittagsvergnügen.

INFO Gemeindeamt Bad Großpertholz, Tel. 02857/22 53-13 **ESSEN UND TRINKEN** Nordwaldhof, Nr. 34, Di–So, Tel. 02857/22 36 **KURHOTEL** Moorbad Großpertholz, Nr. 72, Tel. 02857/22 73

Ab Großpertholz führt die Straße bergan ins auf luftigen 936 Metern gelegene «Holzhackerdorf» *Karlstift*. Sattel- und Hängerzüge rauschen mit beängstigendem Tempo durch den kleinen Ort. In der Nähe des Ortes entspringt die Lainsitz, die sich gleich einmal ins nahe Tschechien verabschiedet, dann aber in einem großen Bogen bei Joachimstal nach Österreich zurückkehrt. Schönster Platz nahe beim Ort ist der mitten im Wald gelegene *Stierhübelteich*, heute ein, wie der Ortsprospekt diplomatisch formuliert, «erfrischender Badesee» mit moorigem Wasser; Bade-Infrastruktur und Grilltische sind vorhanden. Der Teich war bis in die 1950er-Jahre Ausgangspunkt der 75 Kilometer langen Holztrift über die oberösterreichische Aist zur Donau. Direkt beim See befindet sich das *Holzhackermuseum*. Vom Parkplatz an der Straße bis zum Teich geht man etwa 15 Minuten.

Ein Weg führt vom Teich weiter in den Wald hinein, zum «Versumpfungshochmoor» *Große Haide*. Es ist bislang ohne Torfstich und sonstige Eingriffe im Urzustand erhalten. Von einem Aussichtsturm kann man die 68 Hektar große Fläche überblicken.

KARLSTIFT: INFO Gemeindeamt Großpertholz, Tel. 02857/22 53. Drei **SKILIFTE** an den Hängen des 1054 m hohen Aichelberges **LANGLAUF** 5- und 10-km-Loipe, 5-km-Skatingspur, Langlaufskiverleih: Gasthof Zeiler, Tel. 02816/235 (Sa Ruhetag!), Karlstifter Hütte, Fam. Schlögl, Tel. 0664/487 65 48 **HOLZHACKERMUSEUM** Mitte Juni bis Mitte September bei Schönwetter tägl. geöffnet, sonst gegen Voranmeldung, Tel. 02857/22 53

HANDGESCHÖPFTES PAPIER, MADE IN WALDVIERTEL

Alles hat seinen Anfang. Ein Papiermacher namens Johann Martin Egidius Wurz erhielt 1789 von Kaiser Joseph II. selbst die Erlaubnis, «eine kleine Papiermühl ... auf eigene Kosten bauen zu dürfen».

200 Jahre später wird in der «Wurzmühle», heute auch Papiermühle Mörzinger *genannt, noch immer Hadernbüttenpapier mit der Hand geschöpft. Zwar kommen fast täglich Reisebusse vorbei, zwar ist die Adresse kein absoluter Geheimtipp mehr, doch beim Besuch hat man nie den Eindruck, in einem «Museumsbetrieb», der nur mehr aus touristischem Interesse*

Margarete Mörzinger, Papiermacherin

aufrechterhalten wird, angelangt zu sein. Dekoration ist hier nichts, vielmehr überrascht die spartanische Ausstattung des Hauses wie der Werkstatt. Als Warnung sei vorausgeschickt: Ein bisschen Interesse für das Material, das ja für die Entwicklung der Schreib- und Druckkunst nicht eben unerheblich war, muss schon mitgebracht werden, um es hier «schön» zu finden.

Die Mühle in ihrer heutigen stolzen Größe stammt aus der zweiten Hälfte des 19. Jahrhunderts und steht, ganz alleine, ein kleines Stück außerhalb von Bad Großpertholz, im Tal der Lainsitz; schon die wunderbare Lage allein ist die Anreise wert. Der Mühle sieht man ihr Alter an; die Besitzer sind dabei, die Anlage schonend zu adaptieren.

Warnung Nummer zwei: Wer unangemeldet hereinschneit, kann Pech haben: Oft ist hier nichts los. «Geschöpft» wird vorwiegend am Nachmittag; die Arbeitszeiten sind unregelmäßig. Man sollte sich vorab erkundigen, wann eine Gruppe angemeldet ist: Dann ist Action, dann darf man unter der sachkundigen Anleitung von Herrn Mörzinger senior möglicherweise auch selbst ein Blatt Papier schöpfen – und es anschließend mit nach Hause nehmen.

Wichtigste Ausgangsmaterialien für das Mörzinger-Papier sind Lumpen und reines Wasser. Die Lumpen aus reiner verwebter Baumwolle, früher von herumziehenden Lumpensammlern zusammengetragen, kommen heute vorwiegend aus Graz; sie werden im «Hadernschneider» in kleine Fetzen, eben in Hadern, zerrissen. Jeweils 25 Kilo werden in den so genannten «Holländer», einen aus Granit gemeißelten, aus dem Jahr 1827 stammenden Trog gegeben und mit tausend Liter Wasser versetzt. Eine Mühle, früher über ein Wasserrad, heute mit Turbine und Elektro-

motor angetrieben, zerreibt die Hadern in rund vierzig Stunden zu einer breiigen Masse.

Mit Leim und Füllstoff versetzt, wird der weiße Brei nun in große «Bütten» gegossen – Holzfässer, aus denen das «Papierzeug», je nach gewünschter Größe, mit verschieden großen Sieben abgeschöpft wird. Das Wasser tropft ab, das Sieb wird auf die Unterlage geschlagen, «gegautscht». Mehrere Bögen Papier werden in der hydraulischen Papierpresse gepresst und danach am Dachboden zum Trocknen aufgehängt. Der unregelmäßige Büttenrand und eine gröbere, nicht ganz glatte Struktur sind die Markenzeichen der «Handschöpfer».

Papiermaschine aus dem 19. Jahrhundert

Der Maler Max Weiler war ein treuer Kunde des Hauses; das «Professorenformat», der größte, hier erzeugte Bogen, wird noch immer gern von Aquarellmalern, die etwas auf Stil halten, gekauft. Urkundenpapier sowie feine Tisch-, Gruß- und Visitenkartenformate sind im Programm. Margarete Mörzinger, die junge Papiermacherin, experimentiert auch mit künstlerischen Motiven. Während eine Schöpferin die Papierbögen aus der Bütte holt, belegt sie die feuchte Papierfläche mit frischen Wiesenblumen, übergießt sie nochmals mit dünnem Papierbrei und presst jedes Blatt einzeln.

Eines der vielen unerledigten Projekte der Mörzingers ist die Restauration der Mitte des 19. Jahrhunderts gebauten hölzernen Papiermaschine, mit der auch größere Bögen Papier hergestellt werden könnten. Allerdings bräuchte es dazu dringend eine bisher ausgebliebene Förderung vonseiten der öffentlichen Hand.

WALDVIERTLER PAPIERMÜHLE MÖRZINGER Bad Großpertholz 76, Tel. 02857/22 40 **ANREISE** über die Straße von Bad Großpertholz nach Harmannschlag; gut beschildert

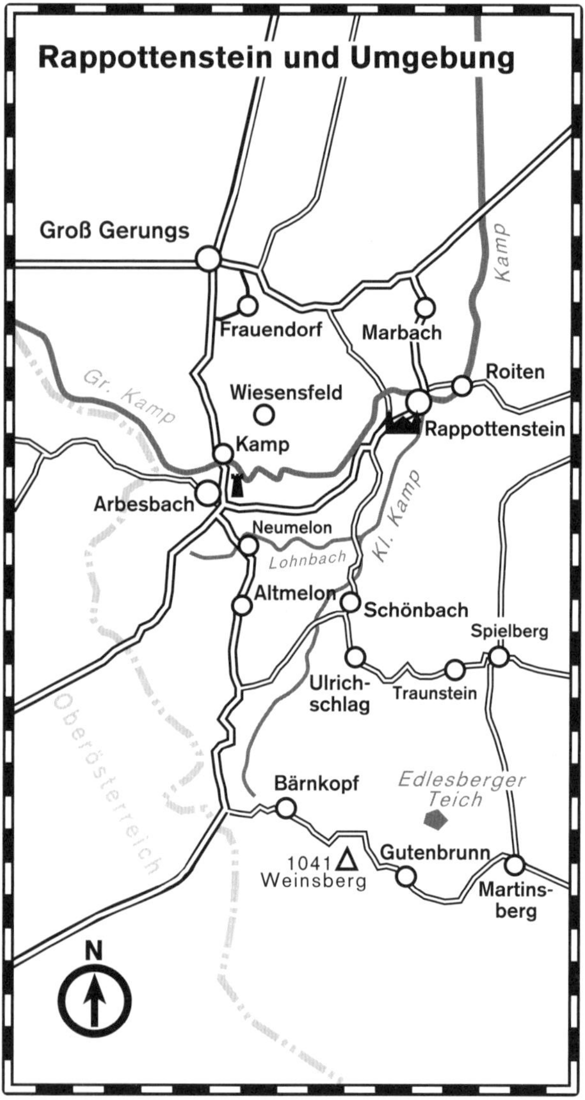

Rappottenstein und Umgebung
Groß Gerungs
Frauendorf
Marbach
Kamp
Roiten
Wiesensfeld
Gr. Kamp
Rappottenstein
Kamp
Arbesbach
Kl. Kamp
Neumelon
Lohnbach
Altmelon
Schönbach
Spielberg
Ulrich-
schlag
Traunstein
Oberösterreich
Bärnkopf
Edlesberger
Teich
1041
Weinsberg
Gutenbrunn
Martins-
berg
N

Rappottenstein und das Hohe Waldviertel

Ein klingender Name: Rappottenstein – Arbesbach: Stock- und Bärenzähne – Kamptalabwärts, immer zu Fuß – Altmelon: Feuchte Wiesen und «altes Zeug» – Franz Wagner, Jäger und Sammler – Im Reich der Steine: Traunstein und Schönbach – Das Eventdorf Gutenbrunn und sein «Macher» – Dieter Juster, Bühnenwirt – Das einsame Bärnkopf im Weinsberger Wald

EIN KLINGENDER NAME: RAPPOTTENSTEIN

Rappottenstein ist neben Heidenreichstein und der Rosenburg die beeindruckendste Burg des Waldviertels. Auch das Rundherum ist stimmig, keine Neubauten stören die Idylle, und die Gegend ist perfekt für Wanderungen geeignet.

Von hier aus lässt sich die kleine, faszinierende Welt des oberen Kamptals gut erschließen.

Man erreicht das 671 Meter hoch gelegene Rappottenstein am besten via Zwettl auf der Straße nach Arbesbach. Die Abzweigung zur Burg ist beschildert. Vom Parkplatz geht man noch rund fünf Minuten zu Fuß, dann ist man da: Wie ein Adlernest klebt das Mauerwerk auf einem Granitfelsen; die Burg wirkt stolz, abweisend, uneinnehmbar.

Burg Rappottenstein

Der Bauzustand ist gut, die Anlage wurde nie eingenommen, nie zerstört und ist seit Hunderten Jahren durchgehend benutzt und bewohnt. An mehreren Stellen ragen Steinträger aus der Fassade; sie trugen einst hölzerne Wehrgänge. Gut zu sehen sind auch der Fassade vorgebaute Plumpsklosetts.

Als Ahnherr der Anlage gilt Herr Rapoto von Kuenring, der zwischen 1157 und 1176 nachweisbar ist. Im Inneren der Burg sind noch Fundamente aus jener allerersten Bauphase auszumachen. Ab 1305 gehört die Burg den Herren von Dachsberg;

Georg von Dachsberg erweiterte 1378 erstmals die Anlage und ließ in den romanischen Bergfried die bis heute erhaltene gotische Burgkapelle einbauen. 1423 ging Rappottenstein in den Besitz der Starhemberger über. Zwischen 1548 und 1550 wurden der Westtrakt der Burg mit den Arkadengängen sowie der *Uhrturm* am obersten Burghof erbaut. Bei diesem Uhrturm handelte es sich für damalige Zeiten um eine bemerkenswerte technische Innovation. Noch heute wird die Uhr, die nur einen Stundenzeiger besitzt, alle Tage einmal aufgezogen – die Besichtigung des steinernen Pendels und der Gewichte, die das Werk in Gang halten, sind ein Höhepunkt jeder Führung.

Niemals erobert: die «Klangburg»

Durch fünf Höfe und Tore nähert man sich in einer steil bergauf führenden Spirale dem innersten Burghof. Gut erhalten ist eine mittelalterliche Rauchküche; im ersten Stock der Hochburg sind Wandmalereien aus der Renaissance – ein adrettes, fürstlich gekleidetes Paar und zwei Bauern, die miteinander einen Wettstreit austragen – weitere Sehenswürdigkeiten.

Ab 1556 übernehmen die protestantischen Landauer die Herrschaft. In jener Zeit, im Jahr 1597, versuchen aufständische Bauern die Burg zu stürmen. Die Herren und ihre Soldateska schneiden nach erfolgreicher Niederschlagung Rädelsführern wie Mitläufern Nasen und Ohren ab; Erzherzog Matthias verfügte, den Bauern die Hand abzuhacken, «denn dasselb wird sye mehrer als die nasen schrecken, weil sye hernach zu khayner arbeit recht tauglich seyn».

1664, nach erfolglosen Belagerungen durch die Schweden, geht Rappottenstein an die Familie *Abensperg-Traun*. 338 Jahre lang ist die Familie nun im Besitz der Burg sowie der dazugehörigen 2000 Hektar Wald.

Ein 1996 gegründeter «Verein der Freunde der Burg Rappottenstein» hat mit einem ansprechenden Musik- und Kulturprogramm dem Ort eine zeitgemäße, zusätzliche Widmung gegeben. Nun ist die «Klangburg Rappottenstein» auch als «Location» für «Events» ins Gerede gekommen; in allerbestes, versteht sich.

In unmittelbarer Nähe der Burg befindet sich ein beeindruckendes Naturdenkmal: In der *Schütt*, einer Steilstufe des Kleinen Kamp, liegen haushohe Granitblöcke. Je nach Niederschlag verschwindet der kleine Kamp fast völlig unter den riesenhaften Felsen; bei Hochwasser tost er wie eine richtige Ache hinunter zum Großen Kamp.

Man erreicht die Schütt entweder gleich von der Burg selbst oder vom Parkplatz bei der kleinen, *Hammer* genannten, Werksiedlung unten im Tal aus. Wer Zeit hat, kann die steile Schütt durchwandern und erreicht nach einer knappen Stunde die *Wiesmühle*. Über einen Bergrücken bzw. über den Einschichthof Ebenöd gelangt man zur Burg Rappottenstein zurück.

Nach einer weiteren guten Stunde Wanderzeit erreicht man ein nächstes Naturdenkmal, den Lohnbachfall. (→ S. 209)

BURG RAPPOTTENSTEIN 1.–30. April und 1.–31. Oktober Sa, So, Fei; 1. Mai bis 30. September tägl. außer Mo; Eintritt nur mit Führung, Museumsshop **INFO** Traun'sche Forstverwaltung, Tel. 02828/82 50

RAPPOTTENSTEIN: INFO Gemeindeamt, Tel. 02828/82 40 **ESSEN UND TRINKEN** Gasthaus Rotheneder, mit schöner, alter Gaststube, Tel. 02828/82 04 **BRETTERSÄGE** In Kirchbach, ca. 3 km nördlich von Rappottenstein, befindet sich das Freilichtmuseum Brettersäge – alles dreht sich, alles bewegt sich; Ostern bis 30. April Sa, So; 1. Mai bis 26. Oktober tägl. außer Mo 9–11 und 13–17 Uhr; Info: Hr. Wagner, Tel. 02828/82 51, Hr. Schenk, Tel. 02828/82 91 **RADVERLEIH** Autohaus Preiser, Tel. 02828/82 14 **NATURBAD** Waldbad im Tal des Kleinen Kamp, Tel. 02828/84 87 **SKIFAHREN** Kirchbach (s.o.) hat 300.000 Euro in Skilifte und Schneekanonen investiert: Ski heil!

ARBESBACH: STOCK- UND BÄRENZÄHNE

Entweder man gelangt auf der Hauptstraße von Rappottenstein nach Arbesbach, oder man bummelt und zweigt bei *Neustift* rechts ab, fährt hinunter ins Tal des Großen Kamp und schummelt sich über *Hausbach* auf einem Waldstraßerl nach *Wiesensfeld*, wo man links abzweigt und über *Haselbach* wieder ins Tal hinunterkommt, diesmal in den Ort *Kamp*. Das *Hammerwerk* aus dem Jahr 1802 ist heute ein «lebendiges Museum», in dem fast alle Geräte noch so funktionieren, wie sie es fast 200 Jahre lang getan haben. Der Hammer selbst stammt aus dem Jahr 1882. Bei einer Führung werden Hammer und Maschinen durch die Wasserräder in Bewegung gesetzt; Fotos zeigen den letzten Schmied bei der Arbeit.

HAMMERSCHMIEDE Ostern bis Allerheiligen tägl. 10–18 Uhr. Info: Gemeindeamt Arbesbach, Tel. 02813/70 00

Arbesbach: «Stockzahn»

Über eine Steilstufe geht es hinauf nach *Arbesbach*, einem kleinen Hauptort im Granitland. Ausflugsziel ist der Ort vor allem aufgrund seiner Ruine – der weithin sichtbare *Stockzahn des Waldviertels*, der seinerseits auf einem Granitturm thront, der vom Fundament 18 Meter hoch aufragende Rest einer Gründung der Kuenringer aus dem Jahr 1185, die dem mächtigen Rappottenstein als Vorburg diente. Zerstört wurde Arbesbach schon 1480, bei einem Angriff der Böhmen. Heute erschließen Holztreppen das Mauerwerk und ganz oben auf dem Aussichtspunkt kann man bis hinein in die Alpen schauen. Klare Luft vorausgesetzt.

ALEXANDERWARTE Schlüssel (auch So, Fei) in der Bäckerei Huber, Kuenringerstraße 27, Tel. 02813/237

Zweite Arbesbacher Attraktion ist der *Bärenwald*. Hier leben Brumca, Liese, Vinzenz, Tom und auch Jerry, und man kann und darf es glauben, dass es diesen fünf Braunbären in ihrem zweiten oder dritten Leben nun wesentlich besser geht als in ihrem früheren Dasein. Denn die Oberaufsicht über das Tierschutzprojekt hat die Organisation Vier Pfoten, und die lässt bekanntlich, wenn es um die Rechte von Vierbeinern geht, nicht mit sich spaßen.

Offene Frage: Brumca? Liese? Tom oder Jerry?

Auf einem rund 11.000 Quadratmeter großen Waldstück wurde das großzügige Bärenasyl angelegt – mit Badebecken, Höhlen für den Winterschlaf und ausreichend Auslauf sowie Möglichkeiten zum Graben und Spielen. Das erklärte Ziel des Bärenwalds ist es, für andere Bärengehege ein Vorbild zu sein.

Ausgangspunkt für Führungen und Zentrum des Geheges ist das Gasthaus Kolm, direkt an der Straße Arbesbach–Königswiesen (OÖ).

BÄRENWALD April bis Oktober Führungen: Mo–Fr 15, 16, Sa, So, Fei 10 und 13–18 Uhr zu jeder vollen Stunde. Gruppen nach Voranmeldung, Tel. 02813/76 04

Wenn es die Schneelage zulässt, dann ist Langlaufen in Arbesbach traumhaft schön – und auch noch richtig abenteuerlich, denn die selektiven Loipen führen an mächtigen Steinformationen und einsamen Bauernhöfen vorbei, auf manchmal verwehter Spur durch Wald und über freies Feld, steil bergauf und steil bergab und auch hinüber bis in die Nachbargemeinde Altmelon.

INFO Gemeindeamt Arbesbach, Tel. 02813/70 00 **ESSEN UND TRINKEN** Gasthof Kerschbaummayr, Linzer Straße 6 (Hauptplatz), Tel. 02813/230 **LANGLAUF** Loipen zwischen 800 und 1000 m Seehöhe. Einstieg am Ortsende Richtung Liebenau bzw. Richtung Altmelon und beim Gasthof Kolm, 3 km Richtung Linz, dort auch Skiverleih, Tel. 02813/242

KAMPTALBWÄRTS, IMMER ZU FUSS

Ab Arbesbach lässt es sich am Ufer des Kamp hervorragend wandern. Unmittelbar hinter der Hammerschmiede in Kamp gehts schon los: Zuerst marschiert man auf einem Fahrweg durch eine sanfte Talmulde, dann durch dunklen Wald, und immer nahe am Wasser zum *Höllfall.* Die Dimensionen der Krimmler Wasserfälle werden nicht erreicht, aber immerhin überwindet der Kamp auf einer Strecke von rund einem Kilometer eine Geländestufe von mehr als hundert Höhenmetern und zwängt sich dabei auch noch zwischen riesigen Granitblöcken durch.

Der wunderbare weitere, gut markierte Weg führt über *Arnreith*, die Hausmühle, *Feuranz* und die Heumühle und danach geradewegs durch das *Paradies*, einen nicht zufällig so genannten Talabschnitt des Kamp, in herrlichem, lichtem Wald. Nach der *Bruckmühle* bei Rappottenstein geht man entweder hinauf zur Burg Rappottenstein oder direkt am Ufer bis nach *Ritterkamp*, zum Zusammenfluss von Kleinem und Großem Kamp. Wegzeit vom Ort Kamp bis hierher: rund drei Stunden. Ab der

Im Regelfall friedlich: der Kamp bei der Ortschaft Ritterkamp

Diethartsmühle befindet man sich im *Roitener Dschungel*, einer von Erlen und Weiden eingefassten Flachstrecke, in die der kleine Fluss wunderbare Wiesenmäander geschnitten hat – ein Rückzugsgebiet für die bedrohten Fischotter, das zum Naturdenkmal erklärt wurde. In *Roiten* befindet sich neben einem Gasthaus auch ein blaubuntes, mit Grasdach versehenes Häuschen, ein vom einst in der Nähe ansässigen Maler Friedensreich Hundertwasser gestaltetes Heimatmuseum.

Auch der weitere, gut zwei Stunden lange Weg von Roiten nach Zwettl führt immer am Kamp entlang. Eine wunderbare Tour in einem von Granitblöcken gesprenkelten Tal, vielleicht der schönste Teil des schönen Kamptals. Wer gerne wandert und das auch einmal ein, zwei Tage lang auf gerader Strecke tun möchte: Die Tour von Arbesbach nach Zwettl ist ohne Übertreibung eine der allerschönsten, die man absolvieren kann.

Besonders reizvoll ist auch die *Zweifällewanderung*, die den Lohnbach- und den Höllfall miteinander verbindet. Ausgangspunkt ist der Pkw-Parkplatz am Eingang zum Lohnbachfall bei der Ortschaft *Pehendorf*, etwas südwestlich von Rappottenstein. Der Weg dorthin ist beschildert. Auf den lokalen Wanderwegen 2 und 3 durchwandert man den *Lohnbachfall*, der eher eine Wassertreppe denn ein richtiger Wasserfall, aber dennoch wunderschön ist. Am Ende der Steilstrecke zweigt man links ab, überquert den Bach auf einer schmalen Brücke und geht auf dem rot markierten Weg, Richtung Arbesbach (→ S. 206). Etwa einen Kilometer auf der Straße Richtung Groß Gerungs, dann geht es gut markiert scharf nach rechts ab. Die Wege Nr. 6 und später Nr. 1 führen durch Wald und Feld zum *Höllfall* und weiter bergab bis zum Parkplatz. Auf der Straße geht man nach *Pretrobruck* etwa hundert Meter nach der Bushaltestelle scharf rechts zurück zum Lohnbachfall, diesen nun bergab zurück zum Ausgangspunkt.

Die **GEHZEIT** beträgt rund fünf Stunden.

ALTMELON: FEUCHTE WIESEN UND «ALTES ZEUG»

Vier Kilometer südlich von Arbesbach liegt Altmelon. Ein kleines Nest mit einem guten Wirtshaus, das im Winter einen bewährten Langlaufstützpunkt abgibt. Der Ort liegt auf beachtlichen 903 Meter Seehöhe, in der Gegend entspringen die Quellbäche des Kleinen Kamp. Eine schöne Gelegenheit, die Gegend und die «feuchten Wiesen» ringsum kennen zu lernen, ist eine Fahrt zur «Meloner Au», einem Naturschutzgebiet westlich des Ortes, und ein anschließender Spaziergang dort. Die kleine Straße führt vom Südrand des Ortes weg und ist gut beschildert, ebenso wie der Einstieg und die Spazierrunde selbst.

Der junge, «große» Kamp

Wenn man schon hier heroben gelandet ist, sollte man auch auf den kleinen Nebenstraßerln und Güterwegen weiterfahren, immer den Schildern «Bauernmuseum» folgend. Der Bauer Franz Wagner hat sich am entlegenen Wachtelhof ein Denkmal der besonderen Art gesetzt: In einem Stadl neben dem Gehöft hat er sein *Bauernmuseum* – ein eigentlich unbeschreibliches Sammelsurium – eingerichtet. Alles, was man dazu sagen kann, ist: Schaun Sie sich das an! (s. u.)

Von Altmelon nach Süden führt die Straße direkt ins oberösterreichische St. Georgen am Wald. Wer in würziger Waldluft gern ein Freibad nimmt, der sollte einen schönen Ausflugstag mit einem Sprung in den *Klausteich* beschließen – einem versteckten Badegewässer rund zehn Kilometer südlich von Altmelon. Herrlich kalt.

ESSEN UND TRINKEN Gasthof Lichtenwallner, Tel. 02813/302 **RAD-VERLEIH** Kfz-Werkstatt Hennerbichler, 02813/70 11 **LANGLAUFEN** Skiverleih im Gasthof Lichtenwallner, s.o., wo auch die Loipen beginnen

ALOIS WAGNER, JÄGER UND SAMMLER

66 Jahre ist er alt. Wie viele er davon für den Aufbau seines Museums aufgebraucht hat, lässt sich schwer sagen. Nur eines steht fest: dass er «sammelt, fast seitdem ich in die Schule gegangen bin».

Einem unvorbereitet ins Halbdunkel des Bauernmuseums Eintretenden verschlägt es gleich einmal den Atem: Rund eine Milliarde Gegenstände sind hier dicht an dicht, auf 35 mal 10 Meter Grundfläche, gestapelt, aneinandergereiht, aufgestellt und aufgehängt. Alles, was man in einem Menschenleben zusammenbetteln, auf Flohmärkten und bei Sperrmüllabfuhren ergattern kann, das hat der Bauer Alois Wagner unter sein Dach geholt: Milch-, Näh- und Getreideputzmaschinen, altes Geschirr, Bauernmöbel, Petroleumlampen sonder Zahl. Einen hundert Jahre alten Druckkochtopf, Kreuzpflug, Kinder- und Leiterwägen, Kinderkrippen, Lampen und Zeitungen. Ganz wichtig auch: 1200 verschiedene Flaschen und Fläschchen, und, noch wichtiger, eine erstaunliche Sammlung von allesamt betriebsbereit gehaltenen Motoren und Traktoren. Der älteste Traktor stammt aus dem Jahr 1939 und wird bei diversen Feuerwehrfesten gerne ausgeborgt. Am berührendsten ist aber, neben diversen Gasmasken und versteinerten Würsten, die Sammlung von altem Bauerngewand, alten, zehnmal gedoppelten Schuhen und fünfzigmal geflickten Socken – ein Zeugnis bäuerlicher Armut, die zu dokumentieren dem Einmann-Museumsteam ein besonderes Anliegen ist.

Inmitten seiner Schätze: der «Museumsbauer»

Auch an eiskalten Waldviertler Februartagen nagelt und schraubt, putzt und schmiert der einzige Museumswärter seine Schaustücke; jetzt, da er den Hof längst übergeben hat, lebt er ausschließlich für sein und in seinem Museum. Er lebt von freiwilligen Spenden der Besucher und schätzt, dass er übers Leben mehr als 18.000 Euro für den Aufbau seines Lebenwerks ausgegeben hat, zehn Euro für das kaputte Waffenrad, fünf Euro für die zweihundert Jahre alte Backform, das läppert sich eben zusammen. Handel mit Antiquitäten ist ihm fremd, bestenfalls tauscht er einmal ein Stück gegen ein noch besseres aus. Wenn er verkaufen würde, hätte er vielleicht eine Menge Geld. Nur: Wer verkauft schon gern sein ganzes Leben?

BAUERNMUSEUM Fam. Wagner, Altmelon, Schwarzau 25, Sa, So, wochentags nach Vereinbarung, Tel. 02813/75 76

IM REICH DER STEINE: TRAUNSTEIN UND SCHÖNBACH

Für diese Gegend sollte man sich einen ganzen schönen Tag freinehmen. Hier ist das, wofür das Waldviertel am berühmtesten ist, am dichtesten zu sehen. So viele, so große, so schöne Steine wie um Traunstein und Schönbach, im Quellgebiet des Kleinen Kamp, gibt es kaum sonst wo, und das soll was heißen, im diesem steinreichen Viertel.

Man beginnt die «Tour de Stein» in *Traunstein.* Wie ein Adlerhorst klebt dieser Ort auf dem höchsten Hügel weit und breit. Man parkt am besten nahe der Kirche (das ist praktisch überall, der Ort ist sehr klein). Hinter dem Friedhof sieht man schon die den Ort mächtig überragende Felskanzel des *Wachtsteins.* Auf 945 Meter Seehöhe befindet man sich urplötzlich in, wie ein Schild warnt, «alpinem Gelände».

Traunstein ist nicht nur aufgrund seines Felsens berühmt. Der zweite Weg führt uns direkt in die unter dem Wachtstein liegende *Kirche*, einen Neubau aus dem Jahre 1960. Von außen kann man dem schlichten Bauwerk aus unverputztem Granit nicht rasend viel abgewinnen, doch nach dem Eintreten ist man als ans Barocke und Gotische gewöhnter Ausflügler mehr

Traunstein: Blick vom Wachtstein

als überrascht: Ein modernes Gesamtkunstwerk erwartet Gläubige wie Architekturfreunde. Besonders beeindruckend ist die großartige *Holzfaltdecke*, die den Raum beherrscht, ihn aber nicht erdrückt. Im Bereich des frei stehenden Altars trägt sie Ornamente – die *Reliefdecke* von Heinrich Tahedl soll an einen mittelalterlichen Altarschrein erinnern. Der Tabernakel befindet sich auf dem Sakramentsaltar rechter Hand, und neben dem Eingang rechts liegt, unter Niveau, der Chor der alten, viel kleineren Kirche. Als Kontrastprogramm zur großzügigen Moderne ist hier, in der nunmehr intimen Seitenkapelle, der Barockaltar der alten Kirche aufgestellt.

Eines der Hauptkunstwerke des Kirchenraumes ist das Kreuz, das keinen Gekreuzigten, sondern einen Christus trägt, der die Hände zum Himmel erhebt und so die Auferstehung und das Leben symbolisiert. Dieses Werk wie auch viele andere Stücke sowie die Idee für den gesamten Neubau stammen von *Josef Elter (1926–1997)*. Der gebürtige Batschka-Donauschwabe fand nach dem Zweiten Weltkrieg aus russischer Kriegsgefangenschaft ins österreichische Exil, wurde 1954 zum Priester geweiht und 1957 nach Traunstein versetzt – wo er bis zu seinem Tode als Kaplan bzw. Pfarrer arbeitete. Schon bald nach Amtsantritt wagte er sich an den Kirchenneubau; dass sein Engagement und der Einzug der Moderne im höchsten Waldviertel nicht immer auf größtmögliche Gegenliebe stieß, versteht sich fast von selbst. Elter begann sehr bald, mit seiner eigenen künstlerischen Tätigkeit. Als Stein- und Holzbildhauer arbeitete er mit bodenständigem Material, allerdings vorwiegend mit weicheren Steinen als dem harten Waldviertler Granit als Werkstoff. Viele seiner zum Teil abstrakten, zum teil expressionistisch inspirierten Arbeiten sind in Traunstein und in Ortschaften der näheren und weiteren Umgebung aufgestellt. Darüber hinaus befindet sich in unmittelbarer Nachbarschaft der Kirche das *Bildhauer- und Ausstellungszentrum Prof. Josef Elter* – ein Haus, das ausschließlich Skulpturen und Holzschnitte des Autodidakten beherbergt. Man muss nicht gleich zum Elter-Fan mutieren, aber ein Blick ins Innere des Museums ist schon empfehlenswert. Die Anmeldung erfolgt im St. Georgshaus, ebenfalls direkt bei der Kirche. Dieses Bildungshaus beherbergt meist Seminargruppen, die sich in die Stille des Waldviertels zurückziehen; im Verkaufsraum werden auch Souvenirs, Waldviertler Schmankerln sowie – teure – Elter-Plastiken verkauft.

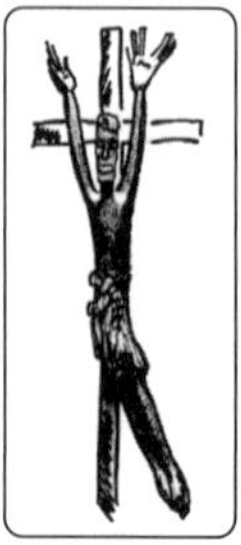

Das «Elter-Kruzifix»

KULTURVEREIN ST. GEORGSHAUS Regina Sprinzl, Traunstein 101, Tel. 02878/60 01, tägl. 9.30–12, 14–17 Uhr und nach Vereinbarung

Nach Besichtigung der bearbeiteten Steine kehrt man wieder zu unbearbeitetem Material zurück. Am Ortsende Richtung Schönbach, direkt neben der Straße, liegt auf schrägem Sockel der mächtige ovale, rund 100.000 Kilogramm schwere *Franzosenstein*, der seinen Namen von einigen in Traunstein einquartiert gewesenen Franzosen geerbt hat. Die Sage erzählt, dass die (vermutlich angeheiterten) Mössjöhs vergeblich versuchten, den Granitblock vom Sockel zu rollen. Den Franzosenstein kann man gar nicht versäumen, auf keinen Fall darf man aber den Ausflug zum Wiegenstein versäumen. Man folgt, am besten noch per Auto, den entsprechenden Wegweisern. Rund zwei Kilometer außerhalb von Traunstein, dort, wo der Wegweiser in den Wald hineinzeigt, parkt man und geht zu Fuß weiter. Schon nach wenigen Minuten gerät man unversehens in eine absolut fremdartig anmutende Umgebung: Am linker Hand ansteigenden Hang scheinen immer mehr groteske Felsskulpturen zwischen den Bäumen durch. Folgt man dem breiten Wanderweg mit der rot-weiß-roten Markierung, so findet man, nach rund 15 Minuten Fußmarsch, den *Wiegenstein*, einen Granitblock, der angeblich mithilfe des beigestellten Holzpflocks bewegt werden kann. Noch imposanter als der Wiegenstein sind aber die rundum und vor allem am Hang oberhalb liegenden Granittürme, -rundlinge, -blöcke, -platten und -berge. Stundenlang kann man hier, wenn man Lust und Zeit dazu hat, herumklettern, in den oft stark bemoosten Steinen lesen, sich in diesem faszinierenden Zauberwald verlieren. Nach einiger Zeit glaubt man, Drachenmäuler, Fratzen und versteinerte Ungeheuer zu sehen. Übrigens: Einer der Felsen in der Nähe des Wiegensteins heißt *Drachenkopf*. Er ist unschwer zu erkennen.

Tief im Walde, ganz allein: Felskanzel

INFO Gemeindeamt Traunstein, Tel. 02878/60 77 **ESSEN UND TRINKEN** Kirchenwirt, Reinhold Huber, Traunstein 3, Tel. 02878/67 30 **NATURBAD** Badeteich mit Sprungbrett und Beachvolleyballplatz **LANGLAUFEN** Sehr schöne Loipen mit steilen Anstiegen und Abfahrten

Aus dem Reich der Steine zum Auto zurückgekehrt, hat man nun die Wahl zwischen zwei Wegen weiter nach Schönbach: Den zurück über Traunstein oder den vorwärts über das Nebenstraßerl, das in einem Bogen über die Weiler *Weidenegg* und *Kolegg* letztendlich auch wieder zur Straße nach Schönbach führt. Ganz egal, welche Route man wählt, fährt man durch fremdartig anmutende Steinlandschaften, windet sich in Hunderten Kurven durch die besonders stark granithältige Gegend. Langsam fahren, immer wieder mal aussteigen, herumspazieren, herumkraxeln, vielleicht auch mit dem Holzarbeiter oder der Bäuerin tratschen, das ist hier angesagt.

Ständig wechselt Wald mit offenen Acker- und Wiesenflächen. Nach rund zwölf Kilometern gelangt man ins ebenfalls auf einer Anhöhe, auf 735 Meter Seehöhe, gelegene *Schönbach.* Auffallend ist hier gleich einmal der große Kirchen-Kloster-Komplex. Die *gotische Hallenkirche* aus 1450 ist bemerkenswert einheitlich und harmonisch gestaltet; im Inneren befinden sich drei wunderbare *spätgotische Flügelaltäre.* Bemerkenswert sind auch Reste alter Fresken aus der zweiten Hälfte des 15. Jahrhunderts sowie etliche andere Kunstschätze.

An die Kirche direkt angebaut ist ein mächtiger, schlichter, spätbarocker Baukörper, das ehemalige *Hieronymitanerkloster.* Darin lebten bis 1828 Angehörige des Hieronymitanerordens, eines vom heiligen Petrus von Pisa gegründeten Büßer- und Eremitenordens. Heute ist in einem Teil des Gebäudes die Volksschule, im anderen der Pfarrhof untergebracht.

Interessant ist auch, wie im Schönbacher Kirchenwirtshaus für Stimmung gesorgt wird. Da fährt die Wirtstochter mit dem Auto in die Hauseinfahrt, dreht den Autoradiokassettenrekorder auf volle Lautstärke; die Autotüre sowie die von der Einfahrt in den Schankraum führende Türe werden offen gelassen. Die Bauernburschen singen wacker mit: «Heee-eey, hey Baby!»

Ab Schönbach gibt es eine Reihe schöner Wanderwege, ein Prospekt skizziert die zwei bis vier Stunden langen Runden.

Der Ort wirbt, nicht unspektakulär, damit, «Kreuzungsmittelpunkt des größten zusammenhängenden Radnetzes Österreichs» zu sein, ein Mountainbike am Autodach gehört hier anstandshalber fast dazu. Die Fahrt auf dem so genannten Weinsberger-Wald-Nord-Süd-Weg hinüber ins an und für sich nahe Altmelon steht einer Tour im «richtigen» Alpengebirge um

Vorhergehende Seite:
Hauptaltar in Geras

Fotos oben,
von links nach rechts:
St. Wolfgang bei Weitra,
auf der Bioenergiemesse in Großschönau,
Einschichthof bei Weitra,
Wassernixen in Langau

Großes Bild:
Stift Geras

uberwald mit angezuckertem
Granit (li.)
Skidorf Harmannschlag (re.)
Nostalgieskirennen in
Großreinprechts

Dachlandschaft in Weitra (li. oben)
Kirche in Traunstein (re. oben)
Granitblöcke im Kamp (oben)
Die Waldviertler Schmalspurbahn (li.)

Folgende Seite:
Stift Zwettl, Kreuzgang

nichts nach. Zuerst rauscht man hinunter ins tiefe Tal des Kleinen Kamp, auf der anderen Seite gehts dann rund 300 Höhenmeter lang und steil, dafür mit faszinierenden Blicken hinunter, bergauf. Zum Eingewöhnen sind nur kurze Runden anzuraten. Etwa die Fahrt auf der Straße nach Lohn und von dort auf dem Güterweg zurück nach Schönbach. Die Talflanken des Kleinen Kamp stellen sich freilich auch bei dieser an sich kurzen Tour unvermeidlich in den Weg.

Eine wunderbare Granit-Wasser-Wald-und-Wiesen-*Panoramatour* lässt sich ab Schönbach (aber natürlich auch ab Altmelon, → S. 210) absolvieren. Mit dem Rad ist das eine Extremroute, aber auch mit dem Auto muss man ganz schön viel am Lenkrad drehen. Von Schönbach gehts bald einmal in die für den *Kleinen Kamp* viel zu große Talmulde hinunter, danach über *Groß-* nach *Kleinpertenschlag* und von da nach rechts ab, Richtung Altmelon. Wer nach dem Abstecher zur *Luagaluckn* bzw. zum *Luaga lucka-Stein* noch immer glaubt, dass bei der Errichtung der Waldviertler Granittürme keine höheren Mächte im Spiel waren, ist ein hoffnungsloser Prosaiker. Außerhalb von *Altmelon* führt eine noch wunderbarere (Steigerungen sind immer möglich!) Route von der Hauptstraße rechts ab nach *Perwolfs* und nun wieder in einer beeindruckenden Talfahrt hinunter zum Kleinen Kamp. Wieder zurück in Schönbach kreuzt man die «Hauptstraße» und fährt auf einer sehr kleinen Straße über *Pernthon* nach *Aschen*. Aus- bzw. absteigen, sich in die Wiese legen, herumklettern, spazie-

Schönbach: spätgotischer Flügelaltar

ren gehen kann man hier überall. Von Aschen entweder direkt zurück nach Traunstein und von da nach Schönbach oder, für die, die noch nicht genug haben, weiter nach *Pfaffings*, von da nach *Spielberg* und erst jetzt zurück nach Traunstein und Schönbach.

INFO Gemeindamt Schönbach, Tel. 02827/70 02 **ESSEN UND TRINKEN** Gasthof zur Post, Schönbach 22; ganz nahe bei der Kirche, Tel. 02827/230 **RADVERLEIH** Gasthof zur Post, s. o. **SKIFAHREN** Piste am Münzenberg (Richtung Altmelon); die Skifahrer werden mit Kleinbussen von unten nach oben gebracht.

DAS EVENTDORF GUTENBRUNN UND SEIN «MACHER»

Endlich Wald, tiefer Wald, dichter Wald, Weinsberger Wald. Drei Orte sind an der von Ottenschlag herführenden Straße aufgefädelt, nämlich Martinsberg, Gutenbrunn und, ganz versteckt, auch noch Bärnkopf.

Bis *Martinsberg* konnte man dereinst mit der Eisenbahn fahren. Die Linie führte von Schwarzenau an der Franz-Josefs-Bahn über Zwettl bis hierher; die Strecke sollte ursprünglich bis zur Donau ausgebaut werden, freilich blieb es beim Plan. Der Personenverkehr wurde schon vor vielen Jahren eingestellt, geblieben ist der Güterzugsverkehr. In der Gegend reichlich vorhandenes Rundholz wird von den ÖBB abtransportiert bzw. auch hierher geführt: Der Bahnhof Waldhausen, südlich von Zwettl, ist der «Bringer» für die Strecke. Im nahe Waldhausen gelegenen Ort Brand befindet sich eines der größten Sägewerke Europas. Verarbeitet wird heimisches Holz, aber auch Nadelholz aus der Tschechischen Republik, Polen und anderen Reformstaaten, das ebenfalls mit der Bahn hertransportiert wird; geliefert wird das Schnittholz in fast alle Teile der Welt.

Für Eisenbahnfreunde ist die Strecke vor allem ab Zwettl bis Martinsberg ein absoluter Hit. Das Riesenviadukt über den Kamp in Zwettl selbst, dann das Viadukt über die Große

Krems beim Weyrer Teich sowie die «Seufzerbrücke» sind nur einige der markantesten Bauwerke auf dieser normalspurigen Strecke. Sonderfahrten zwischen Zwettl und Martinsberg mit einer Dampflok der Baureihe «92» werden durchgeführt, ausführliche Fotostopps sind im Fahrplan berücksichtigt; ein Buffetwagen rollt in der Garnitur mit.

EISENBAHN: INFO und Termine: Martinsberger Lokalbahnverein, Thomas Anton, Zwettl, Landstraße 65, Tel. 02822/523 43 bzw. *www.lokalbahnverein.at*

Der Charakter von *Gutenbrunn*, zwei Kilometer hinter Martinsberg, ist deutlich anders als der der meisten Orte ringsum. Man merkt an etlichen Häusern, dass es sich hier um eine Arbeitersiedlung handelt bzw. gehandelt hat. Die neuzeitliche Werksiedlung wird urkundlich 1556 erwähnt; bis 1905 wurden hier in einer Glasfabrik die bemalten «Mildner Gläser» hergestellt. Schon Ende des 18. Jahrhunderts war der Ort aufgrund eisenhaltiger Quellen als Kurort bekannt. Vor allem aber wurde in Gutenbrunn immer Holz geschlagen; rund um den Ort befand sich bis Mitte des 20. Jahrhunderts auch ein ausgedehntes Waldbahnnetz.

Stille Idylle im Weinsberger Forst

Das *frühklassizistische Schloss* aus dem späten 18. Jahrhundert gehört nach wie vor den Habsburgern.

Der auf 824 Meter Seehöhe gelegene Ort hat den historischen Verdienst, das Skilanglaufen fürs Waldviertel wieder erfunden zu haben. Die Wirtsfamilie Marschall hat in der Einsamkeit des Weinsberger Waldes schon in den 1970er-Jahren tapfer «gespurt» und Langlaufskier verliehen. Der gute Ruf hält bis heute an; gemeinsam mit dem nahen Bärnkopf ist der Ort eines der Langlaufzentren nördlich der Donau, die Loipennetze der beiden Orte sind miteinander verbunden. Die breiten Loipen verlaufen vorwiegend im Wald, kommen aber auch an herrlich einsamen Waldteichen und Lichtungen vorbei.

Mittlerweile hat Gutenbrunn auch eine Sommersaison. Die 1994 gegründete Kulturinitiative Weinsberger Wald leistete kontinuierliche Aufbauarbeit; neben Veranstaltungen im «Bühnenwirtshaus» (s. u.), wo knapp hundert Personen Platz finden, gehen in der warmen Jahreszeit am nahen Hanslteich auch Open-Air-Veranstaltungen über die Bühne; dort finden dann bis zu 700 Personen Platz. Ein ehrgeiziger Plan der Gutenbrunner ist es nun, einen dritten Spielort für rund 200 Personen zu schaffen, denn bei Veranstaltungen mit prominenten Künstlern reicht die Kapazität im Bühnenwirtshaus längst nicht mehr aus.

Wenn man sich vor dem Konzert oder der Lesung oder dem Theaterstück noch ein wenig die Füße vertreten möchte: Ein netter Weg führt um den *Edlesberger Teich* herum; man kann direkt aus dem Ort dorthin spazieren, dann dauert die «Anti-Stress-Runde» zweieinhalb Stunden. Freundlicherweise kann man auch mit dem Auto ans Seeufer fahren und dort den Fünfuhrtee einnehmen, beim Seewolf nämlich.

INFO Gemeindeamt Gutenbrunn, 02874/62 42 **ESSEN UND TRINKEN** Gasthof Marschall-Stuben, auch «Knödlwirt» genannt, Gutenbrunn 20, in der Ortsmitte, Tel. 02874/62 94, auch Langlaufzentrum. Bühnenwirtshaus Juster & Kulturinitiative Weinsbergerwald, Gutenbrunn 3; Gastgarten. Tel. 02874/62 53-0; Programm: *www.buehnenwirtshaus.at.;* Restaurant-Café Seewolf, Edlesberg am See 15, Tel. 02874/63 03

DIETER JUSTER, BÜHNENWIRT

Wenn einer aus Gutenbrunn im Waldviertel als Koch nach Lech am Arlberg zieht, dann lernt er dort einiges. Wenn er aber zurückkommt von dort, wo die feine Welt logiert, zurück ins Waldviertel, wo im Vergleich zu Lech kaum wer logiert, dann gibts nur zwei Möglichkeiten: entweder gleich verzweifeln oder die Sache von Grund auf anpacken. Dieter Juster, Jahrgang 1966, hats angepackt, und, wie's ausschaut, auch «derpackt». Man versteht rasch, dass das, was der Absolvent der Kremser Hotelfachschule da seit 1992 aufgebaut hat, keine Kleinigkeit ist: Willi Resetarits alias Ostbahn Kurti gab hier bereits legendäre Konzerte; Peter Ratzenbeck unterrichtet Gitarre, auf der Bühne des Hauses spielen, von Josef Hader abwärts, sämtliche Kabarettgrößen Österreichs; Wilfrieds 1 Xang, Das Balaton-Combo und diverse andere Folkformationen fühlen sich hier fast schon wie daheim; es gibt regelmäßig Dudelsackkurse und ein jährlich wiederkehrendes Folkfestival und im Advent jeden Tag eine andere Veranstaltung für die 600 Gutenbrunner, vom Strohsternbasteln bis zum Weihnachtsliedersingen. Um so ein Programm zu bauen, um sowohl Künstler als auch Publikum hierher zu bringen, gehört viel Engagement und auch Chuzpe dazu – heute freilich, so erzählt der Bühnenwirt, hat er schon so viele «Anmeldungen» von Leuten, die bei ihm auftreten wollen, dass er mit der Auswahl gar nicht nachkommt.

Ein «Checker»: der gute Wirt von Gutenbrunn

Die Veranstaltungsschiene ist das eine; das andere ist, dass der gute Mann von Gutenbrunn in zehn Saisonen in der «Roten Wand» von Joschi Walch auch echt kochen gelernt hat. Und seinen diesbezüglichen Wissensstand jetzt auf Waldviertlerisch umsetzt. Nicht Haute Cuisine bietet er, sondern «Ripperlessen» oder auch ein Überraschungsmenü für Leute, die das Risiko lieben; er nennt das «Meehr-Kulinarium». Dazu stehen auf der Speisekarte auch Feinheiten, aber immer mit Bodenhaftung. Er kennt sein oft «alternatives» Publikum genau, hat das richtige Gespür für das richtige Maß, für die richtige Mischung und auch für den richtigen Preis.

Dieter Juster ist so etwas wie ein idealer Wirt: Ein Schmähführer, blitzende Augen, immer auf der Suche nach Kontakt, nach Freunden, vor allem *auch nach persönlicher Anerkennung. Das ist auch seine wahre Triebfeder: Er möchte was zusammenbringen, «etwas bewegen», wie das früher unten in der Stadt so schön geheißen hat, «wos auf d'Fiaß stön», wie man im Waldviertel gerne sagt. Mit den anderen Wirtsleuten – es gibt noch zwei weitere in der Gemeinde – kooperiert er clever, lastet letztendlich mit seinen Veranstaltungen auch deren Gästezimmer aus; er kann mit den Leuten von da heroben genauso gut wie mit denen von der Stadt unten, und obendrein experimentiert er gern. So dürfen Künstler an einem vorher bestimmten Abend an seiner Stelle das Lokal führen. Die «Begegnung zwischen Stadt und Land», sagt er, sei ihm ein echtes Anliegen, und ihm nimmt man das hohe Ansinnen auch noch ab. Zufrieden ist er freilich noch lange nicht; er will Gutenbrunn noch viel mehr in Richtung «Kulturdorf» entwickeln, er möchte weiterhin «wenig reden, dafür mehr tun und sich was trauen». Dem Waldviertel, so viel ist gewiss, wird er bis auf weiteres erhalten bleiben, denn «am Arlberg kann man den Gästen kaum mehr eine Freude machen, da bei uns aber schon».*

DAS EINSAME BÄRNKOPF

Die zwölf Kilometer von Gutenbrunn nach Bärnkopf geht es bergauf; ganz nahe neben der Straße liegt, im Wald versteckt, der Gipfel des *Weinsbergs*, mit 1041 Metern eine der höchsten Erhebungen des Waldviertels. *Bärnkopf* selbst nennt sich die höchstgelegene Gemeinde des Waldviertels; die erst 1770 für die Holzgewinnung erschlossene Siedlung liegt an die tausend Meter hoch. Was macht man hier, in der Mitte des riesigen Weinsberger Waldes, des größten zusammenhängenden Waldgebiets Österreichs? Richtig: im Winter Langlaufen und Eisstockschießen, im Sommer Schwammerln suchen, Mountainbiken und Rad fahren. Jedes Jahr im September wird hier der «Granitbeißer»-Radmarathon gestartet – eine, wie man so sagt, Herausforderung für Mensch und Maschine; oder doch eher nur für den Menschen? Tausend Sportler tun sich das regelmäßig jeden Herbst aufs Neue an, und sie wissen offenbar, warum. Die längste der drei Granitbeißerstrecken ist rund hundert Kilometer lang; rund 2700 Höhenmeter sind abzuarbeiten. Das ist viel, echt. Nicht nur für Teilnehmer, auch für Zuschauer ein Topevent, jedenfalls die größte Radveranstaltung des Waldviertels.

Beschauliche Ausflügler werden weniger Rad fahren, dafür aber einem ehemaligen Gasthaus einen Besuch abstatten: In dem markanten gelben Gebäude gegenüber der Einkehrstube zum Wackelstein arbeitet ein richtiger Uhrenmacher – einer, der wirklich noch selber Uhren bauen kann und das auch tut. Kein protziges Firmenschild weist auf das Geschäftslokal hin, sehr wohl aber hat Peter Wibmer neben der Werkstätte einen Schauraum eingerichtet, in dem man von ihm selbst gebaute Einzelstücke bewundern kann. Ansonsten werden hier, auf knapp tausend Meter Einsamkeitsniveau, alte Stand-, Wand-, Kirchturms- und Kuckucksuhren restauriert, repariert und wieder in Gang gebracht; etliche Fund- und Schmuckstücke gibt es auch käuflich zu erwerben. Für Uhrenfetischisten und -liebhaber eine Pflichtadresse.

Bergauf, bergab: Mountainbike in Bärnkopf

INFO Tourismusbüro Bärnkopf, Nr. 114, Tel. 02874/84 01 **ESSEN UND TRINKEN** Gasthof Hofer, Bärnkopf 49, Tel. 02874/82 04. Gasthof Hochstöger, Bärnkopf 112, Tel. 02874/82 03 **NATURBADEN** Schlesingerteich, ca. 1 km außerhalb des Ortes, friedliche Waldidylle auf 950 Meter Seehöhe, «erfrischend», aber sehr schön, Tel. 02874/82 12 **GRANITBEISSER-MARATHON** Tel.02874/82 54, Herr Lackner, *www.granit beisser.STMlackner.at* **RADVERLEIH** (Mountainbikes): Einkehrstube Wackelstein, Bärnkopf 134, Tel. 02874/681 68 **LANGLAUFEN** 65 (!) km gespurte Loipen, 3,5 km auch mit Flutlicht. **UHRMACHER** Peter Wibmer, Bärnkopf 3, Tel. 02874/82 55

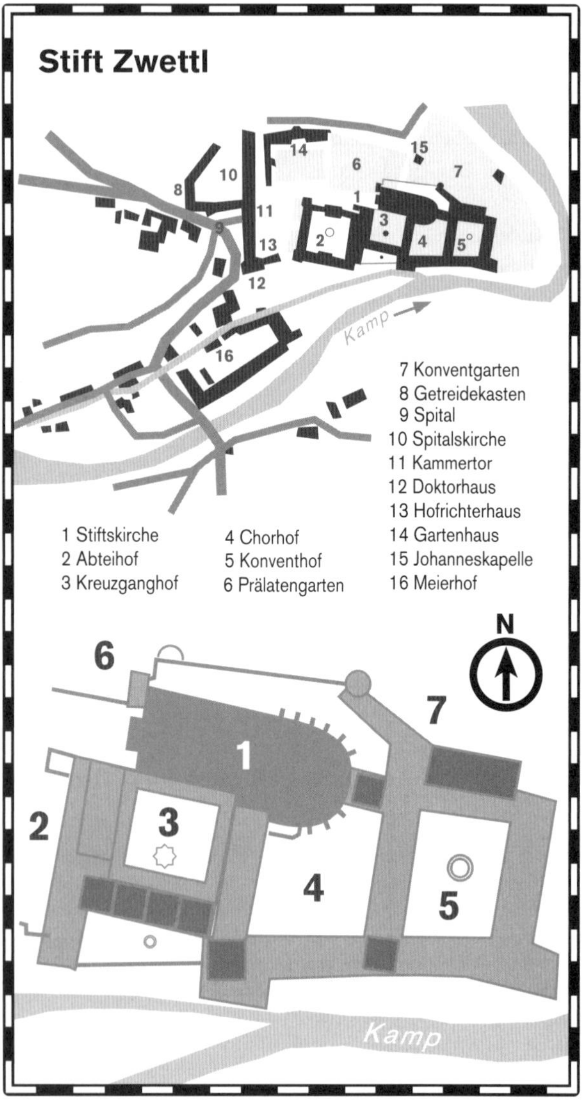
Stift Zwettl
Kamp
1 Stiftskirche
2 Abteihof
3 Kreuzganghof
4 Chorhof
5 Konventhof
6 Prälatengarten
7 Konventgarten
8 Getreidekasten
9 Spital
10 Spitalskirche
11 Kammertor
12 Doktorhaus
13 Hofrichterhaus
14 Gartenhaus
15 Johanneskapelle
16 Meierhof
N
Kamp

Stift und Stadt Zwettl

Das Stift Zwettl – Wunder, oh Wunder! – Der Rudmannser Teich und das große Karpfenfest – Zwettl, die heimliche Hauptstadt – Der Bierbaron Karl Schwarz – Schloss Rosenau – Wanderung durchs Zwettltal – Auf die Aubergwarte – Der Kult um Walther von der Vogelweide

DAS ZISTERZIENSERSTIFT ZWETTL

Man nähert sich dem berühmten Stift auf schmalen Straßen. Wenn man mit dem Auto von Wien bzw. Krems kommend auf der Schnellstraße fährt, muss man rechtzeitig nach der kleinen, beim Ort Rudmanns nach rechts weggehenden Abzweigung Ausschau halten, sonst fährt man gleich einmal durch die Zwettler Shoppingcity durch und in die Stadt des Bieres hinunter. Macht nichts: Beim großen Kreisverkehr unter der hohen Eisenbahnbrücke führt wiederum ein schmales Sträßlein zum Stift hinab.

Weltberühmt: Brunnenhaus im Stift Zwettl

Die Anfahrt verrät klösterlich Gebildeten schon einiges: Das Stift liegt nicht, wie etwa Melk, an einer weithin sichtbaren, prominenten Stelle, sondern in einem Tal, nämlich jenem des Kamp, und da wiederum auf einem Rücken, der vom Kamp an drei Seiten umflossen wird. So versteckt haben sich vorwiegend Zisterzienser angesiedelt. Der strenge Orden, der seinen Namen nach dem 1098 gegründeten Mutterkloster Cîteaux in Zentralfrankreich trägt, versuchte seinerzeit, die Regeln des heiligen Benedikt neu zu interpretieren, sprich auf direktem, einfachem, ja radikalem Weg zu verwirklichen. Typisch für die «Reformbenediktiner» war die Einfachheit der Liturgie und die Schmucklosigkeit der Kirchen, bei denen ursprünglich sogar auf Türme verzichtet wurde. Der berühmteste Zisterzienser war Bernhard von Clairvaux; nach ihm werden die Zisterzienser manchmal auch «Bernhardiner» genannt. Der Orden (Motto: «Ora et labora») galt immer als sehr strebsam und deshalb als wirtschaftlich erfolgreich – das war wohl ein ausschlaggebender Grund für die herrschenden Kuenringer, die Zisterzienser zur Binnenkolonisation ins Waldviertel zu holen. In der kalten Adventszeit des Jahres 1137 wurden aus Heiligenkreuz im Wienerwald zwölf Mönche ins Waldviertel entsandt; am Silvestertag wurde dann der Gründungsakt durch den Stifter Hadmar I. von Kuenring vollzogen.

Im Folgenden nun einige wichtige Daten aus dem langen Leben der höchst interessanten Anlage. In der Chronik des Stifts spiegelt sich praktisch die gesamte Waldviertler Geschichte wider:

1138	*Beginn des Baus von Klosteranlage und Kirche*
1139	*Gründungsurkunde*
1159	*Weihe der Kirche; zahlreiche Schenkungen ans Kloster*
1176	*Einfall der Böhmen; das Kloster wird im Weiteren durch Hadmar II. von Kuenring, den «zweiten Stifter», besonders gefördert.*
um 1300	*Blüte unter Abt Ebro, zahlreiche Stiftungen, u. a. durch die Herzöge Albrecht II. und Rudolf IV.*
2. Hälfte 14. Jh.	*Schlechte wirtschaftliche Lage durch Baukosten und Plünderungen*
1426/27	*Hussiteneinfall und Plünderung*
1437	*Befestigung der Anlage*
1486/89	*Ungarische Soldaten des Matthias Corvinus im Stift einquartiert, Gefechte mit den in Zwettl stationierten kaiserlichen Truppen*

1523	*Türkenabgaben, Reduktion des Personalstandes*
1566	*Krise: Das Kloster ist ohne Abt*
1587	*Neuerlicher Aufschwung unter Abt Ulrich Hackl*
1618	*Einfall böhmischer Truppen*
1645	*Schwedeneinfall und Plünderungen*
1672–1695	*Aufschwung und Ausbau unter Abt Kaspar Bernhard*
1706–1747	*Höhepunkt der barocken Bautätigkeit unter Abt Melchior Zaunagg; Bau des Turmes*
1781	*Unter Joseph II. Lösung des Klosters vom Generalkapitel*
1809	*Durchzug französischer Truppen*
Mitte 19. Jh.	*Wiedereingliederung in den Ordensverband*
Um 1930	*Wirtschaftliche Notlage; Grundstücke müssen an den Truppenübungsplatz Allentsteig abgetreten werden*
Nach 1945	*Sowjetische Besatzung*

Schon von weitem sieht man den berühmten *Turm* der Stiftskirche. Das aus unverputzten grauen Granitquadern errichtete Bauwerk ragt, im Gegensatz zum restlichen Kloster, aus der Talmulde heraus: Seht her, kommt her, hier bin ich, ich verstecke mich nicht! Der Entwurf der monumentalen, dreigeschoßigen *Turmfassade* stammt von Matthias Steinl, den Bau ausgeführt hat dann in etwas abgeänderter Form Josef Munggenast, der auch das Stift Altenburg barockisierte. Der 1728 fertig gestellte Turm ist zweifellos eines der Wahrzeichen des Waldviertels. Erst wenige hundert Meter vor dem Stift öffnet sich der Blick auf die gesamte Anlage; nun zeigt sich die be-

Steinls Werk: Turm zu Zwettl

achtliche Dimension des Klosters, der Wirtschaftsgebäude und der Siedlung auf einen Blick. Über den Kamp führt die Mitte des 12. Jahrhunderts erbaute *romanische Brücke* zum Klosterbereich. Diese Steinbrücke ist eines der ältesten erhalten gebliebenen technischen Bauwerke Österreichs überhaupt. Unmittelbar nach der Überquerung des Kamp geht es nach links zur Fischverkaufsstelle. Es gibt nicht wenige Städter, die zur Weihnachtszeit extra hierher pilgern, um sich ihren ganz persönlichen Karpfen abzuholen; viele kommen auch, um beim großen Abfischfest am Rudmannser Teich mit dabei zu sein (→ S. 240)

Stift Zwettl hat sich in den letzten Jahren immer weiter, immer freundlicher nach außen gewandt und sich sukzessive ein modernes Image verpasst. Das spürt man schon im schönen Stiftsshop, an dem man fast zwangsläufig vorbeikommt; eine neue große Ausstellung, «Wers glaubt, wird selig?», ist ebenfalls Zeuge für diese Umorientierung. Prächtig ist der 1680 fertig gestellte, frisch renovierte barocke *Abteihof*, an dessen östlicher Fassade sich die Pforte befindet – der Eingangsbereich zu Stiftsführung und Ausstellung. Um einen bleibenden Eindruck von Zwettl zu bekommen, um das zu sehen, wofür das Stift in erster Linie berühmt ist, sollte man sich Zeit nehmen und die Führung unbedingt mitmachen.

Gleich hinter der Pforte befindet sich der berühmte *gotische Kreuzgang* des Klosters, der von den Zisterzienserpatres auch heute noch dreimal am Tag zum Gebet aufgesucht wird. Zur Mittagsbetstunde finden deshalb auch keine Führungen statt. Dieser Kreuzgang, in den Jahren 1210 bis 1230 erbaut und in keiner Weise verändert, ist eines der Hauptwerke frühgotischer Architektur in Österreich. Gemeinsam mit dem dazugehörigen Brunnenhaus stellt dieses aus verschiedenen Gesteinsarten errichtete Bauwerk ein harmonisches und beeindruckendes Kunstwerk dar. Nächster Höhepunkt: der vom Kreuzgang aus erreichbare *Kapitelsaal*. Der Versammlungsraum der Mönche stammt aus dem Jahr 1180 und ist einer der ältesten erhalten gebliebenen Zisterzienser-Kapitelsäle überhaupt. Ebenfalls aus frühen Gründertagen erhalten geblieben ist der Schlafsaal, das aus der ersten Hälfte des 14. Jahrhunderts stammende *Dormitorium*. Baugeschichtlich besonders interessant ist der romanische, so genannte *Einstützenraum*, der schon in den Anfangsjahren zwischen 1138 und 1159 gebaut wurde – möglicherweise diente er als frühes Noviziat. Seinen Namen hat der Raum von einem im Zentrum stehenden wuchtigen Pfeiler aus Granitquadern. Von hier führt eine Steintüre in das romanische *Necessarium*, ebenfalls eine architekturgeschichtliche Sensation: Die eine Hälfte des Raumes ist nach unten, zum Mühlbach hin, geöffnet. Das legt die Vermutung nahe, dass es sich hierbei um die älteste erhaltene Latrinenanlage Mitteleuropas handelt. Nicht nur dieser Abtritt, zweifelsfrei eine der besonderen «Pointen» des Rundgangs, sondern auch diverse Kunstgegenstände in der *Schatzkammer* sind ebenfalls nur im Rahmen der Führung zu besichtigen: So etwa das «Zwettler Kreuz», ein romanisches Reliquienkreuz von 1180, ein Abtstab aus Elfenbein aus dem 11. Jahrhundert, eine französische Elfenbeinmadonna aus 1258, eine Mitra, die mit Perlen aus Kammmuscheln bestickt ist, sowie ein gemaltes Gebetsbuch, ein Frühwerk von Paul Troger.

Stift Zwettl: gotischer Kreuzgang

Ins Innere der *Stiftskirche Mariä Himmelfahrt* gelangt man durch eine Türe aus dem Kreuzgang. Die dreischiffige Hallenkirche gilt als ein Hauptwerk der österreichischen Hochgotik. Die hoch aufragende Westfassade ist übrigens, so wie der

Turm, ein Hauptwerk von Mathias Steinl, ausgeführt hat die Barockisierung wiederum Josef Munggenast.

Der erste Eindruck: Die Zwettler Kirche erinnert von ihrer Innenarchitektur an strenge englische oder französische Kathedralen; die laut Dehio «bemerkenswert einheitliche» barocke Einrichtung des hellen Kircheninneren stammt von Meistern des österreichischen Hochbarock, unter anderem haben die Baumeister Steinl und Munggenast sowie Mathias Götz, Jakob Schletterer, Martino Altomonte und Paul Troger Hand angelegt. Der gesamte Chorraum bis zu den östlichen Langhausjochen ist in ein reiches, geschlossenes, formales wie inhaltliches Gesamtkonzept eingebunden, das Interieur des gotischen Kirchenschiffes stellt ein barockes Gesamtkunstwerk dar.

Ungewöhnlich erscheint vor allem der 1733 geweihte *Hochaltar*. Der Aufbau nimmt die gesamte Höhe des Chorraumes ein; kein gemaltes Bild steht im Mittelpunkt, sondern ein zur Gänze aus Holz geschnitzter Eichenbaum, der an die Gründungslegende des Klosters anknüpft. Die erzählt nämlich, dass das Kloster an jener Stelle erbaut wurde, an der am Silvestertag des Jahres 1137 ein Eichenbaum grünte.

16 Seitenaltäre umkränzen das Kirchenschiff; eine davon birgt einen Flügelaltar aus dem 15. Jahrhundert, ein Werk von Jörg Breu. Das zwischen den Pfeilern platzierte prächtige *Chorgestühl* haben die Zwettler Konversen Ladislaus Maleg und Mathias Mark um 1728 getischlert und gedrechselt.

Symmetrisch zur Kanzel angeordnet findet sich die kleine *Chororgel*, die jeden Sonntag bei der Messe gespielt wird. In dem Gehäuse aus dem Jahr 1727 befindet sich ein neues Instrument des Kremser Orgelbauers Hradetzky. Das Hauptwerk mit neun Registern ist im barocken Kanzelgehäuse versteckt; das Echowerk mit sieben Registern und das vierstimmige Pedal wurden in einem umfunktionierten Beichtstuhl an der Hinterseite des Chorgestühls untergebracht.

Bei Hochämtern und auch beim Orgelfestival im Sommer ertönt die *Egedacherin*, die große Orgel auf der Westempore. Benannt ist sie nach ihrem Erbauer Johann Ignaz Egedacher (1675–1744). Nach mehreren Veränderungen im 18., 19. und 20. Jahrhundert wurde sie 1983 in ihren ursprünglichen Zustand rückgebaut und 1991 technisch und klanglich vervollständigt. Da die Zwettler Westempore relativ eng angelegt ist, musste das Instrument gesondert eingepasst werden.

WUNDER, OH WUNDER!

Ein neuer Höhepunkt in der Zwettler Stiftswelt ist eine seit Pfingsten 2002 zugängliche Ausstellung mit dem grammatikalisch etwas fragwürdigen Titel «Wers glaubt, wird selig?». In bislang unzugänglichen Kellergewölben der Stiftsklausur werden die Wunder Jesu Christi anschaulich gemacht; Brücken, Gänge und Stege verbinden die einzelnen Teile dieser «Wunderwelt» zu einer Art Pilgerreise, die der Wallfahrer von heute freilich mit einem Audio-Equipment am Ohr ausführt. Per Kopfhörer erfährt man die Geschichte des Stifts und des Ordens, wird schließlich in das Wesen des Wunders eingeführt. Das Land Palästina, das Leben und die Wunder Jesu Christi werden dargestellt, die Bedeutung von Ostern als «Vollendung des Lebens» wird gezeigt, die Heiligen der katholischen Kirche werden mitsamt ihren guten Taten aufgelistet. Ebenso wird eine kurze Geschichte der Pilgerreise dargeboten. Stellenweise wundert man sich über die verkürzte, weich gezeichnete Wiedergabe der Kirchengeschichte,

Die «Wunderwelt» im Stiftsgewölbe

insofern kann man den Titel der Ausstellung auch als selbstironisch interpretieren. Geradezu vorbildlich ist dagegen die moderne Ausstellungsarchitektur und die Tatsache, dass man auf dem Rundgang einige Male zwischen drinnen und draußen wechselt, das Stift auch aus ganz ungewöhnlicher, bisher unbekannter Perspektive sieht. Die Tour endet im großzügig gestalteten Klosterladen, der nicht nur Waldviertler Bioprodukte und Souvenirs, sondern auch einiges an Waldviertelliteratur führt.

AUSKUNFT Pforte im Abteihof des Stiftes Zwettl, Tel. 02822/550-0 **FÜHRUNGEN** Mai bis Ende Oktober tägl. um 10, 11, 14, 15 Uhr; So 11, 14, 15 Uhr; 1. Juli bis 30. August auch 16 Uhr bzw. nach Anmeldung **VERANSTALTUNGEN** Orgelfest Stift Zwettl im Juli, Tel. 02822/550-17 **BILDUNGSHAUS ZWETTL** Tel. 02822/550-25 **ESSEN UND TRINKEN** Stiftstaverne, außerhalb des Stiftes an der Straße gelegen; Terrasse auf dem Flachdach, Tel. 02822/550-36 **FISCHVERKAUFSSTELLE** Di–Do 9–12, Sa 10–12 Uhr, Tel. 02822/550-35

DAS ABFISCHFEST AM RUDMANNSER TEICH

Die Wiese links unter der Dammstraße wird für zwei Tage zum Autoparkplatz umfunktioniert; am Ufer des großen *Rudmannser Teiches* steht ein Feuerwehrzelt, in dem Fischgerichte angeboten

Alles dreht sich um den «Karpf»: Die Botticke «brodeln»

werden, und insgesamt drängeln sich ganz schön viel Menschen im Uferschlamm oder fotografieren von der Aussichtsplattform auf der Dammkrone, um eine persönliche Erinnerung an ein besonderes Waldviertler Spektakel, nämlich die «Karpfenernte», mit nach Haus nehmen zu können. Jedes Jahr steht Ende Oktober, Anfang November so wie in vielen anderen Fischzuchtbetrieben auch in Zwettl Rudmanns das große Abfischen auf dem Programm – wobei das Wort die Sache irgendwie nicht trifft: Die Teiche, in denen neben Karpfen auch Hechte, Zander und Barsche schwimmen, werden einfach abgelassen, die Fische sammeln sich gezwungenermaßen in einer vertieften «Fischgrube» nahe des Ausflusses – aus dieser werden die Tiere mit Handnetzen, so genannten Keschern, regelrecht abgeschöpft, nachdem starke Männer in hohen Gummistiefeln und «Wathosen» sie zusätzlich mit langen Zugnetzen zusammengefangen haben. Wenn unzählige Fische auf engstem Raum um ihr nacktes Leben kämpfen, brodelt und schäumt das Wasser regelrecht. Am Ufer stehen schon Wasserbehälter bereit, die Hechte und Zander werden aussortiert, Karpfen in großen Bottichen zu den Hälterungen beim Stift gebracht – von Frischwasser durchströmte Teiche, in denen die Fische auf ihre Käufer warten dürfen. Ohne diesen letzten Aufenthalt wäre Karpfenfleisch kaum genießbar: Nach der Entnahme aus dem Teich schmeckt der Karpf schlammig; erst das Frischwasser macht ihn zum feinen Festtagsessen.

Das Wappentier des Waldviertels: der Karpfen

Die großen Teiche erreichen meist schon nach der Schneeschmelze im Frühjahr wieder ihren normalen Pegelstand, sodass auch Teichmuscheln und Süßwasserschnecken gedeihen können.

Angelegt wurden Rudmannser und Schönauer Teich im Jahr 1545. Im Barock wurden die Teiche dann vergrößert. In der Schilfzone werden manchmal, sagt der Forstmeister des Stifts Zwettl, Seeadler und Fischadler gesichtet, Graureiher sowieso, und auch Kormorane kommen vorbei. Am westlichen Ufer sieht man im Dunst ein interessantes Gebäude mit markantem Turm: Der *Ratschenhof*, heute als Forsthaus des Stifts genutzt, wird urkundlich bereits 1139, ein Jahr nach der Klostergründung, erwähnt; der heutige Bau stammt zu großen Teilen aus dem 16. Jahrhundert, aus jener Zeit, in der die Teiche angelegt wurden. Beim Ratschenhof selbst befinden sich einige kleinere Teiche; die Anlage ist auf einer Fahrstraße von der B 38 aus zu erreichen.

Zurück zum Karpf: Rund ums Jahr sind eineinhalb bis zwei Arbeitskräfte mit der Bewirtschaftung der insgesamt neunzig Hektar Teichfläche des Stifts Zwettl beschäftigt; bei der Abfischerei haben dann ein Dutzend Leute zu tun. Aus den insgesamt rund sechzig Hektar großen Teichen werden pro Jahr bis zu dreißig Tonnen Fisch rausgeholt, das sind stolze 10.000–11.000 Stück. Die größten Exemplare bringen nach insgesamt drei Jahren Wachstum rund dreieinhalb Kilo auf die Waage. Wobei das mit dem Wachstum beim Karpfen so eine Sache ist: Unter 15 Grad Celsius Wassertemperatur frisst das dumme Viech nicht. Wie fett die jährliche Abfischbeute ausfällt, hängt somit auch davon ab, wie kalt bzw. warm es in den jeweiligen Saisonen ist.

ZWETTL, DIE HEIMLICHE HAUPTSTADT DES WALDVIERTELS

Die Kuenringer sind die Geburtshelfer Zwettls. Tatsächlich eroberten und entwickelten die einstigen Dienstleute der Babenberger in einer großen Binnenkolonisationskampagne den Nordwald um Zwettl. Hier stießen sie auf eine slawische Siedlung, vertrieben die Bewohner und errichteten auf dem heute «Propsteiberg» genannten Hügel über dem Zusammenfluss von Kamp und Zwettl Burg und Kirche. Der Ortsname «Zwettl» ist slawischen Ursprungs, kommt von «svetla dolina», was so viel heißt wie «lichtes Tal».

Nach dem Bau von Burg und Kirche am heute so genannten Propsteiberg (siehe unten) wurde die Stadt im 12. Jahrhundert planmäßig angelegt; Siedler wurden hergebracht.

Heute ist die 11.600 Einwohner zählende Bezirkshauptstadt mit 256 Quadratkilometern flächenmäßig immerhin die drittgrößte Stadt Österreichs. Aus den 61 (!) zur Stadt gehörenden Ortschaften und aus dem halben Bezirk kommen die Leute zum Einkaufen; manche Altbauern reisen auch noch per Steyr-Traktor an.

Zwettl: die große Eisenbahnbrücke

Ein kurzer Rundblick sagt uns: hübsch gefärbelte Fassaden, manch architektonische Grausamkeit, aber insgesamt ein nettes, intaktes Stadtbild. Das schönste Haus am Platz ist das *Wirtshaus Zur goldenen Rose*; das Portal ist gotisch, das Gesamtkonzept stammt aus der Renaissance, die Fassadendekoration aus dem Barock. Die dritte Fensterreihe verdeckt nur den Dachfirst, ist also eine klassische Blendfassade.

Ursprünglich war der Hauptplatz größer, doch in der Neuzeit wurde ein «Grätzel» von Wohnhäusern eingebaut. Auf dem Weg zum Hauptplatz liegt das am aufgesetzten Turm erkennbare *Rathaus*. Die Sgraffiti stammen ebenso wie der Turm aus der Mitte des 16. Jahrhunderts, die Grundmauern womöglich schon aus der Zeit der Kuenringer. Im Inneren befindet sich das *Stadtmuseum* sowie eine erste gute Anlaufstelle für Touristen und Ausflügler mit ausgezeichneten Wanderkarten für die Zwettler Umgebung. Dass Zwettl eine richtige Stadt ist, sieht man auch daran, dass der Brunnen am Hauptplatz von – Gott hab ihn selig – Meister Friedensreich Hundertwasser «disaint» wurde.

STADTMUSEUM: INFO Hauptplatz 4, Fr 15–18, Sa, So, Fei 10–12, 15–18 Uhr, Tel. 02822/525 64 bzw. im Rathaus, Tel. 02822/503

Die «City» von Zwettl ist von einer teilweise gut erhaltenen Stadtmauer umgeben; einige der Stadttürme sind auch noch genutzt. Wenn man der vom Hauptplatz abgehenden Schulgasse folgt, sieht man zuerst den *Moserturm*, in dem sich ein hoher Beamter eine Studierstube eingerichtet hat. Der *Passauerturm* gehört zum Wohntrakt der großen Gärtnerei. Der *Schulturm*, zu sehen vom Gelände der Hauptschule aus, beherbergt eine neu aufgearbeitete biologische Sammlung. Der *Sattigturm*, ein runder Wehrbau, befindet sich am nördlichsten Punkt der Mauer. Der wichtigste Turm der Stadt ist aber der *Antonsturm*. Das aus dem 14. bis 15. Jahrhundert stammende Bauwerk mit unregelmäßigem, achteckigem Grundriss klebt auf einem Felsen oberhalb des Zwettltales an der Nordwestecke der Stadtbefestigung.

Zwettl: Antonsturm

Außerhalb der Mauern, am anderen Kampufer, befindet sich die um 1120 erbaute *Propsteikirche*, die älteste und interessanteste Kirche der Stadt. Der romanische Turm wurde erst in einer zweiten Bauphase aufgesetzt; auch das jetzt zugemauerte Portal, das zur ursprünglich eng an die Kirche anschließenden Kuenringerburg führte, ist noch zu erkennen, genauso wie die Form der ursprünglich doppelbogigen romanischen Fenster, die in späteren Bauphasen verändert wurden. Erfreulich, dass 2002 die «blaugelbe Viertelsgalerie» in der Propstei eingezogen ist.

Ein kleines Stück hangabwärts befindet sich der *Russenfriedhof.* Alle im Waldviertel im Zweiten Weltkrieg gefallenen Sowjetsoldaten wurden hierher verlegt.

Zwettl ist, Experten haben es längst gerochen, auch eine heimliche Hauptstadt des Bieres, die Marke hat in Ostösterreich einen Marktanteil von immerhin zwölf Prozent. Viele Besucher kommen über den Umweg des Bieres in die «Braustadt», lassen sich durch Sudhaus und Lagerhallen führen und in der langen und wechselvollen Geschichte der Zwettler Bierbrauerkunst unterweisen, um dann, endlich, im angeschlossenen Biershop Trinkgefäße, Bierliteratur, Bierdevotionalien und, last, but not least, echten Zwettler Gerstensaft zu erstehen.

BRAUEREI ZWETTL Karl Schwarz Ges.m.b.H., Syrnauer Straße 22–25, Betriebsbesichtigungen nach Voranmeldung, Tel. 02822/500-51; Biershop für alle zu den Geschäftszeiten

DER BIERBARON KARL SCHWARZ

«In meinen Adern fließt Bier», sagt der Herr Baron. Der ist natürlich kein richtiger Baron, sondern nur einer, der so genannt wird. Ob Baron oder nicht: Karl Schwarz, Jahrgang 1968, ist in und für Zwettl ein ganz wichtiger Mann. Nicht nur dass er achtzig Leute beschäftigt – er trägt mit seinem Produkt den Namen der alten Stadt in die weite Welt hinaus, oder zumindest ins nähere Ostösterreich.

Jedes Wochenende muss er fünf Zelt- und sechs Feuerwehrfeste eröffnen, Dutzende Bierfässer anstechen, im Winter Bälle eröffnen und allzeit mit Politikern um die Wette trinken; als Sohn des legendären Kommerzialrats Karl Schwarz, der den jüngeren Erfolg der Zwettler Brauerei begründete und heute die Quasi-Funktion eines Aufsichtsratspräsidenten erfüllt, hat er aber selbstverständlich den disziplinierten Umgang mit dem kühlen Blonden gelernt.

Gebraut wird in Zwettl spätestens seit 1554, heute werden in der 1708 gegründeten Privatbrauerei jährlich 200.000 Hektoliter Bier abgefüllt – damit ist der einstige Familienbetrieb eine der großen mittelständi-

Im Brauhaus: Karl Schwarz und Kupferkessel

schen Brauereien des Landes und insgesamt zehntgrößter Getränkeproduzent Österreichs.

Mit seiner aus Tschechien stammenden Frau Pawlina und zwei Kindern wohnt der junge Bierbaron im ersten Stock der Fabrikantenvilla direkt am Gelände der Brauerei. Wenn er in der Früh aufsteht, weht ihm der süßliche Malzgeruch direkt ins Gesicht; sein erster Blick fällt auf riesige Stahltanks, die er dort hingebaut hat, wo seine Eltern noch das geliebte Hallenbad stehen hatten. Stolz ist er darauf, dass sein Vater das gefürchtete heimische Bierkartell aufgebrochen hat; stolz ist er auch darauf, dass er durch ein Friendly Take-over die Weitraer Brauerei vor dem möglichen Aus bewahren konnte. Stolz kann er auch darauf sein, dass die hauptsächlich benötigten Rohstoffe – Hopfen und Braugerste – von Bauern der Region produziert werden, eine Tatsache, die sein Produkt von anderen Marken deutlich unterscheidet – und den local hero *nochmals stärkt.*

AUSKUNFT Touristeninformation Zwettl, 02822/524 14 bzw. Waldviertel Tourismus GmbH, Tel. 02822/541 09-0 **ESSEN UND TRINKEN** Gasthof Goldene Rose, Dreifaltigkeitsplatz 3, Tel. 02822/523 75; im Sommer Schanigarten, So geschlossen. Gasthof Zum Goldenen Hirschen; Gastgarten direkt auf der Stadtmauer, Tel. 02822/523 73, Sa 12–18 (im Winter), So ab 14 Uhr (immer) geschlossen. Wirtshaus im Demutsgraben, Fam. Huber, Niederstrahlbach 36, Tel. 02822/523 64 **GALERIE** Blaugelbe Viertelsgalerie des Landes Niederösterreich, Propstei 1, Fr 14–18, Sa, So 10–12 und 14 –18 Uhr. *(www.blaugelbezwettl.com)* **BIOLOGISCH** Waldlandhof Oberwaltenreith 10, etwas abseits der Straße von Zwettl nach Rastenberg; Waldviertler Kräuter, Dinkel, Mohn, Honig, biologische Souvenir- und Geschenkboxen, 8–12 und 13–17 Uhr, Tel. 02826/74 43 **RADVERLEIH** Fahrrad am Bahnhof, Reservierung unter Tel. 02822/524 23

NATURBAD Altes Sonnenbad im Kamptal, Tel. 02822/521 75
EISENBAHN Eisenbahnbrücke über den Kamp; regelmäßig Dampfzug-Sonderfahrten zwischen Zwettl und Martinsberg; Martinsberger Lokalbahnverein, Tel. 02874/73 56

DIE FREIMAURER VON ROSENAU

Eine Sehenswürdigkeit für sich ist das von Zwettl rund acht Kilometer entfernte *Schloss Rosenau.* Der barockisierte Renaissancebau beherbergt das einzige *Freimaurermuseum* Österreichs. Der Grund: Herr Leopold Christoph von Schallenberg, Schlossbesitzer zu Rosenau, richtete um die Mitte des 18. Jahrhunderts hier eine Freimaurerloge ein. Nach seinem Tod im Jahre 1800 wurde die Loge geschlossen, die von Daniel Gran geschaffenen Fresken wurden in der Folge übermalt. Georg Ritter von Schönerer, erklärter Antisemit und «großdeutscher» Abgeordneter, übernahm das Schloss 1883 von seinem Vater und führte das Gut bis zu seinem Tod im Jahr 1921 weiter. Erst 1974 wurde Rosenau restauriert, dabei wurden die freimaurerischen Fresken wieder entdeckt.

Das Freimaurer-Schloss Rosenau

Im anderen Teil des Schlosses ist ein exquisites Hotel untergebracht. Hier werden Honeymoon- und andere schöne Nächte angeboten.

Die zum Schloss Rosenau gehörige Ortschaft hat sich bis heute den Charakter der Gutshofsiedlung bewahren können. Der alte *Meierhof* (Nr. 7) und der zur Frühstückspension umgebaute *Schüttkasten* (Nr. 6) sind noch vorhanden, ebenso wie das pittoresk in der grünen Wiese gelegene, um 1747 entstandene Jägerhaus. Pfarrhof und Schule liegen westlich; von Westen betritt man auch die direkt ans Schloss angebaute *Pfarrkirche*, deren Deckenfresko von Paul Troger stammt.

Direkt an der Straße befindet sich das 1740 erbaute, mächtige *Bandlhaus* (Schloss Rosenau Nr. 2), eine sehr frühe, einst mit Webstühlen voll gestellte Textilfabrik. Ein Stück nördlich der Straße von Zwettl nach Groß Gerungs ließ Schönerer den nach seinem Vorbild benannten *Bismarckturm* in die Landschaft stellen. Der Wanderweg Nr. 2 ab Schloss Rosenau führt – in gebührendem Respektabstand – an diesem Bauwerk vorbei.

Wenn man die Besichtigung mit einer wunderbaren Wanderung verknüpfen möchte, geht das ganz einfach: Man ruft sich in Zwettl ein Taxi und lässt sich zum Schloss Rosenau chauffieren. Nein, das kostet nicht die Welt. Vielleicht erweist aber auch der Zimmervermieter oder ein Freund den kurzen Shuttledienst.

Nach Besichtigung und Mittagessen geht man, idyllischer gehts fast nicht, über Gutenbrunn zur Roblmühle und von da entlang des Zwettlbachs auf grünen Wiesen durchs stille Tal zurück nach Zwettl. Immer das idyllische kleine Flüsschen im Blick, die weit in den Weg ragenden Bäume, die sich im Wasser spiegelnde Sonne. Rund vier Stunden flussabwärts, dann ist man zurück in der großen Stadt und hat das Gefühl, etwas Wunderbares getan, erlebt zu haben. Dabei wars in Wahrheit nur ein kleiner Spaziergang.

INFO Tel. 02822/582 21-014 **MUSEUM** tägl. 9–17 Uhr; Sonderausstellungen **ESSEN/TRINKEN/SCHLAFEN** Schlossrestaurant Rosenau, nobel; Terrassenplätze sollten reserviert werden; Tel. 02822/582 21-0 **TAXI** z.B. Josef Führer, Tel. 02822/522 80

KLEINE AUSFLÜGE UND SPAZIERGÄNGE RUND UM ZWETTL

Ein schöner Spaziergang führt durchs Kamptal aufwärts bis zur Schwarzalm. Man startet beim Zusammenfluss von Zwettl und Kamp unterhalb des Propsteiberges und geht am linken Kampufer (in Gehrichtung am rechten Ufer). Nach wenigen Minuten erreicht man das Zwettler *Sonnenbad*, ein romantisches altes Holzbadehaus. Der von da ab schöne und markierte Weg folgt den Schlingen des Kamp. Beim Wasserwerk wechselt man ans rechte Ufer und geht weiter bis zum *Kraftwerk Zwettl.* Dieses Kleinkraftwerk, das heute noch Strom an die EVN liefert, war das erste Wechselstromkraftwerk der österreichisch-ungarischen Monarchie. Schon 1898 bis 1900 wurden die ersten Haushalte Zwettls mit elektrischem Strom versorgt, die damals eingebaute Francisturbine läuft heute noch. Nun steigt man auf zum Nobelhotel *Schwarzalm.* Dieses feine Haus auf grüner Wiese, das man selbstredend auch per Auto erreichen kann, gehört den Zwettler Bierbrauern. Hier kann man feine, bierige Spezialitäten trinken, aber auch mit Bier gekochte bzw. verfeinerte Speisen konsumieren.

Kampwehr bei der Schwarzalm

Ein anderes, nördlich von Zwettl gelegenes Ziel ist der *Dürnhof,* ein ehemaliger Meierhof des Stiftes Zwettl, der heute das weltweit einzige *Museum für Medizin-Meteorologie* beherbergt. Geboten wird eine Geschichte des Aberglaubens und des Brauchtums; die Exponate erzählen davon, wie man sich von Hippokrates bis Goethe, von Paracelsus bis zum Kräuterpfarrer Weidinger gegen Wetterfühligkeit und Wetterunbilden zur Wehr setzte. Vor dem Gebäude befindet sich ein *Wünschelruten-Testpfad.* Man kann hier unter sachkundiger Anleitung probieren, ob man als Rutengänger taugt.

Ein zweiter ehemaliger Meierhof des Stiftes ist der *Edelhof,* eine landwirtschaftliche Schule und gleichzeitig Sitz des Telehauses Waldviertel und des Waldviertel-Managements und dadurch Innovationsmotor fürs gesamte Waldviertel. Er liegt ganz in der Nähe des Stifts. Die *Trabrennbahn* hat sich zu einer lokalen Attraktion entwickelt; eine Stimmung ähnlich wie in Ascot, nur noch viel schöner, kommt an Renntagen auf.

Acht Kilometer außerhalb der Stadt, Richtung Gmünd, fährt die Waldviertler *Liliputbahn.* Zwei putzige Dampfloks, eine Diesel- und eine E-Lok, Spurweite 7 1/4 Zoll, ziehen Kinder und Erwachsene auf einer 300 Meter langen Schleife durchs Gelände. Ein passables Wirtshaus ist angeschlossen.

DÜRNHOF Mai bis Oktober tägl. außer Mo, 10–18 Uhr, Tel. 02822/531 80 **EDELHOF: INFO** Waldviertel-Management, Tel. 02822/536 33 **TRABRENN-TERMINE** Tel. 02822/536 33-30, Hr. Doppler **ESSEN UND TRINKEN** Gasthof Zur Minidampfbahn, Teichhäuser, Betriebszeiten (Sommer) Di–So. Tel. 02823/223

RADPARTIE ZUR AUBERGWARTE

Lohnender Aufstieg: die Aubergwarte

Zwettl zu verlassen ist der reine Horror: In alle Richtungen geht es steil bergauf. Der erste Teil der Radtour auf der Straße Richtung Ottenschlag ist also schweißtreibend und durch Autoverkehr beeinträchtigt. Nach rund zwei Kilometern geht die Straße nach *Reichers* und *Großgöttfritz* ab – jetzt wird die Reise wunderbar. Entlang der Strecke befinden sich einige, durch meterhohe Gerüste nur schwer zu übersehende Hopfenkulturen. Man durchquert Großgöttfritz und gelangt bald zu einem kleinen Parkplatz, von dem aus man zu Fuß zur *Aubergwarte* aufsteigt. Kein Eintritt, kein Schlüssel, die Warte ist frei zugänglich. An klaren Tagen liegt einem von hier heroben (man befindet sich auf über 800 Meter Seehöhe) das halbe Waldviertel zu Füßen. Retour nach Zwettl gehts auf etwas anderer Route: Zurück nach Großgöttfritz, dann wieder rechts, aber diesmal über *Röhrenreitz* und den Kirchbühel, auf schmaler Straße nach *Ratschenhof* und von da zurück nach Zwettl (ca. 20 km).

EIN ABSTECHER ZU WALTHER VON DER VOGELWEIDE

Eines weiß man wenigstens ungefähr: dass Walther von der Vogelweide circa 1168 bis etwa 1228 gelebt hat. Noch weniger genau weiß man um seinen Geburtsort Bescheid; in Ermangelung von Dokumenten wird deshalb noch heute eifrig um die Herkunft des berühmten Minnesängers und Spruchdichters gestritten. Die Schweiz, Franken, Tirol, Schwaben-Rheinfranken, Böhmen, Ungarn, Niederösterreich – und das Waldviertel – reklamieren mit unterschiedlicher Vehemenz Walther für sich. Im Jahr 1994 wurde deshalb auch ein Verein mit dem schönen Namen «Forschungsgemeinschaft Walther von der Vogelweide – ein Waldviertler» angemeldet; die Bemühungen, Walther zu einem Waldviertler zu machen, sind von großer Hartnäckigkeit geprägt. Da fanden Heimatforscher zum Beispiel bei Traunstein, westlich von Ottenschlag, einen «Vogelweidhof» – und schlossen daraus: Er war ein Unsriger. Mit dem gleichen Argument wird Walther aber längst für Südtirol reklamiert, da es auch dort mehrere Vogelweidhöfe gibt. Kein Wunder. Vogelweiden – buschreiche Wiesen, auf denen sich Vögel leicht fangen ließen – waren im Mittelalter weit verbreitet.

Außerdem muss der Beiname «von der Vogelweide» , so argumentieren vorsichtige Germanisten, ja nicht einmal auf die direkte Herkunft von einer Vogelweide hindeuten. Walther könnte sich den Namen genauso gut selbst zugelegt haben, um auf sein mittelloses Sängertum hinzuweisen. Ein richtiger Walther-Forscher lässt sich aber durch solche Einwände nicht aus der Fassung bringen. Der deutsche Wissenschaftler Bernd Thum unterstützte die Waldviertler Walther-Fans anno 1981 durch einen Aufsatz, in dem er «bewies», dass Walther aus dem Waldviertel stammen müsse. Er argumentierte mit der in Walthers berühmter Alterselegie vorkommenden Verszeile «bereitet ist daz velt – verhouwen ist der walt» und übersetzte «verhouwen» mit «verhauen» bzw. mit «zerstört» und behauptete, dass um 1220, zur Entstehungszeit, nirgendwo sonst in deutschen Landen als ausgerechnet im Waldviertel noch Wald gerodet worden wäre.

Der Heimatforscher Walter Klomfar, einer der Eifrigsten von den Waltheristen, stöberte lange Jahre in den Archiven des Stiftes Zwettl und fand heraus, dass in der Nähe von Zwettl, zwischen *Hörmanns* und *Bernschlag*, auf dem Gebiet des Truppenübungsplatzes Allentsteig, einst das Dorf *Walthers* gelegen war. Und: In unmittelbarer Nähe des Dorfes hatte sich eine – Vogelweide befunden! Zitat aus den *NÖ Kulturberichten, November 1992:* «Und die Daten stimmen so überein, dass der Gründer des Dorfes Walthers, der sich nach der anschließenden Vogelweide nannte, vielleicht der Vater unseres Sängers gewesen sein könnte. Hier hatte sich die Landschaft wirklich so verändert, wie Walther dichtete.» Zitat Ende.

Mit Schaufel und Krampen rückte man dem im 19. Jahrhundert verlassenen Weiler zu Leibe. Tatsächlich wurde der Rest eines hölzernen Schöpfbrunnens ausgegraben. Dieser wurde nach mittelalterlichen Bildvorlagen möglichst naturgetreu rekonstruiert – und, ganz wichtig, von lokaler Prominenz eingeweiht. Nahe der Wüstung wurde ein *Gedenkstein* gesetzt, mit vorsichtig formulierter Inschrift: «An dieser Stelle stand einst das mittelalterliche Dorf Walthers mit einer großen Vogelweide. / In Österreich lernte ich Singen und Sagen / Walther von der Vogelweide.»

Walther: im Schnee, bei der Vogelweide

Walther-Brunnen, Walther-von-der-Vogelweide-Schillinge, Walther-Straßen, Walther-Wandertage, Walther-Gedenksteine und ein Walther-Gasthaus beweisen wenn schon nicht das Gegenteil, so zumindest den manischen Eifer der Waltheristen. Zu dumm übrigens, dass es sehr wohl einen Ort gibt, der die Anwesenheit Walthers schriftlich bestätigt hat: In Zeiselmauer kehrte der Sänger am 12.11.1203 ein. Leider liegt Zeiselmauer nahe Tulln – und das ist weit weg vom Waldviertel.

WALTHER-GEDENKSTEIN: ANREISE Von Zwettl nach Norden, Richtung Vitis/Waidhofen. Nach 3,5 km rechts abzweigen, Richtung Gerotten – Germanns – Hörmanns (ca. 13 km ab Zwettl), der beschilderte Wanderweg von Hörmanns nach Bernschlag führt nördlich des Ortes nach dem Bahnübergang rechts ab.

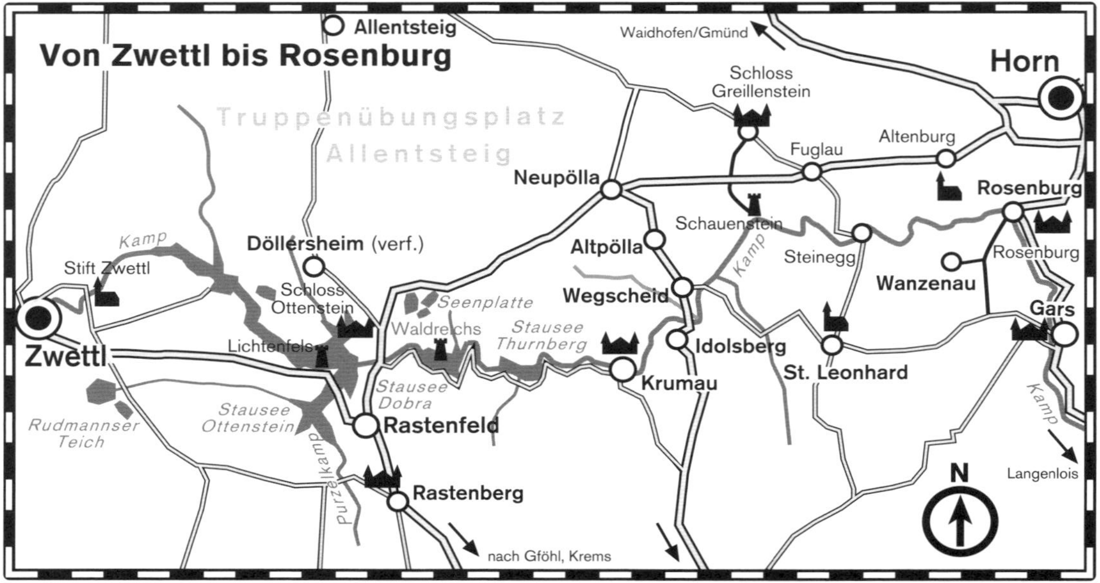
Von Zwettl bis Rosenburg
Allentsteig
Waidhofen/Gmünd
Horn
Schloss Greillenstein
Truppenübungsplatz Allentsteig
Fuglau
Altenburg
Neupölla
Rosenburg
Schauenstein
Kamp
Döllersheim (verf.)
Altpölla
Steinegg
Rosenburg
Stift Zwettl
Wegscheid
Wanzenau
Schloss Ottenstein
Seenplatte
Gars
Zwettl
Lichtenfels
Waldreichs
Stausee Thurnberg
Idolsberg
St. Leonhard
Krumau
Stausee Dobra
Rudmannser Teich
Stausee Ottenstein
Rastenfeld
Purzelkamp
Langenlois
N
Rastenberg
nach Gföhl, Krems

Von Zwettl bis Rosenburg: Künstliche Fjorde und unberührte Schluchten

Der Ottensteiner Stausee – Schloss Ottenstein und die Teichwanderung – Rund um den Truppenübungsplatz – Stausee Dobra, Krumau und der Thurnberger See – Die wunderbare Wanderung von Steinegg zur Ruine Schauenstein – Per Rad: Der Kamptalseenweg Den Purzelkamp entlang

DER OTTENSTEINER STAUSEE

Größer könnte der Gegensatz nicht sein. Zwischen Zwettl und Wegscheid bietet sich dem Waldviertelausflügler eine Freizeitlandschaft wie vom Reißbrett: Die drei Kampstauseen Ottenstein, Dobra und Thurnberg bieten Badevergnügen, Bootsfahrten und Bierausschank. Von Wegscheid abwärts bis Rosenburg wiederum ist der Kamp so unberührt wie sonst fast nirgendwo auf seinem 159 Kilometer langen Lauf. Hier ist das enge, tiefe Tal so still wie eh und je und ein traumhaftes Rückzugsgebiet für Mensch und Tier.

Wir starten unser Freizeit-Erholungs-Sightseeing-und-Sportprogramm am größten und bekanntesten der drei Seen, dem «Lake Ottenstein». Zu finden ist er ganz leicht: Man fährt auf der Schnellstraße B 37 bis nach Rastenfeld, das liegt 33 Kilometer hinter Krems und 15 Kilometer vor Zwettl. Hier sollte man langsam fahren, denn im Ort steht, wenn schon keine Radarfalle, so doch oft ein leibhaftiger Gendarm. An der großen Kreuzung zweigt man nach rechts ab, fährt bergab ins Kamptal hinunter und noch vor Erreichen der Talsohle wieder nach links hinauf. Alles angeschrieben! Schon steht man am großen Parkplatz des Freizeitzentrums Ottenstein. Ein paar Schritte noch, und man sieht den Ottensteiner Stausee sowie das dazugehörige Gebäude samt Bootsverleih, Strandcafé und Restaurant. Praktisch alles, was man für einen schönen Tag braucht, unter einem Dach! Hierher pilgern Motorradgangs, hierher strömen sommers praktisch alle Waldviertler Zweierbeziehun-

Lake Ottenstein: Granitinsel im Meer des Kamp

gen samt Anhang, hier nimmt ein Gutteil aller Neben- und Zweitwohnsitzer des Landstrichs den Sonntagnachmittagskaffee ein. Man kann, weil man gerade keinen freien Sitzplatz bekommen hat, vorerst einmal am Ufer promenieren und auf dem Waldwanderweg, der gleich hinter dem Terrassencafé beginnt, bis zur malerisch in einer kleinen Bucht versteckten «Marina» vordringen. Jawohl, hier in Ottenstein wird gesegelt, sogar einige echte Kajütboote machen sich auf der Wasserfläche breit. Obwohl, ehrlich gestanden, zu Ottenstein besser Ruder- und Elektroboote passen. Die sind der Ausdehnung des Gewässers, die ihre natürliche Grenze hat, eher angemessen.

Sehen wir uns um. Markant im Mittelpunkt aller Betrachtungen liegt die *Ruine Lichtenfels.* Diese erreicht man entweder schwimmend oder per Boot (auch Schlauchboote eignen sich hervorragend für die Seeüberquerung) oder indem man zurück nach Rastenfeld fährt, an der Kreuzung nach rechts abbiegt, ein Stück weiter Richtung Zwettl und über die Purzelkampbrücke fährt und in der folgenden Straßenkurve dem Wegweiser zum Campingplatz nach rechts folgt. Nach einem kurzen Marsch durch die schöne Anlage steht man auch schon bei der

Ruine. Teile der bis 1804 bewohnten Burg sind stark verfallen, der Turm, in dessen Erdgeschoß sich eine romanische Burgkapelle befindet, ist aber neu gedeckt worden. Der Eingang zur restaurierten Kapelle ist versperrt. Interessant ist das Gelände um die Ruine vor allem für Badende. Hier ist das Ufer etwas weniger steil als anderswo. Achtung, das ist wichtig: Bei der Freizeitanlage Ottenstein, also dort, wo wir keinen Sitzplatz auf der Terrasse bekommen haben, sind Badeplätze kaum bis selten vorhanden und wenn, sind sie schon belegt. Man muss länger suchen, um geeignete Felsnasen oder Buchten zu finden, bei denen man ins Wasser vordringen kann. Anzuraten ist, ein Schlauch- oder Paddelboot für den Tag mitzunehmen oder ein Ruder- bzw. Tretboot zu mieten. Damit lässt sich wunderbar zu unbekannten, unbesiedelten Ufern schippern – Entdeckungsreisen bis ans Ende diverser Fjorde sind unbedingt anzuraten.

Außer bei der Freizeitanlage Ottenstein und bei der Ruine Lichtenfels gelangt man noch an mindestens drei anderen Stellen problemlos ans Seeufer. Die erste befindet sich bei der Ortschaft *Mitterreith.* Man fährt von Rastenfeld weiter Richtung Zwettl; die Abzweigung nach rechts ist angeschrieben. Über

Ottenstein-Beach: das Segel-, Tret- und Schlauchbootparadies

ein einspuriges Sträßlein gelangt man zur Freizeitanlage *Deckerspitz*. Hier befindet sich die einzige Liegewiese des ganzen Sees, die ihren Namen auch verdient. Auf der sanft zum Ufer abfallenden, von Wald gesäumten Parzelle gibt es sogar Sanitäranlagen und an Sams- und Sonntagen kommt ab und zu ein Boot vorbei, von dem aus Eislutscher verkauft werden. Sicherheitshalber sollte man hierher Notproviant und Trinkbares mitnehmen. Ganz nahe befindet sich die Bootsanlegestelle; von hier verkehrt sogar ein Linienboot zur großen Ottensteiner Freizeitanlage; auch Radfahrer samt Rädern werden mitgenommen.

Auch bei der nahe gelegenen Freizeitanlage *Fürnkranzmühle* gibt es kein Buffet, das Lunchpaket ist auch hier selbst mitzubringen. Dafür hat hier ein Surfclub seinen Hafen eingerichtet. Über einen kleinen Fußgängersteig erreicht man eine Liegewiese, die, und das ist eine Besonderheit, sich bereits auf dem Gebiet des Truppenübungsplatzes Allentsteig befindet. Überall sind Warntafeln und Sperrbalken aufgestellt, und der bereits recht schmale See darf in westlicher Richtung (militärisches Sperrgebiet) nicht mehr befahren oder beschwommen werden. Der See, der hier Ende der 1950er-Jahre das tiefe Tal überflutete, ist übrigens vierzehn Kilometer lang, er bedeckt eine Fläche von 4,5 Quadratkilometern; wenn er ganz voll ist, fasst er 73 Millionen Kubikmeter Wasser. Die Staumauer, vom Freizeitzentrum auf einem kurzen Spaziergang zu erreichen, ist immerhin 69 Meter hoch und 240 Meter lang. Der jüngste, seit 2002 existente, offizielle Ottensteinbeach befindet sich am anderen, dem nördlichen Ufer, bei der *Segel- und Surfschule Ottenstein*. Die Zufahrt zu ebendieser ist ab dem Schloss Ottenstein (siehe unten) beschildert, Parkplätze sind genug vorhanden. Die Liegeflächen sind steinig, in der Zahl begrenzt und steil zum Ufer abfallend, aber immerhin gibt es ein passables Selbstbedienungsbuffet. An schönen Tagen wurlt es hier nur so von Schlauch-, Segel-, Paddel-, Ruder- und Tretbooten.

Staumauer Ottenstein

DAS SCHLOSS OTTENSTEIN UND DIE TEICHWANDERUNG

Zu einem Badetag in Ottenstein gehört auch ein bisschen Kultur; ein Besuch im *Schloss Ottenstein* drängt sich geradezu auf. Die wuchtige, von mächtigen Rundtürmen flankierte Anlage sitzt hoch über dem Tal auf einem Granitfelsen. Man erreicht sie, indem man auf der Straße unterhalb der Staumauer das Tal überquert und danach links abzweigt.

1959 wurde die aus der ersten Hälfte des 12. Jahrhunderts stammende Anlage von der Windhag'schen Stipendienstiftung aufgekauft und im Weiteren an die EVN verpachtet. Sehenswert ist in jedem Fall die im Zuge der Restaurierungsarbeiten freigelegte ehemalige *romanische Burgkapelle.* Durch ein Gittertor kann man einen Blick auf romanische Wandmalereien, vermutlich aus 1170, werfen. Bekannt und beliebt ist auch der alle Jahre wieder hier stattfindende Ottensteiner Advent mit dem üblichen vorweihnachtlichen Warenangebot.

Beim Schloss, aber besser noch beim Parkplatz Zierings an der Hauptstraße Zwettl-Horn, kann man einen sehr netten,

Schloss Ottenstein: wuchtiger Turm, romanische Schlosskapelle

rund sieben Kilometer langen und gut ausgeschilderten Spaziergang durch die *Ottensteiner Teichplatte* beginnen. Vorbei gehts am Zieringser Teich, entlang von großem, mittlerem und kleinem Plattenteich, den man quasi umrundet, in einem großen Bogen um den Stronesteich, dann zwischen Meergraben- und Steckenteich durch; auf verschlungenen Pfaden erreicht man das restaurierte *Schloss Waldreichs*, das in gar nicht so alten Wanderkarten noch als «verfallen» bezeichnet wird. Alle genannten Teiche wurden im 15. und 16. Jahrhundert als Fischteiche angelegt. Im Herbst machen zahlreiche Vogelschwärme auf dem Durchzug nach Süden Rast. Stock-, Tafel- und Reiherente, Blässhuhn, Hauben- und Zwergtaucher, Höckerschwan und Graureiher können mit ein bisschen Glück beobachtet werden; Uhu, Schwarzstorch, Schwarzer Milan, Rohrweihe, Eisvogel, Wachtelkönig und Karmingimpel sind manchmal zu sehen. Dem Spaziergänger bietet sich auf kleinstem Raum eine sehr abwechslungsreiche Landschaft mit Rainen, Waldsäumen, Feldern, Wiesen, Schilfgürteln, Hecken und Gebüschzonen.

SCHLOSS WALDREICHS Wechselnde Ausstellungen, Mi geschlossen, Tel. 02988/65 30 **ESSEN UND TRINKEN** Schlossstüberl, Tel. 02988/63 33, Mi Ruhetag

RUND UM DEN TRUPPENÜBUNGSPLATZ

Vier Kilometer nördlich von Schloss Ottenstein, am Rand des Truppenübungsplatzes Allentsteig, liegt die verlassene und zerbombte Geisterortschaft *Döllersheim*. Der Friedhof wurde wiederhergestellt und wird von den Angehörigen besonders sorgfältig gepflegt. Die spätgotische Kirche wurde ab 1976 restauriert und 1986 zur «Friedenskirche» geweiht. Alljährlich um Allerseelen kommen Truppenübungsplatz-Aussiedler, ihre Kinder und Enkel, um das Familiengrab zu schmücken, eine Kerze anzuzünden und am Allerseelentag einen gemeinsamen Gottesdienst zu feiern.

DÖLLERSHEIM Von Rastenfeld-Ottenstein ca. 5 km nach Norden, an der Straße nach Allentsteig

Von Ottenstein bzw. Döllersheim führt eine Straße durch den Truppenübungsplatz schnurstracks nach Norden, vorbei an den Wüstungen der 1938 ausgesiedelten Orte Söllitz und Schlagles. Achtung: Bei Übungsbetrieb wird diese Straße geschlossen, dann ist, will man nach Allentsteig oder weiter, ein größerer Umweg über Neupölla zu fahren. Falls die Straße passiert werden kann, gelangt man nach zehn Kilometern nach *Allentsteig*. Die Stadt ist mit Sicherheit einer der namentlich bekanntesten Orte des Waldviertels; als gewöhnliche Touristen freilich kommen die wenigsten hierher, eher schon als gewöhnliche Wehrmänner, um hier in der rauen Waldviertler Wirklichkeit Schießen und Robben, Panzerfahren und Überleben in der freien Natur zu trainieren. Jährlich werden 40.000–50.000 Soldaten mehr oder weniger freiwillig nach Allentsteig verfrachtet, mit 220 bis 240 Schieß- und Übungstagen und rund einer Viertelmillion Nächtigungen im Jahr herrscht durchaus reger «Fremdenverkehr».

Auch schon eine Attraktion: der «TÜPL»

Das TÜPL-Hauptquartier befindet sich – auch Generäle brauchen standesgemäßes Ambiente – im *Schloss Allentsteig*, oben am Hügel. Der romanische Bergfried und der Renaissance-Arkadenhof aus 1576 sind sehenswert – und nach Voranmeldung beim Truppenübungsplatzkommando (schönes Wort!) auch zu besichtigen.

INFO Schloss Allentsteig, Tel. 02824/210

Es soll sich niemand wundern, dass die Allentsteiger absolut nichts gegen die permanente Einquartierung, gegen omnipräsente Kasernen, Panzer und Tarnanzüge haben. Schließlich ist das Heer Haupteinnahmequelle für viele Dienstleister und auch der größter Arbeitgeber weit und breit, nämlich für 650 Kadersoldaten und Zivilbedienstete.

Nach erfolgter Ostöffnung und dem Ende des Kalten Krieges hofften manche auf eine drastische Verkleinerung des Truppenübungsplatzes. Diese Hoffnungen haben sich längst wieder in Luft aufgelöst, dafür werden, wenn nicht gerade scharf geschossen wird, für Gruppen sogar Besichtigungstouren durch den Truppenübungsplatz angeboten. Auch eine differenzierte Annäherung an die eigene Geschichte wagten die Allentsteiger. Der alte *Schüttkasten* in der Hamerlingstraße beherbergt ein *Aussiedlermuseum* und Räumlichkeiten für wechselnde Ausstellungen. Und direkt an der Seepromenade, am nördlichen Ufer des Stadtsees, befindet sich ein bemerkenswertes Objekt, nämlich das *Landschaftsmesser* der österreichischen Künstlerin Valie Export. Eine überdimensionale Schneide verbindet Land und Wasser, sie wirke, so erklärt die Künstlerin, aggressiv und versöhnlich zugleich, je nach Blickwinkel. Allein die Tatsache, dass in Allentsteig nicht schon wieder Friedensreich Hundertwasser, sondern eine der großen Unbequemen der Kunstszene im öffentlichen Raum arbeiten konnte, kann als sensationell gewertet werden.

Mahnmal am Tüpl: Friedenskirche Döllersheim

Der Stadtsee hat auch noch andere Qualitäten: Wenigstens in der warmen Jahreszeit bietet er im Freizeitzentrum, mitsamt angeschlossenem Restaurant, freundliche Abkühlung, und das nicht nur erhitzten Kriegern. Wenn man bereit ist, ein kleines Stück auf der Straße zu gehen, kann man den Teich auch umrunden (was am Sonntagnachmittag praktisch alle Allentsteiger tun). Die Anfahrt zum See ist von der Stadtmitte ab beschildert (Entfernung: keine 300 Meter).

TRUPPENÜBUNGSPLATZ Besichtigung nur mit Passierschein möglich, Anmeldung 14 Tage im Voraus. Mo–Fr Tel. 02824/210-2001, -2011, -2010, für Sa, So, Fei: Restaurant Kratochvil, Tel. 02824/23 50 bzw. Restaurant Haschka, Tel. 02824/271 30 **INFO** Stadtgemeinde Allentsteig, Hauptstraße 23, Tel. 02824/23 10

Zurück in weniger kriegerische Gefilde am Südufer des Ottensteiner Stausees.

Der zum See gehörige Ort heißt *Rastenfeld*, er fällt durch eine absolut ungewöhnliche Pfarrkirche mit gedrungenem, kleinem Turm und steinernem Turmhelm sowie spätromanischen Bauteilen auf. Der kleine Ortsplatz ist von zum Teil noch aus dem 16. Jahrhundert stammenden Ackerbürgerhäusern und aufgestockten Dreiseithöfen umgeben. Vom Hauptplatz aus führt der Wanderweg Nr. 665 hinunter ins Purzelkamptal und von da dem Wasserlauf folgend nach Rastenberg. *Burg Rastenberg*, eine aus dem 12. Jahrhundert stammende Höhenburg, steht mächtig auf einem hohen Felsen über dem in den Stausee mündenden Purzelkamp. Von seinem Ufer, genauer von der einige hundert Meter abseits der Hauptstraße gelegenen Hofmühle, hat man einen schönen Blick auf die im Lauf der Jahrhunderte nur geringfügig veränderte Veste.

Nächster sehenswerter Ort im Nahbereich von Ottenstein ist *Friedersbach*, zwischen Rastenfeld und Zwettl gelegen. Das Wahrzeichen ist die romanische *Pfarrkirche*, deren älteste Teile aus 1159 erhalten sind. Der viereckige Westturm stammt aus der ersten Hälfte des 13. Jahrhunderts. Berühmt sind vor allem die bunten mittelalterlichen Glasfenster im Chor aus den Jahren um 1420 und 1479. Zum fotogenen Friedersbacher Ensemble gehört der *gotische Karner* mit dem gemauerten spitzen Kegeldach untrennbar dazu.

OTTENSTEIN UND UMGEBUNG: INFO Gemeindeamt Rastenfeld, Tel. 02826/289 **ESSEN UND TRINKEN** Terrassencafé direkt am See, Mai bis Oktober, Tel. 02826/267. Hotelrestaurant Ottenstein; die in den 1950ern errichtete Anlage liegt abseits vom See in Peygarten; Tel. 02826/251-0. Dem Hotelrestaurant angeschlossen ist ein **JUGENDGÄSTEHAUS** für 100 Personen. Restaurant Schloss Ottenstein; bei schönem Wetter sitzt man im äußeren Burghof; für festliche Anlässe Speisesaal im Schloss; Ostern bis Oktober, Tel. 02826/82 54. In Friedersbach, rund 7 km von Rastenfeld entfernt, befindet sich das Hotel-Restaurant Schweighofer, das unter seinem zweiten Namen, Waldviertler Stuben, auch schon Eingang in manchen Gourmetführer gefunden hat; Mo Ruhetag; Tel. 02822/775 11-0 **CAMPING** Auf der Halbinsel bei der Ruine Lichtenfels, Tel. 02826/74 92. Seecamping Ottenstein, Tel. 02826/416 **BOOTFAHREN** Bootsbetrieb im Freizeitzentrum am See, Tel. 02826/267 **RADVERLEIH** Hotelrestaurant Ottenstein, Tel. 02826/251-0 **SEGELN UND SURFEN** Segel- und Surfschule Peygarten/Ottenstein, Anfahrt über das Schloss Ottenstein. Mai bis September, Tel. 02826/416 bzw. 02245/890 86; auch Vermietung von Booten und Brettern **GOLFPLATZ** rund 7 km vom See entfernt, bei Niedergrünbach; 18 Holes auf 70 ha großem Areal, Tel. 02826/74 76-4; dem Golfplatz angeschlossen ist das Café-Restaurant LA-TE, Tel. 02826/77 81, stolzer Träger einer Gault-Millau-Haube.

DOBRA, KRUMAU UND DER THURNBERGER SEE

Der ganz von Wald umstandene *Dobrastausee* ist für Menschen, die gerne schwimmen, der am schwersten zugängliche der drei Seen. Nur über Franzen und Wetzlas im Norden erreicht man den *Campingplatz Dobra*, im Schatten der Ruine Dobra gelegen – der einzige Platz am See mit flachem Strand. Jugendgruppen schlagen hier gerne ihr Lager auf. Wenn man über Franzen zum Campingplatz fährt, kommt man am *Schloss Wetzlas* vorbei.

STAUSEE DOBRA: SCHLAFEN Jugendgästehaus Franzen, Tel. 02988/62 20 **CAMPING DOBRA** Auskunft Tel. 02988/65 30; am Campingplatz befindet sich ein Gasthaus mit Jausenstation, Ruderboote können gemietet werden. **INFO** Marktgemeinde Pölla, Tel. 02988/62 20

Auf der direkt am Dobrastausee entlangführenden Straße erreicht man das tief im Kamptal versteckte *Krumau.* Auf dem wunderbar über einer Kampschleife gelegenen *Schloss Krumau* verbrachte die von König Ottokar von Prsemysl vorerst geehelichte und später verstoßene letzte Babenbergerin Margarethe von Österreich 1261 bis 1267 ihren Lebensabend. Die Burg ist in Privatbesitz, aber der «Märchenturm» kann jederzeit besichtigt werden, Anmeldung unter Tel. 02731/82 40. Eine erste Möglichkeit, in die Wellen des dritten Kampstausees, nämlich des Thurnberger Sees, zu springen, bietet sich im *Freizeitzentrum Krumau.* Das *Flussbad* liegt direkt am Übergang vom freien Wasserlauf zum Staubereich, daneben ist ein Mobilheim- und Campingplatz zu bedrohlicher Größe angewachsen. Man tut gut daran, bei der *Bootsvermietung* ein Ruderboot zu nehmen und in ruhige, einsame Gewässer abzudrehen.

Krumau: kleine Burg, kleiner Ort, großer Kamp

Zweite Möglichkeit, ins Wasser zu kommen: beim *Staudamm* des Thurnberger Sees. Der sehr empfehlenswerte Platz mit riesiger, ruhiger Liegewiese ist über die kleine Ortschaft *Idolsberg* bzw. über *Wegscheid* zu erreichen. Very nice. Der Gastgarten des kleinen Uferwirtshauses ist sowieso unschlagbar. Von

Krumau und Idolsberg wurden sehr brauchbare und auch gut beschilderte Wanderwege (sog. «Froschwege 1 bis 7») angelegt. Ein Klassiker darunter ist Weg Nr. 2, auf ihm umrundet man den See.

THURNBERGER SEE: INFO Gemeindeamt Krumau, Tel. 02731/82 30 **ESSEN UND TRINKEN** Gasthof am See, Seestraße 7, Tel. 02731/216, Di Ruhetag, Winter auch Mi. In Krumau: Gasthof-Pension Zum Braunen Hirschen, Krumau 20, Tel. 02731/82 26, Mo Ruhetag **CAMPING** Krumau, Tel. 02731/82 70 **BOOTFAHREN** Elektro-, Tret- und Ruderboote in der Freizeitanlage Krumau

Nicht weit ist es von Idolsberg nach *Altpölla*, einer der ältesten Pfarren des Waldviertels. Die *Kirche* auf einer Anhöhe im Westen trägt deutlich romanische Züge. Um 1300 wurde an der Südseite eine Kapelle angebaut; der gotische Chor stammt aus der zweiten Hälfte des 14. Jahrhunderts. Der mächtige der Kirche gegenüberliegende Dechanthof wurde in der zweiten Hälfte des 16. Jahrhunderts errichtet.

INFO Pfarramt Altpölla, Tel. 02988/62 66

Museum für Alltagsgeschichte, Neupölla

Die spätgotische, 1451 errichtete Kirche von *Neupölla*, eine Filialkirche von Altpölla, wurde an eine heute als Chor erhaltene romanische Kapelle angebaut; die romanischen Rundbogenfenster sind gut zu sehen. Der Ort, einst eine florierende Handwerkersiedlung, liegt direkt an der Ostgrenze des Truppenübungsplatzes Allentsteig. Das neue *Museum für Alltagsgeschichte* hat der Historiker Friedrich Polleroß aufgebaut, natürlich wird auch der nicht eben geliebte «TÜPL» thematisiert. Das Museum stellt auch die Bereiche «Pfarren und Gläubige», «Herrschaften und Untertanen», «Märkte und Bürger», «Hausweberei» sowie erfreulicherweise «Kochen und Essen» dar.

INFO Marktgemeinde Pölla, Tel. 02988/62 20 **ESSEN UND TRINKEN** Gasthof Speneder, Altpölla 28, Tel. 02988/62 80. Gasthof Zum Goldenen Adler, Neupölla 2; bei diesem neu adaptierten Haus handelt es sich um die ehemalige Poststation, ein spätbarockes, im Kern noch älteres Haus; Tel. 02988/62 21 **MUSEUM FÜR ALLTAGSGESCHICHTE** Neupölla 10, 1. Mai bis 26. Oktober So, Fei 14–16.30 Uhr, Tel. 02988/62 20 bzw. Hr. Führer, Tel. 02988/66 57; angeschlossen ist ein «Kulturhof» mit Bühne und Versammlungsraum.

DIE WUNDERBARE WANDERUNG VON STEINEGG ZUR RUINE SCHAUENSTEIN

Steinegg ist, zugegeben, schwer zu finden. Aber nicht unauffindbar: Von Fuglau, das an der Straße zwischen Ottenstein und Altenburg liegt, führt eine kleine Serpentinenstraße hinunter ins Kamptal. Ganz unten ist dann Steinegg. Kein Ort im herkömmlichen Sinn, sondern ein paar hingewürfelte Häuser an der Brücke. Das Ortszentrum ist leicht zu finden: Es ist das *Gasthaus Dunkler*, samt angeschlossenem Parkplatz direkt am Kamp. Gleich oberhalb der ehemaligen Mühle kann man im kühlen Flüsschen planschen und waten. Die Einkehr in den von Kastanienbäumen bestandenen, direkt am Ufer gelegenen Garten hebt man sich zweckdienlicherweise für die Rückkehr

Steinegg: Gastgarten am Kampufer vor der Flutwelle 2002

hierher auf. Vorerst marschieren zünftige Wanderer am Nordufer entlang in ein Tal hinein, das eigentlich so, wie es sich darbietet, gar nicht mehr existieren dürfte: Die Pläne für die Überstauung dieses Abschnitts des Kamptals waren fertig, der Baubeginn der mächtigen Staumauer war schon zum Greifen nahe. Eine Bürgerinitiative rettete schließlich in den 1980er-Jahren dieses einmalige Naturdenkmal in letzter Sekunde. Auf einem schmalen Pfad, manchmal direkt am Flussufer, manchmal am Steilhang hoch oben, mal über Wurzeln und Felsen, dann wieder über einen Wiesengrund, marschiert man und begegnet nur äußerst selten einer Menschenseele, dafür sieht man Bussarde, und wenn man Glück hat, eine Äskulapnatter. Herrlich ist es hier sowohl im Frühjahr, wenn die Buchen an den Hängen ihr frisches Grün zeigen, als auch im Herbst, wenn der fast urwaldähnliche, kaum bewirtschaftbare Mischwald an den Steilhängen in leuchtenden Rot- und Gelbtönen erglüht.

Man kann bis Wegscheid, der nächsten Siedlung, durchgehen, empfohlen wird hier aber der markierte Aufstieg zur *Ruine Schauenstein*, deren markanter, romanisch-fünfeckiger, sieben Geschoße hoher Bergfried vor wenigen Jahren wieder so weit

Wehr am Umlaufberg bei Rosenburg

repariert wurde, dass man ihn auch als gemeiner Ausflügler gefahrlos besteigen kann. Der Aufstieg vom Tal ist schweißtreibend steil, die Stufen auf die Aussichtsplattform sind da nur noch eine billige Draufgabe. Die fabelhafte Aussicht aber lohnt die Mühen, Ehrenwort!

Das in der zweiten Hälfte des 13. Jahrhunderts errichtete Schauenstein war einst Teil einer Burgenkette, die von Lichtenfels am Stausee Ottenstein bis nach Rosenburg reichte. Ab 1622 gehört Schauenstein den Grafen Kuefstein von Greillenstein; 1672 wird die stolze Burg als zerstört gemeldet, nachdem sie schon im Dreißigjährigen Krieg durch die Schweden schweren Schaden genommen hat.

Wem der Anmarsch von Steinegg hierher zu weit und zu beschwerlich ist, der kann von der Ortschaft Krug an der B 38 zu Fuß in ebenen zwanzig Minuten hierher gelangen.

Erbaut durch den Rundblick und in Erwartung des Schnitzels im Steinegger Gastgarten ist der Rückweg ein kurzweiliges Vergnügen.

Von Steinegg kann man natürlich auch in die andere Richtung, flussabwärts, bis nach Rosenburg marschieren (→ S. 281).

Noch größeres Vergnügen als die Marschierer empfinden wahrscheinlich jene Zeitgenossen, die an diesen am Wasser in einem Kajak vorbeitreiben. Die üblichen Einstiege für Kajakfahrer befinden sich in Wegscheid oder in Steinegg, die Reise geht meist bis Rosenburg. Wanderfahrten werden auch organisiert angeboten, da fällt der Ärger mit dem Rücktransport weg.

SCHAUENSTEIN UND DAS MITTLERE KAMPTAL: AUSSICHTSWARTE Schlüssel für die Aussichtswarte am Bergfried bei Alois Freisinger, Krug Nr. 15, Tel. 02988/63 69 bzw. Gasthof Speneder, Altpölla 28, Tel. 02988/62 80 bzw. Hotel Wegscheidhof in Wegscheid, Tel. 02731/(7)2 37. An Sonntagnachmittagen ist die Ruine bzw. der Bergfried meistens geöffnet **ESSEN UND TRINKEN** Gasthof Dunkler, Steinegg 12, Tel. 02987/22 70, tägl. geöffnet, an Wochenenden wird groß aufgekocht **KANUCLUB ROSENBURG** Johann Vogelhuber, Rosenburg/Kamp 38, Tel. 02982/373 52, www.flusswandern.com

PER RAD: DER KAMPTALSEENWEG

Ausgangspunkt dieser Radrunde ist *Rastenfeld.* Am Ortsende Richtung Krems zweigt von der Bundesstraße der markierte Radweg, die so genannte Radschaukel «Gföhl-Krumau-Rastenfeld-Gföhl», ab. Die kleine Straße ist durchgehend asphaltiert, ab und zu kommen auch Autos entgegen. Man muss es ja nicht immer wieder sagen, aber steil bergauf und bergab geht es auch hier. Die Strecke ist jedenfalls wunderschön abwechslungsreich, verläuft teilweise im Wald, teilweise im Freien und kommt, welch ein Glück, an einem der sympathischsten Gasthäuser des ganzen Waldviertels vorbei, nämlich beim *Gasthaus Gamerith.* Das kann man, unter uns gesagt, auch ohne Rad, also motorisiert, aufsuchen. Im Sommer sitzt man im Gastgarten, ein Kinderspielplatz ist vorhanden, und das Essen ist okay. Dass vor dem Haus ein Wegweiser nach «Armenhaus» weist, sei nur am Rande erwähnt, es hat mit den Preisen im Wirtshaus nichts zu tun.

ESSEN UND TRINKEN Gasthof Gamerith, Mottingeramt 41, Tel. 02826/440, 0664/894 40 78

Die Tour führt weiter in den kleinen Ort Eisengraben und schließlich nach Jaidhof bei Gföhl. Hier zweigt man links auf die Straße Richtung Idolsberg-Pölla ab, fährt aber beim Wirtshaus Burger wiederum nach links und über Preinreichs hinunter ins Kamptal nach *Krumau.* Rast! Auf der Straße im Kamptal und entlang des Dobrastausees gelangt man zurück nach Ottenstein. Jetzt hat man nur noch die zwei Kilometer hinauf nach Rastenfeld abzuarbeiten, und schon ist der Kreis geschlossen.

DEN PURZELKAMP ENTLANG

Eine durchaus längere und anstrengende Radtour folgt den Spuren des jungen Purzelkamp. Ausgangspunkt ist wieder *Rastenfeld.* Steil bergab geht es hinunter nach *Rastenberg*, über den

Purzelkamp drüber, von da noch steiler bergauf nach Werschenschlag. Man zweigt nach links, Richtung Brand, ab und fährt, immer bergauf, bis in den 800 Meter hoch gelegenen Ort *Loschberg*. Ein kleines Stück außerhalb, bei der *Loschmühle*, ist der Purzelkamp zu einem kleinen Teich gestaut. Die Straße führt durch *Waldhausen*, der Purzelkamp fließt etwas abseits am Ort vorbei. Man fährt weiter Richtung Kleinweißenbach und Großgöttfritz, überquert eine kreuzende Straße. Unmittelbar vor den Gleisen der nur mehr von Güter- und Sonderzügen befahrenen Bahnstrecke Zwettl–Martinsberg biegt man auf einem Feldweg links ab. Zwischen Purzelkamp und Bahndamm führt der Weg entlang. Der Straße, auf die man endlich stößt, folgt man nach rechts, in die Ortschaft *Kleinweißenbach* hinein. Gleich am Ortsanfang zweigt man links, Richtung Grafenschlag, ab. Man nähert sich Grafenschlag allerdings auf Umwegen, denn nach etwa einem Kilometer fährt man links auf einer Fahrstraße ab, kreuzt Bahn und Purzelkamp. Man folgt nun dem Wasserlauf. Bei der *Hofsäge* kommt man wieder auf eine Straße, biegt rechts ab, kreuzt wieder Bahn und Wasser. In *Kaltenbrunn* nach links, Richtung Grafenschlag. Im Ort *Grafenschlag* zweigt man nach links ab. Gleich hinter dem *Bahnhof Grafenschlag* befindet sich ein kleines, altes *Purzelkamp-Bad*. Wir aber folgen hinter der *Marktmühle* dem Grafenschlager Wanderweg Nr. 4 nach rechts. Vor der *Hausmühle* dreht dieser markierte Weg nach rechts. Bis hierher und nicht weiter verfolgen wir den schon recht kleinen Purzelkamp, dessen Quellen allerdings noch etliche Kilometer entfernt liegen.

Die Rückfahrt gestaltet man etwas weniger anspruchsvoll. Auf dem Wanderweg fährt man zurück nach *Grafenschlag*. Von hier gehts über Kaltenbrunn, Kleinweißenbach und Königsbach nach Waldhausen und ab da den bekannten Weg heim nach Rastenberg. Die Tour ist, je nachdem, wie oft man sich verfährt, 45 bis 50 Kilometer lang. Zum Trost: Durchfahrene Bergwertungen bringen Sonderpunkte!

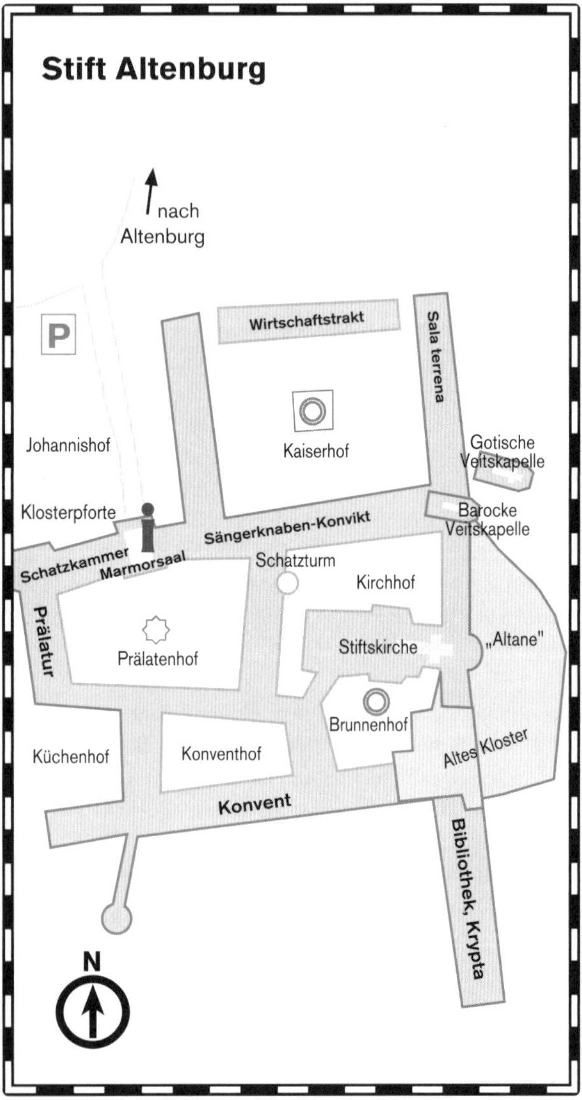
Stift Altenburg
nach Altenburg
P
Wirtschaftstrakt
Sala terrena
Kaiserhof
Johannishof
Gotische Veitskapelle
Klosterpforte
Barocke Veitskapelle
Sängerknaben-Konvikt
Schatzkammer
Marmorsaal
Schatzturm
Kirchhof
Prälatur
Prälatenhof
Stiftskirche
„Altane"
Brunnenhof
Küchenhof
Konventhof
Altes Kloster
Konvent
Bibliothek, Krypta
N

Das Goldene Dreieck: Altenburg – Rosenburg – Horn

Das Benediktinerstift Altenburg – Mit dem Rad: An den Flanken des Kamptals – Grillparzer in Greillenstein – Die schöne Rosenburg und die Falknerei – Zu Fuß zum Umlaufberg und bis nach Steinegg – Das Horner Museumsquartier – Wallfahrt nach Maria Dreieichen

DAS BENEDIKTINERSTIFT ALTENBURG

In einem Ranking der schönsten Klöster Österreichs müsste diese Anlage ganz vorne liegen. Die Gründe dafür sind vielfältig. Die Lage hoch über dem Kamptal, die Anlage des Klosters selbst, die Offenheit und Freundlichkeit vermittelt, der Altenburger «Spirit», der auf den Besucher überspringt: Hier fühlt man sich willkommen.

Placidus Much hieß der Abt, der 1715 bis 1756 die Geschicke des Klosters lenkte und die barocke, heute das Aussehen bestimmende Neugestaltung veranlasste. Much, Sohn eines Weinbauern aus Straning, wurde im Alter von dreißig Jahren

Der Glanz der Benediktiner: Stift Altenburg

zum Abt gewählt; er gilt heute als der Inbegriff des energischen und repräsentationsfreudigen Barockabtes.

Sein Architekt war Josef Munggenast; dieser ließ zum Teil alte Bauteile nur überblenden; neu errichtete er den *Marmortrakt*, der von der Kirche nach Norden, in Richtung Ortschaft zeigt, und den symmetrisch dazu Richtung Süden weisenden *Bibliothekstrakt*. Auch der *Kaisertrakt*, in dem heute die Altenburger Sängerknaben logieren, geht auf ihn zurück. Neben Munggenast verewigten sich in Altenburg auch der Gestalter der berühmten Fresken, *Paul Troger (1698–1762)*, und der Eggenburger Steinmetz *Franz Leopold Farmacher*, von dem die meisten Figuren und Skulpturen stammen.

Stift Altenburg: Krypta

Die *Stiftskirche* selbst wurde im Laufe der Jahrhunderte mehrere Male zerstört und wieder aufgebaut, vergrößert und umgestaltet, bis ihr Munggenast das bis heute beibehaltene Aussehen gab. Das Hauptkunstwerk des Kirchenraumes ist das 1733 von Troger gemalte *Fresko in der Hauptkuppel.* Troger gestaltete die geheime Offenbarung des Johannes, Kapitel vier und zwölf. Gott erscheint in Greisengestalt im langen, wallenden Gewand. Auffallend ist der Drache, der vom heiligen Michael und seinen Engeln bekämpft wird; er verfolgt eine Frau mit Adlerflügeln. Auf der Wolkenbank über Drache und Frau erscheinen die 24 Ältesten, darüber jede Menge Engel auf Wolkenbänken und Ausblicke in den blauen Himmel, ins Firmament.

Die Stiftschronik gibt exakt darüber Auskunft, was der Meister des Kuppelfreskos als Lohn für diese Arbeit erhielt: «1900 Gulden, 10 Eimer besten Nussbergers, Wohnung und Kost für sich, seinen Vetter und einen Gehilfen.» Die Aufregung war groß, als das Fresko Anfang der 1990er-Jahre, 260 Jahre nach seiner Entstehung, von einem geheimnisvollen Pilz befallen wurde und sich langsam aufzulösen begann. 1992 wurde die Kuppel aufwendig eingerüstet, um das Kunstwerk retten und restaurieren zu können. Nun erstrahlt es wieder in neuem Glanz.

Die Troger-Fresken über Orgel und Hochaltar zeigen die Überführung der Bundeslade durch den Harfe spielenden König David sowie eine Szene, in der die Kirche als allegorische Figur eine irrende Menschenseele, dargestellt als Pilgerin, zu sich zieht. Das Hochaltarbild – ebenfalls von Paul Troger – zeigt die Himmelfahrt Marias.

Ins Innere des Klosters gelangt man nur mit einer – dringend angeratenen – Führung. Gleich über der Portiersloge, im Pfortenpavillon, befindet sich der *Festsaal*, ein Gesamtkunstwerk aus Gold, Stuck und Stuckmarmor. Die feinen Farbnuancen wären mit echtem Marmor niemals zu erreichen, also wurde glatter Stein «marmoriert». Das Troger-Deckenbild zeigt Phoebus auf dem Sonnenwagen.

Gleich neben dem Festsaal befindet sich die *Schatzkammer*. Die wahren Schätze wurden in Hussitenkriegen, im Dreißigjährigen Krieg und auch noch im Zweiten Weltkrieg geraubt, es gibt aber noch immer einzigartige Stücke, etwa eine um 1365 entstandene Figur des heiligen Nikolaus, ein Porträt des Abtes Placidus Much und die aus dem 12. Jahrhundert stammende elfenbeinerne Krümme eines Abtstabes.

Das herausragende Bauteil von Altenburg, der eigentliche Anlassfall, hierher zu pilgern, ist allerdings die unvergleichlich schöne, in vielen Blautönen schattierte *Bibliothek*, Hort von heute rund 11.000 Büchern. Sie ist Munggenasts und Trogers schönstes Werk; die beiden barocken Altenburg-Architekten schwangen sich hier zur absoluten Höchstform auf. Das zentrale Kuppelfresko des Büchertempels zeigt die Königin von Saba zu Besuch bei König Salomon.

Unter der strahlenden Bibliothek befindet sich die um nichts weniger berühmte *Krypta*. Der Tod wird als Sensenmann, als skelettierter Götterbote, als Totenkopf und in Dutzenden anderen Varianten dargestellt. In Krypta und Bibliothek finden alternierend jeden Sommer Theatervorstellungen statt; aufgeführt werden Werke aus der Renaissance- bzw. Barockzeit.

Eine permanente, extra zu buchende Schau in Altenburg heißt *Fundort Kloster*. Über Sala terrena, barocke und gotische Veitskapelle gelangt man auf die Aussichtsplattform der Altane und stößt schließlich zu Ausgrabungen unter dem Klosterbereich vor. Über Jahrhunderte verschüttet und zum Teil als Keller missbraucht, wurde in den letzten Jahren ein Großteil der ursprünglichen romanischen und gotischen Klosteranlage ausgegraben und restauriert.

Die zwölf in Altenburg stationierten Benediktinermönche sind, soweit es ihr Alter zulässt, in den benachbarten Pfarren als Seelsorger aktiv. Das Kloster beschäftigt in Summe rund 45 Menschen, die Einkünfte aus dem 2500 Hektar großen Waldbesitz müssen unter anderem eine verbaute Fläche von einem Hektar, eine Dachfläche von rund zwei Hektar Größe erhalten. Abt Bernhard Naber ist einer der Gründerväter des Kulturpark-Kamptal-Projekts, auf dessen Aktivitäten man hier und in vielen anderen Orten stößt.

ÖFFNUNGSZEITEN Ostern bis Allerheiligen; Führungen durch das barocke Stift (Kirche, Bibliothek, Krypta) tägl. 10–17 Uhr; Fundort Kloster: tägl. 10–17 Uhr, Führungen nur Sa, So 14, 15 Uhr, wochentags und Gruppen nach Anmeldung, Tel. 02982/34 51 **MUSIK** Konzerte der Altenburger Sängerknaben in der Stiftskirche; in den Sommermonaten Konzerte im Rahmen des internationalen Kammermusikfestivals; Theater in der Krypta bzw. Bibliothek **SHOPPING** Klosterladen mit Postkarten, Kunstführern und Souvenirs im Pfortenpavillon **ESSEN UND TRINKEN** Altenburger Stiftstaverne, Sommer Di–So 10–17 Uhr, Winter geschlossen, Tel. 02982/34 51-76

MIT DEM RAD: AN DEN FLANKEN DES KAMPTALS

Die hier vorgeschlagene Radrunde ist wie viele Waldviertler Runden von einer gewissen Brutalität. Nicht zu vergleichen jedenfalls mit einer Umrundung des Neusiedler Sees! Sie hat den Vorteil, dass sie zumindest drei der in diesem Kapitel beschriebenen Sehenswürdigkeiten berührt (das gibt Anlass für Rastpausen). Außerdem, aber diese Meinung liest man hier zum wiederholten Mal, ist es für Waldviertel-Neulinge quasi zwingend, eine Radtour zu unternehmen: Ansonsten spüren sie ja doch nicht, wie steil es hier zugeht. Man startet in Altenburg. Noch geht es relativ flach Richtung Westen, dem *Kamptalweg* folgend, über *Mahrersdorf*, vorbei an *Fuglau* (hier ganz in der Nähe befindet sich, für Motorsportfreunde interessant, eine Autocross-Rundstrecke), dann Richtung Norden. Man überquert den *Taffabach*, gelangt nach *Feinfeld* und schwenkt nun wieder Richtung Südwesten nach *Greillenstein* (ca. 12 km, → S. 279). Noch immer am Kamptalweg, gehts weiter nach *Krug*; der Ort liegt an der etwas stärker befahrenen B 38. Von

Hoch über dem Tal: Ruine Schauenstein

Lovely Wanzenau: Filmkulisse, Obstbäume

Krug führt ein (mountainbiketauglicher) Abstecher/Wanderweg zur wunderbar über dem Kamptal gelegenen *Ruine Schauenstein* (→ S. 268). Die Radtour jedoch führt auf der B 38 ein kurzes Stück Richtung Westen, Richtung Zwettl; im nächsten kleinen Nest namens Ramsau zweigt der Kamptalweg nach *Altpölla* ab. Hier verlassen wir den Kamptalweg und stürzen in einer rasanten Abfahrt hinunter ins Kamptal, nach *Wegscheid* (19 km).

Freilich ist die Freude bei der Abfahrt etwas getrübt, denn der erfahrene Radler ahnt: Aus diesem Tal gibt es kein Entrinnen, es sei denn über eine steil bergan führende Straße. Genau diese führt uns über eine Strecke von harten, nichtsdestotrotz schönen acht Kilometern hinauf ins wunderbar gelegene *St. Leonhard* (27 km, → S. 354). Bei der weithin sichtbaren Kirche befindet sich ein Brunnen, mit dessen Wasser man sein heißes Gesicht abkühlen kann. Die Abfahrt Richtung Gars ist erfreulich, allerdings darf man nach rund sechs Kilometern die Abzweigung nach Wolfshof (links ab) nicht versäumen. Nach rund 35 Kilometern erreicht man den kleinen Ort *Etzmannsdorf*, von hier den noch kleineren, noch lieblicheren und gar nicht so übel riechenden Ort *Wanzenau*. Der ist so lieblich, dass er und seine Bewohner sogar schon als Filmkulisse dienten. Ringsum Wald, Wiesen, ein Teich und viele verwilderte Obstbäume. Von Wanzenau führt auch ein Wanderweg zu den Steilhängen des Kamptals.

Wir Radfahrer aber bleiben auf unserem Gaul, rollen zurück nach Etzmannsdorf und gelangen von da zur *Rosenburg* (41 km, Rast!). Das folgende Spiel kennt man schon zur Genüge. Die Abfahrt hinunter in den Ort Rosenburg ist so steil, dass man stark bremsen muss. Dafür ist dann der Anstieg zurück zum Ausgangspunkt Altenburg so flach, dass man gerade noch durchtreten kann. Aber auch so lang, dass man glaubt, niemals mehr oben anzukommen (ca. 48 km).

GRILLPARZER IN GREILLENSTEIN

Schloss Greillenstein liegt abseits der Hauptrouten, aber nur rund sieben Kilometer von Altenburg entfernt, und ist mit dem Ort durch eine Straße, aber auch einen Wander- und Radweg verbunden. Die vierflügelige, 1570 bis 1590 erbaute Renaissanceanlage liegt inmitten eines herrlich verkommenen Schlossparks; die Allee führt ins Niemandsland. Greillenstein, und das ist bemerkenswert, befindet sich seit seiner Erbauung im Besitz derselben Familie, nämlich der Kuefsteins.

Schloss Greillenstein

Dominiert wird das Schloss von einem mächtigen Turm; begrüßt wird man von grimmigen, steinernen Löwen sowie von Obelisken. Der zweigeschoßige, von einem Graben umgebene Bau umschließt einen quadratischen, wiederum zweigeschoßigen Hof, und wenn man keine Führung bucht, so sollte man wenigstens einen Blick in diesen Innenhof werfen: Die Rauchfänge allein sind schon eine Reise hierher wert.

Führungen in diesem schönen Haus werden angeboten, zu sehen sind unter anderem ein historischer Gerichtssaal, Bibliotheken, Festsäle, eine Badestube und eine Renaissancekapelle. Besonders verwiesen sei auf die *Sammlung barocker Gartenzwerge*, die bald auch um eine Sammlung rezenter Modelle ergänzt werden soll. Einst standen die steinernen Gesellen im barocken Tiergarten des Wasserschlosses, heute sind von den ursprünglich zwanzig Figuren noch neun erhalten. Die rund einen Meter großen, gedrungenen Figuren sind Zerrbilder der einfachen, im wahren Wortsinn «kleinen» Leute. Da gibt es etwa einen Bauern, der einen Fisch verschlingt, einen Geflügelhändler, eine Salzverkäuferin, zwei Pilger oder eine ihre Notdurft verrichtende Frau.

«Die Gegend hier herum ist herrlich»

Links liegen gelassen wird meistens eine kleine Schau im Tiefparterre, die dem österreichischen Nationaldichter *Franz Grillparzer (1791–1872)* gewidmet ist. Der war nämlich einige Male hier in der Waldviertler Einsamkeit zu Gast und hinterließ den dankbaren Greillensteinern auch ein wertvolles Schreiben:

«Beste Mutter!», schrieb der Jüngling einst schwärmend, «sonnabends bin ich glücklich in Greillenstein angekommen, der HE. Verwalter samt seiner Frau empfiengen mich aufs beste, so wie sie mir auch noch immer aufs freundschaftlichste begegnen. Beyde sind sehr gute und liebe Leute und thun alles was sie nur denken, dass es mir Freude machen könnte. Ich bin sehr vergnügt, denn die Gegend hier herum ist herrlich, und ich habe alles, was ich nur wünschen kann.»

In dieser sehr vergnügten Laune gelangen ihm zwei so genannte Jugendsünden, nämlich «Das Mädchen im Frühling» und «Hekabe's Klage». In zwei «Grillparzer-Räumen», die von ihm selbst nie bewohnt wurden, sind Erinnerungsstücke an seine Waldviertel-Zeit sowie Büsten und Porträtkopien aufgehoben. Ein Vierzeiler Grillparzers auf einem Kuvert ist im Original vorhanden.

ÖFFNUNGSZEITEN April bis Ende Oktober tägl. 9.30–17, Juli, August bis 18 Uhr, sonst nur Gruppen gegen Voranmeldung; Tel. 02989/82 16

DIE SCHÖNE ROSENBURG UND DIE FALKNEREI

Sie ist ein Wahrzeichen des Kamptals und des Waldviertels. Hoch thront sie über dem Fluss, und zwar an jener Stelle, an der der Kamp seinen Lauf abrupt von West-Ost nach Nord-Süd wendet.

Die imposantesten Blicke auf die Burg ergattert man vom Ort Rosenburg aus. Die vielfach gegliederte und geknickte Fassade, der wunderbare Balkon und das hohe gotische Fenster der Burgkapelle sind von mehreren Stellen im Ort gut zu sehen.

Schloss Rosenburg im Kamptal

Zur Burg selbst gelangt man – und diese Variante ist der Anfahrt mit dem Auto vorzuziehen – auf einem vom Ort ausgehenden Fußweg. Man überquert den Bahnübergang Richtung Gars und auf dem Fußgängersteig unmittelbar neben der Bahnbrücke den Kamp.

Bis ins ausgehende 15. Jahrhundert hatte die aus der Zeit der babenbergischen Landnahme stammende Burg eigentlich recht wenig Bedeutung; im 16. und beginnenden 17. Jahrhundert ist die stolze Anlage dann aber eines der Hauptzentren der Reformationsbewegung. 1593 bis 1597 wird sie unter Sebastian Grabner zum Renaissanceschloss ausgebaut. Die heimische Burgbaukunst vereint sich in Rosenburg mit venezianischer Renaissance, Grabner demonstriert durch den prachtvollen Ausbau Kraft und Stärke des Protestantismus.

1611 erwirbt der – katholische – Bischof von Olmütz die Burg. Schon nach drei Jahren verkauft er sie wieder, und zwar an den Hofkammerrat Vinzenz Muschiger, einen aufgestiegenen Bürgerlichen, der den großen repräsentativen Turnierhof anlegt, sich beim Ausbau allerdings kräftig übernimmt und verschuldet.

1620 erstürmt der Protestant Georg Andreas Hofkirchner die Burg; eine Inschrift auf einer Säule im Schlossgarten kommentiert bitter: «Anno 1620 Jahr / Jedermann Offenbahr / Zu Rosenburg sein / gestorben Groß und Klein / Sigmund Schreiber / 300 Mann und Weiber / Wie auch Kinder klein / Gott woll Inen gnedig sein / Und behueten vor Gefahr / Amen das werd wahr.»

Vermutlich geht der Text des von Hoffmann von Fallersleben aufgezeichneten alten Volksliedes «Es liegt ein Schloss in Österreich» auf dieses Gemetzel zurück. Es erklärt den Angriff auf die Burg als Revanche für die Hinrichtung eines unschuldigen Knaben: «Es stunt kaum an ein halbes Jahr, so war die Tat gerochen: / Es wurden wohl dreihundert Mann um Knaben willen erstochen.»

1658 übernimmt der eifrige Gegenreformer Joachim Graf Windhag den Besitz. Er legt Ziergärten an und versieht die Burg mit 13 Türmen. Gemeinsam mit dem Abt von Altenburg führt Windhag Zehntausende Menschen zum katholischen Glauben zurück. Die auf den Schlossherrn zurückgehende Windhag'sche Stipendienstiftung besitzt noch immer ausgedehnte Wäldereien und Fischereirechte im Waldviertel.

1681 erwirbt Leopold Karl Graf Hoyos die Burg, die bis heute im Besitz der Familie bleibt. Nach einem Großbrand 1809 wird sie ab 1859 durch Ernst Graf Hoyos-Sprinzenstein wiederhergestellt und zur unbewohnten Museumsburg umgestaltet.

Im Gegensatz zu früher gelangt man nur mit Eintrittskarte auf das weitläufige Burgareal. Im 1614 angelegten *Turnierhof*, einem der größten seiner Art in Europa, vergnügte sich einst der Neuadel mit Pferdekarussells und beim Ringelstechen. Durch den *Torturm* gelangt man in den auf zwei Ebenen angelegten *Vorhof* der Rosenburg. Linker Hand erstreckt sich der über eine Freitreppe erschlossene *Renaissancetrakt*. Von der Terrasse hat man einen schönen Blick hinunter auf den Ort Rosenburg. Bemerkenswert sind die steilen Dächer der Gebäude; einige sind noch mit Holzschindeln gedeckt.

Weiter gelangt man in den *inneren Burghof*, ins Innere, auf den Balkon und in die *gotische Burgkapelle*. Die meisten Räume wurden Ende des 16. Jahrhunderts neu gestaltet, im Bereich des Bergfrieds und der Burgkapelle sind aber mittelalterliche Bauelemente sichtbar. Der *Rittersaal* mit Rüstungen und Waffen, der *Prunksaal* und die *Bibliothek*, ein ehemaliger Tanzsaal, sind die Höhepunkte der Führung. Schön auch die ausgestellten Schmiedearbeiten – Schlösser, Steigbügel, Fußangeln und Hufeisen zeugen von einer emsigen Sammelleidenschaft der Schlossherren.

Ideale Symbiose: Rosenburg und Falknerei

Der jetzige Besitzer der Rosenburg, Ökonomierat Dipl.-Ing. agr. et forest. Hans Graf Hoyos Freiherr zu Stichsenstein, Ritter des Ordens vom Goldenen Vlies, hat zur Freude des p.t. Ausflugspublikums auf der Rosenburg die *Falknerei* wiederbelebt; zurzeit werden Uhus, Milane, Falken, Adler und Geier gehalten. Die Vögel dürfen jeden Tag frei fliegen, die Flugvorführungen sind der wahre Hauptgrund und die echte Sensation eines Sonntagnachmittagsausflugs. Zu besonderen Feiertagen gibts Extrashows mit schönen Pferden, Pferdekutschen und feierlichen Trompetenklängen. Ein wirklich schöner Anblick, vor einer beeindruckenden Kulisse.

ÖFFNUNGSZEITEN 9.30–17 Uhr außer 1. April bis 1. November, 9.30–16.30 Uhr, Mo geschlossen, Tel. 02982/23 03 **FALKNEREI** In der Saison täglich um 11 und 15 Uhr Flugvorführungen mit Edelfalken, Uhus, Adlern und Geiern **MUSIK** Konzerte bei Kerzenlicht im Marmorsaal zu diversen Terminen **ESSEN UND TRINKEN** Schlossgasthof Rosenburg, direkt vor der Burg, Tel. 02982/305 77, Di–So 11.30–22 Uhr; einer der ganz schönen Plätze des Waldviertels; sehr geschmackvoll, sowohl das Ambiente als auch die Speisen; hübsches Salettl mit Blick auf die Rosenburg, Garten unter Kastanienbäumen. Und wenn von der Burg die Trompetenklänge der Falknereivorführung herüberklingen, wird auch das allerhärteste Herz «baazwaach».

Der *Ort Rosenburg* ist eine klassische Freizeit- und Villensiedlung, die in der heutigen Form erst um die Jahrhundertwende entstanden ist. Der gehobene Mittelstand kam in den bis zur Eröffnung der Bahnstrecke weitgehend unbekannten Ort, immer wieder war auch Prominenz unter den Sommerfrischlern und Zweitwohnsitzern. Spaziert man die Straße Richtung Altenburg entlang, so kann man einige der repräsentativsten Häuser von Rosenburg sehen. In einem parkähnlichen Garten nahe beim Kamp und nahe der riesigen, burgenhaft aufragenden Mantler-Mühle steht die *Mantler-Villa*, eine Ausnahme insofern, als sie dem Mühlenbesitzer als ständiges Wohnhaus dient. Die Mühle selbst ist zum beherrschenden Bauwerk Rosenburgs geworden; der Großbetrieb nimmt gewaltige Flächen im engen Tal in Anspruch.

ZU FUSS ZUM UMLAUFBERG UND BIS NACH STEINEGG

Man parkt das Auto beim *Kleinkraftwerk Rosenburg*. Dieses erreicht man, indem man von der nach Altenburg führenden Straße links abzweigt. Von hier geht man über das Naturdenkmal *Hängender Stein* und die so genannte *Bründlleiten* hoch über dem Kamp auf einem wunderbaren Wanderweg rund zweieinhalb Stunden bis in den kleinen Kamptalweiler *Steinegg* (→ S. 267). Man wechselt ans andere Ufer, geht vorerst im Kamptal und danach hinauf nach Altenburg. Über den so genannten «Tiergarten» steigt man durchs Försterbachtal wieder hinunter zum Kamptal und zur Rauschermühle beim Kleinkraftwerk.

ORT ROSENBURG: INFO Gemeindeamt Rosenburg, Tel. 02982/29 17 **ESSEN UND TRINKEN** Hotel-Restaurant Mann, Terrasse, Gastgarten, Tel. 02982/29 15 **BOOTFAHREN** Wanderfahrten auf dem Kamp zwischen Wegscheid und Rosenburg, Johann Vogelhuber, Tel. 02982/373 52

DAS HORNER MUSEUMSQUARTIER

Was Wien seit dem Jahr 2001 hat, hat Horn schon lange: ein richtiges Museumsquartier und dazu auch noch jede Menge aktuelle Kunst und Kultur. Der rund 8000 Einwohner zählende Hauptort des östlichen Waldviertels ist Schul-, Verwaltungs- und Einkaufsstadt und in den letzten Jahren geprägt durch eine rasch wachsende Shopping City West – was der Boom von Kika & Co für die Geschäftsleute der alten Stadtmitte bedeutet, untersuchen bereits Wissenschaftler, die weitere Entwicklung lässt sich unschwer vorhersagen. Horn liegt sowohl von Altenburg als auch von der Rosenburg rund fünf Kilometer weit weg. Was also liegt näher, als in der Stadt vorbeizuschauen?

Nabel der touristischen Welt ist die *Touristeninformation* im zentral gelegenen Höbarthmuseum, Wiener Straße 4. Der Weg ist gut ausgeschildert. Herzstück des «Museumsquartiers» ist das im ehemaligen Bürgerspital beheimatete *Höbarthmuseum*. Mammutzahn und bronzezeitliche Gewandfibeln, awarische Pfeilspitzen und jungsteinzeitliche Frauenfiguren – der Postbeamte *Josef Höbarth (1891–1952)* hat den Großteil der Fundstücke aus allen nur denkbaren Epochen in einem erfüllten Jäger- und Sammlerleben zusammengetragen. In seinen Lebenserinnerungen beklagt sich der Autodidakt bitter über ungerechtfertigte Anschuldigungen, er hätte die Funde gefälscht.

Gewohnt hat Höbarth in einem Haus in der Prager Straße, in dem bis zum Umzug in das Bürgerspitalsareal auch seine Sammlung untergebracht war. Als Höbarths Nachfahren im Jahr 1954 mit den Übersiedlungsarbeiten begannen, mussten sie feststellen, dass die Fundstücke in einem katastrophalen Zustand waren: Mäuse und Silberfischchen hatten die Beschriftungszettel der im feuchten Erdgeschoß, in der Waschküche und am Dachboden gelagerten Objekte zernagt oder gleich vertilgt. Ganze Kartons mit Fundschätzen waren einfach vermodert und, wie der Höbarth-Nachfolger Friedrich Berg anschaulich schreibt, «zu einem nicht mehr sortierbaren Brei vermengt». Abgesehen davon gibt auch Höbarths Biografie so manches Rätsel auf. So führte er eine eigenartige Ehe. Nach einem mündlich überlieferten Bericht des Pfarrers sei das Brautpaar «nach der Trauungszeremonie aus der Kirche geschritten», der – offenbar ausschließlich mit seiner Forschungsarbeit verheiratete – Höbarth habe «seinen Arm ausgehängt», sei «um die Ecke ver-

Ein seltsamer Kauz: Heimatforscher Höbarth

Horn: Blick vom Piaristensteig auf die Stadt

schwunden» und habe sich um seine frisch Angetraute «nicht weiter gekümmert».

Im Höbarthmuseum integriert ist die *Bürgerspitalkapelle*, errichtet um 1400, die ihrerseits auch als Sonderausstellungsraum dient. Im Museumsquartier befindet sich auch noch die *Sammlung Nowak*. Der am Balkan stationierte Feldmarschallleutnant der k. u. k. Armee sammelte mit Leidenschaft antike Trümmer und stellte die Fundstücke schließlich dem Höbarthmuseum zur Verfügung. Im Gebäudekomplex beheimatet ist auch das *Madermuseum*, eine der größten Sammlungen von landwirtschaftlichen Geräten Österreichs. Wer an Futterschneide- und Erdäpfelwaschmaschinen, Pflügen aller Art, Hochzeitskutschen und Mistprackern, Spinnrädern und Mohnstampfern seine Freude hat, ist hier bestens aufgehoben. Vater der Traktoren, Dreschmaschinen und Pflugscharen ist der aus dem kleinen Ort Breiteneich stammende Zeitgenosse Höbarths, *Ernst Mader (1892–1979)*. Mader, der 1938 in die NSDAP eingetreten war und nach dem Krieg als ehemaliger Nazi einige Zeit im Gefängnis verbracht hatte, vermachte der Stadt Horn sein Wohnhaus sowie elf Hektar Grund zur Finanzierung und Erhaltung der Sammlung.

Schließlich beherbergt das Horner Museumsquartier auch das *Eingangstor Kultur* des Kulturparks Kamptal – eine Schau zum Thema «30.000 Jahre Zeitgeist und Gestaltungsfreude». In einer lichten, von Architekt Gerhard Lindner konzipierten Halle werden neue Zugänge zum scheinbar ausgereizten, jedenfalls aber oftmals falsch verstandenen Begriff «Kultur» geboten. Alt steht neben Neu, Duplikate stehen neben Originalen, neue Kunst steht neben der alten, ins Gebäude integrierten Stadtmauer. Erfreulich, dass so etwas wie moderne Museumspädagogik auch im Waldviertel zu finden ist.

HÖBARTHMUSEUM Palmsonntag bis Allerseelen tägl. 10–12, 13–17 Uhr, Tel. 02982/237 21

Wer nicht nur an modernen Museen, sondern auch an neuerer Architektur Interesse findet, sollte nach Anmeldung im Museumsquartier das größte Veranstaltungslokal von Horn, das *Vereinshaus*, besuchen. Ein 1908 errichtetes, dem Abriss geweihtes Gebäude des christlichen Arbeitervereins wurde gerettet, generalsaniert und mit einem postmodernen Foyerzubau ausgesprochen geschmackvoll ergänzt. Der Architekt ist kein Geringerer als Anton Schweighofer, die alte Holzdecke hat Maria Biljan-Bilger in wunderbar kräftigen Farben neu bemalt.

Noch immer nicht genug der Kultur! Im ehemaligen Piaristengymnasium wurde schon 1988 das *Kunsthaus Horn* eingerichtet. Darin befinden sich die Galerie Thurnhof und die Galerie des Kunstvereins Horn; Galerist Toni Kurz produziert als Kleinverleger mit bekannten Schrifstellern und bildenden Künstlern bibliophile Bücher, die er in streng limitierter Auflage auf der Druckmaschine im Keller seines Hauses selber druckt. Auch Seminare können im Kunsthaus veranstaltet werden, und für alle, die nicht ins Wirtshaus essen gehen wollen, steht eine Küche (mit Fenster in die Piaristenkirche) zur Verfügung.

KUNSTHAUS HORN Wiener Straße 2, Tel. 02982/36 29 **GALERIE** Kunstverein Horn, geöffnet Do, Fr 15–18, Sa, 10–17 Uhr. Galerie & Edition Thurnhof, Toni Kurz, geöffnet So 13–17 Uhr, Tel. 02982/33 33

HORN: INFO Touristeninformation im Höbarthmuseum, Wiener Straße 4, tägl. 10–12, 13–17 Uhr, Tel. 02982/237 21 **VERANSTALTUNGEN** Internationales Kammermusikfestival im Stift Altenburg, im Schloss Breiteneich und in Horn, August/September **ESSEN UND TRINKEN** Gasthaus zum Himmelreich, Spitalgasse 30, Tel. 02982/207 21. Grasel-Wirtin, an der Bundesstraße nach Wien, 8 km außerhalb von Horn, Mörtersdorf Nr. 43, Tel. 02982/82 35 **KINO** Horn besitzt ein Kinocenter, das ab und zu sogar cineastische Schmankerln spielt; Cineplexx im EKZ Horn **BADEN** Freibad Horn, Ferdinand-Kurz-Gasse, Tel. 02982/21 06; kleiner Bootsteich mit Ruderbootverleih beim Freibad

WALLFAHRT NACH MARIA DREIEICHEN

Die *Wallfahrtskirche Dreieichen* mit dem Kuppelfresko von Paul Troger aus dem Jahr 1752 ist eine der Landmarken des östlichen Waldviertels. Hoch thront sie am Nordufer des Horner Beckens, ihre Türme sind auch von ganz weit weg fast so gut zu sehen wie der Turm des Lagerhauses von Harmannsdorf, oben am Manhartsberg. Umgekehrt ist auch der Ausblick von hier an klaren Tagen schön. Auf der Landkarte betrachtet,

«Droaoacha»: Landmarke bei Horn

schließt Dreieichen sozusagen den Kreis, den man von Rosenburg über Altenburg und Horn hierher ziehen kann.

Die Wallfahrt nach «Droaoacha», wie ein echter Waldviertler sagt, hat ihre Wurzel im Jahr 1656. Einem Kürschner, so geht die Legende, erschien im Schlaf unter einem Eichenbaum im Traum die Muttergottes. 1730 legte Philipp Josef Graf Hoyos dann den Grundstein zu einer Kapelle; 1744 bis 1750 wurde die Wallfahrtskirche zur schmerzhaften Muttergottes in ihrer heutigen Form aufgebaut. Das Kircheninnere erinnert nicht ganz zufällig an die Stiftskirche von Altenburg – sie ist tatsächlich eine etwas vereinfachte Kopie derselben. Beachtenswert sind die *Kanzel* aus schwarzem Marmor, die *Betstühle* von 1750 und die *Orgel* aus dem Jahr 1780. Hinter dem Hauptaltar befinden sich Reste der legendären drei Eichen sowie eine Gnadenkapelle mit Votivbildern, von frommen Menschen in Dankbarkeit der Heiligen Maria Muttergottes gewidmet. Um ganz ehrlich zu sein, fährt man aber nicht nur der frommen Werke wegen nach Droaoacha, sondern auch, weil man in einem der Andenkenstandln seinen Obolus entrichten muss. Hier gibt es Jahrmarktkitsch in allen Variationen und nicht zuletzt auch die beliebten Namenshäferln mit Blumenmuster. Don't leave Maria Dreieichen without one of them!

Rechts neben der Wallfahrtskirche führt ein breiter Waldweg zur Bründlkapelle und zur *Grasellukn*, in der der legendäre Räuberhauptmann Grasel angeblich wohnte oder wenigstens für einige Tage Unterschlupf nahm. *Johann Georg Grasel*, 1791 in Neuserowitz bei Znaim geboren, machte Anfang des 19. Jahrhunderts gemeinsam mit einigen Raubgesellen das Waldviertel unsicher. Die meisten seiner Taten verübte der Bösewicht zwischen 1811 und 1815; in diesem Jahr wurde er verhaftet und drei Jahre später in Wien öffentlich hingerichtet. Noch zu Lebzeiten war er zur «Kultfigur» avanciert; er fungierte in Zeiten großer Not als eine Art Waldviertler Robin-Hood-Figur. Seinen Verfolgern konnte er oftmals entwischen, nicht zuletzt deshalb, weil er an vielen Orten Verstecke hatte.

Ob Grasel in Maria Dreieichen seine Sünden auch beichtete, bleibt im Dunkel der Geschichte verborgen.

Wer noch nicht genug hat vom Sightseeing: In der kleinen Ortschaft *Breiteneich*, drei Kilometer nördlich von Dreieichen und auf einer kleinen Straße gut zu erreichen, steht eines der ältesten Renaissanceschlösser Österreichs, erbaut von Erasmus und Margarethe Schneckenreith im Jahr 1541. Daneben steht das neue Schloss aus dem Jahr 1670, hier finden alljährlich im August Konzerte des internationalen Kammermusikfestivals statt; dann, und nur dann stehen die Tore des Anwesens offen.

GOTTESDIENSTE So um 8, 9 und 10 Uhr; jeden Mi um 15 Uhr marianische Wallfahrt, Pfarramt Maria Dreieichen, Tel. 02982/82 53 **ESSEN UND TRINKEN** Gasthaus Vlasaty, Maria Dreieichen 77, Tel. 02982/82 51 **SCHLOSS BREITENEICH** Besichtigung des Hofes nur nach Voranmeldung, Tel. 0699/10 75 99 23

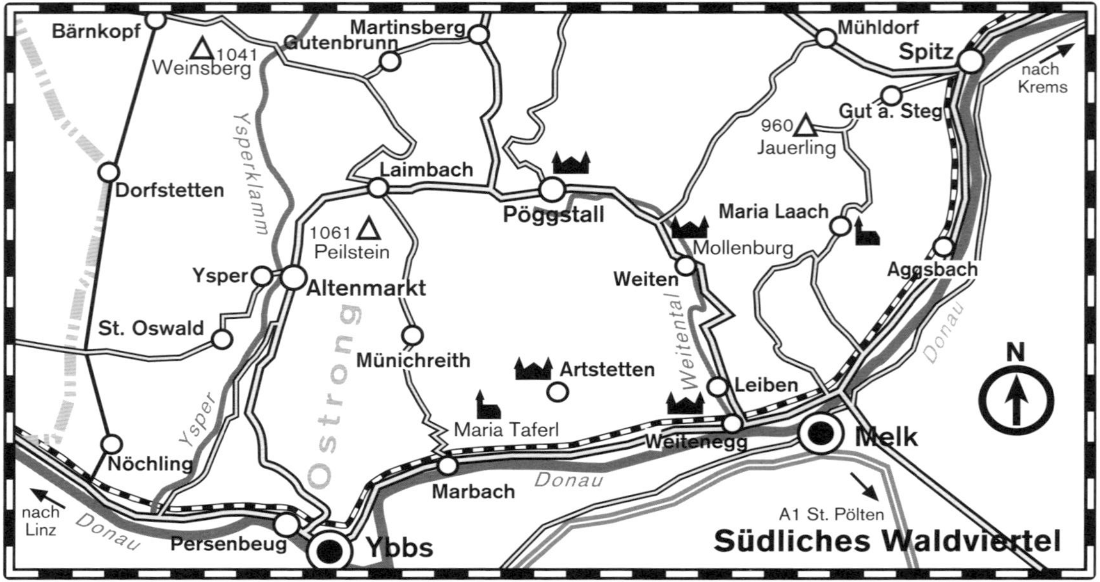
Südliches Waldviertel
Bärnkopf
1041
Weinsberg
Gutenbrunn
Martinsberg
Mühldorf
Spitz
nach
Krems
Gut a. Steg
960
Jauerling
Dorfstetten
Ysperklamm
Laimbach
Pöggstall
Maria Laach
Mollenburg
Aggsbach
1061
Peilstein
Ysper
Altenmarkt
Weiten
St. Oswald
Ostrong
Münichreith
Artstetten
Weitental
Leiben
Donau
N
Maria Taferl
Weitenegg
Melk
Nöchling
Marbach
nach
Linz
Persenbeug
Ybbs
A1 St. Pölten

Von der Ysperklamm bis zum Jauerling: Das südliche Waldviertel

Das Donauwaldviertel, eine Einführung – Ysperklamm und Yspertal – Nöchling, St. Oswald, Dorfstetten – Die extreme Bärnkopf-Radrunde – Peilsteingipfelsieg am Ostrongbergrücken – Artstetten und Maria Taferl: Zwei Wallfahrtsorte – Die alten und die neuen Größen des Weitentals – Der Jauerling

DAS DONAUWALDVIERTEL: EINE EINFÜHRUNG

Das südliche Waldviertel schaut anders aus, hat einen anderen Charakter, ein eigenes Flair. Sein zweiter Name lautet «Donauwaldviertel», und damit ist die besondere Lage, die besondere Orientierung dieser Subregion auch schon angedeutet. Von nicht wenigen Punkten des im Weiteren beschriebenen Landstrichs kann man die Donau sehen oder wenigstens erahnen; ihr Tal prägt in Wahrheit dieses Ländchen entscheidend mit. Vielerorts hat man das Gefühl, auf einer Art gigantischer Aussichtsterrasse zu stehen: Das Land fällt relativ steil zur Donau und damit zum flachen Alpenvorland ab; der Blick auf die niederösterreichischen und oberösterreichischen Voralpen bis hinein zu den Gesäusebergen ist, wenigstens an klaren Herbst- und Wintertagen, überwältigend. Richtung Westen reicht der Blick von einigen Stellen über Tamischbachturm, Hochtor, Ödstein, Großen Buchstein, Admonter Reichenstein bis zum Admonter Kaibling. König Ötscher ist aber auch an vielen durchschnittlichen Sommertagen zentral im Bild. Hinweise auf Aussichtspunkte finden sich im Text unten.

Das Yspertal ist weit, weiter als die bekannt engen Waldviertler Täler. Auf den steilen Hängen weiden Kühe. Die Höhenunterschiede zwischen Tal und Berg sind beachtlich, was wiederum das Herz des Bergsteigers erfreut: Hier kann man richtig bergsteigen, der Peilstein ist der spektakulärste Gipfel des gesamten Waldviertels und die Ysperklamm sowieso ein Natur-«Event» sui generis.

Das Donauwaldviertel greift an zwei Stellen über seine natürliche Südgrenze, die Donau, hinaus: Westlich von Ybbs liegt ein Teil des kristallinen Gesteinsuntergrunds auch am anderen Ufer frei; die Donau hat den «Strudengau» gebildet, heute durch den Rückstau des Donaukraftwerks Ybbs-Persenbeug «entschärft». Im östlichen Teil, zwischen Melk und Hollenburg, bildet der *Dunkelsteinerwald* das bekannteste exterritoriale Waldviertler Gebiet. Die Donau hat sich auch hier nicht an die geologische Vorgabe gehalten und die Böhmische Masse einfach durchbrochen. Das Resultat ist als «Wachau» weltbekannt und wird in einem eigenen Buch dieser Reihe beschrieben. Bekannteste Ausflugsziele im Dunkelsteinerwald sind die *Burgruine Aggstein* und der stille Wallfahrtsort *Maria Langegg.*

Das Naturdenkmal: die Ysperklamm

Die Anreise ins Donauwaldviertel ab Wien erfolgt abweichend von der «Standardroute» am besten über die Westautobahn. Bei Melk oder Ybbs gehts, je nach Reiseziel, über die Donau.

YSPERKLAMM UND YSPERTAL

Den Anfang macht ein imposanter, vielstufiger Wasserfall der *Großen Ysper*, die rund zwei Kilometer lange *Ysperklamm.* Die Große Ysper entspringt im höchsten Teil des Weinsberger Waldes, fließt zuerst friedlich und still, stürzt sich dann aber ab dem «Ödteich» – einem abgekommenen Stauteich –, von 836 auf

551 Meter Seehöhe hinunter. Im Frühjahr, wenns schon grün, aber noch genug Wasser im Boden vorhanden ist, im Sommer, nach stärkeren Regentagen, ists besonders dramatisch hier.

Die Anfahrt ist gut beschildert, der «Einstieg» in die Klamm beginnt, wie praktisch, beim *Gasthaus Forellenhof*. Ohne leichte Wanderschuhe geht hier niemand, denn bereits hundert Meter hinter dem Parkplatz befindet man sich auf etwas schwierigerem Terrain; unsichere Geher können sich im Gasthaus einen Spazierstock ausleihen. Wer über die Klamm hinaus wandern will, sollte sich die Wanderkarte «Das südliche Waldviertel» um vier Euro leisten, darin sind 91 Wege genau beschrieben, auch sämtliche Wirtshäuser sind verzeichnet.

Über Granitplatten, Holztreppen, Stege, immer knapp am rauschenden Wasser, immer von dichtem Wald vor zu viel Sonne geschützt, geht man steil bergan. Die Ysper zeigt sich als beachtliches Wasser; dazu Granitblocke im und neben dem Wasser, Granitwände, die meterhoch am Ufer aufragen, Granittürme, die hoch über dem Tal zu sehen sind: spektakulär! An manchen Stellen ist das Ufer mit großen Steinen befestigt, eine Erinnerung daran, dass durch die Ysperklamm bis 1931 Holz zur Donau geschwemmt wurde. Da ganze Stämme nicht durchgegangen wären, wurden «Klafterscheiter», rund 75 Zentimeter lange «Prügel», auf die fünfstündige Reise geschickt.

Nach halbem Weg erreicht man eine Brücke; wer schon zittrige Knie hat, kann das Ufer wechseln und auf einem harmlosen Forstweg zum «Einstieg» zurückwandern. In Wahrheit aber wirds in der zweiten Halbzeit des Aufstiegs nochmals steiler, noch besser. Nach rund einer Stunde ist man dann durch – das Tal wird weiter, eine Tafel informiert, dass man sich an der Stelle befindet, wo 1956 der Damm des Ödteichs brach. Den Rückweg tritt man, nicht, weil man feig ist, besser auf der markierten «leichten» Route an. Von hier gibts nochmals schöne Tiefblicke auf die Klamm, Hochblicke zu imposanten Granitformationen und Fernblicke hinunter ins Yspertal und zum

Peilstein. Wem die Klamm noch nicht genug ist, der kann die Runde vergrößern. Geführt durch Wegweiser geht man, einer Zeitmode gemäß, auf dem «Druidenweg», der aber trotzdem ganz wunderbar ist, kommt zu «Kultstätten» wie der Steinformation «Phallus und Vulva» und zum «Druidentreffpunkt«.

Wer den ganzen Tag auf Schusters Rappen und in Waldeinsamkeit verbringen will: Nach der Ysperklammdurchsteigung folgt man dem Ysper-Weitental-Rundwanderweg nach Gutenbrunn. Der Abstieg erfolgt via Ulrichschlag nach Laimbach am Ostrong (und von hier auf dem so genannten Eisenwurzenweg zurück zum Ausgangspunkt).

YSPERKLAMM Die Standardrunde ist gute vier Kilometer lang. Als Gehzeit sollte man rund 90 Minuten veranschlagen. Druidenweg-Ysperklamm, elf Kilometer. Gehzeit drei bis vier Stunden **ESSEN UND TRINKEN** Gasthof Forellenhof, Ysperklamm 74, Tel. 07415/73 49; Forellen aus eigenen Teichen. Landgasthof Peilsteinblick, Fam. Krenn, Stangles 41; wohlbekannte und -geschätzte «Wirtshausbrennerei»; prämierte Brände, gute Küche, Di Ruhetag

ALTENMARKT/YSPERTAL: INFO Gemeindeamt/Tourismusverband Ysper-Weitental, Tel. 07415/67 67-25; gute Beratung, allerdings nur Mo–Fr; umfangreiches Prospektmaterial, gute Wanderkarte 1:40.000

NÖCHLING, ST. OSWALD, DORFSTETTEN

Jetzt ein bisschen Erholung, in so genannten «Erholungsorten». Das sind Dörfer, in denen es gar nichts gibt außer Ruhe und Erholung. Station eins ist *Nöchling*. Dorthin gerät man, wenn man von der Donauuferstraße westlich von Persenbeug bei Hirschenau nach rechts abbiegt. Hundert Meter nach der Abzweigung, und man ist bereits im Waldviertel, die Straße geht steil bergauf. Nöchling liegt auf 534 Meter Seehöhe. Prominentester Nöchlinger ist ein gewisser Herr Josef Hader, Hauptkabarettist dieses Landes und auch Filmschauspieler. Von Nöchling ist es nicht weit zu einem bekannten Aussichtspunkt, dem *Predigtstuhl*. Der liegt zwar schon in Oberösterreich, aber das tut dem Unternehmen keinen Abbruch. Auf gut beschilderten Wegen geht man von der Ortsmitte meist hangparallel, vorbei an Bergbauernhöfen, mit immer wieder schönen Ausblicken. Zuletzt dringt man durch ein kleines Waldstück zu einer Kanzel direkt über dem Donautal vor. Tief unten im Tal der Ort Sarmingstein, flussaufwärts liegen St. Nikola und dahinter Grein. Die Gehzeit für die zehn Kilometer lange Runde beträgt runde zweieinhalb Stunden. Man kann auch mit dem Auto über Gloxwald bis fast ganz hin fahren, nur mehr die letzten zehn Minuten sind zwingend ein Gehweg. Beeilen sollte man sich jedenfalls mit der Predigtstuhltour, denn in ein paar Jahren wird, so nichts geschieht, der ganze schöne Ausblick von dichtem Laubwald verstellt sein.

Exkursion ins Mühlviertel: am Predigtstuhl

Eine zweite Tour ist noch erwähnenswert: die Runde Nr. 2, der so genannte *Wackelstein-Leitenhäuser-Weg.* Der führt nicht nur an einem der vielen Wackelsteine vorbei, sondern auch an zwei schön gelegenen Gehöften «auf der Leiten» (das bedeutet «am Hang gelegen«). Das zweite der beiden Leitenhäuser, das *Sepp-Leiten-Haus,* ist das Elternhaus von Josef Hader. Die Chancen, den Künstler hier zufällig anzutreffen, sind eher gering, nur alle paar Jahre, sagt die Gemeindesekretärin, gibt es im Ort eine Veranstaltung mit ihm. Gehzeit: eineinhalb Stunden, für sieben Kilometer.

INFO Gemeindeamt Nöchling, Tel. 07414/70 00 **ESSEN UND TRINKEN** Nöchlingerhof, Nöchling 2, Tel. 07414/72 78. Gasthof-Pension zur Linde, Tel. 07414/73 11

Der weite Horizont: Panoramablick bei St. Oswald

St. Oswald liegt schon einen Stock höher als Nöchling, auf 658 Meter Seehöhe, noch dazu auf einer Art Kuppe. Man kann den Ort schon von Nöchling aus sehen und denkt sich: Dort oben muss es klass sein. Der Ort glänzt im Winter durch ein ausgedehntes Loipennetz und im Sommer durch schöne, perfekt beschilderte Wanderwege. Ein netter, leichter Weg, der auch zum Beispiel mit geländegängigen Kinderwägen gegangen werden kann, ist jener «Rund um den Stockberg», beschildert mit Nr. 14. Man geht die vier Kilometer in ein bis eineinhalb Stunden, falls, ja falls man nicht von einem renitenten Schaf am Fortkommen gehindert wird.

Ein Abstecher führt vom Ort zum «Alpenpanoramablick Pelletriedel». Man kann gehen, aber auch mit dem Pkw zu einem auf 830 Meter Höhe gelegenen Parkplatz anfahren, die letzten Höhenmeter zum Gipfel auf 945 Meter Seehöhe führen durch Wald. Ein wunderbarer Platz, insbesondere bei klarer Sicht.

Das Wahrzeichen des Ortes, der *Herzstein*, ist am «Herzsteinweg» – ein 3-Stunden-Hatscher – zu finden. Dabei handelt es sich um einen immerhin fünf Meter hohen Granitturm in, richtig geraten, Herzform. Ein bestehender Spalt wurde erweitert, nun kann man als halbwegs schlanker Mensch durch das Loch hindurchkriechen. Natürlich, sagt uns die Sage, erfahre man durch die Übung baldige Linderung körperlicher Schmerzen. Noch ein empfohlener Weg: der zum Aussichtspunkt beim nächtens erleuchteten *Friedenskreuz*. Der unschätzbare Vorteil: Bei einem aufziehenden Gewitter ist man in 15 Minuten zurück im Ort.

INFO Gemeindeamt St. Oswald, Tel. 07415/72 91 **ESSEN UND TRINKEN** Landgasthof Fischl, Tel. 07415/72 95, bustauglich, freundliche Bedienung, mittelmäßiger Schweinsbraten

Dorfstetten, ein Dorf an der Grenze zu Oberösterreich, liegt so abgeschieden wie kaum ein anderes, dazu noch auf 740 Meter, versteckt im Wald, trotzig auf einer Kuppe zusammengedrängt, die Kirche am höchsten Punkt. Der Pfarrer liest die Messe mit dem Rücken zum Volk. Das hält die Dorfstettner aber nicht davon ab, bei ihren legendären Passionsspielen fleißig mitzuwirken. Erfunden hat sie nicht etwa der Pfarrer, sondern ein Holzarbeiter namens Franz Poschenreither. Alle sechs Jahre wird gespielt, dann steht der Ort sozusagen Kopf; das nächste Mal – nach 2002 – bedauerlicherweise erst 2008. Höhepunkt ist die naturnah nachgestellte Kreuzigungsszene. Für die langen Jahre zwischen den Aufführungen empfiehlt sich zum Trost der «Meditationsweg», den der Bürgermeister des 600-Seelen-Ortes höchstpersönlich initiiert hat.

Wahrzeichen: Herzstein

Der im Wald gut versteckte, auf 868 Meter Seehöhe liegende *Pfaffenstegteich* (welch ein Name!) kann, wenn es einmal warm ist, zum Baden benutzt werden. Zu finden ist er einige Kilometer bergauf an einer Forststraße nach Bärnkopf.

INFO Gemeindeamt Dorfstetten, Tel. 07260/82 55 **ESSEN UND TRINKEN** Gasthäuser im Ort

RAD EXTREM

Bitte schön, hier ist die Extremtour, gespickt mit gut gemeinten Ratschlägen, die man beherzigen kann oder nicht. Der Ausgangspunkt der Tortur liegt auf 220 Meter Seehöhe, am schönen Donaustrand, idealerweise bei *Marbach*, dem Ort am Fuß von Maria Taferl. (→ S. 304). Dort kann man ja noch ein Stoßgebet zum Himmel schicken.

16 Kilometer aufwärmen, flach, donauaufwärts, bis *Hirschenau*, ab jetzt gehts nur noch nach oben. Die ersten Kilometer nach *Nöchling* sind am härtesten. Dann gewöhnt man sich allmählich an die keuchende Atmung und die unendliche Einsamkeit des Langstreckenbergaufradfahrers. Immer nur treten. Dorfstetten lässt man rechts liegen, weil die Anfahrt zum Kirchhügel Extra-Höhenmeter bedeuten würde. Irgendwann, nahe der Ohnmacht, nach 34 Kilometern: *Bärnkopf*. Labestationen, etwas ruhigere Passagen. Aber oben? Mitnichten. Da geht es noch einige Kilometer Richtung Gutenbrunn, wo man zwischendurch und ohne extra darauf hingewiesen zu werden bei der *Weinsbergwiese* die 1000-Höhenmeter-Marke durchbricht. In Gutenbrunn fällt man dann, nach circa 47 Kilometern, von selbst vom Rad. Ausschwitzen, die Windjacke anlegen. Abfahren: Bis nach Laimbach am Ostrong glühen zwölf Kilometer lang die Bremsen. Von Laimbach sind es dann nur noch 15 Kilometer bis zum Startpunkt. Allerdings, damit man wieder etwas Wärme in die Wadeln kriegt, ist ein letzter kleiner Anstieg nach Münichreith eingebaut. Danach neun Kilometer Abfahrt bis ins Donautal, bei den abschließenden Serpentinen bleibt garantiert kein Auge trocken.

DIE EXTREM-TOUR ca. 75 Kilometer lang; nur für gut trainierte Radfahrer geeignet; wer als Anfänger mit solch einer Marter beginnt, steigt für den Rest seines Lebens nie mehr auf

PEILSTEINGIPFELSIEG AM OSTRONGBERGRÜCKEN

Einer der «natürlichen» Höhepunkte des Waldviertels ist der *Peilsteingipfel*. Was ist der Peilstein überhaupt? Die nördlichste Nase eines lang gezogenen, mit viel Wald bestandenen, 800 bis tausend Meter hohen, von der Donau nach Norden ziehenden

Bergrückens, des *Ostrong*. Vom Yspertal aus ist der Ostrong absolut dominant, aber auch von vielen anderen Stellen des Waldviertels ist der markante Rücken gut zu sehen und ein wichtiger Orientierungspunkt.

Der Peilstein also. Manche Bergläufer schnupfen ihn noch vor dem Frühstück als Appetitmacher auf, aber dafür ist er eigentlich zu schade.

Man beginnt die klassische Besteigung in Laimbach; der «Einstieg» führt direkt von der Straße Richtung Münichreith ab. Wenn man mit dem Auto hierher fährt, erspart man sich den Marsch auf der Straße und einige Höhenmeter. Der Weg folgt im Wesentlichen der Falllinie; erst auf halber Strecke hat man die Wahl zwischen leichtem und schwerem Anstieg. Natürlich nimmt man die harte Tour! Bei einem *Hochstand* sieht man erstmals wieder ins Tal hinunter, aber auch schon zum Gipfelkreuz des *Kleinen Peilstein* hinauf; schon von da erblickt man die beeindruckenden Gipfelauswitterungen, die hundert Meter hohe Steilwand. Man klettert über blockiges Gestein, steil und immer steiler – zum Schluss schon auch die Hände benutzend, nähert man sich dem Gipfel. Aufgepasst, am engen Felsplateau bitte nur äußerst vorsichtig bewegen! Rund 500 Höhenmeter hat man bewältigt, und wer noch ein Stück auf dem «Landesrundwanderweg» weitergeht, steigt von 1024 weiter auf 1061 Meter. Der eigentliche *Peilsteingipfel* liegt mitten im Wald, trägt kein Kreuz und ist nicht einmal annähernd so spektakulär wie der «Kleine Peilstein».

Alpin-Feeling: Peilsteingipfel

Zum Abstieg eignet sich besser der «leichte Weg», man schwebt nicht ständig in Knöchelbruchgefahr und hat schöne Ausblicke auf einschichtige Höfe und mehrschichtige Bäume.

PEILSTEIN 1 1/2 Stunden hinauf, ebenso lang hinunter (auf dem längeren Weg) **LAIMBACH AM OSTRONG/MÜNICHREITH: INFO** Gemeindeamt, Tel. 07413/70 66 oder 07413/61 04 **ESSEN UND TRINKEN** Möhsl's Seminar- & Bio-Gasthof, Laimbach, Tel. 02758/50 05, Sommer tägl., Winter Do–Mo; nicht nur Fleisch und Gemüse, auch das Cola ist «bio», ebenso wie Kaffee und Bier; eine Oase. Wirtshausbrauerei Haselböck, Münichreith 3, Tel. 07413/61 19; das «Haselbräu» wird in sechs Sorten gezapft; das Helle kann in der Siphonflasche auch mitgenommen werden

ARTSTETTEN UND MARIA TAFERL: ZWEI WALLFAHRTSORTE

Zwei Wallfahrtsstätten, wie sie unterschiedlicher nicht sein könnten, liegen ganz nah beisammen. Erste Station: *Artstetten.* Schon von weit her ist das auf den Hang hingebaute *Schloss* mit der direkt angefügten *Pfarrkirche* zu sehen, und seine Geschichte ist untrennbar mit jener der Habsburger verwoben: Direkt unter der Kirche liegt in einer Gruft das 1914 in Sarajewo ermordete Thronfolgerpaar Franz Ferdinand von Österreich-Este und Sophie von Hohenberg begraben. Eine Habsburger-Wallfahrtsstätte hat sich hier also etabliert; die tragische Geschichte des jagdsüchtigen Franz Ferdinand und seiner nicht standesgemäßen Angetrauten wird in der Ausstellung ausführlich erzählt. Hunderte Porträts, Bilder, Fotos, Gemälde sind ausgestellt, der Museumsshop ist reich mit kaiserlich-monarchischen Devotionalien und entsprechender k. u. k. Literatur bestückt. Im Hauptraum sind Nachbauten der Autos zu sehen, mit denen das Paar in Sarajewo unterwegs war; nicht gezeigt wird,

Schloss Artstetten

welch fatale Folgen der Anschlag hatte: Er war ja bekanntlich der Startschuss zum Ersten Weltkrieg.

Das Bauwerk, dessen oberstes Geschoß der Besitzerfamilie Hohenberg-d'Harambure als Wohnsitz dient, wurde 1560 bis 1592 von einer Burg zum Wohnschloss umgebaut; auch die beiden schlanken Südtürme wurden damals errichtet. 1691 bis 1698 erfolgte die weitere Veränderung zur heutigen, harmonischen, vierflügeligen Gestalt; die barocke Saalkirche wurde bei dieser Gelegenheit mit dem Schloss verbunden. Durch Kaiser Franz I. gelangte Artstetten 1823 in den Besitz des Kaiserhauses; ab 1890 gehörte es Franz Ferdinand, der auch Veränderungen größeren Umfangs veranlasste. 1912/13 wurde der Nordtrakt errichtet und die Fassade im Neorenaissance-Stil vereinheitlicht, Franz Ferdinand gab den Türmen auch wieder ihre ursprüngliche Zwiebelhelm-Bedeckung.

Japan grüßt: Habsburger-Gedenkstätte Artstetten

Wenn man den Eintritt bezahlt, darf man auf der wunderbar nach Süden gerichteten Schlossterrasse einen Kaffee einnehmen; im Museumsshop gibt es schließlich den Schlüssel für die direkt unter der Kirche liegende Familiengruft der Hohenbergs, in der die beiden schlichten Sarkophage von Franz Ferdinand und Sophie aufgestellt sind.

ÖFFNUNGSZEITEN 1. April bis 1. November tägl. 9–17.30 Uhr, im Winter Gruppen gegen Voranmeldung, Tel. 07413/80 06 **ESSEN UND TRINKEN** Schlosscafé, Öffnungszeiten wie oben; nur mit Museumskarte. Weitere Gasthöfe im Ort **ANFAHRT** über Melk und Klein-Pöchlarn an der Donauuferstraße, von da ca. 4 km

Sechs Kilometer westlich von Artstetten liegt eine der meistfotografierten Wallfahrtskirchen Österreichs: *Maria Taferl.* Hoch und unübersehbar liegt die «Basilika minor» über dem Donautal, und da die Idee, von Marbach an der Donau zur Kirche eine Zahnradbahn zu bauen, zwar gut war, aber nie realisiert wurde, bleibt Pilgerreisenden nur die Anfahrt per Auto – oder der rund einstündige Anstieg auf dem Pilgersteig ab Krummnußbaum. Der Blick von oben ins Donautal, in den «Nibelungengau» und in die Voralpen ist sensationell. Ziemlich sicher war der Platz schon eine vorchristliche Kultstätte. Als Beleg dient der *Taferlstein,* wahrscheinlich eine keltische Opferplatte, die auf dem Kirchenvorplatz zu sehen ist. Bis 1744 war der Taferlstein übrigens, als schönes Beispiel für die enge Verzahnung verschiedener Kulte, vor dem Gnadenaltar im Inneren der Kirche postiert.

Von zahlreichen Licht- und Personenerscheinungen sowie Wunderheilungen berichtet die Legende; die jüngere nachvollziehbare Geschichte der Kultstätte beginnt 1642, als ein Herr Alexander Schinagel in die schon lange kultisch verehrte Kreuzeiche eine geschnitzte Pietà und eben ein «Taferl» mit Bildnissen von Maria und Johannes einsetzen lässt. 1659 steht eine Kapelle, ein Jahr später wird mit dem Bau der großen Kirche begonnen, ab 1671 wird ernsthaft gebaut. Das den sieben Schmerzen Mariens gewidmete Gotteshaus wird erst 1711 fertig gestellt, und zwar durch Jakob Prandtauer. Geweiht wird die frühbarocke, von außen eher schlicht wirkende Kirche mit den zwei Südtürmen dann wieder erst Jahre später, 1724. Die Schatzkammer, deren Besuch dringend zu empfehlen ist, birgt zahlreiche Belege für naive Volksfrömmigkeit und Volksglauben, Dankesgaben, Votivtaferln und andere Schätze, auch Erinnerungsstücke an die Geschichte der Wallfahrt.

Das Kircheninnere schwelgt in üppigem Barock; der *Hochaltar* stammt aus dem Jahr 1736 und wurde von Josef Matthias Götz gebaut. In seinem Zentrum prangt das Gnadenbild, eine von Strahlen bekränzte Pietà. Die Bilder der Seitenaltäre stammen vom Kremser Schmidt.

Freilich: Die schöne Kirche allein war begnadeten Wallfahrern immer schon zu wenig. Die notwendigen *Andenkenstandln* verkaufen Kitsch und Häferln, Windradln und Schaumbecher, und für alle, die sich vom schönen Ort gar nicht trennen mögen, gibts noch zwei weitere Attraktionen. Eine, die denkmalgeschützte *mechanische Krippe*, gehört fast zu einer richtigen Wallfahrt dazu. Sie besteht aus über 300 verschiedenen Figuren und erzählt die Geschichte und Entstehung dieses größten Wallfahrtsortes Niederösterreichs; für Modellbauer eine helle Freude.

Bei der letzten Sehenswürdigkeit des Ortes handelt es sich eher um eine Wallfahrtsstätte für Pädagogen: Im *Volksschulmuseum* sind Einrichtungsgegenstände von 1880 bis 1950 erhalten, auch viele Schulwandbilder und Gegenstände aus dem Lehrmittelkabinett.

INFO Gemeindeamt Maria Taferl, Nr. 35, Tel. 07413/70 40 **ESSEN UND TRINKEN** Hotel Krone, Tel. 07413/63 55; Blick von der Terrasse über die Donau; eine Haube von Gault Millau **MECHANISCHE KRIPPE** Maria Taferl Nr. 7, Tel. 07413/254 15, tägl. vom 1. April bis 2. November 9–17 Uhr, im Winter Voranmeldung **VOLKSSCHULMUSEUM** Ostern bis Ende Oktober So 9.30–11.30 Uhr, Gruppen nach Voranmeldung

DIE ALTEN UND NEUEN GRÖSSEN DES WEITENTALS

Die Reise verläuft auf der Hauptstraße von *Weitenegg* an der Donau durch das Weitental bis nach Pöggstall und noch etwas weiter. Zu verdanken haben wir den heute viel befahrenen Verkehrsweg durch das enge Tal einem Herrn *Josef Weber Edler zu Fürnberg (1742–1799)*. Der Obristleutnant begann noch unter Maria Theresia, im Jahr 1773, den Weinsberger Wald zu erschließen und das Holz von hier nach Wien zu transportieren. 1774 durfte er seine Holzsschwemme errichten; bei Weitenegg wurde das Holz gesammelt und von Luberegg, ein kleines Stück donauabwärts, nach Wien verschifft. 1778 stellte der frühe Transportunternehmer das An-

Skulpturale Größe: Dampfmaschine bei Schloss Leiben

suchen, durch das Weitental einen Postkurs führen und Poststationen errichten zu dürfen, 1791 wurde ihm dieses k. k. Privileg schließlich erteilt. Nicht lange konnte sich der Ober-Postkutscher seines aufwändigen Geschäfts erfreuen, er hatte bald einen gewaltigen Schuldenberg angehäuft und musste 1795 seinen gesamten Besitz an das Kaiserhaus verkaufen. Teile der alten Poststraße sind nördlich von Pöggstall zu sehen; an Josef Weber Edler zu Fürnberg erinnert das heute als «Europaschloss» firmierende *Schloss Leiben*, das er infolge der Insolvenz allerdings auch verkaufen musste. Bis 1918 im Besitz der Habsburger, gehört es heute der Marktgemeinde Leiben. Wertvollster Einrichtungsgegenstand ist die Kassettendecke aus der Mitte des 17. Jahrhunderts. In großen Teilen des Schlosses parken heute historische Dreschmaschinen und Traktoren, Modelle von Dampfpflügen und Getreidemähern und tausend andere Geräte, zusammengetragen von einem einzigen Sammler, Martin Traunsitz.

SCHLOSS LEIBEN Landtechnikmuseum, April bis November, So, Fei 10–12, 13–17 Uhr, für Gruppen nach Voranmeldung, Tel. 02752/712 87 bzw. 02752/712 52

Rund 13 Kilometer hinter Weitenegg gelangt man nach *Weiten.* Bekannt wurde der Ort durch den konservativen Intellektuellen *Jörg Mauthe (1924–1986),* der bis zu seinem Tod auf der *Mollenburg* oberhalb des Ortes residierte und hier auch immer wieder prominente Besucher versammelte. Ein neues Wahrzeichen des Ortes ist der Dr.-Jörg-Mauthe-Gedenkstein am Hauptplatz, mit integrierter Millennium-Sonnenuhr. Ein «Dr.-Jörg-Mauthe-Gedenkweg» wurde angelegt, er führt auf schöner Trasse rund um den Ort. Die Mollenburg befindet sich im Besitz der Familie Mauthe und ist nicht zu besichtigen.

Berühmt und für Kunsthistoriker ein wahrer Leckerbissen ist die auf einer Terrasse über dem Ort stehende gotische *Pfarrkirche* von Weiten. Der Glockenturm steht frei und abseits, das große Hauptschiff mit dem steilen Satteldach ist von mächtigen Strebepfeilern gestützt. Unter dem Chor existiert eine Durchfahrt; die Anlage wurde als Wehrkirche gestaltet. In sechs Fenstern des Chores sind über siebzig Scheiben der ursprünglichen Verglasung erhalten, die Scheiben stammen aus den Jahren 1370 bis 1420, aus 1506 und danach.

Im Sonnenuhrgarten

Freilich ist die Pfarrkirche nicht die touristische Hauptattraktion des Ortes. Die mit Abstand meisten Ausflügler kommen nach Weiten, um eine Schlosserei zu besuchen – wobei die Firma Jindra keine gewöhnliche, sondern vielmehr eine Sonnenuhrschlosserei ist. *Johann Jindra* hatte seine ersten Begegnungen mit *Sonnenuhren* vor dreißig Jahren im schönen Südtirol; danach tüftelte und bastelte er lange Jahre, so lange, bis er sämtliche Geheimnisse sämtlicher Sonnenuhrkonstruktionen geknackt hatte. Mittlerweile ist das Weitental als «Tal der Sonnenuhren» bekannt – ein absoluter Marketingerfolg; nicht nur, dass zahlreiche Häuser und Gärten der näheren und weiteren Umgebung mit Jindra-Sonnenuhr-Einzelanfertigungen geschmückt sind, es kommen auch über hundert Busse pro Jahr in den Betrieb, um die hier ausgestellten Exponate zu bestaunen. Faszinierend, auf wie viele Arten man die Sonne als Zeitmesser benutzen kann, und noch faszinierender, dass ein Autodidakt mit dem richtigen Gspür und der nötigen Ausdauer eine ganze Region prägen kann.

SCHLOSSEREI JOHANN JINDRA Weiten 120, Sonnenuhren-Museum und Verkaufsausstellung, Mo–Fr 8–12, 14–18, Sa 8–12 Uhr, So nach Voranmeldung, Tel. 02758/82 92 **INFO** Gemeindeamt Weiten, Tel. 02758/85 55

Nächster Aufenthalt ist *Pöggstall*, auch als «Meran des Waldviertels» bekannt, mit dem weithin berühmten *Schloss Roggendorf* in der Mitte. Das Gebäude mit dem unverwechselbaren Rondellvorbau stammt aus dem 15. bzw. 16. Jahrhundert; man kann ungeführt bis zum gemalten Renaissance-Innenhof vordringen. Bekannt ist das Bauwerk vor allem wegen des *Museums für Rechtsgeschichte*. Interessant, wie viele Leute sich von der «einzigen im Original erhaltenen *Folterkammer* Österreichs» und den darin enthaltenen entsetzlichen Werkzeugen angezogen fühlen. Busweise werden Pensionisten, Bezirksbäuerinnen und Schülergruppen in die Schauräume geführt.

Pöggstall: St. Anna im Felde

Das ebenfalls im Haus untergebrachte *Imkereimuseum* hat es da um einiges schwerer; Bienenfreunde gibt es offenbar nicht ganz so viele. Und die allerwenigsten Besucher finden den Weg in jenen Teil des Schlosses, in dem sich die sehenswerteste Schau befindet. In fünf Räumen ist das Leben und Schaffen von *Franz Traunfellner (1913–1986)* dargestellt. Neben biografischen Informationen und persönlichen Erinnerungsstücken werden Arbeitsmaterialien, Werkzeuge, Geräte und Druckpressen des auf Holzschnitte spezialisierten Künstlers gezeigt und die von ihm verwendeten Techniken Lithographie, Radierung und Kupferstich erklärt. Ölmalereien, Farbholzschnitte, Bilder in Tempera- und Mischtechnik hängen ebenso an der Wand wie Lithographien, Radierungen und Holzschnitte.

Franz Traunfellner: Selbstporträt

«Traunfellner liebt bei seinen Holzschnitten (...) eine Beschränkung der Mittel auf klare, einfache Formen und Konturen, auf Farbflächen. Es ist keine Abstraktion, obwohl ein solcher Vorgang sehr modern klingen würde, kein ‚Abheben' von der Wirklichkeit, sondern ein Vertiefen, Verdichten der Realität, zu jenem eigentlichen Ausdruck, der innerlich berührt», schreibt Traunfellner-Biograf Rupert Feuchtmüller.

Geboren wurde der Künstler in *Gerersdorf*, einem kleinen, hoch am Hang des Weitenbachtales gelegenen Bauernort, wo er auch bis 1965 lebte. Nach dem Tod der Mutter 1963 gab er den von ihm geführten landwirtschaftlichen Betrieb auf – eine intensive Schaffensperiode begann. Seine Werke, vielfach

Waldviertler Motive, wurden bald von namhaften Museen erworben und im In- und Ausland gezeigt.

Einer der Lieblingsspaziergänge Traunfellners führte zur frei am Feld stehenden, markanten, außerhalb von Pöggstall liegenden *Kirche St. Anna im Felde*; der Künstler ist auf dem Friedhof, der das spätgotische Gotteshaus umgibt, begraben. Ein Abstecher zu diesem schönen Bau und schönen Platz sollte jedenfalls drin sein.

SCHLOSS ROGGENDORF/PÖGGSTALL 1. April bis 31. Oktober Di–So 9–17 Uhr, Tel. 02758/33 10 **INFO** Gemeindeamt Pöggstall, Tel. 02758/23 83

Die letzte Station auf der Reise durch das Weitental führt von diesem weit weg, nach *Roggenreith.* Zwölf Kilometer bergauf geht es von hier nach dort, man fährt zuerst Richtung Martinsberg, zweigt aber vor diesem Ort nach rechts ab.

Johann Haider: Whiskybrenner

Hier hat sich mit dem *Waldviertler Roggenhof* die erste Whiskybrennerei Österreichs etabliert. *Johann* und *Monika Haider* wurden rasch Stars der heimischen Brennszene; seit 1995 im Geschäft, sind sie schon bekannt und preisgekrönt. Früher wurde am Roggenhof ganz normale gemischte Landwirtschaft betrieben. Die Kühe haben die Haiders verkauft, Stall und Stadel zu Kostraum und Whiskykeller umgemodelt. Spezialität des Hauses ist der milde, zu sechzig Prozent vom Roggen, zu vierzig Prozent von der Gerste stammende Roggen-Gerste-Malz-Whisky. Roggen wird selbst angebaut, kommt in eine

Mälzerei und wird danach am Hof gebrannt. Durch Zufall lagerte der Autodidakt seine ersten Whiskyjahrgänge in Fässern aus Manhartsberger Eiche – das Holz gab dem Whisky einen unverwechselbar rauchigen Charakter und wurde somit zum wichtigsten Teil des «Ausbaus». Das verwendete Wasser ist so wie jenes in Schottland weich und damit die ideale Basis. Ungefähr 3500 Liter hochprozentige Ware verlassen Jahr für Jahr den Betrieb; mehr soll es trotz konstantem Nachfragehoch nicht werden. Neben fünf Whiskysorten werden im Verkaufsraum auch noch Edelbrand, Waldviertler Wodka, Waldviertler Gin, Waldviertler Edellikör und Waldviertler Mohnkorn angeboten.

ROGGENHOF Roggenreith 3, Johann und Monika Haider, Mo–Sa 8–18 Uhr, So nach Voranmeldung, Tel. 02874/74 96, *www.roggenhof.at*

DER JAUERLING

Der Jauerling ist vor allem deshalb bekannt, weil man im Winter auf dem Gipfelhang Ski fahren kann, und das oft auch noch dann, wenn es unten in der Wachau schon blüht. Der Schlepplift hat eine Länge von 420 Metern, die Beschneiungsanlage wird häufig angeworfen. Es gibt Flutlicht und eine richtige Skihütte, dazu die große ORF-Antenne, die den Gipfel unverwechselbar macht. Viele Waldviertler, Wachauer, Kremser kommen gern hierher, weil es nicht weit und einmal etwas anderes ist. Der Jauerlinggipfel selbst liegt auf 959 Meter und wirkt, wenn man ihn im Sommer besucht, etwas herunterge-

Leicht getrübter Ausblick: der Jauerlingsender

kommen. So schön der Berg an sich, so schön die Wege und Straßen von unten herauf sind: Ganz oben ist es nicht mehr ganz so schön. Zwar wurde vor ein paar Jahren eine neue, 200 Stufen hohe Aussichtswarte eröffnet, aber den Aufstieg muss man sich durch ein Gerümpelschlachtfeld bahnen. Auch ist die Architektur lieblos ausgefallen, die Fenster der Plattform bleiben geschlossen, was den an und für sich stolzen Rundblick etwas beeinträchtigt. Die Jausenstation im Erdgeschoß ist nur in dringenden Notfällen zu empfehlen. Die Ruinen der alten Aussichtswarte sind noch nicht abgetragen, einige weitere desolate Bauwerke trüben das Gipfelerlebnis. Der Naturpark Jauerling besteht nicht mehr, gröbere wirtschaftliche Probleme machen einen Neustart fraglich.

Freilich gibt es Trost: Ein netter Platz, auch fast ganz oben, ist die Kremser Hütte nahe beim Gipfel, der Blick hinunter in die Wachau und bis ins Tullner Feld ist sehr schön; der Weg führt noch oberhalb des letzten Ortes Oberndorf von der Straße Richtung Norden ab. Für die Geographen unter den Jauerlingbesuchern: Die Donau fließt hier ausnahmsweise nicht von West nach Ost, sondern schnurstracks von Süd nach Nord. Nicht verwirren lassen!

Die Dörfer an den Jauerlinghängen sind noch kleiner als in anderen Ecken des Waldviertels und bestehen nur aus einer Hand voll Häuser, winzig ducken sie sich an den Berg. Im Westen bildet der Weitenbach die Grenze des großen Jauerlingmassivs, im Norden ist es der Spitzer Bach, der Graben, der sich von Spitz in der Wachau über Mühldorf in das Waldviertel Richtung Ottenschlag hineinzieht. Von Spitz führt auch der kürzeste Weg nach oben, zwölf Kilometer lang und sehr steil windet sich die Straße in zahlreichen Serpentinen bergauf.

Ein etwas längerer Weg führt von *Goßam* in der Wachau über Maria Laach zum Gipfel. *Maria Laach*, der Hauptort am Jauerling, ist längst ein richtiger kleiner Ausflugsort mit zwei respektablen Gasthöfen in der Ortsmitte und gepflegtem Ortsbild; bekannt ist vor allem die *Wallfahrtskirche Maria Himmelfahrt.*

Der *Flügelaltar aus 1480/1500* ist mit seinen Doppelflügeln eines der Hauptwerke seiner Zeit. Im linken Seitenschiff ist das Marienbild «Zu unserer lieben Frau Sechsfinger» zu sehen (bitte nachzählen!); im Kirchenschiff befindet sich auch noch das Grab des Freiherrn Hans Georg III. von Kuefstein aus dem Jahr 1607.

Maria Laach: Flügelaltar

Der längste Weg auf den Jauerling ist freilich der zu Fuß: eine 750-Höhenmeter-Gipfelbesteigung, das gibts im ganzen Waldviertel nur einmal. Ausgangspunkt ist der schöne Wachauort *Schwallenbach*; von da gehts der roten Markierung und dem Wegweiser «Jauerling» folgend ins klammartig enge Schwallenbachtal. Auf einem asphaltierten Sträßlein kommt man nach *Wiesmannsreith*, wo man rechts abzweigt und auf einem Güterweg so lange bergauf weitergeht, bis es nicht mehr weitergeht, weil man am allerhöchsten Punkt des Berges, am *Burgstock*, angelangt ist.

Der Abstieg erfolgt auf anderer Route, nämlich über den Gipfelort *Oberndorf* nach *Benking*, dann ein Stück auf der Straße nach Spitz, schließlich auf dem Wanderweg 605 zu Tal. Rund einen Kilometer vor der Ruine Hinterhaus geht der Wanderweg zurück nach Schwallenbach im spitzen Winkel rechts ab.

Die **GEHZEIT** beträgt fünf Stunden. **INFO** Gemeindeamt Maria Laach, Tel. 02712/82 22-0 **ESSEN UND TRINKEN** Gasthof Zur weißen Rose, Maria Laach 5, Dreisternhaus; Egon Schiele hat sich im Gästebuch verewigt; Tel. 02712/82 71; gleich daneben: Gasthof Grüner Baum, Tel. 02712/83 03, ebenfalls drei Sterne. Auch in Zeißing, Felbring und Oberndorf befinden sich Wirtshäuser

Das bemerkenswerteste Bauwerk der gesamten Region befindet sich am Fuß des Jauerling, hoch über den Orten *Mühlbach, Nieder- und Unterranna.* Die *Burg Oberranna* ist nicht nur aus der Ferne ein imposanter Anblick, sondern auch aus der Nähe betrachtet ein echtes Juwel. Die ehemalige, dem heiligen Georg geweihte *Burgkirche* ist für ihre Entstehungszeit nämlich ungewöhnlich groß ausgefallen. Der insgesamt 26 Meter lange Bau datiert in die Romanik, exakt in das erste Viertel des 12. Jahrhunderts; die erste Bauphase wird noch früher angesetzt. Mit seinen zwei Querschiffen und zwei Vierungstürmen stellt das Gotteshaus ein für Österreich beispielloses romanisches Baudenkmal dar, dessen ursprüngliche Widmung noch immer nicht restlos geklärt ist. Die Anlage wurde in späterer Zeit stark befestigt und zeigt sich heute als vielgliedrige, frühneuzeitlich geprägte Burg-Schloss-Anlage. Man kann hier – nobel – übernachten und frühstücken; Burgkirche und Krypta sind gegen Bezahlung auch ohne Einquartierung zu besichtigen. Ein Drink auf der Terrasse der Burgschenke ist danach dringend angebracht.

BURG OBERRANNA Tel. 02713/82 21

Burg Oberranna am Fuß des Jauerling

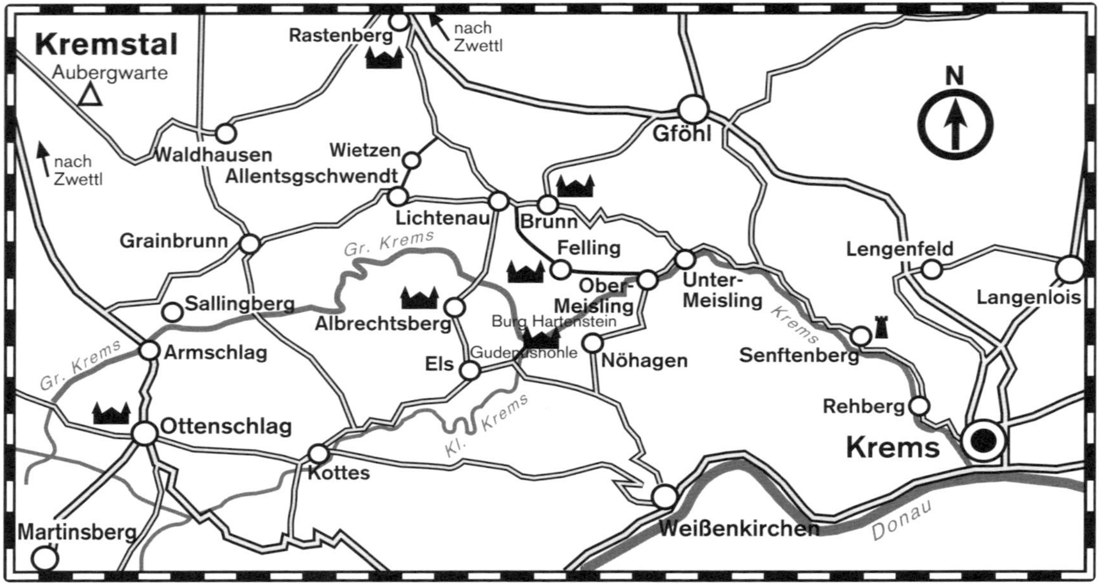
Kremstal
Aubergwarte
Rastenberg
nach Zwettl
nach Zwettl
Gföhl
N
Waldhausen
Wietzen
Allentsgschwendt
Lichtenau
Brunn
Felling
Grainbrunn
Gr. Krems
Lengenfeld
Langenlois
Ober-Meisling
Unter-Meisling
Sallingberg
Albrechtsberg
Burg Hartenstein
Krems
Senftenberg
Armschlag
Gudenushöhle
Els
Nöhagen
Gr. Krems
Kl. Krems
Rehberg
Ottenschlag
Krems
Kottes
Weißenkirchen
Donau
Martinsberg

Das Kremstal und das Gföhler Land

Einfallstor Krems – Die Perlen des unteren Kremstals – Senftenberger Ansichten – Sandl und Schatzwand – Zum Rosenschloss Felling und nach Albrechtsberg – Gudenushöhle, Burg Hartenstein und der Zwickl – Zu den Ursprüngen von Kleiner und Großer Krems – Ottenschlag – Mohnfeld, Mohnkapsel, Mohndorf – Das Gföhler Land

VIER VORBEMERKUNGEN

Vier Vorbemerkungen sind notwendig. Erstens: Nein, hier ist nicht die Rede vom oberösterreichischen Kremstal, es gibt auch im Waldviertel eines. Zweitens: Was heißt: eines? Drei Kremstäler sind es, nämlich jenes der Großen, jenes der Kleinen und schließlich das der richtigen, vereinigten Krems. Drittens: Die Krems fließt – nicht unerwartet – durch die Stadt Krems, wird aber dort praktisch nicht registriert. Tief unten, in einem Bett, das so tief wie das eines wilden, großen Flusses ist, trollt sich ein schmales Bächlein am Rand der Stadt vorbei und durch die östlichen Vororte durch. Ein trauriges Schicksal, und man fragt sich, ob die Krems tatsächlich unterwegs kleiner geworden ist, wo das ganze Wasser, das man oben, beim «Zwickl» etwa, noch mit eigenen Augen gesehen hat, hingekommen ist. Nur ganz selten schwillt die Krems zu bedrohlicher, gefährlicher Größe an. Eines dieser Hochwässer überflutete im August 2002 Teile der Stadt wie auch des Tals – ein «Jahrhundertereignis», das in vielen Orten traurige Spuren hinterließ.

Vierte Vorbemerkung: Die Stadt *Krems*, obzwar eindeutig an der Donau und somit in der Wachau gelegen, ist andererseits auch so etwas wie die zweite Hauptstadt des Waldviertels. Wenn schon nicht Landes-, so doch Viertelshauptstadt! Hier beginnen typische Waldviertler Schicksale (in den zahlreichen weiterführenden Schulen), hier enden viele Waldviertler Schicksale (in den Betrieben und Fabriken der Stadt);

hier beginnen Straßen ins Waldviertel hinein, und hier enden auch viele Postbuslinien, die Pendler und Schüler von «oben» nach «unten» bringen.

KREMS, EIN EINFALLSTOR

Kremser Sandgrube. Kremser Senf. Kremser Pfennig. Kremser Schmidt. Steiner Altstadt. Steiner Tor. Steiner Donaulände. Steiner Brüder. Assoziationen über Assoziationen. Krems und Stein, diese Doppelstadt am Ausgang der Wachau lebt mit, in und durch ihre Geschichte; sie ist zu einer Bastion der ordentlichen Stadterhaltung und Stadterneuerung geworden. Auf Schritt und Tritt Gotik, Renaissance, prunkvolle Fassaden, schöne Innenhöfe. An jeder Ecke, in jeder Gasse haben Bürgersleute und reiche Händler ihre Spuren hinterlassen und die Stadt zu einem einzigartigen historischen Komplex gemacht. Beispielsweise existiert in Krems, das schon 995 erstmals urkundlich erwähnt wurde, mit der so genannten, aus 1265 stammenden *Gozzoburg* einer der wichtigsten mittelalterlichen Profanbauten Österreichs. Bauherr war der Stadtrichter Gozzo († 1291), der sich dieses Haus mit vorgelagertem Arkadengang nach dem Vorbild italienischer Stadtpaläste errichten ließ. Und Stein ist sowieso ein historisches Gesamtkunstwerk und ein eigenes Buch wert.

Krems steht aber nicht nur für Vergangenes. Die Stadt, in ewiger Rivalität zur Landeshauptstadt St. Pölten, strengt sich ungemein an, auch in der Gegenwart eine wichtige Rolle zu spielen. Die 1995 eröffnete *Kunsthalle Krems* präsentiert in groß angelegten Ausstellungen zeitgenössische Kunst, und 2001 wurde schräg gegenüber auch noch das *Karikaturenmuseum* für Manfred Deix und «Ironimus» Gustav Peichl eröffnet. Das Volksmusikfestival «Glatt und verkehrt» ist bereits zur fixen Kremser Institution geworden.

Daneben ist die Stadt auch noch stolz auf einen Klassiker, einen Mann, der Krems ebenso wie dem gesamten Waldviertel ein reiches Erbe hinterlassen hat. Sein Name ist Martin Johann Schmidt. Genannt wird der große Maler des Spätbarock «Kremser Schmidt», seine Altarbilder sind in zahlreichen Kirchen der näheren und weiteren Umgebung zu finden.

Der Bezirk «Krems Land» ist im Gegensatz zur Stadt, die seit jeher ein eigenes Statut und damit so etwas wie Bezirksstatus hat, waschechtes Waldviertel. Wie unter einer Lupe sind hier alle «typischen» Waldviertler Probleme kenntlich gemacht. Arbeitslosigkeit, kaum nennenswerte Betriebe, Abwanderung prägen das Bild – aber auch Ruhe, Idylle, Weltabgeschiedenheit, und das in unmittelbarer Nähe der Kremser Metropole.

Von Wien kommend, ist Krems eines der Haupteinfallstore ins Waldviertel, die Waldviertelschnellstraße Richtung Zwettl nimmt hier ihren Ausgang. Eine langsamere, beschaulichere Variante, über Krems ins Waldviertel zu gelangen, führt durchs *lovely* Kremstal. Vor wenigen Jahren noch war es wenig lustig, hier durchzufahren: ein Höllenverkehr auf enger, kurvenreicher Straße. Das ist alles anders geworden. Das Tal ist durch besagte Schnellstraße entlastet, wieder idyllisch und ruhig geworden und für Radfahrer wirklich gut geeignet. Die Sehenswürdigkeiten, Ausflugsziele und Attraktionen der Region sind wie an einer Perlenschnur im Tal aufgereiht, es finden sich aber auch nördlich und südlich des Tales, über die (Hoch-)Fläche verteilt, einige bemerkenswerte Anlaufstellen.

Imbach: Pfarrkirche Mariä Geburt

INFO Tourismusbüro Krems, Undstraße 6, Tel. 02732/826 76

DIE PERLEN DES UNTEREN KREMSTALS

Von Krems ab zieht eine Siedlungsgasse entlang der Krems nach Westen hinein, die Stadt ist etliche Kilometer ins Tal hineingewachsen. Rund zehn Kilometer fährt man durch locker verbautes Gebiet. Entlang der südexponierten Hänge ziehen sich Weinterrassen. An der Schattseite beginnt sehr bald hinter Krems dichter Nadelwald. Rund fünf Kilometer nach der letzten Kremser Ampel bei der «Wachaubrücke» ist man schon im Zentrum des kleinen, heute zu Krems gehörenden Ortes *Rehberg* angelangt. Einst gabs hier ein Hammerwerk, später sogar eine Maschinenfabrik. Nicht zu übersehen ist die auf einem hohen Felsen thronende *Kirche* mitsamt *Burgruine*. Der kurze Anstieg lohnt sich schon wegen des schönen Blicks, den man von der Kirchenterrasse ins Tal hat. Am Ostturm der Kirche prangt der heilige Christophorus, ein Gemälde aus dem beginnenden 16. Jahrhundert. Die heute gern für Hochzeiten verwendete gotische Saalkirche, die später barockisiert wurde, ist vermutlich romanischen Ursprungs. Das Portal ist im Normalfall leider verschlossen. Der steile Weg zum Ensemble führt an einem 1970 restaurierten spätmittelalterlichen Rundturm vorbei. Insgesamt ein netter Abstecher.

Pfarrkirche Imbach

Nur einen Kilometer weiter auf der Hauptstraße talaufwärts steht dann ein kulturelles «Must» auf dem Speisezettel: die *Pfarrkirche Mariä Geburt* in Imbach. Die Zufahrt ist beschildert, das Gotteshaus ist aber auch aufgrund der alles überragenden Höhe unübersehbar. Warum ein Muss? Weil die Kirche als älteste zweischiffige gotische Hallenkirche im deutschen Sprachraum gilt, bereits 1285 geweiht wurde und ohne Übertreibung eines der schönsten Kirchenbauwerke des ganzen Waldviertels darstellt.

Wer die pure Gotik liebt, der ist hier bestens bedient; das Innere ist hell, der Raum überwältigend groß, die Kreuzrip-

Vorhergehende Seite:
Schloss Greillenstein

Blick vom Kl. Peilstein (li. oben)
Schloss Artstetten (re. oben)
Kühe auf der Weide (oben)
Gewitterstimmung in Maria Taferl (li.)

*Vorhergehende Doppelseite:
Stiftskirche Altenburg (li.)
Pfarrkirche Weiten (re.)*

*Fotos oben,
von links nach rechts:
Federvieh auf
Traktoranhänger,
Künstlergarten Wietzen,
Kellertüre im
Waldviertler Weinland,
Schloss Schiltern*

*Großes Bild:
Babenbergerburg und
Gertrudskirche, Gars*

*Folgende Seite:
Der Namenspatron
des Viertels*

pengewölbe sind geradezu idealtypisch. Insgesamt sind das Innere und auch der Chor sehr schlicht ausgestattet. Ein Juwel ist die *frühbarocke Orgel* aus dem ersten Drittel des 17. Jahrhunderts; in das etwas später entstandene Gehäuse ist die Jahreszahl 1695 eingeschrieben. Die Pfarrkirche war der Mittelpunkt des 1782 aufgehobenen Dominikanerinnenklosters Imbach.

Auf der südlichen Hangseite haben aufmerksame Reisende schon bei der Anfahrt ein strahlend weißes, schwer zu identifizierendes Mauerwerk gesehen: die *Versöhnungskapelle Imbach*. Von der Pfarrkirche gelangt man auf einem kleinen «Meditationsweg» zu dieser ökumenischen, dem friedlichen Zusammenleben der verschiedenen Konfessionen geweihten, 1999 auf dem ehemaligen Burgberg errichteten Kapelle.

MARIÄ GEBURT zu Imbach, Pfarramt, Klosterhof 1, Tel. 02732/847 15

SENFTENBERGER ANSICHTEN

Ein kleines Stück noch, und schon steht sie groß und mächtig im Tal, die *Burgruine Senftenberg*. Der Blick, eine Postkarte: links, halbhoch, die von einer mittelalterlichen Wehrmauer umgebene Kirche. Rechts, ziemlich hoch, die riesige Ruine. Nochmal rechtsaußen steile Weinterrassen, die vorwiegend händisch bewirtschaftet werden müssen. Bis hierher und nicht weiter reicht das «Weinbaugebiet Kremstal»; hier verzahnt sich Wein- mit Waldland, das pannonische Klima mit den kühleren Waldviertler Lüfterln. Fast sieht es so aus, als ob die Ruine den Zutritt zum noch unsichtbaren Ort verwehren wollte.

Am besten, man hält gleich bei der ausgeschilderten Zufahrt zur Kirche und geht die letzten paar Schritte zu Fuß. Schon wieder so ein schöner Platz mit einem schönen Blick, sowohl nach Rehberg hinunter als jetzt auch nach Senftenberg hinauf. Die *Pfarrkirche St. Andreas* stammt in ihrem heutigen Erscheinungsbild aus der ersten Hälfte des 16. Jahrhunderts, aber man ahnt, dass der Platz schon wesentlich früher ein heiliger gewesen sein muss. Der kleine Innenraum ist barockisiert und mit Gemälden aus der Schule des Kremser Schmidt ausgestattet, an der Westseite der ehemaligen Wehrkirche führen eine gedeckte Treppe und ein steiler Weg hinunter in den Ort Senftenberg. Am Ufer entlang ist man längstens nach 15 Minuten auf der Hauptstraße, ungefähr in der Ortsmitte.

Direkt neben der Kirche beginnt auch der steile Steig hinauf zur *Burgruine*. Der Blick von dort oben hinunter ins Tal ist gut, in den hoch aufragenden Gemäuern selbst befindet sich ein gesicherter Steig. Der noch immer imposante, heute den Grafen Starhemberg gehörende Bau wurde im 12. Jahrhundert begonnen und war gemeinsam mit der Wehrkirche eine bedeutende Talsperre. 1645 wurde die Burg durch die Schweden zerstört.

Ruine Senftenberg

Wer nicht steil bergauf gehen möchte, der hat eine zweite Anreisemöglichkeit: mit dem Auto auf dem steilen Straßerl vom Ort Richtung Priel. Nach den ersten Serpentinen geht rechts ein (beschilderter) Fahrweg ab, eine Parkmöglichkeit ist fast direkt bei der Ruine gegeben.

Bekannt ist das Senftenberger *gemalte Haus*, Nr. 33. Das gut restaurierte Gemäuer, direkt hinter einem scharfen Straßenknick, stammt aus dem 16. Jahrhundert, ebenso wie die Wandmalerei, die mit 1575 datiert ist. Rechts über dem Rundbogentor prangt eine nackte Eva. Ansonsten sieht man noch zwei Horn blasende Herren in der Tracht des 16. Jahrhunderts, einen Mann mit Maulkorb und dazugehörigem Sinnspruch sowie üppige ornamentale Einfassungen von Toren und Fenstern. Hier am *Unteren Markt* stammen noch mehrere Häuser aus dem Spätmittelalter; dass es sich um «Alt-

Senftenberg: gemaltes Haus mit «anrüchigem» Motiv

siedlungsbereich» handelt, merkt man schon an den unregelmäßig vor- und zurückspringenden Häuserfronten. Ansonsten ist der Ort ein abenteuerliches Architekturkonglomerat. Schlossartige Mühlen, Landsitze im Heimatstil, kleine Gründerzeithäuser, alte Keuschen, hässliche 1970er- und 1980er-Jahre Sünden, prächtige Villen mit Jugendstildekor, winzige Ausnahm-Hütten, Bruchsteinhäuser, alles auf engstem Raum nebeneinander gestellt.

Senftenberg ist übrigens auch Kurort: 1954 gründete Medizinalrat Otto Nuhr ein Institut für physikalische Medizin, das 1972 zu einem *Ambulatorium für elektrophysikalische Medizin und Hydrotherapie* und damit zu einer privaten Krankenanstalt aufgewertet wurde. Das Nuhr-Zentrum ist seit Jahrzehnten ein Hauptanziehungspunkt des Ortes, die Nuhr-Ärzte-Dynastie in der Gegend von einigem Einfluss.

INFO Gemeindeamt Senftenberg, Neuer Markt 1, Tel. 02719/23 19 **ESSEN UND TRINKEN** Hotel Zierlinger, Oberer Markt 17 (Ortsmitte), Tel. 02719/22 43 **NUHR-ZENTRUM** Im Grund 40, Tel. 02719/22 21 **WEINBAU** Nigl, Priel 7, Tel. 02719/26 09-0; Promi-Winzer aus dem Kremstal – der Hof liegt oben auf der Talschulter im kleinen Ort Priel

SANDL UND SCHATZWAND

Ein Abstecher führt vom Ortsende von Senftenberg auf schmaler Straße bergauf ins *Reichaueramt* und zur auf 722 Meter Seehöhe gelegenen *Weiglwarte* auf dem Sandl, vulgo Sandlwarte. Der Anfahrtsweg ist beschildert, Schlüssel wie Eintrittskarte sind beim urigen Bauernhaus an der Straße erhältlich. Nach 300 Metern Anstieg über eine Wiese und durch lichten Wald steht man am Fuß des 16 Meter hohen, steinernen Turms. Ohne Schlüssel macht der Aufstieg wenig Sinn, da der Ausblick durch Bäume verstellt ist. Erst von oben eröffnet sich der – überraschende – Tiefblick zur Donau. Wer in Senftenberg Station macht, kann von hier aus auch bereits schöne Wanderungen unternehmen. Eine davon ist die Rundwanderung zum *Roten Kreuz* und zur *Schatzwand.*

ZUM ROSENSCHLOSS FELLING UND NACH ALBRECHTSBERG

Über die *Königsalm*, wo die Straße nach Gföhl abzweigt, gelangt man, immer im Tal der Krems in die Tiefen des Wald-

Die Wachau lässt Grüßen: auf der Sandlwarte

viertels vordringend, nach *Untermeisling* und weiter ins versteckte *Obermeisling.* Die *Pfarrkirche zum heiligen Stephan* liegt malerisch erhöht über einer Flussschlinge; die Kirchweihe fand im bemerkenswerten Jahr 1111 statt, der heutige zweischiffige gotische Bau freilich ist etwas jüngeren Datums. Idyllisch ist es hier allemal!

In Obermeisling scheiden sich die Wege. Variante eins: Man bleibt noch im Tal. Durch eine Art Felsentor geht es Richtung *Hohenstein,* den letzten Ort im Tal, dann wird es für Siedlungen zu eng. Mächtig klebt die alte *Ruine Hohenstein* auf einem steilen Felskegel über der Krems; das weitläufige Gemäuer gehört den Grafen Gudenus. Noch ein kleines Stück kann man fahren, und zwar bis zum alten *Kraftwerk Hohenberg.* Dann bleiben nur noch die Wanderschuhe. Oder die Kehrtwende, denn vor Hohenstein führt eine steile Straße hinauf auf den Kremstalhang, in das Bauernnest *Felling.* Lorenz Gudenus übernahm 1990 von seinem Vater das alte, seit 1938 leer stehende Schloss, renovierte es gründlich und verzauberte es zum *Rosenschloss.* Der «gehobene Liebhaber» und Rosen-Autodidakt präsentiert Jahr für Jahr im «Rosarium» eine Hunderte Rosensorten umfassende Ausstellung. Der alte *Terrassengarten* wurde zu diesem Zweck neu hergestellt und bepflanzt; im Juni ist meist Hochblüte, doch auch danach, bis in den Dezember hinein, blüht und duftet es, dass es eine wahre Freude ist. Hobbyrosenzüchterinnen und -züchter können Rosenseminare buchen, den Rosenshop im Schloss besuchen, darin seltene, vorwiegend in England gezüchtete Rosensorten sowie Literatur über Rosen kaufen, die wechselnden Ausstellungen im Schloss ansehen und danach einen guten Kaffee im kleinen Schlosshof trinken – oder aber nur auf einen kurzen Blick (und eine Nase!) hereinschauen. Der stets auskunftsfreudige Herr Graf versteht sein Unterfangen als «bio-

Bei Obermeisling

Der «Rosengraf» von Felling

logischen Musterbetrieb» («Ich möchte zeigen, dass man auch ganz ohne Chemie durchkommt«), schön, dass er ein klein bisschen über andere «Aristos» herzieht, die sich, im Gegensatz zu ihm, in ihren Burgen und Schlössern «abkapseln», schön auch, dass er mit einem Union Jack vor dem Schloss für alle sichtbar seine Anglophilie dokumentiert. *Lovely place, indeed!*

ÖFFNUNGSZEITEN Do–So 10–18 Uhr, Gruppen nach Voranmeldung auch Mo–Mi, Tel. 0676/420 88 71, im Schloss ist auch die «Andiamo Sinn-Stiftung» beheimatet. Monika Westermayr, ausgebildete NLP-Trainerin, veranstaltet am «Kraftort» Felling so genannte «Kwesten«-Seminare, bei denen auf den Spuren der Kelten und Druiden gewandert und das «eigene Ich» gesucht (und bisweilen auch gefunden) wird; auch NLP-Seminare.

Von Felling gelangt man über Taubitz und *Scheutz* wieder hinunter ins Kremstal. Bei *Brauhaus* überquert man das Flüsschen, um wiederum steil bergan nach *Albrechtsberg an der Großen Krems* zu gelangen. Radfahrer, Achtung! Ein Schmäh, dass Albrechtsberg am Wasser liegt! Mindestens 200 Höhenmeter sind von der Brücke bis zum Hauptplatz zu überwinden. Die Freude über das prächtige, hoch aufragende, von vielen Stellen des Umlands gut sichtbare, aus dem 16. Jahrhundert stammende *Schloss* wird getrübt durch die Tatsache, dass es in Privatbesitz ist und nicht betreten werden kann (andererseits: Jedes Waldviertler Schloss ansehen zu müssen wäre auch mühselig). Die Pfarrkirche liegt innerhalb der Wehrmauer und ist im Nordosten an das Schloss angebaut.

Als Radfahrer möglicherweise auf dem «Kremstalweg» unterwegs, führt die Strecke ab Albrechtsberg mit halbwegs vertretbarem Profil auf einer reizvollen, versteckten Nebenstraßenroute über Purk, Gotthartschlag und Teichmanns nach Ottenschlag. Als Autofahrer kann man, weil es sich um öffentliche Straßen handelt, ebenfalls so fahren oder die Route über Els, Marbach und Kottes nach Ottenschlag (→ S. 340) nehmen.

ZWICKL, WOTANSFELSEN, GUDENUSHÖHLE UND BURG HARTENSTEIN

Die «Location» ist eine der prominentesten der Region: Eine Kremstalfahrt ohne Besuch der Gudenushöhle ist kaum vorstellbar.

Erste Station auf unserer Höhlenexpedition ist *Nöhagen*, das man zum Beispiel auf steiler Straße via Obermeisling erreicht. Hier befindet sich ein überdurchschnittlich gut besuchtes Ausflugsrestaurant.

ESSEN UND TRINKEN Gasthof Schwarz, Nöhagen 13, Tel. 02717/82 09, November bis Ostern Fr–So, Ostern bis November Mi–So, Reservierung empfohlen

Von Nöhagen führt eine höchst interessante, mehrstündige Wanderung zum so genannten *Zwickl*, dem Zusammenfluss von Kleiner und Großer Krems, zum Wotansfelsen, vorbei an der Burg Hartenstein, zur Gudenushöhle und wieder zurück nach Nöhagen. Man startet am Ortsanfang und folgt der grünen Markierung nach Westen, durch Wiesen und Felder gehts, durch Wald auch, und über den *Rotensteig* kommt man hinunter ins Kremstal, wo man nun nach links, dem Weg 606 folgend, die Krems entlanggeht. Zwei Mal muss man durch das Flüsschen durch; bei höherem Wasserstand am besten barfuß. Bald gelangt man in den Talkessel, in dem Kleine und Große Krems zueinander finden. Guter Platz! Von hier sollte man den Abstecher zum *Wotansfelsen* wagen; den findet man, indem man der blauen Markierung steil nach oben folgt. Von der Felsformation hat man einen grandiosen Ausblick ins Kremstal und das südliche Waldviertel.

Ab dem Zwickl geht man links, entlang der Kleinen Krems, auf dem wohl schönsten Abschnitt des Wegs. Nach dem Wotansfelsen ist noch ein Abstecher ins «alpine» Waldviertel möglich, nämlich über den gesicherten *Vetternsteig* hinauf zur *Teufelskanzel*. Recht höllisch geht es zu, im Kremstal! Vom Weg im Tal unten kann man auch zur *Eichmaierhöhle* mit ihrem mächtigen Felsüberhang gelangen. Weiter im Tal der Kleinen Krems gelangt man zur berühmten *Gudenushöhle*. 1884 wurde der 22 Meter lange, hakenförmige prähistorische Wohnplatz in der steil aufragenden Hartensteiner Wand entdeckt, ab 1922 wurden in zwei übereinander liegenden Fundschichten altsteinzeitliche Werkzeuge und Kultgegenstände gehoben. Die Höhle diente vor etwa 90.000 Jahren Neandertalern als Wohnplatz; weitere, rund 15.000 Jahre alte Fundstücke stammen aus der Kulturstufe des «Magdalénien», vom so genannten Cromagnonmenschen. Hebt man den Blick, sieht man senkrecht über den zwei Höhlenportalen den alten Bergfried und steile Mauerflanken der Ruine Hartenstein in den Himmel ragen.

In näherer und weiterer Umgebung befinden sich mindestens 38 weitere Höhlen. Wer einen Tag lang Höhlenmensch spielen möchte, kann sich hier ausgiebig umsehen. Neben der Eichmaierhöhle können auch Steinerner Saal, Schusterlucke, Teufelskirche, Weckermann- und Zwettlleitenhöhle, Teufelsrast, Fledermauslucke und Tempel gesucht und gefunden werden.

Geht man noch ein paar Schritte flussaufwärts, öffnet sich der Blick auf die renovierten und restaurierten Teile der *Burg*

Hartenstein: Sitz eines Hightech-Unternehmens

Hartenstein. Auf einem 70 Meter hohen Felsen über der Kleinen Krems thronend, wurde die Anlage in der Mitte des 12. Jahrhunderts von den Kuenringern gegründet; 1178 ist ein Heinricus von Hertensteine urkundlich genannt. Nach oftmaligem Besitzerwechsel begann die Burg im 17. Jahrhundert zu verfallen, Anfang des 19. Jahrhunderts wurden die Türme nur mehr als Schüttkästen verwendet. 1892 bis 1896 erfolgte dann der Umbau zu einer Kaltwasserheilanstalt in neugotischem Stil. Bis 1938 wurde diese auch frequentiert, dann wurde das Haus «arisiert». Seit einigen Jahren ist das lange Zeit unbenutzte Hartenstein zum Sitz eines New-Technology-Unternehmens mutiert. Die *Beko Holding AG* hat hier ihr Headquarter aufgeschlagen. Im adaptierten neugotischen Trakt hat auch eine Beko-Tochter, das Institut für Humaninformatik (IHI), ihren Sitz; es beschäftigt sich laut Prospekt «mit der Transformation von Information in Informiertheit». Last, but not least hat der künstlerisch ambitionierte Beko-Vorstandsvorsitzende Peter Kotauczek im Kremstalschloss seinen Wohnsitz genommen.

BEKO Holding, Burg Hartenstein, Weinzierl am Walde, Tel. 01/713 37 33-0; keine Besichtigungen

Auf einem Fahrweg geht man bis vor die Burg, unmittelbar vor dieser geht man rechts ab und folgt der roten Markierung; über einen mäßig steilen Anstieg durch den Wald kommt man zurück nach Nöhagen.

Wem diese Runde zu lang und zu mühsam ist, der sollte zumindest zur Gudenushöhle vordringen. Dazu fährt man von Nöhagen auf der Straße über Maigen hinunter ins Tal der Kleinen Krems. Bei der Brücke beginnt ein *geologischer Lehrpfad*, und das ist auch gut so, denn der Weg entlang der Kleinen Krems ist von steilen und interessanten Felsformationen gesäumt. Vorbei am Burg-Hartenstein-Blick braucht man bestenfalls 15 Minuten zum Höhlenportal.

Zurück auf der Straße. Weiter nach Westen, weiter auf dem Weg zu dem 850 Meter hoch gelegenen Hauptort Ottenschlag kann noch ein Abstecher zur weithin sichtbaren, ehemaligen Wallfahrtskirche *St. Johann* empfohlen werden. Der Weg führt über das kleine *Els*, von da in Serpentinen wieder hinunter zur Kleinen Krems und neuerlich steil hinauf nach *Großheinrichschlag*. *St. Johann* ist die zu diesem Ort gehörende Kirchsiedlung, in der es neben einem wenig einladenden Gasthaus und dem Pfarrhof noch eine zweiklassige Volksschule gibt. Wenn man Glück hat, trifft man im unterhalb der Kirche gelegenen Pfarrhof die junge Pfarrersköchin, die einem die Kirche mit dem markant erhöhten gotischen Chor und dem wuchtigen Turm aufsperrt. Die junge Frau erzählt gerne von der Einsamkeit hier heroben und der nicht immer leicht zu ertragenden sozialen Enge, der sie sich nur durch gelegentliche Flucht in die Großstadt entziehen kann. Findet man sie nicht, so kann man immerhin vom Friedhof einen schönen Weitblick genießen.

ZU DEN URSPRÜNGEN VON KLEINER UND GROSSER KREMS

Bevor man zu den Quellen von Kleiner und Großer Krems vorstößt, einige Worte zu den Ortschaften hier in der Kremstalregion. Etlichen von ihnen sieht man an, dass sie ausgezehrt sind. Alte Leute, kleine Traktoren, bröckelnde Fassaden, Rohbauten, Bruchbuden, Fertigteil- und Selfmade-Architektur. Das alles zeugt weniger von schlechtem Geschmack und Gefühllosigkeit als vielmehr von schlechtem Einkommen. Das Herz könnte einem bluten ob der Grausamkeiten, die den Dörfern da angetan wurden und werden. Aber die Sache ist so einfach nicht zu lösen. Jeder Nebenerwerbsbauer ist zwangsläufig auch Maurer, jeder Maurer sein eigener Baumeister und Architekt. Und wenn man das so betrachtet, sind die baulichen Leistungen auch so schlecht wieder nicht!

Wer die Umwege liebt, kann über Himberg und Gschwendt nach *Marbach an der Kleinen Krems* vordringen. An der Straße befindet sich ein letzter Steinbruch für Wachauer Marmor; der Steinmetzbetrieb im Tal westlich von Marbach hat große Marmorblöcke und jede Menge Grabsteine zur Ansicht ausgestellt. Ab Marbach ist das Tal wieder so breit, dass man es mit dem Auto befahren kann. Man ist in Wahrheit schon fast auf der Hochfläche, im Quellgebiet des Flüsschens, angelangt. In sanften Mäandern pendelt die Kleine Krems zwischen Galeriewäldchen hin und her; ihre Quellbäche entspringen in den feuchten Wiesen westlich von *Kirchschlag*, das südlich von Ottenschlag zu finden ist.

Die *Große Krems* fließt aus dem *Weyerteich* westlich von Ottenschlag und von da gleich direkt hinunter ins Mohndorf Armschlag (→ S. 341). Um diesen schönen, künstlich angelegten Teich zu finden, der seinerseits von kleinen Bächen gespeist wird, fährt man auf der Straße von Ottenschlag Richtung Spielberg-Traunstein. Hinter Neuhof führt bei der Schützenmühle ein Waldweg zum versteckt im Wald liegenden Weyerteich ab, in dem Baden streng verboten, Fischen dagegen erlaubt ist. Kurz bevor man den Teich erreicht, geht man unter einem steinernen Viadukt der Bahnlinie Zwettl–Martinsberg durch.

Einer der Zuflüsse des Weyrerteichs kommt aus dem *Himmelteich*, den man seinerseits auf einem Waldweg ab Neuhof erreicht. Der Himmelteich ist – Geheimtipp! – ein wunderbar ruhiger, versteckt im Wald gelegener Badeteich. Der Weg ab Neuhof ist beschildert.

OTTENSCHLAG

In Ottenschlag – beginnen wir mit der kalten Jahreszeit – gibts einen richtigen Schlepplift und eine Skipiste; es gibt Langlaufloipen, die durch dunklen Wald führen und deshalb vor frühzeitiger Verwehung geschützt sind. Der Einstieg ins Langlaufrevier befindet sich gut versteckt nahe des Feuerwehrhauses, beim oberen Ortsteich. Es gibt Wirtshäuser, eine gute Konditorei und ein mächtiges Schloss, das eine landwirtschaftliche Fachschule für ökologische Land- und Hauswirtschaft beherbergt. Ottenschlag besitzt aber auch, und das ist bemerkenswert, einen Flugplatz. Und der gilt, schließlich sind wir im Waldviertel, als der kleinste Flugplatz Österreichs. So klein ist er, dass nur ein einziger Motorsegler hier stationiert ist und einige so genannte «Ultralights», auch Luftmopeds genannt. Die Buckelpiste ist gerade einmal 600 Meter lang, der Hangar sieht aus wie eine Pfuscherwerkstätte. Hier hat sich die Fliegerei einen Hauch von Abenteuer bewahrt; hier starten und landen nur späte Pioniere der bemannten Luftfahrt. Navigiert wird im Luftraum über Ottenschlag unter Garantie nicht mit GPS und Radar, sondern mit Augenmaß und viel Gefühl. Vorbeischauen kostet nichts und ein Rundflug nicht viel, außer ein bisschen Mut!

Schloss Ottenschlag

Ansonsten ist das Land um Ottenschlag reich an – wie man so sagt – unverbrauchter Landschaft. Als Radtour mit relativ wenig Steigung empfiehlt sich eine Runde in den Süden von Ottenschlag, nach *Kirchschlag*, einen Ort, der gerade noch ein Mindestmaß an Infrastruktur sowie die Quellwiesen der Kleinen Krems anzubieten hat. Bis hier folgt man dem «Hochlandweg», im Ort aber biegt man bei der Kirche nach links ab, auf einen Güterweg nach *Schneeberg*. Bei halbwegs

Beim Nostalgie-Skirennen in Groß-Reinprechts

klarer Sicht sieht man von hier ins Alpenvorland und zum Ötscher hinüber; das Jauerlinggebirge mitsamt der unübersehbaren Senderanlage steht groß und mächtig vor dem Ausflügler. Man tut gut daran, nicht ins Tal und bis zur Donau hinunterzurollen (weil man ja dann wieder bergauf zurückfahren müsste.) Über *Elsenreith* gehts hinunter nach *Kottes* und von da nun wieder bergauf, aber nicht zu schlimm. Auf dem Hochlandweg, auf Nebenstraßerln, gehts nach *Gotthartschlag* und über *Teichmanns* zurück nach Ottenschlag (ca. 30 Kilometer).

INFO Gemeindeamt Ottenschlag, Oberer Markt 22, Tel. 02872/73 30 **ESSEN UND TRINKEN** Gasthof Renner, Tel. 02872/72 35 **NATURBAD** Himmelteich, bei Neuhof **FLIEGEN** Flugplatz, an der Straße Richtung Martinsberg

MOHNFELD, MOHNKAPSEL, MOHNDORF

Wenn man in Ottenschlag die Straße nach Zwettl nimmt, kommt man nach rund vier Kilometern Abfahrt ins Tal der Großen Krems ins *«Mohndorf» Armschlag.*

Den Ort sollte man tunlichst im Juli besuchen. Nicht, weil es dann auch hier heroben endlich einigermaßen warm ist, nein, sondern weil dann erfahrungsgemäß der Mohn blüht. In der Mitte von Armschlag ist ein Schaufeld angelegt, auf dem verschiedene Mohnarten angebaut werden, etwa Klatsch-, Alpen- oder Orientalischer Mohn. Mohnkapseln, Mohngestecke, Mohnstrudel, Mohnzelten, Mohnöl, alles gibt es hier zu kaufen, und am besten shoppt man am dritten Sonntag im September, beim Armschläger Mohnkirtag. Den *Mohnlehrpfad* können Bildungshungrige bei dieser Gelegenheit selbstverständlich auch mitnehmen.

ESSEN UND TRINKEN Mohnwirt Neuwiesinger, Armschlag 9, Tel. 02872/74 21; Mo ab 14 Uhr, Di Ruhetag; alles Mohn, von der Mohnschöberlsuppe bis zum Zanderfilet im Mohnmantel, www.mohnwirt.at

DAS GFÖHLER LAND

Vom im Kremstal gelegenen *Untermeisling* gelangt man über *Loiwein* nach *Brunn am Wald*. Hier steht direkt neben der Straße das vor dem Verfall gerettete *Wasserschloss Brunn*. Das aus dem Jahr 1584 stammende Gebäude ist eines der wenigen in Österreich erhalten gebliebenen Schlösser mit einem gefüllten Wassergraben, der sich noch dazu im Osten zu einem richtig ansehnlichen Teich erweitert. Der Philosoph *Christian Freiherr von Ehrenfels (1859–1932)* verlebte hier unbeschwerte Jugendtage. Südwestlich des Schlosses, in erhöhter Lage, befindet sich die Ruine des ehemaligen Schüttkastens. Der heute verwilderte Schlossgarten liegt nördlich, etwas erhöht. Und südöstlich, ebenfalls erhöht, befindet sich eine neugotische, aus der Mitte des 19. Jahrhunderts stammende Kapelle. Sie wurde über der Familiengruft der Familie Ehrenfels errichtet.

ESSEN UND TRINKEN Gasthaus Schindler, Brunn am Wald 30, gleich am Ufer des Schlossteichs, an der Straße hinüber nach Gföhl, Tel. 02718/230

Gleich hinter Brunn liegt *Lichtenau*. Das *Schloss*, späteres Domizil des Philosophen Ehrenfels, liegt versteckt am Rand des Ortes. Man erreicht es auf einem kurzen Fußmarsch vom Hauptplatz aus. Bis in den Vorhof kann man vordringen. Dann ist Ende der Besichtigungstour. Zum fünfzigsten Todestag 1982 fand hier ein internationales Ehrenfels-Symposium statt.

Noch ein Promi lebte einst hier: Der Lyriker *Wilhelm Szabo (1901–1986)*, lediges Kind einer Musikerin, musste im Ort seine harten Kinder- und Jugendjahre verbringen. An ihn erinnert ein

Versteckt im Gföhler Wald: die Rosaliakapelle

Gedenkstein vor der Kirche. Gewohnt hat er direkt am Dorfanger, im einst ärmlichen, radikal veränderten Anwesen mit der Hausnummer 23. «Von den rund dreißig Häusern des Ortes war das Röhrlhaus so ziemlich das ärmlichste und bescheidenste. Es hatte ein Strohdach mit Flicken aus Brettern und Schindeln und winzige Fenster, die auf einen kleinen Obst- und Gemüsegarten und einen daneben liegenden schmalen Hof hinausgingen», schreibt Szabo, der Lichtenau nicht nur genau beschrieben, sondern sich hier auch für immer eingeschrieben hat, und zwar in der *Kirche*, genauer gesagt in einer Kirchenbank auf dem Chorgestühl, direkt neben der Orgel. Wer am Sonntag noch vor der Messe da ist, sollte auf die Empore hinaufklettern. Das wohl mit einem billigen Taschenfeitel eingravierte «Szabo» ist eine rührende Erinnerung an einen ganz normalen Lausbuben. Wer nach der Messe kommt, muss sich beeilen. Der Mesner mit dem großen Kirchtürschlüssel ist streng und lässt den Besuchern nicht lange Zeit, um den Schriftzug des Dichters zu suchen. Szabo verbrachte viele Jahre seines Lebens als Volksschullehrer im Waldviertel. Während der NS-Zeit aus dem Schuldienst entlassen, musste er sich als Holzfäller und Organist durchschlagen. Gegen

Kriegsende zum Volkssturm eingezogen, konnte er sich erst wieder nach dem Krieg seiner literarischen Tätigkeit widmen.

INFO Gemeindeamt Lichtenau, Tel. 02718/257

Von Lichtenau schlägt man sich zu einem kleinen, feinen Ausflugsziel durch: Über *Allentsgschwendt* (rechts abbiegen!) gelangt man nach *Wietzen*. Schon allein wegen der Anreise ist die Fahrt hierher dringend zu empfehlen, erst recht wegen des hier befindlichen *Künstlergarten Wietzen*. In einem Obstgarten direkt neben der Straße, vor der Kulisse eines schönen alten Bauernhofs, sind fünfzig Steinskulpturen aufgestellt. Ihr Erschaffer ist der Bauer-Bildhauer Alfred Kurz.

Weiter über Erdweis, Obergrünbach und Pallweis nach *Moritzreitz*. Auf dem malerischen Friedhof ist die Schriftstellerin Imma von Bodmershof begraben. Sie lebte im mächtigen, über dem Ort thronenden *Schloss Rastbach*.

Auf der Hauptstraße fährt man zurück nach *Gföhl*, das ein überraschend vitales Geschäftsleben aufweist: Als Zentrum des umgebenden Streusiedlungsgebiets *Gföhler Wald* ist es nach wie vor ein gesuchter Einkaufsort. Jeden Donnerstag ist Markttag, dann ist rund um die Kirche einiges los. Eines der letzten Kinos des Waldviertels trotzt in Gföhl dem allgemeinen Sterben und zeigt immer wieder durchaus brauchbare Filme. Die Stadt bemüht sich auch, das Andenken an die Schriftstellerin Imma von Bodmershof aufrechtzuerhalten. Ein Gedenkstein wurde gesetzt. Und alle Jahre wieder werden auf der Freilichtbühne Gföhler Wald Winnetou-Spiele veranstaltet, alle Jahre reiten sie also wieder: gute Indianer, böse Cowboys, tüchtige Laienschauspieler und tapfere Stuntmen. Ein Action-Fun-Spektakel, und den Kindern hats noch jedes Mal gefallen!

INFO Stadtgemeinde Gföhl, Tel. 02716/63 26-0; Karl-May-Festspiele: GVG, Tel. 02716/86 53

«Einschichthof» im Gföhler Wald

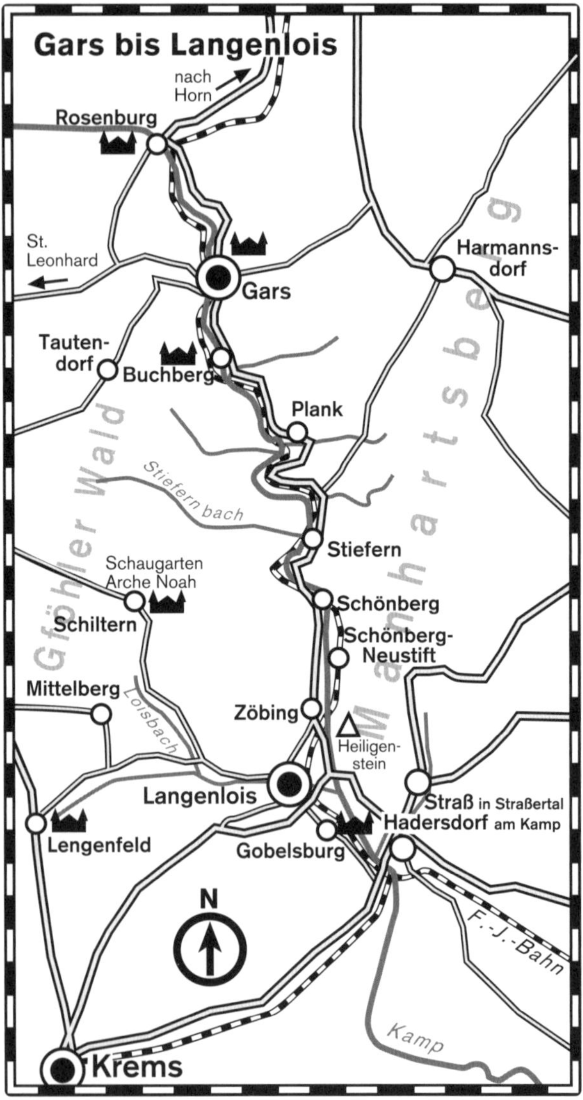

Gars bis Langenlois
nach Horn
Rosenburg
St. Leonhard
Gars
Harmannsdorf
Tautendorf
Buchberg
Plank
Gföhler Wald
Stiefernbach
Manhartsberg
Stiefern
Schaugarten Arche Noah
Schiltern
Schönberg
Schönberg-Neustift
Mittelberg
Loisbach
Zöbing
Heiligenstein
Langenlois
Straß in Straßertal
Hadersdorf am Kamp
Lengenfeld
Gobelsburg
N
F.-J.-Bahn
Kamp
Krems

Von Gars ins Weinland nach Langenlois

Ein ganz eigenes Tal – Garser Betrachtungen – St. Leonhard am Horner Wald – Kunst in Buchberg – Plank, Altenhof, Stiefern – Die Weinorte Schönberg und Zöbing – Die Weinstadt Langenlois – Arche Noah, in Schiltern gelandet

DAS GANZ EIGENE TAL

Diese Talschaft hatte immer eine eigene Identität. Mehr noch: Schon in der Zeit vor dem Ersten Weltkrieg war sie eine stark besuchte Fremdenverkehrsregion und nach dem Semmeringgebiet zeitweise sogar die Nummer zwei der Ausflugsgebiete der Monarchie. Es war die Kamptalbahn, die ab 1889 in extra dafür bereitgestellten Vergnügungszügen die Gäste hierher brachte.

Der Erste Weltkrieg unterbrach den Höhenflug jäh; in der Zwischenkriegszeit folgte dann der zweite Sommer. Die wohlhabenderen Teile der Mittelschicht flüchteten aus der stickigen Großstadt ins Kamptal, auch viel jüdisches Publikum war mit dabei. In Schönberg vertrieben 1925 Nazibanden alle jüdischen Sommergäste auf Nimmerwiedersehen. Gars, in der Region liebevoll «Judenaquarium» genannt, wird 1938 amtlicherseits zur «arischen Sommerfrische» erklärt und «judenrein» gemacht.

Nach dem Zweiten Weltkrieg ist das Kamptal bald total «out» – zu nahe bei Wien, zu fad, der Kamp meist zu kalt zum Baden. Das ist aus heutiger Sicht ein Glücksfall: Das Tal behält seinen Charme. Keine Appartementburgen verstellen die Sicht aufs Rundherum. Dass das Kamptal jetzt wieder einen guten Namen hat, ist zweifelsfrei ein Resultat dieser Stagnation. Natur- und Kulturlandschaft sind hier noch in einem labilen Gleichgewicht, von «übererschlossen» ist keine Rede.

Im August 2002 erschütterte ein Elementarereignis das Kamptal. Intensiver Starkregen brachte den Kamp zum

Überlaufen – eine Flutwelle zerstörte und beschädigte viele Häuser in Gars, Stiefern, Schönberg und, vor allem, in Zöbing. Manche Spuren der Verwüstung werden noch lange sichtbar bleiben, doch insgesamt ist das Tal so schön wie eh und je.

Von Langenlois nach Rosenburg sind es rund dreißig Kilometer, die schafft man sogar zu Fuß in einem Tag. Natur- wechselt ständig mit Kulturlandschaft, längere Ortsdurchschreitungen sind unvermeidlich. Stellenweise ist man ganz weit weg von der Straße, stellenweise kann man die Zehen ins Wasser halten, und stellenweise ist es so schön, dass man auf der Stelle dableiben möchte. Der Weg wechselt mehrfach das Ufer, schneidet Kampschlingen ab, verläuft entlang manch steiler Felswand und dann wieder durch lichten Auwald. Man passiert Kleinkraftwerke, Schlösser, Wehre, Mühlen, Bäder und Gott sei Dank auch manche Labestelle.

Das bisher Gesagte gilt auch für die Bewältigung der Talschaft per Rad. Die meiste Zeit fährt man auf Asphalt, aber es sind auch noch Feldwege mit dabei. Mit einigen kurzen Ausnahmen ist die Trasse flach und so auch für weniger sportliche Ausflügler geeignet. Dankenswerterweise können Räder im Schienenbus auf der Kamptalbahn eingeladen werden. Wer also clever ist, fährt die Strecke flussaufwärts oder noch besser gleich bis Horn per Zug und rollt dann flussabwärts zurück nach Langenlois.

Für all jene, die weder wandern noch Rad fahren wollen, bietet die Kamptalbahn auch Hin- und Retourfahrten an. Die Strecke selbst windet sich von Hadersdorf am Kamp bis hinauf nach Sigmundsherberg, bis zur Franz-Josefs-Bahn.

Die alten Eisenbahn-Stahlgitterbrücken über den Kamp sind Wahrzeichen des Tals; als die ÖBB die bereits altersschwachen Konstruktionen 1998 durch billige Betonauflieger ersetzen wollten, rettete ein Feldzug von Garser Aktivisten die technischen Bauwerke. Eine Fahrt mit dem Bähnle ist jedenfalls eines der nettesten Ferienvergnügen, die man sich vor-

Eine Talfahrt: mit dem Schienenbus am Kampfluss

stellen kann. Während die stark befahrene, kurvenreiche Straße ein unbeschwertes Kennenlernen der Talschaft gar nicht zulässt, braucht man bei der rund 45-minütigen Bahnfahrt nichts anderes zu tun, als am Fenster zu lehnen und den Blick schweifen zu lassen. Die Bilder wechseln ununterbrochen. Man durchschneidet Bergrücken, rollt senkrechte Felshänge entlang, durch Weingärten und an Gründerzeitvillen vorbei, sieht Badehäuser und Mühlen, Ruinen, Burgen und Aussichtstürme.

KAMPTALBAHN ÖBB-Regelbetrieb; Fahrplan: *www.oebb.at*; Nostalgiefahrten mit Dieselloks der Baureihe 2045 und einem Triebwagen Baujahr 1938. ÖCD – Österreichischer Club für Diesellokgeschichte, *www.oecd.at* bzw. Kulturpark Kamptal, Tel. 02985/22 76

GARSER BETRACHTUNGEN

Die Reise beginnt im bekanntesten Kamptalort, in Gars. Das mächtigste und wichtigste Gebäude im Ort ist das *Bio-Trainingshotel.* Unmittelbar vor dem Ersten Weltkrieg fertig gestellt, stand das Grandhotel in den 1970er- und 1980er-Jahren leer –

erst 1986 eröffnete der 2002 verstorbene «Fitnesspapst» Willi Dungl das völlig neu adaptierte und renovierte Haus. Der als Masseur Niki Laudas bekannt gewordene Dungl hat den Garsern mit seinem Haus neues Leben eingehaucht, sorgte für Arbeitsplätze, und obendrein erspart sich der Ort durch Dungl jegliche PR-Arbeit, die Promi-Gäste sprechen für sich.

Wer nun die letzten Jahre nicht mehr im Ort vorbeigeschaut hat, wer etwa das alte, morsche, 1896 errichtete, direkt am Kampufer im Park gelegene Badehaus sucht, erlebt freilich sein blaues Wunder: Gibts nicht mehr! An seiner statt errichtete Dungl am Kampufer ein architektonisch zweifelhaftes Zentrum für chinesische Medizin. Auch ein neues Hotel ist entstanden. Doch Platz für nostalgische Gefühle gibt es hier nicht: Das Geschäft mit der Gesundheit blüht, und da muss Gars mitblühen.

Gars: Gertrudskirche, Babenbergerburg

Das *Freibad Gars-Thunau* am anderen Kampufer mit dem rot-weiß gestrichenen alten *Pavillon* ist eines der Wahrzeichen von Gars. Dem Mittelbauwerk ist ein achteckiges, hübsches Türmchen aufgesetzt. Gebadet wird kaum im Fluss, dafür wird das Schwimmbecken mit der 58 Meter langen Riesenrutsche von Badegästen aller Altersstufen gestürmt.

Hoch über dem Freibad thront einer der interessantesten Gebäudekomplexe des gesamten Tals. In der weitläufigen Ruine der ehemaligen *Babenbergerburg* bzw. eines später dazugekommenen Renaissanceschlosses findet seit Jahren das erfolgreiche Garser Opern-Air-Festival statt. Eine Etage darunter schmiegt sich die zum Ensemble gehörende *Gertrudskirche* an den Hang. Schon des Ausblicks wegen zahlt sich der Anstieg (bzw. die Anfahrt) zur Ruinenanlage aus. Man betritt die Burgruine von der nach St. Leonhard/Horner Wald führenden Straße aus durch eine aus dem 16. bzw. 17. Jahrhundert stammende Toranlage. Der achteckige Bergfried stammt aus dem 12. Jahrhundert. Dahinter öffnet sich der große Hof, in dem im Sommer das

Garser Opern-Air stattfindet. Man kann die im Zentrum aufragenden, aus dem 11. Jahrhundert hier stehen gebliebenen Reste der *babenbergischen Hochburg* umwandern, auch durch einen Pfad in sie eindringen. Eine von einem Tor durchbrochene Ringmauer umgibt das «feste Haus», in dem von 1075 bis 1095 Markgraf Leopold II. residierte. Angeblich soll Leopold III. der Heilige noch hier geboren worden sein. Die Babenberger übersiedelten im Anschluss an ihre Garser Zeit nach Klosterneuburg.

Normalerweise ganz zahm: Kamp in Gars

Im Süden der Anlage, direkt oberhalb der Gertrudskirche, befindet sich der 1781 von einem Blitz gespaltene, fast völlig eingestürzte *Südturm*. Stiegen führen an anderer Stelle zu einem *Aussichtspunkt*, von dem sich ein wunderbarer Blick auf Ort, Kamp, Bahn und viele Gründerzeitvillen bietet. – In dem im 16. Jahrhundert errichteten, ab 1976 teilweise neu eingedeckten und somit vor dem endgültigen Verfall geretteten *Renaissanceschloss* befindet sich heute dankenswerterweise ein Lokal.

Rings um Gars entstanden im 11. und 12. Jahrhundert einige «feste Häuser». Die Ruinen von *Kamegg*, wenige Kilometer flussaufwärts gelegen, oder *Stallegg* waren ursprünglich Sitze babenbergischer Dienstleute. Im kleinen Nest *Sachsendorf*, schon etwas weiter weg am Rücken des Manhartsbergs zu finden, stehen die Ruinen eines Hauses, in dem wahrscheinlich der Minnesänger Ulrich von Sachsendorf residierte. Die *Ruine Schimmelsprung* bei Gars ist dagegen eine erst gegen Ende des 12. Jahrhunderts erbaute, bald wieder verlassene Abschnittsburg.

Die unmittelbar unterhalb der Garser Burgruine gelegene *Gertrudskirche* entstand sehr bald nach der babenbergischen Hochburg. Das romanische Doppelbogenfenster mit der markanten Mittelsäule erinnert augenfällig an diese älteste Bauphase. Unterhalb sind fünf spätromanische bzw. frühgotische Rundfenster sowie weitere Schlitz- und Rechteckfenster zu sehen. In mehreren Bauphasen wuchs die Kirche zu ihrer heutigen Größe und Form; im 14. Jahrhundert wurde sie durch gotische Zubauten vergrößert. Berühmt sind die aus dem Jahr 1330 stammenden *Glasfenster* im Chor, dargestellt sind Szenen aus dem Leben der heiligen Gertrud, der Patronin der Gärtner und Obdachlosen.

Am vorderen rechten Pfeiler des Mittelschiffs befindet sich ein Fresko aus der Mitte des 14. Jahrhunderts. Das aus der zweiten Hälfte des 15. Jahrhunderts stammende Fresko im rechten Seitenschiff zeigt den Einzug Jesu in Jerusalem und das Letzte Abendmahl. Das romanische Taufbecken steht im rechten Seitenschiff.

Wer Gars auf einen Blick haben will: Der sieben Kilometer lange, blau markierte Rundweg zur *Hamerlingwarte* bietet das schönste Panorama von Ort, Kirche und Ruine.

GERTRUDSKIRCHE Von der Kampbrücke führt der Kreuzweg zur Kirchenterrasse, Schlüssel im Pfarrhof am Hauptplatz, Tel. 02985/22 38; Führungen: Touristeninformation Gars, Tel. 02985/26 80 bzw. Gemeindeamt, Tel. 02985/22 25-12

Die Babenberger waren nicht die ersten Bewohner des schönen Gars: Auf dem etwas südlich von Gars gelegenen Schanzberg wurden die Reste einer frühmittelalterlichen *slawischen Siedlung und Wallburg* ausgegraben und zum Teil rekonstruiert. Auf der hoch über dem Kamp gelegenen Holzwiese wurden die Fundamente einer Kirche aus dem 9. Jahrhundert gefunden. Man erreicht das kulturgeschichtlich interessante Areal, indem man von Gars-Thunau Richtung Tautendorf-Gföhl fährt. An der Straße ist ein «Erlebnispunkt-Wegweiser» postiert. Von hier geht man dann zu Fuß in circa 15 Minuten zum Schanzberg, die im Wald versteckte Anlage wird durch Schautafeln erklärt. Die «Schanze» ist auch über einen steilen Fußweg von Gars-Thunau aus zu erreichen.

Am Schanzberg: rekonstruierte Slawensiedlung

Aus etwas jüngerer Zeit stammt eine direkt in Gars an der Hauptstraße Richtung Süden liegende eingeschoßige Villa, die sich der einstige Herzeige-Promi von Gars, *Franz von Suppé (1819–1895)*, errichtet hat. Über dem Tor des nach seiner Frau so genannten *Sophienheims* befindet sich ein Fries mit den Noten der ersten Takte von «O du mein Österreich», im Gitter des Gartenzauns ist ein bekröntes «S» zu sehen – es steht für Sophie und Suppé. Die beiden Suppés verbrachten zwanzig Sommer in Gars; an den Komponisten wird im *Suppé-Gedächtnisraum* im Rathaus erinnert.

INFO Touristeninformation Gars, Hauptplatz 83, Tel. 02985/26 80 **ESSEN UND TRINKEN** Dungl Biotrainings Zentrum & Hotel, Hauptplatz 58, Tel. 02985/26 66-0, www.willidungl.com. Gasthof und Café-Konditorei Ehrenberger, Dreifaltigkeitsplatz 55, Tel. 02985/22 41; großer Schanigarten. **FESTSPIELE** «Opern-Air«-Atmosphäre in der Babenbergerburg, Tel. 02985/330 00 bzw. 01/310 20 26 **MIETWAGEN, TAXI** Rudolf Schrattenecker, Tel. 02985/32 18

ST. LEONHARD AM HORNER WALD

Weil Gars ja doch nicht ganz zum Waldviertel gehört, sollte man von hier auf jeden Fall einen kleinen Abstecher ins ganz richtige Waldviertel wagen. Man fährt dazu rund zehn Kilometer bergauf, nach *St. Leonhard am Horner Wald*. Die *Pfarrkirche* wurde wunderbar, am höchsten aller Punkte, auf 582 Meter Seehöhe hingepflanzt. Der 1777 geweihte Bau besitzt einen prunkvollen neobarocken Hochaltar.

Neben der Kirche befindet sich ein «lebendes» *Handwerksmuseum*. Fast unglaublich: Das Projekt wurde von den Ortsbewohnern in 5000 unbezahlten Arbeitsstunden aufgebaut. Und: Jeden ersten Sonntag im Monat arbeiten hier Schmied, Zimmermann, Tischler, Schuster, Weber, Goldschmied und viele andere Handwerker mit traditionellen Techniken, sozusagen «live». Feuerflecken werden gebacken, Heurechen geschnitzt, Getreide wird gedroschen, und Kinder können in einer eigenen Werkstatt werken und basteln. Eine Hauptattraktion ist eine funktionsfähige «venezianische Säge» aus dem Jahr 1848, die aus Rappottenstein hierher übersiedelt wurde; ein Stück Waldviertler Technikgeschichte.

Die Flamme lodert: lebendiges Museum in St. Leonhard

Dazwischen schaut man sich einen Film an, der die Produktion von Brotgetreide, wie sie vor rund fünfzig Jahren erfolgte, nachstellt – alle Schauspieler sind Leonharder Bauern, einer von ihnen bestellt seine Felder noch tatsächlich mit dem Pferd. Das Museum ragt weit über alle anderen ähnlichen Sammelsurien landwirtschaftlicher Gerätschaft hinaus, einfach, weil hier «Action» geboten wird, und das mit hohem Engagement, authentisch, ohne sentimentale Verklärung. Die Handwerker müssen oft rasch – in der Mittagszeit – zum Heuwenden oder anderen Tätigkeiten auf ihren Hof fahren, nachmittags gehts dann weiter mit dem Touristenbusiness. Von vielen Seiten wird nicht zuletzt angesichts des gelungenen Museumsexperiments betont, dass es «in St. Leonhard noch eine funktionierende Dorfgemeinschaft gibt». Schön zu hören.

Etwas außerhalb des Ortes, an der Straße, die nach Schiltern/Langenlois führt, befindet sich die *Waldviertler Geisterwerkstatt.* Der Gang durch die seltsame Geisterbahn ist allerdings nur für Menschen mit überreichlich vorhandenem Humor zu ertragen. Mehr als erträglich ist dagegen das *Gasthaus Staar*, das der Geisterwerkstatt Herberge bietet. Die Juniorchefin hat den Betrieb wieder in Schwung gebracht, die alte Stube ist echt gemütlich. Auch existiert hier noch eine aus dem Jahr 1931 stammende Lehmkegelbahn. Für die Kegeljungen sorgt die Wirtin – gegen Voranmeldung.

St. Leonhard ist auch Langlaufzentrum – wenn zufällig einmal Schnee liegt, eines der besten Langlaufgebiete des ganzen Waldviertels.

Per Rad oder Auto gelangt man von St. Leonhard zu schönen Plätzen in der Umgebung, etwa hinunter ins versteckte *Steinegg* (→ S. 267) oder nach *Wanzenau* (→ S. 279). Auch auf dem zwanzig Kilometer langen *Hornerwalder Radwanderweg* kann man die Gegend rund um St. Leonhard gut entdecken. Fast einen ganzen Tag benötigt man dagegen, wenn man die gesamten 29 Kilometer des Leonharder Rundwanderwegs abmarschieren möchte.

INFO Gemeindeamt St. Leonhard, Tel. 02987/22 20 **ESSEN UND TRINKEN** Gasthof Staar, Tel. 02987/22 08, Do Ruhetag, etwas außerhalb, an der Straße nach Gföhl. Gasthof Hagmann, Tel. 02987/22 31, 2 km außerhalb **KIRCHE** Schlüssel im Pfarramt, St. Leonhard Nr. 60, Tel. 02987/22 09 **HANDWERKSMUSEUM** «Am Berg», St. Leonhard/Horner Wald 84, So 10–16 Uhr, Handwerksvorführungen jeden 1. So im Monat, für Gruppen auch nach Voranmeldung, Tel. 02987/241 33 **VERANSTALTUNGEN** Im November wird der «Leonhardiritt» abgehalten, am gleichen Tag auch Kirtag **LANGLAUF** Gasthof Steiner, an der Straße Richtung Gars, Skiverleih, Loipenstart Tel. 02987/22 80

KUNST IN BUCHBERG

Drei Kilometer von Gars kampabwärts befinden sich der Ort und etwas abseits der Straße gelegen das *Schloss Buchberg*. Die ältesten Teile des auf einem gewachsenen Felsen aufgebauten Schlosses, nämlich Palas, Bergfried und Kapelle, stammen aus dem 12. Jahrhundert; das restliche Bauwerk kam im 17. Jahrhundert hinzu.

Selten genug gibt es hier «offenes Schlosstor», dann kann der staunende Besucher durch eine Flucht von Räumen gehen,

Schloss Buchberg: ein Zentrum moderner Kunst

die allesamt von Künstlern eingerichtet, gestaltet, bearbeitet, bemalt wurden – das Schloss ist vom Kunsthistoriker Dieter Bogner und seiner Frau zu einem Zentrum konstruktivistischer Kunst umgewidmet worden.

Wer Zeit für einen längeren Spaziergang hat, sollte auf dem Wanderweg von Buchberg bergan Richtung Tautendorf spazieren. Er wird am Wegesrand bald seltsam anmutende Objekte und Skulpturen vorfinden, Kunstwerke, die zum *landscape art*-Projekt des Garser Künstlers und Hauptschullehrers Dieter Graf gehören. Am *Wachtberg*, schon nahe der Ortschaft Tautendorf, erreicht man eine Lichtung, um die und auf der die meisten der mittlerweile zu stattlicher Zahl angewachsenen, von verschiedensten Künstlern gestalteten Objekte zu sehen sind. Graf hat im Do-it-yourself-Verfahren auch eine Art Künstlerherberge aufgebaut, in der regelmäßig auch Veranstaltungen stattfinden. Wer den steilen Weg von Buchberg herauf scheut, fährt via Gars oder Stiefern nach Tautendorf und geht von hier auf einem Feldweg zu den Kunstwerks-Feldern.

PLANK, ALTENHOF, STIEFERN

Weiter kampabwärts gelangt man in die Sommerfrische *Plank/Kamp*. Die bemerkenswertesten Bauten von Plank sind zwei alte, nicht mehr betriebene Mühlen an den beiden entgegengesetzten Enden der Ortschaft. Die ehemalige *Erlinger-Kunstmühle* leuchtet in strahlendem Schönbrunnergelb, das zweite, schon fast schlossartige, großzügig renovierte Mühlengebäude beherbergt Gästezimmer und ist als Absteige sehr zu empfehlen.

In der Ortsmitte befindet sich das kleine, hübsche Planker *Kampbad*, zum Planschen gerade recht, auch ein Buffet hält an warmen Tagen geöffnet. Die nahe gelegene Planker *Pfarrkirche*, dem heiligen Nikolaus geweiht, stammt aus 1676 und liegt direkt am Kampufer. Am Ortsende Richtung Gars führt eine schmale Brücke über den Kamp zum Ortsteil Oberplank. Die *Ortskapelle* stammt aus dem 12. Jahrhundert und wurde im 18. Jahrhundert barockisiert.

ESSEN UND TRINKEN Die Topadresse des Kamptals: Schwillinsky, abseits der Hauptstraße, Kremser Str. 8, Tel. 02985/304 00 **NATURBAD** Strandbad Plank, Tel. 02985/837 03

In großen Schleifen folgt die Bundesstraße den Schlingen des Kamp; die nächste Ortschaft talabwärts heißt *Altenhof*. Die *Stahlgitterbrücke* am Ortsende Richtung Stiefern wurde erst vor kurzem von Stiefern hierher übersiedelt, um Wanderern und Radfahrern den Wechsel vom anderen Ufer in den Ort (und zum Heurigenlokal) zu ermöglichen. Außerhalb des Ortes talabwärts befindet sich eine Miniatur-Kellergasse, erste Weinstöcke zeigen sich an den Hängen. Von dieser Kellergasse führt ein gekennzeichneter Spazierweg zu einem frühmittelalterlichen *Mühlsteinbruch*.

HEURIGER Diwald, Altenhof 11, Tische und Bänke unter Obstbäumen, Öffnungszeiten erfragen, Tel. 02733/87 29

Stiefern, einige Kurven talabwärts, ist der am frühesten urkundlich erwähnte Ort des Tals. Die ehemalige *Wehrkirche* liegt idyllisch an der höchsten Stelle des Ortes; sie ist von einer mittelalterlichen Wehrmauer umgeben. Das Altarbild in der Kirche stammt vom Kremser Schmidt.

Direkt an der Kamptalstraße befindet sich in einem Gründerzeitbau das *Kinderheim* Stiefern. Friedensreich Hundertwasser, damals noch Friedrich Stowasser, war im Sommer 1945 hier einquartiert. Damals entstand ein Jugendwerk des Meisters, das «Aquarell von Stiefern». Die brave Schülerarbeit erinnert in keiner Weise an seine späteren Werke.

Stiefern kann auch als Ausgangspunkt für eine Wanderung ins *Stiefernbachtal* genommen werden. Man folgt ein kleines Stück der Straße nach Thürneustift bzw. Tautendorf, zweigt aber beim Ortsende von Plank links auf einen Fahrweg ab und geht ab nun immer dem Tal und dem Wasser nach. Nach zwanzig Minuten erreicht man die *Hammerschmiede*, die allerdings eine respektable Gründerzeitvilla ist. Der Wald-Wiesen-Bach-Weg führt kaum merklich bergauf, an manchen Stellen muss man durch das seichte Wasser waten. Nach gut zwei Stunden, immer der Markierung nach, erreicht man *Tautendorf*.

ESSEN UND TRINKEN Gasthaus Haimerl, Stiefern, an der Kamptalstraße; Gartenbetrieb; Do Ruhetag; Tel. 02733/82 52

DIE WEINORTE SCHÖNBERG UND ZÖBING

Was sich in Altenhof zart angedeutet und in Stiefern vorsichtig weiterentwickelt hat, ist in Schönberg unübersehbar: Wein! Schönberg ist der am weitesten nach Norden vorgeschobene Vorposten des «Kamptalers», wie man ihn kennt und liebt: resch, fesch und weiß. Es ist der Weinbau, der den Ort baulich prägte; hier sind mehr große, respektable Häuser zu finden als in den kleinen Dörfern flussaufwärts. Zu kosten ist der Schönberger in diversen Heurigenschenken.

Schönberg: Wehrkirche

Dominiert wird Schönberg von der im Kern romanischen, ansonsten gotischen und später barockisierten, von einer Wehrmauer umgebenen *Pfarrkirche*. Das *alte Kampbad* wurde anlässlich des 60-Jahre-Thronjubiläums von Kaiser Franz Joseph errichtet, das hölzerne Badehaus direkt am Kampufer dient heute leider nur mehr als Geräteschuppen. Das neue Bad ist dagegen ein «Freizeitzentrum» mit allem Drum und Dran. 2002 neu eröffnet wurde die *Alte Schmiede* in der Ortsmitte; in dem schon 1598 erwähnten Haus sind neben dem Museum die Vinothek und auch die Touristeninformation untergebracht.

Von Schönberg Richtung Stiefern führt ein netter Spaziergang zum *Kalvarienberg*; auf einem *Waldlehrpfad* kann man in einer zweieinhalbstündigen Runde den *Manhartsberg*, das östliche «Ufergebirge» des Kamp, erwandern. Vom Weg bieten sich immer wieder schöne Tiefblicke ins Tal; schön ist auch der Wechsel der Vegetation: unten Weingärten und jede Menge Laubhölzer; oben, auf der Kuppe des Bergs, dominieren Föhren und Fichten.

INFO Alte Schmiede, Hauptstraße 36, Tel. 02733/764 76 **RADVERLEIH** Gasthof Lindermayer, an der Kamptal-Bundesstraße, Tel. 02733/82 65 **ESSEN UND TRINKEN** Gasthof zur Schonenburg, Hauptstraße 38, Tel. 02733/82 02, Straußenschnitzel, Straußenmedaillons, Straußenragout **HEURIGER** Weingärtnerei Josef Aichinger; Schönbergs Nobelheuriger, Tel. 02733/84 11 **BADEN** Freizeit- und Erholungszentrum, Tel. 02733/83 05 **BAUERNMARKT** alljährlich am 3. Juliwochenende

Zöbing ist anders, das Kamptal macht hier auf: Die steilen Felshänge weichen zurück, das Tal geht über ins Flache. Über dem Ort thront, als letzter Ausguckposten, die Kamptalwarte. Der südlichste Rücken des Manhartsbergs, auf dem die Warte sitzt, heißt *Heiligenstein* und ist wohl der wichtigste Berg weit und breit: Die Hänge sind fast vollständig durchterrassiert, viele verfallene Terrassen wurden in jüngster Zeit neu bepflanzt. Die besten Rieslinge des Kamptals – Lokalpatrioten behaupten: ganz Österreichs – wachsen hier; kein Wunder, denn Boden, Südlage und hohe Luftfeuchtigkeit bieten optimale Standortvoraussetzungen.

Am Hang des Heiligensteins liegt die mit Abstand schönste Sehenswürdigkeit Zöbings, die *Kellergasse*. Die Anfahrt: durch den Ort, nach der Kampbrücke Richtung Schönberg-Neustift. Bei einem großen, gelb gefärbelten Gebäude, dem ehemaligen Lesehof des Stiftes Dürnstein, in einer schmalen

Gasse bergwärts; nach 200 Metern gibts einen Parkplatz, die letzten paar Schritte geht man zu Fuß. Der Blick ist wunderbar, der Gspritzte und die Hauerjause sind das nicht minder. Etliche Spazierwege führen von hier zur schon genannten *Kamptalwarte.* Einer der auf den Berg führenden Wege zweigt von der verlängerten Kellergasse nach links ab und ist gut beschildert, der Anstieg dauert zwanzig Minuten. In der warmen Jahreszeit ist die Tür zur 1897 errichteten Warte samstags und sonntags geöffnet.

In Zöbing, bei der Kampbrücke, befindet sich eine der besten Adressen des Kamptals: *Das Gasthaus Zur schönen Aussicht.* Ilse Gutmann ist eine exzellente Köchin, die mit Liebe und hohem Einsatz so etwas wie «die neue bodenständige Küche» kreiert.

Heiligenstein, Kamptalwarte

INFO für Zöbing: Ursinhaus Langenlois, Tel. 02734/20 00 **ESSEN UND TRINKEN** Gasthaus Zur schönen Aussicht, Ilse und Hans Gutmann, Zöbing, Heiligensteinstraße 32, schöner Garten direkt über dem Kamp, Tel. 02734/23 34; So bis 18 Uhr, Mo, Di Ruhetag

DIE WEINSTADT LANGENLOIS

Langenlois hat einen unverwechselbaren Charakter: Hier ist alles Wein. Von Waldviertel merkt man hier nicht mehr viel, klimatisch zählt die Stadt am Ostrand der Böhmischen Masse zu den trockensten Orten Österreichs. So machen sich rund um die Stadt riesige Rebflächen breit, mehr als die Hälfte der gesamten Anbaufläche wird vom klassischen Grünen Veltliner eingenommen. Jahr für Jahr werden um die acht Millionen Liter Wein in Stahltanks und Holzfässer gefüllt; genug für alle, die da zum Weinkosten vorbeikommen.

Neues Wahrzeichen der Stadt ist das 2003 eröffnete *Loisium.* Das ist, vereinfachend gesagt, ein zur Ehre des Gottes Wein errichteter Tempel, eine Pilgerstätte für alle Riesling- und Veltliner-Gläubigen. Auf Initiative des Wirtschaftstreuhänders Gerhard

Loisium: Revolutionäre Architektur in den Weingärten von Langenlois

Nidetzky stellte der US-Stararchitekt Steven Holl einen avantgardistischen 25 x 25 x 13 Meter großen Sichtbeton-Aluminium-Kubus an die Peripherie von Langenlois. Dieses Baukunstwerk dient als Eingangsbereich in die *Kellerwelt,* in der alte Fässer wie auch neue Installationen und Kunstwerke zu sehen sind. Im Rundgang inbegriffen ist auch ein Einblick in den Hightech-Keller von Karl Steininger. Eine Vinothek ist angeschlossen, der Besuch der gesamten Anlage ist dringend empfohlen.

LOISIUM WEINVISIONEN LANGENLOIS Anfahrt etwas verwinkelt, aber gut beschildert, Tel. 02734/322 40. Vom Kaffeegarten wunderbarer Blick über Langenlois und seine Weingärten. Täglich geöffnet, Wintersperre 7. bis 31. Jänner

Obligatorisch ist in Langenlois auch ein Stadtrundgang. Der *Kornplatz* mit der Pestsäule in der Mitte und einem Kranz von bunten Bürgerhäusern ringsum ist das Zentrum des Ortes. Die Fassaden stammen aus dem 16., 17. und 18. Jahrhundert, zum Teil wurden sie im 20. Jahrhundert nachgebaut. Ursprünglich war der Platz an der Nordfront geschlossen; beim Bau der Kamptal-Bundesstraße aber wurde in den 1950er-Jahren ein Haus abgerissen und die Pestsäule in Richtung Platzmitte verschoben.

Die um 1561 entstandenen Bilder des *Sgraffitohauses* zeigen Szenen aus dem Alten Testament. Am besten zu sehen sind sie von der Terrasse der ehemaligen *Bürgerspitalkirche*, die heute Elisabethkapelle heißt und als Aufbahrungshalle dient. Der neben der Sparkasse befindliche *Langenloiser Hof* stammt aus dem 16., die Fassade aus dem 18. Jahrhundert. Besonders schön ist der Innenhof, den italienische Renaissancebaumeister geschaffen haben. In diesem Hof befindet sich der schönste Gastgarten weit und breit.

Über den regulierten Loisbach geht man durch die Rathausstraße Richtung Stadtpfarrkirche. Rechter Hand steht ein aus dem Ende des 16. Jahrhunderts stammendes, blau gefärbeltes Haus (Nr. 9). Es dient heute als *Heimatmuseum* und zeigt viele Exponate zur Geschichte des Weinbaus; auch einer der größten Mammutzähne Mitteleuropas, gefunden beim Kellergraben in den mächtigen, Langenlois umgebenden Lößdecken, ist ausgestellt.

HEIMATMUSEUM Ostern bis Allerheiligen von 10–12 Uhr, nach Voranmeldung, Mo geschlossen, Tel. 02734/21 01

Langenlois: Dreifaltigkeitssäule am «Kornplatz»

Das *Rathaus* ist eines der ältesten und schönsten Profanbauwerke der Stadt. Der mutige Stahl-Glas-Zubau aus dem Jahr 1998 steht zur alten Bausubstanz in schönem Kontrast.

Die *Pfarrkirche* stammt aus der Mitte des 13. Jahrhunderts. Im Inneren regiert die reine Gotik: Die frühgotische Holzdecke wurde bei einer Generalsanierung in den 1950er-Jahren freigelegt, ebenso wie Fresken aus dem 14. Jahrhundert. Der gotische Altar stammt aus der Schlosskapelle von Pöggstall, die Flügel wurden im 20. Jahrhundert dazukomponiert, und zwar vom «Phantastischen Realisten» Helmut Kies. Die vier Bilder zeigen das Martyrium des Kirchenpatrons, des heiligen Laurentius.

Langenlois: Gotik und Phantastischer Realismus

Eine wichtige Anlaufstelle der Weinstadt ist die Vinothek im *Ursinhaus* in der Kamptalstraße, etwas versteckt hinter dem gelben Kornplatzhaus gelegen. Hier kann man 230 verschiedene Kamptaler Weine kosten und kaufen. Auch die Tourismusinformation befindet sich hier.

An der Straße Richtung Gföhl, etwa zwei Kilometer vom Ortszentrum entfernt, schon nahe beim Ortsende, steht die gotische *Nikolauskirche* mit einem markanten steinernen Turmhelm. Hier befindet sich der Startpunkt für einen markierten Rundwanderweg durch *Hohlwege und Weinterrassen*. Schautafeln erläutern die Herkunft von Löß und seine Bedeutung für den Weinbau. Meterhohe Lößwände und an den Hang geklebte Weinkeller säumen den Weg.

Das *Kampbad*, für alle Freunde des Naturbadens ein wirklicher Schatz, liegt eineinhalb Kilometer von der Stadtmitte entfernt. Man fährt vom Kornplatz durch Bahn- und Austraße, überquert die ins Kamptal führende Bundesstraße und zweigt nach einer alten Mühle nach links ab. Der Kamp ist mit einem Wehr gestaut; das Wasser wird oft 21, 22 Grad warm. Das Badehaus stammt aus den 1920er-Jahren. Im Sommer haben zwei Buffets geöffnet. Ein Spaziergang führt von hier am Kampufer flussaufwarts nach Zöbing; den Heiligenstein hat man dabei stets in Sicht.

Auch das in den letzten Jahren bekannt gewordene *Schloss Haindorf* liegt direkt am Kampufer. Hier finden im Sommer Freiluft-Operettenaufführungen statt. Die Anfahrt ist gut beschildert.

LANGENLOIS: INFO Ursin Haus Vinothek, Kamptalstraße 3, Tel. 02734/20 00, www.ursinhaus.at **ESSEN UND TRINKEN** Langenloiser Hof, Renaissance-Innenhof, Kornplatz 2, Tel. 02734/24 75, Mo Ruhetag; Heurigenhof Bründlmayer, Walterstraße 14. Alle Bründlmayer Weine auch im Sechzehntel-Kostglas, Tel. 02734/28 83, Mo, Di Ruhetag **KELLERGASSE AM SAUBERG** Schöne Gärten und Terrassen **NATURBAD** Kampbad in der Au, Kanuverleih, Tel. 02734/34 71 **RADVERLEIH** Ursinhaus, s. o.

SCHLOSS HAINDORF Krumpöckallee 21, Tel. 02734/26 93 **SCHLOSSFESTSPIELE** Operetten Open-Air Ende Juli bis Mitte August, Tel. 02734/20 00 oder 02734/34 50

Von Langenlois sind es zwei Kilometer in den alten, auf eine Kuenringergründung zurückgehenden Weinort *Gobelsburg*. Die erstmals 1214 genannte, mit der Kirche eine gemeinsame Wehranlage bildende Burg wurde in der Renaissance zum *Schloss* und 1725 nochmals komplett umgebaut. Eigentümer des Schlosses ist das Stift Zwettl, heute keltert Michael Moosbrugger den Gobelsburger Messwein. In der erhöht gebauten *Kirche* befinden sich romanische Reliefs und mittelalterliche Fresken. Ein etwas makabres Wandbild zeigt den Märtyrer Bartholomäus, der seine ihm abgezogene Haut in der Hand trägt.

SCHLOSS GOBELSBURG Heurigenausschank Mai bis Oktober, Öffnungszeiten auf Anfrage, Tel. 02734/24 22; das Schloss ist beliebter Ort für private Hochzeits- und andere Feste

DIE ARCHE NOAH AM SCHILTINGER BERG

Schiltern liegt rund sechs Kilometer westlich von Langenlois und wesentlich höher als dieses; trotzdem wird hier heroben auch noch Weinbau betrieben. In der *Schilterner Kellergasse* findet alle Jahre ein Kellerfest statt – für alle, die Schilterner Bergweine verkosten wollen.

Das Ziel unserer Reise, die in ganz Österreich bekannte *Arche Noah*, liegt am westlichen Ende des lang gezogenen Dorfes, direkt gegenüber von *Schloss Schiltern.* Der gleichnamige Verein, der sich die Erhaltung, Nutzung und Pflege alter, wertvoller Kulturpflanzen zur Aufgabe gemacht hat, betreibt im ehemaligen barocken «Kuchlgarten» des Schlosses mit dem barocken *Gartenpavillon* einen *Schaugarten*; ein Archiv mit über 6500 Samen ist die Basis des erfolgreichen Unterfangens. Konkret werden hier, vor der schönen Schlosskulisse, rund 1200 verschiedene Bohnensorten, 600 verschiedene Paradeiserarten, 300 Kürbissorten und 200 Kartoffelvarianten gespeichert. Jährlich werden dann rund tausend Sorten im Garten angebaut. Dazu kommen 600 Sorten, die in einem so genannten «Vermehrungsgarten» in Langenlois gezogen werden, sowie viele Pflanzen, die von Mitgliedern an verschiedenen Orten erhalten werden.

Alle lieben die Arche: der Kleinbauer aus dem Mühlviertel ebenso wie die feine Gartenliebhaberin aus Hietzing, der Biobauer aus der Südsteiermark genauso wie der fortschrittliche Erwerbsgärtner, der seine Kundschaft mit ungewöhnlichen Pflanzenangeboten überraschen möchte. Angesichts von Nachtkerze, auch «Schinkenwurz» genannt, Gartenampfer, Türkischer Rauke, Meerkohl, Knollenziest, Erdmandel oder Zuckerwurz geht Hobbygärtnerinnen und -gärtnern das Herz auf. Sowohl die historische Bedeutung als auch die aktuellen Anwendungsgebiete der beinahe in Vergessenheit geratenen Pflanzen werden dokumentiert; die Arche leistet somit einen lebendigen Beitrag zu Kultur- wie Naturgeschichte. Hinter dem Gartenpavillon, der als einstiges, mit Wandmalereien geschmücktes Lust-

Hauptdeck der Arche Noah: Barocker Gartenpavillon

haus bereits wieder als Veranstaltungsraum genutzt wird, wurde eine zweite Gartenebene, der einstige «Zwerglgarten», erschlossen; hier werden alte Obstbaumsorten kultiviert.

Neben dem «Verein» hat sich, um den immer größer werdenden Ansturm von Interessenten bewältigen zu können, bereits eine richtige GmbH etabliert. Geschäftsführerin Sabina Laz, eine gelernte Restauratorin, sieht sich folgerichtig als Geschäftsfrau im Tourismusbusiness, betont den pädagogischen Aspekt ihrer Arbeit und hat, speziell im Veranstaltungsbereich, noch einige Ausbaupläne.

Besonders stark frequentiert ist Schiltern am 1. Mai, dem «Pflanzentauschtag» bzw. beim Erntedankfest im September. Da gibts, zusätzlich zum regulären Angebot, noch einen Biobauernmarkt und auch ein richtiges Fest. Gestärkt und mit den besten Paradeisersamen der Welt tritt man die Heimreise in die große Stadt an – freilich erst, nachdem man auch dem restlichen Schiltern, das ebenso lange wie vergeblich um seine Loslösung von der Großgemeinde Langenlois gekämpft hat, seine Reverenz erwiesen hat.

ARCHE NOAH SCHAUGARTEN Schiltern bei Langenlois, Obere Straße 40, Tel. 02734/86 26-18, www.arche-noah.at; Mitte April bis Mitte Oktober

Di–Fr 10–16, Sa, So, Fei 14–18 Uhr; Führungen an Wochenenden jede volle Stunde, Verkauf von Pflanzen, Samen, Literatur **ESSEN UND TRINKEN** Schlosscafé vis-à-vis im Schloss Schiltern an Wochenenden zu den Arche-Öffnungszeiten geöffnet. **GARTEN** Die Arche Noah ist einer von mehreren Wald- und Weinviertler Schaugärten, die unter dem Markennamen «Kamptalgärten» gemeinsame Sache – sprich Marketing und Veranstaltungen – machen. Info unter www.kamptalgaerten.at. Auch das «Rosenschloss Felling» (→ Seite 333) ist mit dabei.

Die *Kirche* von Schiltern liegt in erhabener Position in wunderbarer Lage. Sie ist über einen gedeckten Stiegenaufgang vom Ort aus zu erreichen. Gleich daneben steht die so genannte *Zorimauer* – die kargen Reste einer aus dem 13. Jahrhundert stammenden Fluchtburg.

Das bereits erwähnte *Schloss Schiltern* beherbergt ein von der Caritas betriebenes Rehabilitationszentrum für psychisch Kranke. Im schönen Hof und in den adaptierten Räumen des Schlosses können Feste und Hochzeiten gefeiert werden, ab und zu gibts sehenswerte Ausstellungen bildender Künstler; auch Gästezimmer werden vermietet.

SCHLOSS SCHILTERN Tel. 02734/82 22

Nützliche Tipps und Adressen im und für das Waldviertel

• ERSTE ADRESSEN •

Waldviertel Tourismus, Hauptplatz 4, 3910 Zwettl, Tel. 02822/541 09-0, www.waldviertel.or.at
Unter der Gratis-Telefonnummer 0800/30 05 00 sieben Tage die Woche Beratung und Buchung.

Niederösterreich-Information, Postfach 10.000, 1010 Wien, Tel. 01/536 10-6200, E-Mail: tourismus@noe.co.at, www.noe.co.at

• QUARTIERSUCHE •

Noch immer gibt es in vielen Regionen ein eher knappes Bettenangebot. Am Wochenende hinfahren und «mal sehen», ob ein Zimmer zu ergattern ist, kann mühsam und zeitraubend sein. Besser ist, sich vorab ein Zimmer zu suchen. Die komplette **Waldviertler Preis- und Quartierliste** wird vom Waldviertel Tourismus (s.o.) alle Jahre neu aufgelegt.

Bei der Quartiersuche behilflich sind auch die regionalen Tourismusverbände:

Tourismusverband Kulturpark Kamptal, Hauptplatz 83, 3571 Gars/Kamp, Tel. 02985/22 76, www.kulturpark-kamptal.at

Tourismusverband Oberes Waldviertel, Weitraer Straße 44, 3950 Gmünd, Tel. 02852/532 12, www.tiscover.com/oberes.waldviertel

Tourismusverband Thayatal, Hauptstraße 25, 3820 Raabs/Thaya, Tel. 02846/365, www.tiscover.com/thayatal

Tourismusverband Waldviertel Mitte, Hauptplatz 4, 3910 Zwettl, Tel. 02822/522 33, Fax 02822/522 33-36, www.tiscover.com/touristinfo.waldviertel.mitte

Tourismusverband Ysper-Weitental, Altenmarkt 100, 3683 Yspertal, Tel. 07415/67 67-25, www.sonnenuhr.at

Natürlich ist auch bei den Informationsstellen der einzelnen Gemeinden Hilfestellung zu erhalten. Die jeweiligen Adressen bzw. Telefonnummern befinden sich im Reiseteil.

Die meisten Gemeinden verfügen mittlerweile über eigene Internetadressen; sinnvoll ist es, ein Portal zu benutzen. Über Links, die von **www.waldviertel.at** wegführen, kommt man direkt zu einem Ortsverzeichnis.
www.tiscover.at ist ebenfalls eine Möglichkeit, zu den einzelnen Orten bzw. Quartieren vorzustoßen. Ein bekannter Waldviertler Provider ist **www.wvnet.at**, Tel. 02822/570 03.

IM FALL DES NOTFALLES

Feuerwehr	Tel. 122
Gendarmerie/Polizei	Tel. 133
Rettung	Tel. 144
Krankenhaus Gmünd	Tel. 02852/525 25-0, Conrathstraße 17
Krankenhaus Horn	Tel. 02982/26 61, Spitalgasse 10
Krankenhaus Krems	Tel. 02732/804-0, Mitterweg 10
Krankenhaus Zwettl	Tel. 02822/504-0, Propstei 5

ANREISE

MIT DEM FLUGZEUG

Nächster Verkehrsflughafen ist **Wien-Schwechat**. Entfernung nach Zwettl ca. 150 km.
Zwei Sportflugplätze liegen in der Region:
Flugplatz Krems-Langenlois, 5 km von Langenlois Richtung Krems. Asphaltpiste, Motor- und Segelflugbetrieb, Ballonfahren, Flugzeugwerft. Tel. 02732/83 40. Zweimotorige Maschinen können landen. Täglich besetzt.
Flugplatz Dobersberg
Nahe der tschechischen Grenze, 15 km von Waidhofen/Thaya, an der Straße nach Kautzen. Graspiste. Tel. 02843/24 40.

AUF DER SCHIENE (AB WIEN)

Alle Waldviertler Bahnen sind auch Panoramabahnen. Fahrten mit der Franz-Josefs-Bahn, mit der Wachaubahn oder der Kamptalbahn sind sehr schöne Erlebnisse. Fahrradtransport auf vielen Zügen.
Fahrplanauskunft unter **www.oebb.at**

Franz-Josefs-Bahn

Hauptachse ins Waldviertel. Abfahrt in Wien von Franz-Josefs-Bahnhof, Spittelau und Heiligenstadt. An der Franz-Josefs-Bahn liegen unter anderem (in Klammer Entfernung vom Bahnhof):
• Sigmundsherberg (Abzweigung ins Kamptal, s.u.) • Geras (7 km) • Göpfritz an der Wild • Allentsteig (2 km) • Schwarzenau • Vitis • Pürbach • Gmünd

Schwarzenau–Waidhofen/Thaya

Abzweigung von der Franz-Josefs-Bahn

Schwarzenau–Zwettl

Abzweigung von der Franz-Josefs-Bahn

Wien–Hadersdorf/Kamp–Krems–Wachau

Abfahrt in Wien von Franz-Josefs-Bahnhof, Spittelau und Heiligenstadt

Kamptalbahn Hadersdorf/Kamp–Sigmundsherberg

Verbindet die Kremser Strecke mit der Franz-Josefs-Bahn. An ihr liegen alle wichtigen Kamptalorte wie Langenlois, Zöbing, Schönberg, Stiefern, Plank, Gars und Rosenburg.

AUF DER STRASSE (AB WIEN)

Fast alle Wege führen über die Nordbrücke/Donauuferautobahn A 22 bis Stockerau. Hier teilen sich die Hauptachsen ins Waldviertel. Im Folgenden die Anreiserouten zu den Hauptorten der im Reiseteil beschriebenen Regionen (in Klammer die Entfernungen ab Wien-Zentrum):

Altenburg

A 22–B 4–Horn–B 2, von der Umfahrung Horn B 38 nach Altenburg (88 km)

Arbesbach

A 22–S 5 (Tulln–Krems)–Krems–Abzweigung Richtung Gföhl (B 37)–Zwettl (B 38), in Zwettl über die B 38 Richtung Groß Gerungs/Arbesbach, nach 8 km, bei Merzenstein, links ab, über Rappottenstein nach Arbesbach (155 km)

Dobersberg

A 22–B 4–Horn–B 2–Göpfritz/Wild–B 5–Waidhofen/Thaya, von der Umfahrungsstraße Waidhofen/Thaya rechts ab (132 km)

Drosendorf
A 22–B 4–Horn, in die Stadt hinein, in der Stadt Abzweigung Richtung Geras (B 4), in Geras links nach Drosendorf (114 km)

Gars
A 22–B 4 Richtung Horn, nach Harmannsdorf, vor Mörtersdorf links ab nach Gars (80 km)

Geras
A 22–Stockerau–Hollabrunn (B 303)–Retz–Richtung Hardegg/Riegersburg, bei Niederfladnitz links ab–Waschbach (links ab) –Weitersfeld–Oberhöflein–Geras (104 km)

Gföhl
A 22–S 5 (Tulln–Krems)–Krems–Abzweigung Richtung Zwettl– Gföhl (B 37) (96 km)

Gmünd
A 22–B 4–Horn–B 2–Göpfritz/Wild–Schwarzenau–Vitis–Schrems–Gmünd (136 km)

Hardegg
A 22–Stockerau–Hollabrunn (B 303)–Retz–Hardegg (91 km)

Heidenreichstein
A 22–B 4–Horn–B 2–Göpfritz/Wild–B 5–Waidhofen/Thaya–Heidenreichstein (133 km)

Horn
A 22–B 4–Horn (82 km)

Jauerling
A 22–S 5 (Tulln–Krems)–Krems–B 3–Wachau bis Spitz, rechts ab Richtung Ottenschlag, über Gut am Steg zum Gipfel (111 km)

Karlstein
A 22–B 4–Horn–B 2–Göpfritz/Wild, rechts ab nach Groß Siegharts, im Ort Abzweigung nach Karlstein (125 km)

Langenlois
A 22–S 5 (Tulln–Krems), bei Abfahrt Fels Richtung Kamptal–Langenlois (75 km)

Litschau
A 22–B 4–Horn–B 2–Göpfritz/Wild–B 5–Waidhofen/Thaya–Heidenreichstein–Litschau (145 km)

Ottenschlag
A 22–S 5 (Tulln–Krems)–Krems–B 3–Wachau bis Weißenkirchen; über den Seiber nach Kottes und Ottenschlag (116 km)

Ottenstein
A 22–S 5 (Tulln–Krems)–Krems–Abzweigung Richtung Gföhl (B 37), weiter auf der Straße Richtung Zwettl bis Rastenfeld, rechts ab nach Ottenstein; zum Stausee nochmals links ab (115 km)

Raabs/Thaya
A 22–B 4–Horn, in die Stadt hinein, Abzweigung Richtung Geras/Raabs, 2 km nach Ortsende links ab, über Irnfritz und Aigen nach Raabs (112 km)

Rappottenstein
A 22–S 5 (Tulln–Krems)–Krems–Abzweigung Richtung Gföhl (B 37)–Zwettl (B 38), in Zwettl über die B 38 Richtung Groß Gerungs/Arbesbach, nach 8 km, bei Merzenstein, links ab, über Marbach nach Rappottenstein (145 km)

Rosenburg
A 22–B 4, noch vor Horn in Mold links ab nach Rosenburg (83 km)

Schrems
A 22–B 4–Horn–B 2–Göpfritz/Wild–Schwarzenau–Vitis–Schrems (131 km)

Schwarzenau
A 22–B 4–Horn–B 2–Göpfritz/Wild–Schwarzenau (115 km)

Schweiggers
A 22–S 5 (Tulln–Krems)–Krems–Abzweigung Richtung Gföhl (B 37)–Zwettl (B 38), in Zwettl Richtung Weitra, Abzweigung am Ortsende rechts (140 km)

Waidhofen/Thaya
A 22–B 4–Horn–B 2–Göpfritz/Wild–B 5–Waidhofen/Thaya (119 km)

Weiten
A 4 (Westautobahn) bis Melk–Donaubrücke–donauaufwärts nach Weitenegg, rechts ab über Leiben nach Weiten (107 km)

Weitra
A 22–S 5 (Tulln–Krems)–Krems–Abzweigung Richtung Gföhl (B 37)–Zwettl (B 38), in Zwettl Richtung Weitra (151 km)
Yspertal
A 4 (Westautobahn) bis Abfahrt Ybbs–Donaubrücke Persenbeug–Altenmarkt–Yspertal (130 km)
Zwettl
A 22–S 5 (Tulln–Krems)–Krems–Abzweigung Richtung Gföhl (B 37)–Zwettl (B 38) (127 km)

PANNENDIENSTE

ÖAMTC	Tel. 120
ARBÖ	Tel. 123

Ideale Karte für Autofahrer: Generalkarte Österreich, 1:200.000, Blatt 1

AUTOVERLEIH

In Orten mit Bahnanschluss.
Gmünd
Buchbinder GmbH, Bahnhofstraße 44, Tel. 02852/538 60
Horn
Taxi Mann, Schotzstraße 11, Tel. 02982/26 11
Schrems
Autohaus Maly, Gmünder Straße 28, Tel. 02853/727 24
Waidhofen/Thaya
Klaus Altschach, Jägerteichstraße 3, Tel. 02842/533 45
Zwettl
Audi Berger, Kremser Straße 34, Tel. 02822/522 81
Gerold Kerschbaum, Autobusunternehmen, Klosterstraße 9, Tel. 02822/524 43-0

• UNTERWEGS MIT DEM RAD •

Der beste Radwegführer ist der Radatlas **Radwandern im Waldviertel** (Schubert und Franzke) Die darin enthaltenen Radkarten 1:75.000 decken das ganze Waldviertel ab. Die «großen» Radwege – wie Waldviertelweg, Kamptalweg,

Kremstalweg, Kuenringerweg, Klosterweg, Waldviertler Radschaukel, Thayatalweg, Rund um Retz, Bandlkramerweg, Weinsberger Wald-Nord-Süd-Weg, Hochlandweg, Yspertalweg, Weitental- und Spitzertalweg – sind genau beschrieben.
Zusätzlich, für den Überblick, ist auch die **Generalkarte 1 : 200.000** hilfreich. Generell gilt: Nicht immer sind die grün beschilderten Radwege auch die klügsten und angenehmsten Varianten, um von A nach B zu kommen. Radwege werden oft steil bergauf und bergab auf Güterwegen geführt, dabei ist die flachere Landstraße ebenfalls gefahrlos zu befahren. Ein Blick auf die Landkarte hilft oft sehr.
Radverleihstellen in den Serviceblöcken im Textteil.

MOUNTAINBIKEN

Das Waldviertel hat, neben unzähligen wenig befahrenen Landstraßen, auch noch ein dichtes Mountainbikenetz gewoben – 2000 Kilometer, 38.000 Höhenmeter. Alles, was man wissen muss, findet sich in der **Mountainbike-Karte Waldviertel** im Maßstab 1 : 50.000, mit vierfärbigen Streckenprofilen und -beschreibungen.
Erhältlich unter anderem beim Waldviertel Tourismus, Tel. 02822/541 09. Zusätzlich hilfreich ist www.mbike.at/waldviertel

• UNTERWEGS, ZU FUSS •

Zahlreiche Weitwanderwege führen durchs Waldviertel, haben hier ihren Ausgang oder ihr Ende.
Der Europäische Fernwanderweg E 8, der von der Nordsee über Rhein, Main und Donau zu den Karpaten und weiter über Rila zu den Rhodopen führt, kommt bei Gmünd nach Österreich, führt über Heidenreichstein und Waidhofen/Thaya und das Thayatal nach Drosendorf und Geras und von da weiter ins Weinviertel.
Für alle Wanderungen, auch die hier im Buch beschriebenen, empfehlen sich **Wanderkarten 1 : 50.000** mit Wanderwegaufdruck, zum Beispiel von Freytag & Berndt oder Kompass, das Blatt je nach Region, bzw. die «amtliche» ÖK 1 : 50.000. Orien-

tierung auf der Karte ist sehr oft notwendig, da Markierungen und Wegweiser genau dort verschwunden sind, wo man sie am dringendsten benötigen würde.
Bei vielen Gemeindeämtern erhält man gratis oder gegen einen geringen «Unkostenbeitrag» eine Wanderkarte des jeweiligen Gemeindegebiets. Anfragen.

• GRENZÜBERGÄNGE IM WALDVIERTEL •

Phyrabruck
Westlich von Weitra, tägl. 6–22 Uhr
Gmünd-Bleyleben
Bleylebenstraße, nur für Fußgänger und Radfahrer, tägl. 7–19 Uhr
Gmünd-Böhmzeil
Grenzgasse 3, in der Stadt, tägl. 0–24 Uhr
Gmünd-Nagelberg
Bei Neunagelberg. Fernverkehr, tägl. 0–24 Uhr
Schlag-Litschau
Nur für Radfahrer und Fußgänger. 1. Mai bis 30. Juni, 1. September bis 15. Oktober tägl. 8–18 Uhr, 1. Juli bis 31. August tägl. 8–20 Uhr
Gramettten
Nördlich von Litschau bzw. Heidenreichstein. Fernverkehr, tägl. 0–24 Uhr
Fratres
Nördlich von Waidhofen/Thaya, tägl. 6–22 Uhr
Oberthürnau
Bei Drosendorf, tägl. 6–22 Uhr
Hardegg
Nur für Radfahrer und Fußgänger. 15. April bis 2. November tägl. 8–20 Uhr, für Personen, die weder für Österreich noch für Tschechien ein Visum benötigen

Weitere kleine Grenzstellen, zum Teil nur für Fußgänger und Radfahrer, bei Reingers, Langau und Felling (bei Hardegg) sind in Vorbereitung bzw. nur sporadisch geöffnet.

REGIONALE MEDIEN

NÖN – Niederösterreichische Nachrichten

Wochenzeitung, erscheint in zahlreichen lokal mutierten Ausgaben. Für das Waldviertel relevant sind die Ausgaben Krems-Kamptal, Horn, Zwettl, Gmünd, Waidhofen, Melk. Jeder Geburtstag wird mit Foto des Jubilars abgefeiert, die Bürgermeister kommen zu Wort und Bild. Enthält auch Veranstaltungskalender. Die *NÖN* ist für Ausflügler, die ein bisschen länger bleiben, wichtige Basislektüre, um zu wissen, worüber man im Bezirk gerade diskutiert.

Der Waldviertler

Gratis-Wochenzeitung, geht an alle Haushalte des Waldviertels. Gut für Veranstaltungstipps und (eingeschränkt) aktuelle Ereignisse. Liegt in fast allen Gasthäusern und Cafés auf. Die Redaktion befindet sich in Waidhofen/Thaya, Tel. 02842/541 67. Auch brauchbarer Internetauftritt: www.derwaldviertler.at

Das Waldviertel

Vierteljahresschrift, spezialisiert auf Heimat- und Regionalkunde des Waldviertels und der Wachau. Verlagsadresse: Waldviertler Heimatbund, 3580 Horn, Postfach 100, Chefredakteur Erich Rabl, 02982/39 91.

Waldviertel von A bis Z

Ab-Hof-Verkaufsadressen, Angeln, Antiquitäten, Apotheken, Ärzte, Asphaltstocksport, Aussichtswarten, Autoverleih (und das sind nur die As). Sehr hilfreich. Wird jährlich neu aufgelegt. Kostenlos bei Waldviertel Tourismus, 3910 Zwettl, Hauptplatz 4, Tel. 02822/541 09, und manchen gut sortierten Tourismusinformationsstellen.

Kurier

Die Tageszeitung *Kurier* produziert eine eigene Waldviertel-Seite.

INTERNET IM WALDVIERTEL

In verschiedenen Orten besteht die Möglichkeit, ins Internet zu schauen.

Amaliendorf-Aalfang (bei Heidenreichstein): Tennisstüberl Gerhard Polt, Sportplatzstraße 362, Tel. 02862/537 38

Arbesbach
Öffentliche Bücherei, Nr. 35, Tel. 02813/73 30

Bad Großpertholz
Gemeindebücherei, Nr. 138, Tel. 02857/22 53-13, Helga Wandl

Großschönau
Öffentliche Bücherei im Pfarrhof, Tel. 02815/70 77-3, Do 17–18, So 9–11.30 Uhr; Betz-Telestube, Harmannsteiner Straße 22, Tel. 02815/70 09, Di, Do 13–16, Mi 8–12 Uhr

Heidenreichstein
Internet-Pub Unique, Waidhofener Straße 1, Tel. 02862/534 81

Kirchschlag-Scheib (Nähe Ottenschlag)
Waldgasthaus Jakwerth, Scheib 32, Tel. 02872/72 77, Mi Ruhetag

Litschau
Raiffeisenbank, Stadtplatz 33, Tel. 02865/478, Mo, Di, Mi und Fr 7.45–12.15,13.30–16, Do bis 17 Uhr

Pöggstall
Sparkasse, Hauptplatz 9, Tel. 02758/23 11

Reingers (Nähe Litschau)
Jugendtreff Reingers im FZ Reingers, Tel. 02863/581 88, Juni bis September tägl. ab 10 Uhr

St. Oswald (Nähe Yspertal)
St. Oswald, Nr. 41, Tel. 07415/72 91, Mo–Fr vormittags

Traunstein-Kaltenbach
Bücherei, Kaltenbach 10, Theresia Haider, Di 19–21, Fr, Sa 15–17, So 9–11 Uhr

Waidhofen/Thaya
Login-Jugendbank, Bahnhofstraße 14, Tel. 02842/205 05

WALDVIERTEL AKADEMIE

Der Kopf der Akademie, der Historiker Niklas Perzi, möchte dem Viertel ein «intellektuelles Forum für Debatten bieten, die sonst nicht stattfinden könnten». Konkret finden übers Jahr gestreut ein Dutzend «Kulturstammtische» und Diskussionsveranstaltungen statt; die Veranstaltungsorte und -themen variieren je nach aktuellem Anlass. Hauptaktivität der Waldviertelakademie ist die alljährliche Sommerakademie auf Schloss Raabs, jeweils vier Tage Ende August. Dazu gibts noch Ausstellungen und grenzüberschreitende Veranstaltungen, vor allem in Zusammenarbeit mit der Kulturbrücke Fratres. Enge Zusammenarbeit mit Wissenschaftlern aus Tschechien. Sehr schöne historische Fotoausstellung im Internet.
WALDVIERTEL AKADEMIE Waidhofen/Thaya, Tel. 02842/537 37, www.waldviertelakademie.at

FITNESSCENTER

Für Tage bei Schlechtwetter. Öffnungszeiten und Ausstattungsgrad vorab telefonisch erfragen.

Bad Großpertholz
Fitnessraum im Hallenbad, Tel. 02857/23 19

Groß Gerungs
Martin Weichselbaum, Dietmanns 12, Tel. 02812/511 81

Heidenreichstein
Johannes Dejmek, Grabengasse 1, Tel. 02862/524 37
Body Time – Fitness für die Frau, Litschauer Straße 2, Tel. 02862/589 53

Horn
Fitness Club Vital, Florianigasse 9, Tel. 02982/26 15
Prolife Fitnesscenter, EKZ Horn, Am Kuhberg 5, Tel. 02982/303 60

Leiben
Gesundheitscenter Scheibenpflug, Poststraße 2, Tel. 02752/724 23

Moorbad Harbach
Moorheilbad, Therapieverwaltung, Tel. 02858/52 55-1630

Münichreith-Laimbach (Ostrong)
Gesundheitshotel Balance, Laimbach 7, Tel. 02758/50 05
Schrems
Freizeitoase Laubenstein, Teichgasse 2, Tel. 02853/727 99
Therafit, Mag. Bachofner, Tel. 02853/761 10
Waidhofen/Thaya
Active & Relax Center, Moritz-Schadek-Gasse, Tel. 02842/516 61
Yspertal
Tennishalle Altenmarkt, Altenmarkt 200, Tel. 07415/66 33
Zwettl
Body Time – Fitness für die Frau, Neuer Markt 6,
Tel. 02822/530 14

GOLFEN

Drosendorf-Zissersdorf
Josef Scheubrein, Autendorf 18, Tel. 02915/626 25
Haugschlag
Golfclub Waldviertel, Tel. 02865/84 41, www.golfresort.at
Lengenfeld
Golfclub Lengenfeld, Tel. 02719/87 10
Litschau
Golfclub Herrensee, Buchenstraße 1, Tel. 02865/438
Rastenfeld
Golfclub Ottenstein, Christiane Leutgeb, Niedergrünbach 60,
Tel. 02826/74 76
Waidhofen/Thaya
Golfclub Waidhofen, Am Golfplatz 1, Tel. 02842/502
Weitra
Golfclub Weitra, Freizeitzentrum Hausschachen,
Tel. 02856/20 58-4

HALLENBÄDER

Für Tage in Grau. Öffnungszeiten nochmals telefonisch sichern!
Bad Großpertholz
Gerald Tannhäuser, Nr. 180, Tel. 02857/23 19,
Di, Do, Fr 17–21, Sa 15–20 Uhr

Dobersberg
Schulstraße 2, Tel. 02843/22 01 od. 02843/23 32, Di, Fr 17–20.30, Sa 15–18.30 Uhr

Gars/Kamp
Dungl Biotrainings Zentrum & Hotel, Hauptplatz 58, Tel. 02985/26 66-0, www.willidungl.com

Groß Gerungs
Arbesbacher Straße 224, Tel. 02812/82 38, Mi 16–20, Do 16–21, Fr 15–21, Sa 15–22, So 15–19 Uhr

Horn
Waldland Hallenbad, Kieselbreitengasse 18, Tel. 02982/32 45, Di–So, Sommersperre 1. Juli bis 14. August

Litschau
Schulstraße 9, Tel. 02865/513 13, Di, Mi, Fr 16–21, Do 16–19 Warmbadetag für Senioren, keine Kinder, Sa, So 16–19 Uhr. In den Sommerferien nur an Schlechtwettertagen ab 14 Uhr geöffnet

Moorbad Harbach
Moorheilbad, Tel. 02858/52 55-0

Raabs/Thaya
Hauptstraße 2a, Tel. 02846/71 11, Di–Fr 16–21, Sa, So 14–20, Juli, August 10–20 Uhr

Schönbach Nr. 6, Tel. 02827/70 02

Schrems
Stadtpark, Tel. 02853/728 96, Mi 17–21, Do 16–20 (Warmbadetag), Fr 17–21, Sa 14–18 Uhr; während der Sommerferien geschlossen

Waidhofen/Thaya
Bahnhofstraße, Tel. 02842/526 89, Juli, August geschlossen

Weitra
Volksschule, Schubertstraße 209, Tel. 02856/25 81, Do, Fr 18–21, Sa 15–21 Uhr, während der Sommerferien geschlossen

Yspertal
Erlebnishallenbad, Ysper 34, Tel. 07415/74 73, Di–Fr 15–23, Sa, So, Fei 10–23; Weihnachts-, Semester-, Osterferien 10–23, Sommerferien: Di–Fr 13–23, Sa, So, Fei 10–23 Uhr

Zwettl
Stift Zwettl 12, Tel. 02822/522 14–13, Mo, Mi 18–21, Do, Fr 16–21, Sa 15–22, So 15–19 Uhr

FESTIVALS

Im Waldviertel finden zahlreiche Festivals und Sommer-Open-Airs statt. Einige sind längst Tradition geworden und Anlass für ein verlängertes Wochenende.

Altenburg
Sommerspiele Stift Altenburg, Juli, August, Tel. 02982/ 3451-21, www.stift-altenburg.at
Gars
Opern-Air auf der Burgruine, Mitte Juli bis Mitte August, Tel. 02985/26 80 bzw. 01/310 20 26
Heidenreichstein
Theatersommer, August Laienbühne Heidenreichstein, Tel. 02862/525 06
Horn
Buchkunstbiennale, Mai bis Juni, Info: Tel. 02982/237 21
Kammermusikfestival Allegro Vivo, Mitte August bis Mitte September, Stift Altenburg, Horn, Hoheneich, Tel. 02982/43 19, www.allegro-vivo.music.at
Langenlois
Operettensommer Schloss Haindorf, Juli, August, Tel. 02734/34 50, www.operettensommer.at
Pürbach bei Schrems
Waldviertler Hoftheater, ganzjähriger Spielbetrieb, im Sommer intensiv, Tel. 02853/784 69, www.w4hoftheater.co.at
Raabs/Thaya
Ein Wochenende pro Jahr Poetenfest auf der Burg
Rosenburg
Kerzenlichtkonzerte (Info: Elfriede Manowarda, Tel. 02982/ 382 22), Theatersommer, Falknereishows mit Pferden und Kutschen, Tel. 02982/29 11, www.rosenburg.at
Waidhofen/Thaya
Folkfestival am Schulschlusswochenende. Auch Donovan war einst hier.
Zwettl
Internationales Orgelfest Stift Zwettl, Tel. 02822/550-0, www.stift-zwettl.at

Musiksommer Waldviertel
Wo immer Jazz, Klassik, Operette oder Folk stattfinden, hier ist der Überblick: www.music.at/musiksommer-waldviertel

Szene Bunte Wähne
Mehrere Spielorte, Theaterfest für Kinder und Jugendliche, Tel. 01/505 02 29

LOKALE EVENTS

Großschönau
Bioenergie-Messe. Ein Großereignis sui generis, um die 300 Aussteller. Ökotechnik, Bioprodukte, Mohn- und Erdäpfelcremen. Ein Dorf wird zur Messestadt. Ende Mai bis Anfang Juni. Info: Betz, Großschönau 120, Tel. 02815/70 03, www.bioem.at, www.gross.schönau.at

Feuerwehr- und sonstige Zeltfeste
In der warmen Jahreszeit. Ein Zelt am Dorf- oder Sportplatz, knusprige Grillhendln, feiste Bratwürste mit Pommes und Ketchup, Surschnitzel mit Erdäpfelsalat und, völlig überflüssig, entsetzliche Unterhaltungsmusikanten. Der Ort hält seine jährliche Nabelschau ab, alle sind da, vom Säugling bis zum Greis, vom Forstarbeiter bis zum Oberlehrer. Gute Gelegenheit, mit den Menschen in Kontakt zu kommen und frisches Bier zu trinken.

Jahrmärkte
In den größeren Ortschaften (Städten, Märkten) finden ein- bis dreimal jährlich Jahrmärkte statt. Plakate, die den Markttag ankündigen, hängen an Stadeln und Plakatwänden. Unterhosen, Körbe, Schaumbecher, Gaumenpfeiferln, Arbeitshosen, Plastikspielzeug, Windräder. Bisweilen ein Hauch von Basar. Wenn ein Termin gerade passt: unbedingt hin.

Kellergassen-, Wein- und sonstige Feste
In der Weingegend, namentlich im unteren Kamptal. Auch sonstige Veranstaltungen rund um den Wein, wie Weinfrüh-

ling oder Tour de Vin, streifen im Kamptal das Waldviertel. Um den 30. April werden in praktisch allen Städten, Orten, Dörfern und auch Weilern Maibäume aufgestellt. Der Traktor hilft, die starken Männer des Ortes sind mit dabei. In jüngerer Zeit finden dazu oft auch schon flotte Feste statt.
Zur Zeit der Sommersonnenwende, um den 21. Juni, Sonnwendfeiern in vielen Orten. Das treudeutsche Image ist abgestreift, manchmal gibts auch noch ein Feuerwerk sowie Glühmost und Schnapsbar.
September, Oktober ist Zeit der Weinlese im unteren Kamp- und Kremstal. Sturmräusche, Busausflüge, Weinherbst-Kulinarien. Da ist echt was los, in der Weingegend.
Ende Oktober bis Mitte November gibts an etlichen Seen die große Karpfenschlacht, auch Abfischfest genannt. Mit Karpfenaufstrich, gebackenem Karpfen und, manchmal, schon nebeliger Kälte.

ESS- UND TRINKGENUSS

Die originellsten und schönsten Gasthäuser jeder Region – vom nördlichsten Gasthaus Österreichs bis hinunter ins Kamptaler Weinland. Etliche «feine» Hotels und große Namen fehlen. Die Auswahl bevorzugt schöne, originelle Lokale in guter Lage, möglichst nicht an einer lauten Straße, mit einem korrekten Preis-Leistungs-Verhältnis.

Haugschlag
Gasthof Perzy, Rottal 22, Tel. 02865/84 33. Das nördlichste Wirtshaus Österreichs. Schon aufgrund der Lage ein Ausflugsziel erster Ordnung, auch das Essen ist ambitioniert.

Kurzschwarza nahe Schrems
Waldschenke, Fr ab 18, Sa ab 15, So, Fei ab 9 Uhr. Tel. 02853/784 85. Im Blockhüttenstil, Heurigenbänke unter Nadelbäumen. Schöner Rastplatz, deftiges Essen, zum Beispiel Bauernknödel.

Schwarzenau-Kaltenbach
Haubengekrönt: Gasthof Zum Topf, Kaltenbach 26, Tel. 02841/ 83 29 bzw. 0664/345 06 80.

Karlstein
Gasthaus Pohnitzer, Hauptstraße 20, Tel. 02844/(8)2 36. Großes, besseres Haus mit unterschiedlichen Lokalzonen. An Wochentagen auch «normale» Menüs. Garten. Süße Spezialität ist die Mohntorte, die auch verschickt wird.

Merkersdorf (bei Hardegg)
Gasthaus zur Forelle, Fam. Weber, Merkersdorf 32, Tel. 02949/ 82 53. Mo ab 14 Uhr, Di Ruhetag. Spezialität: siehe oben.

Geras
Hotel Alter Schüttkasten, Vorstadt 11, Tel. 02912/332-0. Umgebauter, 300 Jahre alter Getreidespeicher des Stifts. Spezialität ist Karpfen aus den stiftseigenen Teichen.

Langschlag (bei Groß Gerungs)
Wurzelhof, Marktplatz 36, Tel. 02814/83 78. Nur Fr, Sa, So geöffnet, Mo–Do Seminarbetrieb. Alter, gefühlvoll renovierter Gasthof, Speisen werden am Holzofen frisch zubereitet, auch Vollwertküche.

Rappottenstein
Gasthaus Rotheneder, mit schöner Gaststube, Tel. 02828/ 82 04, Mo Ruhetag, November Ruhemonat. Herrgottswinkel, Kachelofen, Holztäfelung. Feine, bodenständige Kost.

Zwettl-Niederstrahlbach
Wirtshaus im Demutsgraben, Fam. Huber, Niederstrahlbach 36, Tel. 02822/523 64. Tradition mit neuer Frische, schönes Inneres, im Sommer Garten, an der Straße.

Steinegg im Kamptal

Gasthof Dunkler, Steinegg 12, Tel. 02987/22 70. Täglich geöffnet. Einsames Wirtshaus in einer alten Mühle direkt am Kampufer. Gastgarten unter Kastanien am Wasser. Absolut stimmig, da muss das Essen schmecken.

Rosenburg

Schlossgasthof Rosenburg, Tel. 02982/305 77, Di–So 11.30– 22 Uhr. Direkt vor der Burg. Fein, feiner, am feinsten, sowohl das Innere wie auch die Speisen. Hübsches Salettl mit Blick auf die Rosenburg, bezaubernder Garten unter Kastanienbäumen.

Maria Taferl

Hotel Krone, Maria Taferl, Tel. 07413/63 55, Blick von der Terrasse über die Donau, bis hinüber zu den Alpen. Waldviertler Spezialitäten, auch Ausgefalleneres, zum Beispiel Flusskrebsschwanzerl. Eine Haube von Gault Millau.

Armschlag bei Ottenschlag

Mohnwirt Neuwiesinger, Armschlag 9, Sallingberg, Tel. 02872/ 74 21, www.mohnwirt.at. Mo ab 14 Uhr, Di Ruhetag. Mohnschöberlsuppe, Mohnkäsesalat mit Äpfeln und Nussen, Kräuterkäse-Mohnomelette, Zanderfilet im Mohnmantel, Mohnrahmstrudel mit Vanillesauce und Preiselbeeren sowie, last, but not least, echte Mohnnudeln sind einige der «Standards».

Zöbing bei Langenlois

Hansi und Ilse Gutmann, Gasthaus zur schönen Aussicht, bei der Kampbrücke, Tel. 02734/23 34. So bis 18 Uhr, Mo, Di Ruhetag. Schöner Garten unter Bäumen auf einer Terrasse direkt über dem Kamp. Die Wirtin schwingt den Kochlöffel. Wochentags Menüs, alles meilenweit über dem Durchschnitt.

Plank

Die Topadresse im Kamptal: Schwillinsky, Kremser Straße 8, abseits der Hauptstraße, Tel. 02985/304 00

LITERATUR – AUSWAHL

DAS WALDVIERTEL, GEDRUCKT. EINE AUSWAHL VERWENDETER UND BRAUCHBARER LITERATUR

Joachim Angerer (Hg.)/Andrea Riegl: Klösterreisen. Ausflüge zu Klöstern und Kirchen in Österreich u. Südtirol. St. Pölten 2001.

Senta Baumgartner/Othmar Pruckner: Die Gegend hier herum ist herrlich. Reisen zu Dichtern, Denkern, Malern und Musikern. Wien 1996.

Antonín Barroněk/Bohuslav Beneš/Wolfgang Müller-Funk/Friedrich Polleroß (Hg.): Kulturführer Waldviertel – Weinviertel – Südmähren. Wien 1996.

Robert Bouchal/Josef Wirth: Höhlenführer Österreich. Wien 2001.

Bundesdenkmalamt (Hg.): Dehio-Handbuch Niederösterreich nördlich der Donau. Wien 1990.

Hanna Egger/Gerhart Egger e.a.: Stift Altenburg und seine Kunstschätze. St. Pölten – Wien 1981.

Alois Enigl: Das alte Leben und Arbeiten im Waldviertel. Pöggstall 1987.

Franz Eppel: Das Waldviertel. Salzburg 1974.

Werner Gamerith/Dieter Bogner/Friedrich Polleroß: Zwischen Bedrohung und Bewahrung. Das Kamptal. Wien 1987.

Hannes Gans: G'schichten vom Land. Ausflugsziele in Niederösterreich. Wien 2002

Karl Gutkas: Geschichte des Landes Niederösterreich. St. Pölten 1983.

Andrea Komlosy: An den Rand gedrängt. Wirtschafts- und Sozialgeschichte des Oberen Waldviertels. Wien 1988.

Andrea Komlosy: Industriekultur Mühlviertel – Waldviertel – Südböhmen. Reisen im Grenzland. Wien 1995.

Andrea Komlosy: Waldviertler Textilstraße. Reiseführer durch Geschichte und Gegenwart einer Region. Groß Siegharts – Waidhofen a. d. Thaya – Weitra 1990.

Kulturabteilung des Landes Niederösterreich (Hg.): Die Kuenringer. Katalog des niederösterreichischen Landesmuseums, Wien 1981.

Kulturabteilung des Landes Niederösterreich (Hg.): Landauf. Künstler aus dem Waldviertel. Katalog. Wien 1992

Karl Lukan: Das Waldviertelbuch. Wien – München 1982.

Reinhard Mandl/Wolfgang Lojer: Waldviertel. Stille Dörfer, rauhes Land. Wien 1998.

Hans Matz: Die Thaya. Ein Natur- und Kulturraum im Waldviertel. Oberschleißheim 1999.

Merian: Wachau, Wald- und Weinviertel. Hamburg, o.J.

Hubert Nagl: Das Klima des Waldviertels: Besser als sein Ruf? In: *Das Waldviertel* Heft 3/1988.

Othmar Pruckner: Das Kamptal. Wien 1999.

Othmar Pruckner: Mit der Eisenbahn durch Österreich. Wien 1992.

Gerhard Reichhalter/Karin Kühtreiber/Thomas Kühtreiber: Burgen Waldviertel – Wachau. St. Pölten 2001.

Hans Schaumberger (Hg.): Waldviertel. Natur- und Kulturlandschaft. Wien 1999.

Margot Schindler: Die Kuenringer in Sage und Legende. Wien 1981.

Margot Schindler: Wegmüssen. Die Entsiedlung des Raumes Döllersheim (Niederösterreich) 1938–1942. Katalog des Österreichischen Museums für Völkerkunde. Wien 1988.

Conrad Seidl: Hurra! Bier! Reisen zu Österreichs Brauereien. Wien 1990.

Christoph Wagner (Hg.): Das Waldviertel. Magisches Land an der Grenze. Wien 1999.

Walter M. Weiss: Niederösterreich. Geschichte und Kunst des österreichischen Kernlandes. Köln 1997.

FOTONACHWEIS

Bühnenwirtshaus (Seite 229)
Bundesdenkmalamt (Seite 313)
Czech Tourist Authority (Seite 136)
Christian Fischer (Seite 167)
Robert Herbst (Seite 362)
Fotostudio Erhard Hois (Seite 39)
Reinhard Mandl (Seite 11, 12 großes Bild und oben re., 13 oben, 14 oben, 16, 23, 27, 28, 36, 37, 40, 54, 55, 62, 63, 116, 117 oben, 220, 222 oben, 224, 315, 322 großes Bild)
Museumsverein St. Leonhard (Seite 354)
Nationalpark Thayatal GmbH. (Seite 113, 139, 140, 143, 147, 152)
Niederösterreich Werbung (Seite 237, 273), /Kurt-Michael Westermann (Seite 256, 356)
Rene Prohaska (Seite 246)
Othmar Pruckner (Seite 9, 10, 12 oben li., 14 unten, 15, 19, 20, 25, 42, 44, 46, 47, 48, 51, 53, 58, 60, 64, 69, 71, 74, 77, 80, 81, 83, 85, 87, 88, 89, 93, 95, 97, 98, 100, 104, 105, 106, 114 unten, 115, 117 unten, 118, 119, 120, 121, 123, 126, 127, 131, 133, 141, 144, 146, 148, 149, 153, 155, 159, 160, 163, 165, 168, 169, 174, 181, 183, 185, 186, 187, 188, 191, 193, 194, 196, 198, 200, 201, 208, 210, 211, 213, 215, 218, 219, 221, 223 oben, 225, 240, 241, 249, 250, 253, 257, 259, 265, 277, 278, 280, 286, 294, 297, 298, 301, 303, 306, 308, 309, 310, 311, 319, 321, 322 oben, 323, 325, 326, 327, 328, 331, 332, 334, 337, 341, 343, 344, 349, 351, 353, 366)
Michael Rathmayer/Uta Köstler (Seite 119 oben re., 204, 223 unten re., 233, 235, 243, 261, 262, 267, 268, 274, 287, 289, 324, 359, 362, 363, 364)
Irena Rosc (Seite 31, 32, 125, 129, 173, 175)
Prof. Gerhard Trumler (Seite 217)
Waldviertler Hoftheater (Seite 73, 114 oben)
Waldviertel Tourismus (Seite 222 großes Bild, 231, 283)
Eva Wrazdil (Seite 110, 207, 227)
Stift Zwettl (Seite 239)

ORTSREGISTER

Aalfang . . . 46
Abschlag-Fassldorf . . . 193
Aigen . . . 124
Alberndorf . . . 122
Albrechtsberg . . . 317, 332, 334 f.
Allentsgschwendt . . . 344
Allentsteig . . . 252, 258, 260 ff., 266
Altenburg . . . 176, 235, 267, 273 ff., 284 f., 290
Altenhof . . . 347, 357, 358 f.
Altmelon . . . 203, 207, 210, 212, 216, 225
Altnagelberg . . . 35, 41 ff.
Altpölla . . . 185, 266, 278
Altweitra . . . 188, 192
Arbesbach . . . 203, 206 ff., 210
Armenhaus . . . 270
Armschlag . . . 339, 341 f.
Arnreith . . . 208
Artolz . . . 71
Artstetten . . . 293, 302 ff.
Aschen . . . 225 f.
Autendorf . . . 134
Bad Großpertholz . . . 193, 198, 200 f.
Bärnkopf . . . 226, 230 f., 299 f.
Benking . . . 313
Bernschlag . . . 252 f.
Böhmzeil . . . 66
Brand . . . 226, 271
Brand-Nagelberg . . . 45
Brauhaus . . . 334
Breiteneich . . . 287, 291
Bruderndorf . . . 193
Brühl . . . 187 f.
Brunn am Wald . . . 342
Buchberg . . . 347, 356 f.
České Velenice . . . 65, 75
Chlum . . . 35, 54 f.
Čičov . . . 137, 151 f.
Devět Mlýnů . . . 152
Dietmanns . . . 92 f.
Dobersberg . . . 99, 103 ff.
Döllersheim . . . 260 ff.
Dorfstetten . . . 293, 296, 300

Drosendorf . . . . 103 ff., 121 ff., 130 ff., 153, 169
Dürnhof . . . . 249 f.
Edelhof . . . . 249 f.
Edelprinz 71
Edlesberg am See 228
Eggenburg . . . . 184 f.
Ehrenhöbarten 72
Eibenstein . . . . 124 ff., 129 f., 134, 166 f.
Eisengraben 270
Els 335, 338
Elsenreith 341
Engelbrechts 97
Erdweis 344
Etzmannsdorf . . . . 278 f.
Eulenbach 71
Feinfeld 277
Felbring 313
Felling . . . . 139, 141, 153 f., 317, 332 ff.
Feuranz 208
Franzen . . . . 264 f.
Fratres . . . . 79, 86, 99 ff.
Friedersbach . . . . 263 f.
Frühwärts 96
Fuglau 267, 277
Gars . . . . 278, 281, 347, 349 ff.
Gars-Thunau 353
Gastern 97
Gebharts 70
Geras . . . . 132, 135, 157 ff.
Gerersdorf 309
Germanns 253
Gerotten 253
Gföhl 332, 342, 344, 353, 356
Gilgenberg 99
Gloxwald 297
Gmünd . . . . 41 f., 57 ff., 179, 191 f., 194 f., 250
Gobelsburg 365
Goßam 312
Gotthartschlag 335, 341
Grafenschlag 271
Grametten 42, 52
Greillenstein . . . . 273, 277, 279 f.
Griesbach 52
Groß Gerungs 191, 194, 209, 248

Groß Siegharts . . . . 79, 92 ff., 112, 124
Großburgstall 176
Großgöttfritz . . . . 250 f., 271
Großhaselbach 86
Großheinrichschlag 338
Großpertenschlag 225
Großwolfgers 84
Gschwendt 339
Gutenbrunn 203
Gutenbrunn . . . . 226 ff., 248, 296, 300
Hadersdorf am Kamp 348
Hammer 205
Harbach 189, 197
Hardegg . . . . 130, 137, 139 ff., 148 f.
Harmannschlag . . . . 197 f., 201
Harmannsdorf 289
Haselbach 206
Haslau 70
Haugschlag . . . . 47, 52 f.
Hausbach 206
Heidenreichstein . . . . 35 ff., 70, 203
Heinreichs 71
Heinrichs 179, 189
Heinrichsreith 135
Hessendorf . . . . 175 f.
Himberg 339
Hirschbach 74
Hirschenau 300
Hirschenschlag 52
Hirschenwies 42, 196
Hoheneich . . . . 65 ff., 74
Hohenstein 333
Hollenbach 99
Hörmanns . . . . 252 f.
Horn . . . . 172 f., 176, 273, 285 ff.
Horni Břečkow 137
Idolsberg . . . . 265 f., 270
Illmanns 42, 52
Imbach . . . . 319 ff.
Jagenbach 80
Jaidhof bei Gföhl 270
Joachimstal 199
Josefsthal 42, 54
Kainraths 50

Kainrathschlag 195
Kaltenbach 86
Kaltenbrunn 271
Kamegg 351, 353
Kamp 206, 208
Karlstein . . . . 99, 103 ff., 111
Karlstift . . . . 195, 198 f.
Kautzen . . . . 97 f.
Kirchberg am Walde . . . . 74, 80 ff., 85
Kirchschlag . . . . 339 f.
Kleingloms 86
Kleinpertenschlag 225
Kleinpertholz 39, 41
Kleinschönau 85
Kleinweißenbach 271
Kleinzwettl 97
Kolegg 215
Kollmitz . . . . 122 ff., 126
Kollmitzdörfel . . . . 123 f., 134
Kollmitzgraben . . . . 123 f., 134
Königsbach 271
Kottaun 135, 170
Kottes 335, 341
Krems . . . . 255, 317 ff.
Krug 269, 277
Krumau . . . . 255, 264 ff., 270
Krummnußbaum 304
Kühnring bei Eggenburg 184
Kurzschwarza 71
Laimbach am Ostrong . . . . 296, 300 ff.
Lančov 137
Langau . . . . 135 ff., 174 f.
Langenlois . . . . 347 f., 355, 361 ff.
Langschlag 193, 195
Langschwarza 71
Leiben 306
Leopoldsdorf 42
Lesná 137
Lexnitz 105
Lichtenau . . . . 342 ff.
Lichtenfels 268
Liebenau 207
Liebnitz 122
Limbach 85

Litschau . . . . 35, 39, 41 f., 45 ff., 66
Lohn 225
Loimanns 42
Loiwein 342
Loschberg 271
Luberegg 305
Ludweishofen 170, 177
Mahrersdorf 176, 277
Maigen 338
Marbach 335
Marbach an der Donau 300, 304
Marbach an der Kleinen Krems 335, 339
Maria Dreieichen . . . . 273, 289 ff.
Maria Laach . . . . 312 f.
Maria Taferl . . . . 293, 300, 302, 304 f.
Martinsberg . . . . 86, 226 f., 310, 341
Merkengersch 103
Merkersdorf 145, 150
Messern 177
Mitterreith 257
Mitterretzbach 152
Moritzreitz 344
Mottingeramt 270
Mühlbach 314
Münichreith . . . . 99, 300 ff.
Neuhof 339, 341
Neunagelberg 35, 42, 45, 75
Neupölla . . . . 261, 266 f.
Neustadt 66
Neustift 107, 206
Niederfladnitz 152
Niederranna 314
Nöchling . . . . 293, 296 ff., 300
Nöhagen . . . . 335, 337 f.
Nondorf 68
Nonndorf 134
Nové Hrady/Gratzen . . . . 179, 189 ff.
Oberbrühl 188
Obergrünbach 344
Oberhöflein 176
Obermeisling 333, 335
Oberndorf . . . . 108, 110, 112, 312 f.
Oberpfaffendorf 112, 121
Oberplank 358

Oberranna 314
Oberthürnau 136
Oberwaltenreith 246
Ottenschlag . . . . 226, 250 f., 312, 317, 335, 338 ff.
Ottenstein . . . . 255 ff., 263 f., 267, 270
Pallweis 344
Pehendorf 209
Pengershof 42
Perndorf 84
Pernegg . . . . 157 f., 161 ff., 170 ff., 176
Pernthon 225
Perwolfs 225
Peygarten 264
Pfaffenreith 170, 177
Pfaffenschlag 71
Pfaffings 226
Plank . . . . 347, 357 f.
Pleissing 145
Pöggstall . . . . 305 f., 308, 310
Poigen 177
Pölla . . . . 265 f., 270
Preinreichs 270
Pretrobruck 209
Priel . . . . 330 f.
Primmersdorf . . . . 103, 127 ff.
Probstei Eisgarn 49
Puch 99
Pürbach . . . . 57, 67, 71 ff.
Purk 335
Pyhrabruck . . . . 189 f.
Raabs . . . . 96, 103, 107 ff., 121 ff., 134
Radl 124
Ramsau 278
Rappottenstein . . . . 203 ff., 208 f.
Rastenberg 246, 270, 271
Rastenfeld . . . . 255 ff., 263 f., 270
Ratschenhof 251
Rehberg 319
Reichers 250
Reingers 42, 52
Retz 145, 151
Riegersburg . . . . 137, 139, 141, 153 ff.
Ritterkamp 208
Roggenreith . . . . 310 f.

Röhrenreitz 251
Roiten 209
Rosenau . . . . 233, 247 f.
Rosenburg . . . . . . 203, 255, 268 f., 273, 279, 281 ff., 290, 348
Roßbruck 196
Rottal . . . . 53 f.
Rudmanns . . . . 233, 240 f.
Saaß 42
Sachsendorf 351
Šafov/Schaffa . . . . 103, 135 f., 174
Sallingstadt . . . . 84 f
Sarmingstein 297
Sauggern 124
Schaggs 189
Schandachen 42, 52
Scheiben 198
Scheutz 90, 334
Schiltern . . . . 347, 355, 366 ff.
Schirmannsreith 170, 177
Schlader 99
Schlag 54
Schlagles 261
Schneeberg 340
Schönbach . . . . 203, 212, 214 ff., 225 f.
Schönberg . . . . 347, 359 f.
Schönfeld 99
Schrems . . . . 39, 57, 65, 68 ff.
Schuppertholz 99, 105
Schwallenbach 313
Schwarzenau 86, 99, 226
Schweiggers . . . . 79 ff., 86
Senftenberg . . . . 317, 329 ff.
Seyfrieds 70
Siebenlinden . . . . 79, 83 f.
Sieghartsreith 170, 177
Sigmundsherberg 348
Slavonice . . . . 79, 99 ff.
Söllitz 261
Spielberg 226
Spielberg-Traunstein 339
Spitz . . . . 312 f.
St. Johann 338
St. Leonhard am Horner Wald . . . . 278, 347, 350, 354 ff.
St. Martin bei Weitra 192, 197

St. Nikola . . . 297
St. Oswald . . . 293, 296, 298 f.
Stálky . . . 136
Stallegg . . . 351
Stein . . . 318
Steinegg . . . 255, 267, 268, 273, 285, 355
Stiefern . . . 347, 357 ff.
Stölzles . . . 71
Süßenbach . . . 85
Taubitz . . . 334
Tautendorf . . . 353, 357 ff.
Teichmanns . . . 335, 341
Thaya . . . 96, 103
Thuma . . . 107
Thürneustift . . . 358
Tiefenbach . . . 98 f.
Trabenreith . . . 177
Traunstein . . . 203, 212 ff., 226, 251
Třeboň . . . 57, 62, 75 f.
Údolí . . . 190
Uherčice . . . 136
Ullrichs . . . 74
Ulrichs . . . 188
Ulrichschlag . . . 296
Unserfrau . . . 188
Unterbrühl . . . 188
Untermeisling . . . 333, 342
Unterpertholz . . . 122
Unterplank . . . 358
Unterranna . . . 314
Unterthürnau . . . 134
Unter-Wielands . . . 61
Vestenötting . . . 103
Vestenpoppen . . . 91
Vitis . . . 86, 253
Vranov/Frain . . . 103, 135 ff., 140
Vratěnin . . . 103, 135 f.
Waidhofen an der Thaya . . . 40, 71, 79, 84, 86 ff., 103 f., 253
Waldhausen . . . 226, 271
Waldkirchen . . . 90, 99
Walthers . . . 252
Wanzenau . . . 278 f., 355
Wegscheid . . . 255, 265, 268 f., 278
Weidenegg . . . 215

Weikertschlag 122
Weinern bei Raabs 37
Weinzierl am Walde 337
Weißenbach 97
Weiten . . . . 307 f.
Weitenegg an der Donau 305, 307
Weitersfeld 175
Weitra . . . . 179 ff.
Werschenschlag 271
Wetzlas 264
Wiesensfeld 206
Wiesmannsreith 313
Wietzen 344
Wolfshof 278
Ysperklamm . . . . 294 ff.
Zeißing 313
Zissersdorf 135
Zlabings . . . . 99 ff.
Znojmo/Znaim 137, 140, 147
Zöbing . . . . 347, 359 ff., 365
Zwettl . . . . 80, 86, 179, 184 ff., 203, 209, 226 f.
. . . . 233 ff., 255 ff., 263, 278, 319, 341

DER AUTOR

Mag. Othmar Pruckner
Jahrgang 1957, geboren in Langenlois. Fuhr in den 1980er-Jahren mit schweren LKWs in den Nahen Osten, unterrichtete danach an einer Wiener AHS Deutsch und Geographie. Seit 1989 Arbeit bei verschiedenen Tageszeitungen, Wochenzeitungen und Magazinen. Seit 2000 Redakteur im Wirtschaftsmagazin *trend* . Buchveröffentlichungen im Falter Verlag: „Mit der Eisenbahn durch Österreich“ (1992), „Die Gegend hier herum ist herrlich“ (1996), „Das Kamptal“ (2. Auflage 1999).
Österreichischer Reisejournalismuspreis des Jahres 2000.